Bürgerrecht und Bürgerpflicht.

Ein Wegweiser und Rathgeber

— für —

Deutsch-Amerikaner und Einwandernde.

Columbus, O.

Zu haben in der Office des „Ohio Waisenfreund".

Columbus, D.

Buergerrecht und Buergerpflicht

Columbus, D.

Buergerrecht und Buergerpflicht

Inktank publishing, 2018

www.inktank-publishing.com

ISBN/EAN: 9783747797686

An die Leser.

Hiermit übergeben wir der Oeffentlichkeit ein Büchlein, welches sich als treuer Rathgeber und Lehrer aller Derjenigen erweisen wird, denen es darum zu thun ist, sich über die Rechte und die Pflichten der Bürger der großen nordamerikanischen Union gründlich zu unterrichten. Die Fertigstellung dieses Werkes hat längere Zeit erfordert, und da sich fortwährend ein Ereigniß an das andere reiht, so mußte nothwendig in dem geschichtlichen Theile des Werkes, sowie auch in dem die politische Eintheilung behandelnden Kapitel mit irgend einem Zeitpunkte abgeschlossen werden. Dieser Zeitpunkt ist die Mitte des Jahres 1881. Somit ist die Ermordung des Präsidenten Garfield, die Uebertragung der Executiv-Gewalt des Bundes auf den Vice-Präsidenten Arthur und Anderes, was sich seither ereignete, nicht in dem geschichtlichen Abriß enthalten. Der Herausgeber hat es nicht für thunlich erachtet, diese neuesten Ereignisse in einem Ergänzungs-Kapitel zusammenstellen zu lassen, weil auch ein solcher ergänzender Nachtrag doch nur bis zu einem gewissen Zeitpunkte vollständig sein könnte. Findet dieses Büchlein günstige Aufnahme beim Publikum, so wird der Herausgeber es sich angelegen sein lassen, spätere Auflagen bis auf die Zeit der Ausgabe ergänzen zu lassen.

Der „Ohio Waisenfreund.“

Columbus, Ohio, im November 1882.

Inhalt.

Anhang.

[4]

Bürgerrecht und Bürgerpflicht.

Einleitung.

Lieber Leser! — Entweder bist du selber in die Vereinigten Staaten eingewandert, oder du bist hier im Lande von eingewanderten Eltern geboren worden. In dem einen Falle weißt du wohl aus eigener Anschauung, auf welche Weise drüben die Leute der Schuh so schmerzlich drückt, daß sie sich endlich entschließen, die liebe alte Heimat zu verlassen, mit mancherlei Opfern vielleicht sich ihrer nicht zu transportirenden Habe zu entäußern, von den vielen ihnen so theueren Stätten und so manchem lieben Verwandten, von so treuen Freunden, von den Gespielen ihrer Jugend Abschied zu nehmen und weit über Berg und Thal fortzuziehn in die Fremde, um sich jenseits des Meeres ein neues Heim zu gründen. In dem anderen Falle aber haben dir deine Eltern oder Andere wohl davon erzählt, und ich darf daher annehmen, daß du mit den Uebel- und Mißständen in der alten Heimat wenigstens einigermaßen vertrauet bist.

Dann weißt du aber auch, daß so ziemlich Alles, was die Leute drüben zum Auswandern antreibt, den politischen und gesellschaftlichen Verhältnissen entspringt. Dann weißt du ferner, daß die zahlreichen Mißstände, welche dir oder deinen Eltern das Bleiben in der alten Heimat verleideten, in ihren Ursachen dem Volke drüben unerreichbar sind. Hier giebt es, Gott sei's geklagt, auch der Mißstände nicht wenige; aber ihre Ursachen sind dem Volke erreichbar, das Volk kann sie abstellen, das Volk kann sich Alles, was ihm in politischer oder socialer Beziehung zuwider ist, vom Halse schaffen. Denn hier regiert das Volk, drüben aber muß es sich regieren lassen. Hier regiert jeder volljährige Mann mit, und auch du kannst und sollst das thun, wenn du volljährig bist. Ja, hier bist du nicht der Diener, sondern hier bist du der Herr; hier steht die Regierung, hier stehen die Beamten nicht über, sondern unter dir. Denn du setzest sie ein und du läßt durch deine Vertreter, welche du dir selber wählst, die Gesetze machen, nach denen das Land verwaltet, nach denen Recht gesprochen werden soll. Hier kann thatsächlich ein Jeder Gleichberechtigung beanspruchen; und mehr noch, er kann sie sich unter allen Umständen erzwingen, falls sie ihm verweigert werden sollte.

Ja, lieber Leser, hier kannst du wirklich als ein freier Mann leben und deine Gesetze selber machen und die nöthigen Taxen und Abgaben selber bestimmen; und dazu ist gar nichts weiter nöthig, als daß du Bürger wirst, deine Bürgerrechte in Anspruch nimmst und deine, wirklich recht leichten Bürgerpflichten getreulich und nach bestem Wissen und Können erfüllst. Eines Weiteren bedarf es nicht, um dich zum wahrhaft freien Manne zu machen. Und wie du dieses erlangen kannst, auf welche Weise du dir dein Bürgerrecht erwirbst, sowie welche Rechte dir dasselbe verleihet und welche Pflichten es dir auferlegt, das Alles soll dir dieses Büchlein sagen. Es soll dich aber auch über Alles belehren, was dir zur Wahrung der Bürgerrechte und zur Erfüllung der Bürgerpflichten von nöthen und dienlich sein mag. Du wirst also aus den nachfolgenden Kapiteln, deren Inhalt in dem vorgedruckten Verzeichniß genauer angegeben, ersehen, welche Bedeutung und welchen Nutzen die Erwerbung des Bürgerrechts für jeden Eingewanderten hat, was das Bürgerrecht eigentlich umfaßt, welche Pflichten es auferlegt, wie dieselben erfüllt werden sollen u. s. w.

Ganz vorzüglich aber sollst du mit den politischen Einrichtungen unseres Landes bekannt gemacht und darüber unterrichtet werden, wie du als Bürger dich an dem Regieren zu betheiligen hast. Der Verfasser hat sich's nun einmal ganz fest vorgenommen, gerade dir es klar zu machen, daß du hier zu Lande als Bürger gar kräftig mitregieren kannst, wenn du nur willst; daß du nicht Amboß, sondern Hammer sein kannst in Amerika, wenn dir mehr daran liegt, zu schmieden als geschmiedet zu werden, und daß du als guter, pflichtgetreuer Bürger Solches wollen und auch energisch zur That werden lassen mußt. Das Alles wird dir der Verfasser nun auseinandersetzen, und wenn du ihm nur recht aufmerksam folgst und ihm das Zutrauen schenkst, daß er es gut meint mit dir und Jedem und Allen, welchen ein rechtschaffenes Streben innewohnt, dann wirst du es ihm, wenn du die letzte Seite gelesen und das Büchlein zugeklappt hast, vielleicht Dank wissen, daß er es für dich geschrieben hat.

Glaube es nur: der Verfasser geht recht rüstig und mit gutem Muthe jetzt an's Schreiben; nun thue du es ihm gleich und gehe mit recht gutem Willen und regem Lerneifer an's Lesen.

Erstes Kapitel.

Das Bürgerthum und dessen Erlangung.

Das Bürgerthum hat einen hohen Werth, denn es macht Denen, welche es besitzen, dieses Land zu ihrer wirklichen Heimat. Wer in den Vereinigten Staaten wohnt, ohne das Bürgerthum erlangt zu haben, der ist nur ein geduldeter Fremdling, nicht aber ein vollberechtigtes Kind des Landes. Schützen ihn auch die Gesetze, so lange er sich im Gebiet der Vereinigten Staaten befindet, so wird er doch schutzlos, sobald er das Gebiet der Union verläßt. Mögen einem Menschen, der noch so lange in den Vereinigten Staaten gewohnt hat, auf einer Reise in's Ausland noch so viele Unbilden zugefügt werden, so wird ihn der mächtige Arm dieser großen Republik nicht schützen; wogegen die Union jede Schädigung eines ihrer Bürger, jedes Leid, welches auch dem geringsten ihrer Kinder in irgend einem Lande der

8

Erde geschehn mag, als eine nationale Angelegenheit auffaßt und in derselben Ersatz und Genugthuung fordert.

Aber nicht nur über dem im Auslande reisenden Bürger streckt die Vereinigte Staaten-Regierung schirmend ihre starke Hand aus, sondern auch das Eigenthum, welches er in fremdem Lande erworben haben mag, seine auf dem Meere schwimmenden Güter, seine Schiffe schützt sie, wenn von ihrer Gaffel das Sternenbanner weht. Einer für Alle, und Alle für Einen! — das ist der Felsen, worauf das Bürgerthum unserer großen Republik ruht.

In seinem Ursprung ist das Bürgerthum unserer Union dreifacher Art: Erstens kann es ein Geburtsprivilegium sein; zweitens kann es ererbt werden, und drittens läßt es sich erwerben.

Ein Geburtsprivilegium ist das Bürgerthum allen Denjenigen, welche im Gebiete der Vereinigten Staaten das Licht der Welt erblickt haben; dabei kommt nicht in Betracht, ob der Vater ein Bürger war oder nicht. Die Bundesgerichte haben sogar entschieden, daß das hier geborene Kind von Ausländern, welche sich nur vorübergehend in den Vereinigten Staaten aufhielten, das Bürgerthum als ein Geburtsprivilegium beanspruchen kann. Wird ein Kind an Bord eines Schiffes geboren, so entscheidet die Flagge, unter welcher das betreffende Schiff fährt, die Nationalität des jungen Weltbürgers; ist das Schiff also ein amerikanisches, d. h. segelt es unter amerikanischer Flagge, so wird das Kind auch als ein amerikanisches betrachtet, selbst wenn seine Eltern Einwanderer wären, welche Amerika noch nicht betreten hätten.

Die Bewohner eines Gebietes, welches durch einen Abtretungsvertrag an die Vereinigten Staaten gelangt ist, werden durch einen Congreßbeschluß zu Bürgern gemacht, brauchen sich also nicht naturalisiren zu lassen.

Ererbt wird das Bürgerthum der Vereinigten Staaten von Allen, deren Väter dasselbe besaßen; ob die Mutter eine Ausländerin ist, kommt gar nicht in Betracht. Es ist jedoch nothwendig zur Vererbung des Bürgerthums, daß der Vater dasselbe zur Zeit der Geburt des Kindes besaß. Das Bürgerthum vererbt sich jedoch nicht auf Kinder, deren Väter niemals in den Vereinigten Staaten wohnten.*)

Die Erwerbung des Bürgerrechts geschieht durch Naturalisirung in folgender Weise: Der eingewanderte Ausländer geht vor ein Vereinigtes Staaten Districts- oder Kreisgericht (circuit court) in irgend einem Staate, oder vor das Obergericht oder ein Districtsgericht irgend eines der vereinstaatlichen Territorien, oder vor ein Staatsgericht, **) vor welchem Fälle des gemeinen Rechts verhandelt werden und das ein Siegel und einen Schreiber (Clerk) hat, und erklärt dort unter Eid, daß es seine Absicht ist, Bürger der Vereinigten Staaten zu werden. Auch hat er sich eidlich von dem Unterthanenverbande, welchem er bis dahin angehörte, loszusagen, und ferner muß er beschwören, daß er hinfür keinem fremden Fürsten und keiner fremden Regierung gehorchen, sondern daß er die Constitution der Vereinigten Staaten unterstützen will. Hat er sich so von allen Banden, welche ihn noch an ein anderes Land fesselten, losgesagt und dem neuen Adoptivvaterlande feierlich Treue gelobt, so wird ihm diese feierliche Erklärung durch ein gerichtliches Document, gemeiniglich „das erste Papier" genannt, bescheinigt.

Führt der Anspruchmacher einen erblichen Titel, oder ist er von Adel, so muß er den Titel, wie auch den Adel ablegen; und zwar ist es nöthig, daß diese Verzichtleistung

---

*) Wenn z. B. einem Bürger der Vereinigten Staaten im Auslande ein Sohn geboren wird, so ist derselbe durch Erbrecht ein Bürger der Union. Nehmen wir nun an, daß solch ein durch Erbrecht zum Bürger der Vereinigten Staaten gewordener Sohn im Auslande bleibt, sich verheirathet und sein amerikanisches Vaterland niemals betreten hat, um darin seinen Wohnsitz aufzuschlagen, so haben seine Kinder kein Anrecht auf das Bürgerrecht der Vereinigten Staaten.

**) Nach Section 2165 § 6, der Vereinigten Staaten Statuten braucht die Erklärung nicht vor einem Richter abgelegt zu werden, sondern es genügt, daß sie vor dem Schreiber (Clerk) des zuständigen Gerichtshofes gemacht werde.

auf seinen ererbten Titel oder seinen Adel vor Gericht stattfinde und daß sie in die Gerichtsbücher eingetragen werde.

Diese Erklärung Bürger werden zu wollen kann zu irgend einer Zeit nach der Ankunft des Eingewanderten abgegeben werden, und einem volksthümlichen Ausdruck nach, hat der Immigrant dann „sein erstes Papier herausgenommen." Diese Erklärung muß jedoch mindestens zwei Jahre vor der Erlangung des Bürgerthums abgegeben worden sein, welche einen fünfjährigen Aufenthalt in den Vereinigten Staaten bedingt. Hat also, beispielsweise, ein Eingewanderter sofort nach seiner Ankunft vor Gericht seine Absicht erklärt, Bürger werden zu wollen, so muß er fünf Jahre verstreichen lassen, ehe er sein „zweites Papier," den eigentlichen Bürgerschein, fordern kann; hat aber ein Eingewanderter länger als drei Jahre nach seiner Ankunft in den Vereinigten Staaten mit dem „Herausnehmen des ersten Papiers" gezögert, so kann er nicht nach fünfjährigem Aufenthalte in der Union seine Bürgerpapiere fordern, sondern er muß, gleichviel wie viel länger als drei Jahre er schon vor dem Abgeben seiner Erklärung Bürger werden zu wollen im Lande gewesen ist, noch volle zwei Jahre verstreichen lassen, ehe er um sein „zweites Papier" sich bewirbt. Wer also sein „erstes Papier" nach vierjährigem Aufenthalte in den Vereinigten Staaten erlangt hat, der muß darnach noch volle zwei Jahre warten und kann also erst nach sechsjährigem Aufenthalte Bürger werden.

Stirbt ein Eingewanderter, nachdem er seine Erklärung Bürger werden zu wollen abgegeben und ehe er das Bürgerthum erlangt hat, so sollen seine Wittwe und seine noch nicht 21 Jahre alten Kinder, nachdem sie die gesetzlich vorgeschriebenen Eide geleistet haben, alle Privilegien und Freiheiten erhalten, welche das Bürgerthum gewährt.

Will ein Eingewanderter sich naturalisiren lassen, nachdem er diese Absicht mindestens zwei Jahre zuvor vor Gericht in der oben beschriebenen Weise kundgegeben hat, so muß er dem Gerichtshofe genügende Beweise dafür liefern, daß er seit mindestens fünf Jahren (ohne Unterbrechung*) in den Vereinigten Staaten, und seit einem Jahre in einem Staate oder Territorium wohnhaft gewesen ist, und daß er während der ganzen Dauer seines Aufenthaltes sich einen guten, moralischen Character bewahrt hat. Hierfür muß er einen Zeugen bringen. Es kann kein Angehöriger eines mit den Vereinigten Staaten im Kriege befindlichen oder dieselben feindselig bedrohenden Landes naturalisirt werden; ebenso wenig ein Ausländer, welcher in seiner Heimat proscribirt (als Soldat einberufen) worden ist und der seiner Militärpflicht nicht genügt hat, wenn nicht die Regierung seines alten Vaterlandes ihre Genehmigung ertheilt.

Naturalisationsscheine, welche auf betrügerische Weise erlangt wurden, haben von dem Augenblicke an, wo der Betrug entdeckt worden, keine Geltung mehr. Wer gefälschte Naturalisationsscheine ausfertigt oder ausfertigen läßt, oder wer sich in irgend einer Weise an ihrer Herstellung und ihrem Ausgeben betheiligt, der soll dafür mit ein- bis fünfjähriger Gefängnißstrafe bei schwerer Arbeit, oder mit einer Geldbuße von 300 bis 1000 Dollars, oder mit beiden Strafen belegt werden. Deßgleichen verfällt Jeder, welcher sich eines Naturalisationsscheines bedient, der nach seinem Wissen auf gesetzwidrige Weise erlangt wurde, der eben angegebenen Strafe; auch trifft solche

---

*) Die Bundesgerichte haben entschieden, daß zeitweilige Abwesenheit in Geschäften, aus Gesundheitsrücksichten, oder zum Vergnügen, dem Bewerber um das Bürgerthum nicht angerechnet werden solle. So wurde z. B. von einem Bundesrichter entschieden, daß selbst eine mehrjährige Abwesenheit im Auslande, um dort Studien zu machen, nicht für eine permanente Abwesenheit erklärt und deßhalb auch nicht der Naturalisation störend im Wege stehen könne. Der Begriff „permanent“ wird überhaupt in Bezug auf den zur Erlangung des Bürgerthums erforderlichen Zeitraum in sehr dehnbarem Sinne genommen; so hat z. B. der Gerichtshof schon Leuten das Bürgerrecht verliehen, welche fünf Jahre zuvor hier eingewandert und seither Sommer für Sommer auf mehrere Monate nach Europa zurückgekehrt waren.

Strafe Jeden, welcher bei der Erlangung oder Herstellung eines gesetzwidrigen Naturalisationsscheines, der auf einen gefälschten, oder angenommenen Namen hin erlangt wurde, behilflich war.

Wer sich fälschlich für einen Bürger der Vereinigten Staaten ausgiebt, um dadurch einen betrügerischen Zweck zu erreichen, der soll mit einer Geldbuße bis zu 1000 Dollars, oder mit einer zweijährigen Kerkerhaft, oder mit beiden Strafen belegt werden.

Wird Jemandem vorgeworfen, er sei im Besitz eines auf gesetzwidrige Weise erlangten Bürgerscheines, so muß Derjenige, welcher diese Behauptung aufstellt, auch den Beweis für ihre Richtigkeit liefern; nicht aber kann von dem Angeschuldigten verlangt werden, daß er seine Unschuld und die Gültigkeit seines Naturalisationsscheines nachweise.

Wenn ein Eingewanderter bei einer Wahl von seinem Stimmrechte Gebrauch gemacht hat, dann soll die Gesetzmäßigkeit seines Votums nur durch einen directen Beweis dafür, daß er nicht in gesetzmäßiger Weise naturalisirt worden, aufgehoben werden können.

Es ist durchaus nicht nothwendig, daß die Naturalisationspapiere von dem nämlichen Gerichtshofe ausgefertigt werden, vor welchem der Eingewanderte seine Absicht Bürger werden zu wollen abgab; es braucht das „zweite Papier" auch nicht einmal in demselben Staate ausgestellt zu werden, in welchem das „erste Papier" erlangt wurde. So kann z. B. Jemand seine Erklärung Bürger werden zu wollen in New York abgeben und nach Verlauf der vorgeschriebenen Zeit seinen Naturalisationsschein in Chicago oder San Francisco ausfertigen lassen, wenn er dort nur einen Zeugen beschaffen kann, welcher beschwört, daß der Applikant die erforderliche Zeit in den Vereinigten Staaten und ein Jahr in dem betreffenden Staate verweilt hat und daß er einen guten Character besitzt.

Ausländer, welche vor ihrem 18. Lebensjahre eingewandert sind, können nach fünfjährigem Aufenthalte in den Vereinigten Staaten und mindestens einjährigem Wohnen in ihrem Staate naturalisirt werden; die drei Jahre ihrer Minderjährigkeit sollen ihnen dabei angerechnet werden; ein solcher Eingewanderter bedarf keiner „ersten Papiere," sondern kann nach erlangter Volljährigkeit und einem permanenten Aufenthalte von 5 Jahren sofort seinen Naturalisationsschein ausgefertigt erhalten; natürlich muß dieses in der vorgeschriebenen Weise und auf die eidliche Aussage eines Zeugen hin geschehn.

Wird ein Ausländer naturalisirt, so erhält er dadurch sofort das volle Bürgerrecht und kann sogleich von allen Rechten, welche einem Bürger zustehn, Gebrauch machen.

Läßt ein Ausländer sich, nachdem er das 21. Lebensjahr erreicht oder überschritten hat, für die reguläre Armee oder als Freiwilliger im Dienste der Vereinigten Staaten anwerben, so soll er, ohne die sonst vorgeschriebene erste Erklärung abgegeben zu haben, nach einer ehrenhaften Verabschiedung das Bürgerrecht erlangen können, wenn er nur nachweisen kann, daß er ein Jahr lang in den Vereinigten Staaten geweilt hat und daß er einen guten Character besitzt.

Jeder Ausländer, welcher als Seemann auf einem Kauffahrteischiffe dient, das unter der Flagge der Vereinigten Staaten segelt, kann drei Jahre nach der Erlangung seines „ersten Papiers," wenn er eine ehrenhafte Entlassung aus seinem Dienste und ein gutes Betragen während desselben nachzuweisen vermag, die Ertheilung des Bürgerrechts beanspruchen; unter dem Schutze der Vereinigten Staaten steht ein solcher in activem Dienste befindlicher Seemann schon von der Zeit an, wo er seine Erklärung, Bürger werden zu wollen, abgab. Der Collector eines jeden Bundesdistricts kann einem solchen Seemanne, welcher die obigen Bedingungen erfüllt hat, rechtskräftig bescheinigen, daß derselbe naturalisirt worden ist.

Wohl zu bemerken ist, daß jedes im Gebiete der Vereinigten Staaten geborene Individuum von seiner Geburt an, weil durch dieselbe, Bürger des Landes ist; die vollen

Rechte eines Bürgers erlangt es jedoch erst nach der Vollendung seines 21. Lebensjahres.

Hochwichtig ist eine bundesrichterliche Entscheidung, welche besagt, daß das einmal erlangte Bürgerthum nicht von der naturalisirten Person selber wieder abgeworfen werden kann, sondern daß vielmehr ein naturalisirter Ausländer die Rechte eines vereinstaatlichen Bürgers behält und auch von dessen Pflichten nicht entbunden ist, wenn er sich in ein anderes Land begiebt und dessen Bürgerrecht erwirbt, um das Bürgerthum der Vereinigten Staaten abzustreifen. Ein naturalisirter Ausländer kann, gleich dem eingeborenen Bürger, nur mit der Bewilligung der vereinstaatlichen Regierung sich seines Bürgerthums entäußern.

Zweites Kapitel.

Bürgerrechte und Bürgerpflichten. — ALIENS.

Haben wir in dem vorigen Kapitel dargethan, auf welche Weise das Bürgerthum erlangt werden kann, so wollen wir nun die Rechte und die Pflichten erläutern, welche es mit sich bringt.

Die Rechte, welche das Bürgerthum verleiht, sind sehr verschiedener Art; gemeiniglich wird das Wahlrecht als das vornehmste derselben genannt, aber es ist nur bedingungsweise ein Ergebniß des Bürgerthums, wie wir in einem das Wahlrecht ausschließlich behandelnden Kapitel darthun werden. Es herrschen darüber sehr verworrene Ansichten, und deßhalb werden wir gerade dieser Sache später unsere besondere Aufmerksamkeit widmen. Da das Wahlrecht aber nur bedingungsweise ein Privilegium des Bürgers, und zwar nicht des Bundesbürgers, sondern des Staatsbürgers ist, so kann es in diesem Kapitel, welches nur von den allgemeinen Rechten aller Bürger der Vereinigten Staaten handeln soll, nicht in Betracht gezogen werden.

Das Bürgerthum der Vereinigten Staaten verleiht Allen, welche es besitzen, in jedem Staate und in jedem Territorium gewisse, gleiche Rechte und Freiheiten.

Es ist das jedoch so zu verstehen, daß in keinem Staate oder Territorium Gesetze erlassen werden dürfen, welche die Rechte und Freiheiten des Bürgerthums auf die Individuen ungleich vertheilen; so daß verschiedene Klassen von Bürgern geschaffen würden, deren einige Vorrechte über die anderen genössen. Wir haben nur ein Bürgerthum der Vereinigten Staaten, welches Allen gleiche Rechte und Freiheiten verleiht und das hierin keinerlei Unterschiede zuläßt. Die Bestimmung ist aber nicht so zu verstehn, daß es den Staats- oder Territorialregierungen verboten wäre, ihren Bürgern ein Recht oder eine Freiheit zu gewähren oder zu verweigern, welche nicht der Bundesgewalt entspringt, sondern die ausschließlich in den Bereich der Staatsgewalt gehört. Viele meinen, wer Bürger der Vereinigten Staaten sei, könne in jedem Staate und Territorium dieselben Privilegien und Freiheiten beanspruchen, denn kein Staat habe das Recht, seinen Bürgern besondere Privilegien und Freiheiten zu gewähren, oder ihnen einige zu verweigern, welche ein anderer Staat seinen Bürgern zugesteht; dies ist aber eine leider weitverbreitete, grundfalsche Ansicht. Wir haben wohl zu unterscheiden zwischen denjenigen Privilegien, welche ausschließlich durch die Regierung der Vereinigten Staaten verliehen werden, (diese müssen in der Bundesverfassung begründet sein), und zwischen jenen anderen Rechten und Freiheiten, welche der Staatsgewalt entspringen; die ersteren können keinem Bürger in irgend einem Theile der Union beschränkt oder verweigert werden, und geschähe Solches, so müßte die Bundesregierung dagegen einschreiten und dem also beeinträchtigten Bürger zu seinem Rechte verhelfen. Gewisse Rechte kann jedoch nur die Staatsgewalt verleihen, und in diese hat sich die Bundesregierung durchaus nicht einzumischen.

Ohne auf die Rechte und Freiheiten einzugehen, welche allen Bewohnern der Vereinigten Staaten durch die

Constitution gewährleistet werden, wollen wir nun mit der Aufzählung und Erörterung derjenigen Gerechtsamen beginnen, welche nur den **Bürgern** der Vereinigten Staaten zugesichert worden sind, und an denen nicht naturalisirte Ausländer **keinen** Antheil haben.

Jeder volljährige Bürger der Vereinigten Staaten hat das Recht, eine Heimstätte unter den Gesetzen der Vereinigten Staaten zu beanspruchen. Dieses Recht hat auch jeder Eingewanderte, welcher seine Erklärung Bürger der Vereinigten Staaten werden zu wollen bereits abgegeben hat; auch kann ein minderjähriger, nicht volle 21 Jahre alter Bürger, welcher das Haupt einer Familie ist, solch eine Heimstätte beanspruchen. Dieselbe darf bis zu 160 Acres (¼ Section) der zu $1.25, oder bis zu 80 Acres der zu $2.50 veranschlagten öffentlichen Ländereien umfassen. Wer aus dem Landheere oder der Seemacht der Vereinigten Staaten ehrenhaft verabschiedet worden ist, kann gleichfalls solch eine Heimstätte beanspruchen.*)

Oeffentliche Mineralländereien dürfen nur von Bürgern der Vereinigten Staaten, oder von Eingewanderten, welche die Absicht sich naturalisiren lassen zu wollen vor Gericht kundgegeben haben, durchforscht und angekauft werden.

Alle Bürger der Vereinigten Staaten haben in jedem Staate und in jedem Territorium dieselben Rechte, welche den weißen Bürgern des betreffenden Staates oder Territoriums bezüglich des Erbens, Kaufens, Pachtens, Verkaufens, Besitzens und Uebertragens von Grundeigenthum und beweglicher Habe (personal property) zugestanden werden. — Es ist diese Bestimmung so zu verstehn, daß kein Staat oder Territorium seinen eigenen Bürgern hierin ein Vorrecht einräumen darf, welches er Bürgern der Vereinigten Staaten, die nicht im Besitz des

*) Genaueres über das Heimstätte-Gesetz siehe in dem betreffenden Kapitel des Anhangs

Bürgerthums jenes besonderen Staates oder Territoriums sind, verweigert. Diese Bestimmung ist aber nicht so zu deuten, daß nur Bürger der Vereinigten Staaten und nicht auch andere Bewohner eines Staates oder Territoriums Eigenthum erwerben, pachten, verkaufen oder übertragen dürfen. Jeder Staat hat über das Besitzrecht seine eigenen gesetzlichen Bestimmungen, und während in einigen Staaten irgend Jemand, gleichviel ob Ausländer oder Bürger, zu jeder Art von Besitzthum und zu jeder Art der Verfügung über dasselbe bedingungslos berechtigt ist, ist wieder in anderen Staaten das Recht des Besitzens von Liegenschaften (real estate) und auch die Vererbung derselben auf die Bürger beschränkt.

Wählbare Bundesbeamte müssen Bürger der Vereinigten Staaten sein. Die Constitution der Vereinigten Staaten enthält die besonderen Bedingungen, unter welchen ein Bürger der Vereinigten Staaten zu deren Präsidenten oder Vicepräsidenten, sowie in den Congreß erwählt werden kann; der Leser möge hierüber unter Artikel II Section 1 § 4, sowie unter Artikel I Section 6 § 2, Artikel I Section 2 § 2, Artikel I Section 3 § 3, und 14. Amendment Section 3, nachlesen. Auch die zu ernennenden Beamten des Bundesdienstes, wie z. B. Clerks, Copiisten, Boten 2c., müssen im Besitz des Bürgerthums der Vereinigten Staaten sein; es ist jedoch weder erforderlich, daß sie männlichen Geschlechts, noch daß sie volljährig (21 Jahre alt) sind; demnach können auch, wie es ja vielfach geschieht, Gattinen, Töchter, Wittwen und minderjährige Söhne von Bürgern im Bundesdienst angestellt werden, aber wählbar sind solche Minderjährigen, gleich den Frauen und Mädchen, nicht.

Nur Bürger der Vereinigten Staaten können unter vereinstaatlicher Flagge segelnde und als vereinstaatliche Schiffe in die Register eingetragene Fahrzeuge als Eigenthümer besitzen oder commandiren; auch müssen sämmtliche Offiziere auf Fahrzeugen, welche unter dem

Schutz des Sternenbanners stehen, Bürger der Vereinigten Staaten sein. Naturalisirte Bürger, welche seit länger als einem Jahre in ihr altes Vaterland zurückgekehrt sind, oder die seit länger als zwei Jahren in irgend einem andern Staate des Auslandes weilen, dürfen nicht Fahrzeuge als vereinstaatliche Schiffe registriren und unter vereinstaatlicher Flagge segeln lassen; ausgenommen sind von dieser Beschränkung alle jene im Auslande weilenden naturalisirten Bürger, welche als Consuln oder Agenten der Vereinigten Staaten fungiren. Zu den Schiffen, welche als vereinstaatliche betrachtet werden und die deßhalb nur von Bürgern der Vereinigten Staaten besessen oder commandirt werden können, zählen auch die Küstenfahrzeuge und sämmtliche Fischerboote. Auch ist es Nichtbürgern verweigert, Antheile an vereinstaatlichen Schiffen zu erwerben. Wird ein vereinstaatliches Fahrzeug an einen Ausländer verkauft, so muß dieses der zuständigen Bundesbehörde angezeigt werden; solch ein Fahrzeug wird dann als ein fremdländisches betrachtet. Auch darf kein Ausländer in irgend einer Weise an dem Profit betheiligt sein, welchen ein vereinstaatliches Schiff abwirft, d. h. er darf solch ein Fahrzeug weder ganz noch theilweise miethen, und weder ganz noch theilweise befrachten. Ferner dürfen nur Bürger der Vereinigten Staaten Schiffe, welche unter dem Schutz des Sternenbanners stehn sollen, ganz oder theilweise auf eigene Rechnung bauen oder bauen lassen.

Alle im **Auslande weilenden Bürger** der Vereinigten Staaten haben gleiche Ansprüche auf die Beschützung ihrer Person und ihres Eigenthums durch die Bundesregierung; die naturalisirten Ausländer stehen darin den in Amerika Geborenen nicht nach. Wird ihnen ein Unrecht durch die fremde Regierung zugefügt, oder weigert sich dieselbe, ihnen Genugthuung, resp. Schadenersatz für Unbilden zu gewähren, welche ihnen dort durch Privatpersonen zugefügt wurden, so hat sich der nächste Ver. Staaten-Consul, oder ein Gesandter der Vereinigten

Staaten, ihrer anzunehmen. Kann der Consul oder der Gesandte dem mißhandelten Bürger der Vereinigten Staaten nicht zu seinem Rechte verhelfen, so hat die Bundesregierung sich in's Mittel zu legen, und der Präsident soll dann mit all seiner Macht zu Gunsten des geschädigten Bürgers einschreiten. Einen Krieg darf der Präsident jedoch nicht beginnen, wohl aber hat er, wenn seine Macht sich als ungenügend erweist, dem Congreß über den Fall Bericht zu erstatten und denselben zu energischem Vorgehn aufzufordern. Dem Congreß steht es dann zu, im äußersten Falle die dem Bürger im Auslande verweigerte Gerechtigkeit mit Waffengewalt zu erzwingen, resp. die betreffende fremde Macht zu züchtigen. Ein auf solche Weise im Auslande belästigter oder geschädigter Bürger mag sich auch direct bei der Bundesregierung zu Washington über die ihm widerfahrenen Unbilden beschweren, wenn ihm nicht ein Consul oder ein Gesandter der Vereinigten Staaten erreichbar ist, oder wenn er Grund hat anzunehmen, daß diese Beamten nicht energisch genug für ihn auftreten würden. — Die Gesandten und die Consuln der Vereinigten Staaten in China, Japan, Siam, Egypten und auf der Insel Madagascar haben auch volle Gerichtsbarkeit in allen Fällen, in welchen Bürger der Vereinigten Staaten die Verklagten sind, sowie in allen Fällen, worin es sich um eine Vertragsverletzung handelt. Sie haben dann sowohl in Civil- wie in Criminalprozessen nach den Gesetzen der Vereinigten Staaten Recht zu sprechen; sie können vollgiltige Verhaftsbefehle gegen Bürger der Vereinigten Staaten erlassen, welche die Gesetze übertreten haben oder einer Gesetzübertretung angeschuldigt worden sind.

Reisepässe giebt die Vereinigte Staaten-Regierung nur an ihre Bürger aus. Solche Reisepässe sind vom Staatssecretär auszustellen. Wer einen Reisepaß zu erlangen wünscht, muß sich deßhalb an das Staatsdepartement wenden und Beweise seines Bürgerthums liefern; meistens genügt die Einsendung des Bürgerscheins mit Beifügung einer Personalbeschreibung, Beides vor einem Notar beschworen. Das Staatsdepartement hat über die Art und Weise der Erlangung von Reisepässen von Zeit zu Zeit seine eigenen Bestimmungen getroffen, und will ein Bürger selber eine Application für einen Reisepaß machen, so sendet ihm das Staatsdepartement bereitwillig die auszufüllenden Formulare (blanks) nebst aller nöthigen Anleitung. Der Clerk im Staatsdepartement, welcher die eingegangenen Gesuche (applications) um Reisepässe zu prüfen hat, darf sich für seine gesammte Mühwaltung, alle zu leistenden Eide oder zu machenden Affidavits (beschworene schriftliche Aussagen) eingerechnet, nicht von dem Applicanten bezahlen lassen. — Der Präsident der Vereinigten Staaten hat allein zu bestimmen, welche Consuln und Gesandten Vereinigte Staaten-Reisepässe ausstellen und beglaubigen dürfen; wo sich eine Gesandtschaft der Vereinigten Staaten befindet, da darf nur ein diplomatischer Repräsentant der Vereinigten Staaten Reisepässe ausstellen. — Wer in's Ausland reist, thut gut, wenn er außer einem Reisepaß, ohne welchen kein Bürger die Vereinigten Staaten verlassen sollte, auch seinen Bürgerschein mitnimmt; will er recht vorsichtig sein, so mag er sich auch von dem Gesandten desjenigen Landes, in welches er reisen will, oder von einem Consul desselben hier in den Vereinigten Staaten bescheinigen lassen, daß er der rechtmäßige Besitzer des betreffenden Reisepasses ist. Diese letztere Vorsicht ist jedoch wohl in den meisten Fällen überflüssig.

Stirbt ein Bürger der Vereinigten Staaten im Auslande, so hat der dortige Consul oder Vice-Consul den Nachlaß in Empfang zu nehmen, alle etwaigen Guthaben des Verstorbenen zu collectiren und aus dem Nachlaß die etwaigen Schulden zu bezahlen. Den Rest der Nachlassenschaft hat der genannte Consularbeamte an das Schatzamt der Vereinigten Staaten einzuliefern, wo derselbe aufbewahrt wird, bis ein gesetzlicher Erbe sich meldet; hat sich ein gesetzmäßiger Erbe schon früher eingestellt, so mag der betreffende Consularbeamte ihm die Nachlassenhaft aushändigen. Hat der verstorbene Bürger ein Testament gemacht, so muß der Consularbeamte nach Möglichkeit für dessen Ausführung sorgen.

Vor den Gerichten sollen alle Bewohner der Vereinigten Staaten, Ausländer (aliens) wie Bürger, völlig gleich gestellt sein und die Bürger dürfen dort in keiner Weise bevorzugt werden.

Ein Verlust der Bürgerrechte trifft den Deserteur aus dem Heere oder der Flotte der Vereinigten Staaten, sowie denjenigen wehrpflichtigen Bürger, welcher einer Einberufung unter die Waffen nicht Folge leistet; ebenso kann ein noch nicht naturalisirter Deserteur niemals das Bürgerrecht beanspruchen; es sei denn, daß er begnadigt worden wäre. — Auch büßt sein Bürgerrecht ein, wer sich des Hochverraths schuldig macht, d. h. sich mit Waffengewalt gegen die Autorität der Regierung auflehnt oder sich an einer Rebellion gegen dieselbe betheiligt. — Ferner wird das Bürgerrecht der Vereinigten Staaten durch das Begehen gemeiner Verbrechen verscherzt; im Begnadigungsfalle wird es indessen zurückgegeben.

Als „aliens" werden alle in den Vereinigten Staaten weilenden nicht-naturalisirten Ausländer bezeichnet. Auch die Gesandten und Consuln fremder Mächte sind „aliens;" aber sie stehen mit ihrem gesammten Dienstpersonal unter dem Schutz des Völkerrechts und gelten darnach unverletzlich. — Gesandten, Botschafter oder Consuln können weder vor einem Staats- noch vor einem Bundesgericht prozessirt werden; es sei denn, daß sie Bürger der Vereinigten Staaten wären; im andern Falle sind sie vor einem Gerichtshofe ihres Landes zu belangen.

Bricht zwischen den Vereinigten Staaten und einer fremden Macht ein Krieg aus, oder droht eine fremde Macht mit einem Einfall in das Gebiet der Vereinigten Staaten, und hat der Präsident dem Volke in einer Proclamation Mittheilung gemacht, so können alle im Gebiet der Vereinigten Staaten derzeit weilenden Unterthanen oder Bürger jenes feindseligen Staates, welche männlichen Geschlechts und über 14 Jahre alt sind, festgenommen und als Feinde des Landes über die Grenze gewiesen werden. Der Präsident hat in solchem Falle durch eine Proclamation zu bestimmen, welch ein Verfahren solchen „aliens" gegenüber eingeschlagen werden soll. Er kann auch eine gewisse Bürgschaft für ihr friedliches Verhalten fordern. Eine plötzliche Ausweisung von „aliens" ist nur dann statthaft, wenn dieselben bereits sich feindseliger Handlungen schuldig gemacht haben; in jedem anderen Falle muß den Ausgewiesenen eine genügende Frist gegeben werden. Ausgewiesene sind durch den Bundesmarschall des betreffenden Bundesgerichtsdistricts, oder durch dessen autorisirten Stellvertreter über die Grenze zu schaffen.

Ausländer können niemals außerhalb der Gerichtsbarkeit der Vereinigten Staaten deren Schutz beanspruchen.

B ü r g e r p f l i c h t e n. — Recht geringfügig sind die Pflichten, welche dem Bürger durch das Gesetz auferlegt werden, und will er sich ihrer Erfüllung entziehen, was allerdings nur durch das Vorliegen triftiger Gründe moralisch entschuldigt werden kann, so wird ihm das durchaus nicht schwer.

Die Vereinigten Staaten legen ihren Bürgern nur zwei Pflichten auf: Die W e h r p f l i c h t und der G e s c h w o r e n e n d i e n s t.

Die Wehrpflicht kommt eigentlich nur in Kriegszeiten oder bei Aufständen practisch in Betracht und wird sonst nicht von den Bürgern gefordert. Die Bundesgesetze besagen darüber im Wesentlichen Folgendes:

Jeder körperlich taugliche Bürger der respectiven Staaten soll von seinem 18. bis zu seinem 45. Lebensjahre in die Miliz eingereihet sein. Wir bemerken dazu, daß schon diese erste Section der auf die Wehrpflicht bezüglichen Statutengesetze in ruhigen Zeiten ein todter Buchstabe ist; selbst beim Ausbruch des großen Bürgerkrieges wurde dieses Gesetz nicht in Anwendung gebracht, und später kam es nur limitirt in einigen Staaten zur

Anwendung, welche ihre Freiwilligenquota nicht zu stellen vermochten. Es wurde nämlich ein „draft“ (Loosen) angeordnet, und das Gesetz besagt, daß jeder Bürger — Nicht-Bürger können natürlich dem „draft“ nicht unterworfen sein — welcher sich dem „draft“ für das Landheer oder die Marine entzieht, seines Bürgerrechts verlustig erklärt werden solle; diese strenge Verfügung ist jedoch unseres Wissens nirgend zur Geltung gebracht worden. Uebrigens konnte sich auch der also durch das Loos zur zwangsweisen Erfüllung der Wehrpflicht herangezogene Bürger irgend einen körperlich tauglichen Mann, welcher nicht nothwendigerweise Bürger sein mußte, als Stellvertreter kaufen oder miethen.

Die Vereinig'en Staaten sorgen für eine zweckmäßige Ausrüstung und Bewaffnung der Milizen. Hierunter sind indessen die bunten Uniformen, zie lichen Leibgürtel und glanzledernen Patrontaschen der zahlreichen „Fancy“-Compagnien, welche sich zu ihrem eigenen Vergnügen gebildet haben, um als Milizen Soldaten spielen zu können, nicht zu verstehen; die Bundesregierung liefert der Miliz an Equipirung und Montirung ganz Dasselbe, was die reguläre Armee bekommt; alle Extra-Sächelchen müssen die elegant erscheinen wollenden Bürgersoldaten aus eigener Tasche bezahlen.

Ausgenommen vom Milizdienst sind: Der Vice-Präsident der Ver. Staaten, die richterlichen und die Executiv-Beamten der Ver. Staaten, die Mitglieder beider Zweige des Congresses und die Beamten beider Häuser, alle Zollhausbeamten und deren Schreiber, alle im Postdienst beschäftigten Personen, alle Fährleute an Poststraßen, alle Ausfuhr-Inspectoren, alle Handwerker und Arbeiter in den Zeughäusern und Arsenalen der Ver. Staaten, alle auf unter vereinstaatlicher Flagge segelnden Schiffen dienende Seeleute, und schließlich alle Personen, welche durch ein Gesetz ihres respectiven Staates vom Milizdienst ausgenommen werden mögen.

Jeder Gouverneur ist der oberste Befehlshaber der

Miliz seines Staates; ihm zur Seite steht ein von ihm zu ernennender Generaladjutant, welcher des Gouverneurs Befehle den Commandeuren der einzelnen Abtheilungen übermittelt und sämmtliche Bureauarbeiten zu leiten hat.

Die Offiziere, welche in vielen Fällen von den Mannschaften gewählt werden, erhalten ihre Bestallung durch den Gouverneur.

Droht den Vereinigten Staaten durch einen Feind von auswärts, durch Indianer, oder durch Empörung Gefahr, so mag der Präsident die Miliz eines Staates, oder mehrerer, oder auch nur Theile derselben, unter die Waffen rufen und zu activem Dienst beordern. Dann können die Milizen auch nach Vorschrift des Präsidenten und unter Beobachtung der bezüglichen Gesetze auf's Neue in Compagnien, Bataillone, Regimenter, Brigaden, Divisionen u. s. w. eingetheilt werden.

Der Präsident darf die Miliz nicht für länger als neun Monate herausbeordern; dieselbe wird dann in den Dienst der Ver. Staaten eingemustert, und ist damit den regulären Truppen in jeder Beziehung gleichgestellt.

Kriegsgerichte, vor welchen Milizmänner prozessirt werden sollen, müssen ausschließlich aus Milizoffizieren bestehen.

Soweit die Ver. Staaten-Gesetze; auf die von einander vielfach abweichenden Milizgesetze der einzelnen Staaten können wir hier natürlich nicht eingehen. Die Milizgesetze haben überhaupt wenig allgemeines Interesse, da nur in höchst seltenen Fällen von den Bürgern der Union die Erfüllung der Wehrpflicht gefordert worden ist. Wer einer Milizcompagnie zu seinem Vergnügen beitritt, der mag sich näher um die gesetzlichen Bestimmungen kümmern, welche sein Staat neben den Milizgesetzen des Bundes erlassen hat.

Der Geschworenendienst. — Die Geschworenen (jurors) müssen Bürger der Vereinigten Staaten, von unbescholtenem Ruf und der englischen Landessprache genügend mächtig sein, um den Gerichtsverhandlungen und

Zeugenverhören mit Verständniß folgen zu können.

Wesentlich unterscheiden sich zwei Arten von Juries: „Grand Juries“ und „Petit Juries.“

Eine Grandjury hat nur zu untersuchen und „festzustellen,“ ob die ihr von einem öffentlichen Ankläger oder von irgend einem Bürger vorgelegten Criminal-Anklagen begründet sind oder nicht. Findet sie nach den vorliegenden Beweisen und den Aussagen der Zeugen, deren Verhör sie selber leitet, daß ein Verbrechen begangen worden, oder daß wenigstens mit gutem Grunde Solches gemuthmaßt werden kann, so macht sie dem Gerichtshofe hiervon Anzeige. Man nennt das „indictment“ oder auch „true bill.“ Dann wird der Angeklagte verhaftet, wenn er sich auf freiem Fuße befindet, und je nach dem in's Gefängniß gesetzt, oder gegen eine nach der Größe des ihm zur Last gelegten Verbrechens zu bestimmende Bürgschaftssumme „für sein Erscheinen vor Gericht“ überbunden.

Ueberzeugt sich eine Grandjury, daß innerhalb des durch sie vertretenen Gerichtsbezirks große Uebel existiren, oder daß dort straffällige Gesetzübertretungen begangen worden, so empfiehlt sie eine richterliche Untersuchung und event. eine Prozessirung des oder der Schuldigen. Solch eine Empfehlung seitens der Grandjury wird „presentment“ genannt.

Die Grandjury versammelt sich nicht im Gerichtssaale, sondern in einem besondern Gemach, und ihre Verhandlungen werden geheim gehalten. Die Geschworenen müssen sich eidlich zu strengstem Schweigen verpflichten.

Die Grandjury fungirt also nur als Ankläger, nicht aber als Richter. Sie soll verhüten, daß Bürger ohne genügenden Grund vor ein Gericht gestellt und auf eine Criminalklage hin prozessirt werden können. Das 5. Amendment zur Constitution sagt darüber: „Keine Person soll wegen eines Kapitalverbrechens zur Rechenschaft gezogen werden, ohne daß eine Grandjury sie in Anklagezustand versetzt hätte“ — u. s. w. Dieses gilt für alle Criminalfälle, welche vor ein Bundes- oder ein Staatsgericht gehören; Militär- oder Kriegsgerichte l ſſen natürlich keine Voruntersuchung durch eine Grandjury zu.

Die „Petitjury" unterscheidet sich von der Grandjury wesen lich, denn sie fällt das Urtheil über Denjenigen, welchen die Grandjury in Anklagezustand versetzt hat. Außerdem spricht sie aber auch in sehr vielen Civilklagen Recht, welchen nicht ein „indictment" durch die Grandjury vorausgegangen ist. Ihr Wahrspruch wird „verdict" genannt.

Die Petitjury wohnt im Gerichtssaale den Prozeßverhandlungen bei, erhält dann ihre Instructionen durch den Richter und zieht sich darauf zu einer geheimen Berathung in ein ihr eingeräumtes Zimmer zurück; dieser Berathung darf kein Nicht-Geschworener beiwohnen.

Niemand darf öfter als ein Mal in zwei Jahren zum Geschworenendienst der Ver. Staaten gezogen werden.

Wenn ein Hochverrathsfall oder ein Kapitalverbrechen vorliegt, soll die Vertheidigung bis zu 20 und der Ankläger bis zu 5 Geschworene verwerfen dürfen, an deren Stelle dann andere vom Gerichtshof zu berufen sind.

Wer in einem Prozeßfalle eine vorgefaßte Meinung hat, oder wer nur von der zu untersuchenden Sache und den einzelnen Umständen Kenntniß er'angt hat, soll dieses dem Gerichtshof mittheilen, wenn er zum Geschworenendienst herangezogen worden; dann wird er nicht als Geschworener zu fungiren haben.

Wer durch Betheiligung an einer Rebellion oder durch ein gemeines Verbrechen sein Bürgerrecht verscherzt hat, darf nicht zum Geschworenendienst herangezogen werden.

———:O:———

Drittes Kapitel.

Die Größe und die Entstehung der Union.

Wir wenden uns jetzt wieder ganz direct an dich, lieber Leser, denn mit dir haben wir es einzig und allein zu thun; dir setzten wir die Wichtigkeit der Erlangung des Bürgerthums auseinander, und hoffen auch, daß du dieselbe begriffen und, falls du noch nicht Bürger bist, nun keine Zeit versäumen wirst, es zu werden. Ja, wir sind von dieser Hoffnung so durchdrungen, daß wir dich auf jeden Fall gleich für einen Bürger ansehn und als zu einem solchen nun weiter zu dir reden über Dasjenige, was dem Bürger zur Erfüllung seiner Pflichten, wie zur Wahrung seiner Rechte zu wissen nützlich und nothwendig ist.

Beginnen wir mit einer kurzen Betrachtung unserer Union, die groß und reich ist, wie kein anderes civilisirtes Reich der Erde. Wahrlich, die Gründer dieser Republik haben es nicht zu ahnen vermocht, wie ungeheuer der von ihnen geschaffene Bund freier Staaten an Ausdehnung und Macht und Reichthum zunehmen würde, und wie glanzvoll der hundertste Jahrestag der Verkündigung der Unabhängigkeits-Erklärung gefeiert werden sollte durch eine Weltausstellung, zu welcher alle Nationen ihre schönsten und kunstvollsten Erzeugnisse sendeten nach Philadelphia, wo die Unabhängigkeit der Vereinigten Kolonien am 4. Juli 1776 verkündet und wo die Freiheit gleichzeitig eingeläutet worden war mit jenem Glöcklein auf „Carpenter's" oder „Liberty Hall," das mit dem letzten Tone klingend zersprang — wohl zum Zeichen, und zwar nicht von Menschen war es gegeben, daß diese Glocke nicht mehr benutzt, nicht mehr entweiht werden sollte nach jenem feierlichen Einläuten der Geburt des größten Volksstaates, der gewaltigsten Republik der Neuzeit.

In einem langen, blutigen Ringen warfen diese Kolonien das britische Joch ab, und erst 1783 erkannte die englische Regierung, das Nutzlose einer Fortsetzung des Kampfes einsehend, die Unabhängigkeit ihrer amerikanischen Kolonien an — Canada und die nördlichen, auch heute noch unter britischer Herrschaft stehenden Besitzungen ausgeschlossen. Höchst lehrreich und unterhaltend ist die Entwicklungsgeschichte der Union, und wir rathen dir, sie in einem zuverlässigen Werke, deren es gar viele kleine und große giebt, recht aufmerksam zu lesen; denn die Gegenwart ist eine Folge der Vergangenheit, und wer die erstere verstehen will, muß die letztere kennen.

Nicht minder interessant und unerläßlich ist das Studium der geographischen Verhältnisse unseres Landes, von dessen Größe und Reichthum leider ein nur sehr geringer Theil seiner Bürger eine richtige Vorstellung hat. In 38 Staaten und 9 Territorien eingetheilt, umfaßt die Union ein Gebiet von mehr als 3,600,000 englischen Quadratmeilen — genau sind es 3,613,344 englische, oder fast170,000 deutsche (geographische) Quadratmeilen — oder noch über eine halbe Million Quadratmeilen mehr als ganz Deutschland, Oesterreich-Ungarn, Frankreich mit seinen sämmtlichen Kolonien und die gesammte Türkei, nämlich die europäische und die asiatische, zusammengenommen haben. Deutschland allein würde neun Mal vergrößert, und dann noch etwa 100 englische Quadratmeilen dazugelegt, in dem Gebiet der Vereinigten Staaten Platz haben. Dagegen muß sich die Einwohnerzahl der Union noch mehr denn acht Mal um ihre gegenwärtige Bevölkerung vermehren, bis unser Land so dicht besiedelt sein wird als Deutschland; denn nach dem Census von 1880 wohnen in runder Zahl nur 50½ Millionen Menschen, oder etwa 11 Personen auf die Quadratmeile, in den Vereinigten Staaten. Neunzig Jahre zuvor, d. i. nach dem Census von 1790, wohnten in den Vereinigten Staaten nicht ganz 4 Millionen Menschen, und somit hat sich deren Einwohnerzahl in drei Menschenaltern mehr denn verzwölffacht.

Nach dem die Befreiungskriege beendenden Friedensschlusse mit England umfaßten die Vereinigten Staaten nur ein Gebiet von 815,615 engl. Quadratmeilen. Hinzugekommen sind seither: Das 930,928 englische Quadratmeilen große, sogenannte Louisiana-Gebiet, welches sich am Mississippi weit hinauf erstreckte und den jetzigen Staat Iowa noch mit umschloß, durch Ankauf von Frankreich im Jahre 1803; durch Abtretung 1821 das bis dahin unter spanischer Herrschaft gestandene, 59,268 engl. Quadratmeilen messende Florida; 1845 durch freiwilligen Anschluß Texas mit 247,356 engl. Quadratmeilen; 1846 das von England vertragsmäßig abgetretene Oregon-Gebiet mit 280,425 engl. Quadratmeilen; 1847 die dem Staate Mexico abgerungenen Gebiete New Mexico und Californien mit 649,762 Quadratmeilen; 1854 durch Vertrag mit Mexico das Gebiet Arizona mit 113,916 Quadratmeilen; 1867 durch Ankauf von Rußland das Gebiet Alaska mit 577,390 Quadratmeilen, und 1872 die Insel St. Juan und einige kleinere Eilande mit etwa 1500 Quadratmeilen, bisher von England beansprucht, durch den Schiedsrichterspruch des Kaisers von Deutschland.

Das Gebiet der Union zerfällt in Staaten, Territorien und den District Columbia, d. i. jenes 55 Quadratmeilen große, 1790 von dem Staate Maryland abgetretene Gebiet, worauf die Bundeshauptstadt Washington steht; der von Virginien zur nämlichen Zeit behufs Gründung eines Bundesdistricts abgetretene, auf dem rechten Potomac-Ufer gelegene Landstrich wurde 1846 an jenen Staat zurückgegeben. Im Jahre 1790 umfaßte die junge Union

13 Staaten, welche in nachstehender Reihenfolge organisirt wurden:

1787—Delaware, New Jersey und Pennsylvanien;

1788—Connecticut, Georgia, Maryland, Massachusetts, New Hampshire, New York, Süd-Carolina und Virginien;

1789—Nord-Carolina, und

1790—Rhode Island.

Hinzugekommen sind seither
(bis Januar 1881):

1791—Vermont, aus Theilen von New York und New Hampshire gebildet;

1792—Kentucky, von Virginien abgetrennt;

1796—Tennessee, von Nord-Carolina abgesondert.

1802—Ohio, als der erste Staat, welcher aus dem großen, nordwestlich vom Ohio gelegenen Gebiet gebildet wurde, das Virginien, einige für Soldaten-Bounty-Ländereien bestimmte Landstriche ausgenommen, an die Bundesregierung abgetreten hatte;

1812—Louisiana, der südlichste Theil des gleichnamigen, von Frankreich gekauften Gebietes;

1816—Indiana, dessen Gebiet ehemals zu Virginien gehört hatte;

1817—Mississippi, aus Theilen von Süd-Carolina und Georgia gebildet;

1818—Illinois, dessen Gebiet zu Virginien gerechnet worden;

1819—Alabama, aus Theilen von Georgia und Süd-Carolina gebildet;

1820—Maine, von Massachusetts abgesondert;

1821—Missouri, und

1826—Arkansas; beide Staaten wurden aus dem alten Louisiana-Gebiet gebildet;

1837—Michigan, aus dem Gebiete nordwestlich vom Ohio gebildet;

1845—Florida, von Spanien abgetreten; und gleichzeitig
Texas, das sich von Mexico losgerissen und der Union angeschlossen hatte;
1846—Jowa, aus dem alten Louisiana-Gebiet gebildet;
1848—Wisconsin, aus dem Gebiete nordwestlich vom Ohio;
1850—Californien, von Mexico in Folge des Krieges mit den Vereinigten Staaten abgetreten;
1858—Minnesota;
1859—Oregon, von Großbritanien durch Vertrag erworben;
1861—Kansas, aus dem alten Louisiana-Gebiet gebildet;
1862—West-Virginien, von Virginien abgesondert;
1864—Nevada, das zu Californien gehört hatte;
1867—Nebraska, aus dem alten Louisiana-Gebiet gebildet, und im Jubeljahre*)
1876—Colorado, deßhalb auch der Centennial-Staat genannt.

Im Jahre 1881 klopfte das Territorium Dakota vergebens an die Pforten des Congresses und bat um Aufnahme in die Union als ein Staat. Wann das geschehen kann, und welche Vortheile dem zum höheren Range eines Staates beförderten Territorium daraus erwachsen, darüber reden wir später. Es harren nun noch die Territorien New Mexico und Utah, beide 1850 aus ehemaligem mexicanischen Gebiet gebildet; Washington, von dem Oregon-Gebiet abgeschieden und 1853 gebildet; Dakota, ein Theil des alten Nebraska-Gebiets und 1861 gebildet; Arizona, von Spanien abgetreten und 1863 gebildet;

*) Das Jahr 1876 wird das „Jubel"- oder „Centennialjahr" genannt, weil 100 Jahre zuvor, am 4. Juli 1776, die vereinigten Kolonien, unsere gegenwärtigen Vereinigten Staaten, sich unabhängig von England erklärten.

Idaho, im nämlichen Jahre organisirt; Montana, 1864 von Idaho abgetrennt, und Alaska, 1867 durch Ankauf von Rußland erworben—Letzteres ist jetzt noch ohne eine geregelte Territorialregierung—der Aufnahme als Staaten. Das Indianer-Gebiet, Indian Territory, enthält den verschiedenen unterworfenen und aus ihren früheren Wohnsitzen verdrängten oder entfernten Indianerstämmen angewiesene Reservationen, nach denen jedoch, da sie reich an Mineralen und an trefflichem Ackerland sind, schon seit Jahren die gierigen Weißen des fernen Westens, meistens von Landspeculanten und unersättlichen Eisenbahncompagnien dazu angetrieben, ihre Hände ausstrecken. Es wird auch wohl nicht mehr allzu lange währen, bis den rothen Männern diese letzte Zufluchtsstätte entrissen worden ist, bis die in dem Indian Territory wohnenden kümmerlichen Reste der einst so mächtig gewesenen Volksstämme, welche ganz Nordamerika beherrschten, auch jenes letzten Besitzthums beraubt worden sind. Der District Columbia hat seine eigene Regierung, und wird niemals ein Staat werden können; er umschließt ja auch nur ein winzig kleines Areal.

Die erste Anregung zu einer Verbindung einiger der alten britischen Niederlassungen gab 1643 ein Krieg mit den Pequod-Indianern. Damals schlossen die Kolonien Massachusetts, Plymouth, Connecticut und New Haven ein Schutz- und Trutzbündniß und nannten sich die „Vereinigten Kolonien von Neu-England"; auch „die Wahrheit und die Freiheit der heiligen Schrift" sollte dadurch gewahrt werden nach dem Stil der puritanischen Secten, die Andersgläubige in ihrem Gebiet nur bedingungsweise duldeten und sich vornehmlich gegen die katholische Kirche höchst feindselig stellten. Ihren Gesetz-Codex bildeten die, nicht ganz mit Unrecht „Blutgesetze" genannten, berüchtigten „Blue Laws."*)

---

*) Der Anhang dieses Büchleins enthält ein eigenes Kapitel über die „Blue Laws".

Diesem Bündniß traten mehr und mehr Ansiedlungen bei, nnd auf einem im Juni 1754 zu Albany, der Hauptstadt des gegenwärtigen Staates New York, abgehaltenen Congreß waren alle nördlich vom Potomac gelegenen Kolonien vertreten.

John Adams, auch der ältere Adams genannt, faßte zuerst den Gedanken einer festen Vereinigung „von England unabhängiger amerikanischer Kolonien." Dieser große Gedanke schlummerte jedoch wieder ein, da ein zwischen Großbritanien und Frankreich ausbrechender siebenjähriger Krieg die Kolonien mit neuen Banden an das Mutterland fesselte, und erst als unter Georg III. von England die den amerikanischen Besitzungen auferlegten Lasten gar zu drückend wurden, als die britische Regierung auf dos Verlangen der Kolonien nach einer Vertretung im englischen Parlament mit Hochmuth antwortete und zu den schweren Steuerbürden noch neue fügte; erst dann fühlten die Kolonisten die Schmach ihres schweren Joches, und die „Provinz" Boston forderte zur allgemeinen Mitwirkung auf, um gegen eine fernere Besteuerung ohne Vertretung im Parlament energisch Einsprache zu erheben. Die Legislatur von Massachusetts ernannte ein Committee, welches sich mit den übrigen Kolonien wegen eines gemeinschaftlichen Widerstandes in's Vernehmen setzen sollte; Pennsylvanien ließ durch seinen Agenten in London, Benjamin Franklin, gegen die Zuckersteuer Protest erheben, und New York, Virginien und Connecticut sicherten Massachusetts ihre Mithilfe zu. England antwortete durch neue Bedrückungen und Quälereien, und dann beschickten im October 1765 neun Kolonien einen zu New York tagenden Congreß, der von Massachusetts zusammen berufen worden war. Man wollte der englischen Regierung auf halbem Wege entgegenkommen, und diese zeigte sich auch nicht abgeneigt, ein besseres Einverständniß mit den amerikanischen Kolonien wieder herzustellen, indem sie die sehr mißliebige Stempelsteuer für Amerika

(2*)

aufhob. Bald folgte jedoch eine neue Steuerauflage der anderen, es kam zu neuen Reibereien, Truppen wurden von England herübergesandt, die Kluft zwischen den Patrioten, die sich Whigs, und den Königlich-Gesinnten, die sich Tories nannten, wurde in den Kolonien immer weiter und tiefer. Bald floß in Boston das erste Blut in dem unvermeidlich gewordenen Conflicte, die britische Regierung griff immer gewaltthätiger in die Rechte der Kolonisten ein, und am 5. September 1774 eröffnete ein „Continental-Congreß," worin alle Kolonien mit Ausnahme von Georgia vertreten waren, in Philadelphia seine Sitzungen. Es wurden nun viele wichtige Beschlüsse gefaßt, welche meistens die Nichtanerkennung drückender Parlamentsakte aussprachen; aber das bedeutsamste Werk dieses Congresses waren die „Articles of Association" (Artikel der Vereinigung), welche das älteste politische Document der Union bilden.

Ehe dieser erste Continental-Congreß am 20. October sich auflöste, wurde die Abhaltung eines zweiten Congresses auf den 10. Mai 1775 anberaumt. Auch ward noch ein Aufruf an das englische Volk erlassen und eine Bittschrift an den König gerichtet, worin es hieß: „Wir fordern nur Frieden, Freiheit und Sicherheit. Wir wünschen nicht eine Verringerung der Prärogativen, noch die Bewilligung eines neuen Rechts. Euere königliche Autorität und unsere Verbindung mit Großbritanien werden wir stets unterstützen und aufrecht erhalten." In England zeigte man jedoch keine Lust, mit den „amerikanischen Rebellen" zu unterhandeln, und schon im März 1775, also noch ehe der zweite Continental-Congreß zusammenkam, schiffte sich der Unterhändler Benjamin Franklin, an der Möglichkeit eines gütlichen Ausgleiches verzweifelnd, nach Amerika ein.

Nun kam rasch die Krisis. Am 19. April 1775 lieferten die Kolonisten einer Abtheilung englischer Truppen das erste Gefecht bei Lexington; vier Tage später beschloß der Provinzial-Congreß von Massachusetts 13,000 Mann in's Feld zu stellen, und gleichzeitig die verbündeten Kolonien zu ersuchen, diese Streitmacht auf 30,000 Mann zu erhöhen. Trotz alledem wollte der am 10. Mai in Sitzung gegangene zweite Continental-Congreß es nochmals mit einer Petition an den König versuchen; gleichzeitig aber beschloß er, daß die vereinigten Kolonien in Vertheidigungszustand zu setzen seien, und schon am 26. Mai erfolgte seine Erklärung an das Volk, daß England den Krieg thatsächlich begonnen habe. Dann wurde George Washington der Oberbefehl über die Kolonialtruppen übertragen. Am 4. Juli des folgenden Jahres (1776) erfolgte die berühmte Unabhängigkeitserklärung, und erst am 3. September 1783 wurde zu Paris jener Friedensvertrag unterzeichnet, durch welchen England die Unabhängigkeit seiner bisherigen Kolonien anerkannte. Am 25. December 1783 legte George Washington das Obercommando in die Hände des zu Annapolis versammelten Congresses nieder.

So wurde die Union in Kampf und Blut geboren. George Washington führte den Vorsitz in einer Convention, die zum Entwurf einer die Conföderations-Artikel ersetzen sollenden Verfassung einberufen wurde, und vom 25. Mai bis zum 14. September in Sitzung war. Diese Convention schuf unsere noch heute bestehende, von vielen als ein Meisterwerk gepriesene Constitution, welche jedoch dem nun mehr denn hundertjährigen Unionsriesen, dem sie als kleines Büblein auf den Leib angemessen worden, naturgemäß nicht mehr passen kann. Sie ist schon vielfach geflickt (amendirt oder abgeändert) worden, aber Flickwerk ist immer nur ein schlimmer Nothbehelf, und heute sehen wir in unserer Verfassung, die unsere Grundrechte und -Gesetze enthält, so viele große Löcher, daß es uns höchst zweifelhaft scheint, dieselben durch neues Flickwerk (Amendments) dauernd ausbessern zu können. Allerdings hätte der Versuch, dem Lande eine neue Verfassung zu geben, seine höchst bedenkliche Seite, und täuschen wir uns nicht sehr, so würde dadurch eine politische Krisis herbeigeführt werden, welche das Fortbestehn der Union als ein Bund freier Staaten stark in Frage stellen dürfte. Die heftigen Parteikämpfe, welche die gegenwärtige, am 17. September 1787 vollendete und unterzeichnete Constitution kaum zu Stande kommen ließen, würden mit erneuerter und vermehrter Heftigkeit wieder zum Ausbruch kommen; denn die Grundprinzipien, welche die damals einander so bitter befehdenden Parteien verfochten, sind die nämlichen, welche neuerdings wieder in den Kämpfen der republikanischen Partei mit der Demokratie in den Vordergrund gedrängt wurden. Wir werden darauf in unserer späteren kurzen Entwicklungsgeschichte der beiden alten Parteien zurückkommen.

Viertes Kapitel.

Ueber die verschiedenen Bundesadministrationen und Parteiwechsel.

Acht Mal schon haben Parteiwechsel in der Bundesadministration stattgefunden; bei jedem derselben sagten die stets um ihren Geldsack bangenden Kapitalisten einen entsetzlichen Krach voraus, der zum Ruin des Landes, zur Zertrümmerung der Union führen müßte, und Jedesmal — wurde es nicht wahr! Im Gegentheil zeigt uns die Geschichte der Union, daß ein jeder Parteiwechsel eine Hebung und Belebung des Geschäftes zur Folge gehabt hat. Man hat hier, und wohl nicht mit Unrecht, den alten Satz in Anwendung gebracht: „Neue Besen kehren gut," und dieser alte Satz hat sich in der amerikanischen Parteigeschichte bewährt. Soll die Union fortbestehn, so bedarf sie ziemlich häufiger Parteiwechsel. Es liegt eben in der Natur der Dinge—leider!—daß eine lange in der Machtstellung verharrende Partei gar zu sehr geneigt wird, vom Verwalten zum Regieren überzugehn und das öffentliche Eigenthum (durch die Macht der Gewohnheit?) als ihr Besitzthum, die öffentliche Kasse als ihren sich stets nachfüllenden Geldbeutel zu betrachten.

Deßhalb wirkt auch ein Umschwung, welcher die in der Minorität gewesene Partei obenauf bringt, meistens segensreich. Solch ein Wechsel in der Administration rüttelt das Volk auf's Neue auf und bewahrt es vor dem Versinken in Theilnahmlosigkeit. Siegt eine Partei in einer großen Reihe von Wahlen immer und immer wieder, so wird sie leicht übermüthig und anmaßend, so hält sie es für ganz in der Ordnung, daß sie am Ruder bleibt; und auf die so oft durch die Wahlurne besiegte Gegenpartei blickt sie mit Geringschätzung, und schließlich wohl gar mit Verachtung herab. Die Siegerin wird nur zu leicht geneigt, durch fortdauernde Wahlerfolge sich selber zu überschätzen, sich für die von der Vorsehung erkorene einzige Lenkerin der Geschicke des Landes zu halten; und dann steht die Fortdauer der Volksherrschaft nicht nur auf dem Spiele, nein, dann ist sie schon einer Parteiherrschaft gewichen, dann ist ein baldiger Umschwung zu Gunsten der Minorität im Interesse des Gemeinwohles, des Volksstaates, sehnlichst herbeizuwünschen.

Das sind Wahrheiten, welche die Erfahrung lehrt, und die du nicht nur in der Geschichte jeder bisher auf der Erde bestandenen Republik bestätigt finden wirst, wenn du nur darin aufmerksam nachlesen willst, sondern die auch die eigene Anschauung der Gegenwart, die Betrachtung der noch in den Kreis deiner Erinnerungen eingeschlossenen jüngsten Vergangenheit dir kund geben muß, lieber Leser.— Wir wollen damit aber durchaus nicht sagen, daß die Bürger stets gut daran thun würden, nur eine Zeitlang mit einer Partei zu gehen und dann sich der Gegenpartei anzuschließen, um einen solchen Umschwung herbeizuführen. Das liefe auf Prinzipienlosigkeit hinaus. Wir wollen damit hier nur andeuten, daß es sich weder mit der Klugheit noch mit der Würde des freien Bürgers vereinbaren läßt, unbedingt und immer zu der nämlichen Partei zu halten, auch nachdem dieselbe ihren Grundprinzipien untreu geworden ist, oder nachdem der Bürger ihre von ihm bislang für richtig und gut gehaltenen Grundprinzipien und Bestreben als falsch, als gefährlich für das Gemeinwohl erkannt hat. In einem solchen Falle muß er sich sogar, als gewissenhafter Mann, von seiner bisherigen Partei abwenden. Sein längeres Verharren bei derselben zeigte nicht Prinzipientreue, sondern liefe auf Parteisclaverei hinaus. Das überlege und durchdenke einmal recht gründlich, lieber Leser, dann wird dir unsere später erfolgende Darlegnng tes Parteitreibens um so verständlicher werden und du wirst es einsehn, daß der Verfasser nur bedingungsweise, wie er selber es seit mehreren Jahrzehnten gewesen und wie er es bleiben wird, dich als Parteimann sehen möchte.

Wir wollen dir eine kleine Geschichte, eine Art Gleichniß, erzählen: Es fuhr ein schönes stolzes Schiff auf dem Meere in der Nacht. Am Steuer stand ein kräftiger Seemann mit einem Adlerauge, mit einer Eisenfaust, mit einem Löwenherzen. „Was für einen Cours soll ich halten?“ fragte er den Kapitän; „was soll mir die Richtung angeben, in der ich steuern muß, um in den sichern Hafen das Schiff zu lenken?“ „Siehst du dort am Himmel jenen großen, glänzenden Stern?“ entgegnete der Kapitän; „wohlan, so behalte ihn im Auge und auf ihn hin halte ab, dann führst du uns in den sichern Hafen.“ Der Steuermann nickte und schaute unverwandt auf den großen glänzenden Stern, und herüber und hinüber ließ er das Steuerrad laufen, daß das Schiff trotz Wind und Wellen den vorgeschriebenen Cours innehielt. Bald aber begann der anfangs klare Himmel sich mit Wolken zu bedecken, die zeitweilig auch den großen, glänzenden Leitstern verhüllten. Aber der Steuermann hatte sich die Stelle gemerkt, wo der Stern hinter den Wolken verschwand, und mit freudiger Genugthuung sah er denselben durch die zahlreichen Lücken in der noch sehr zerrissenen Wolkendecke auch immer wieder an derselben Stelle auftauchen, wohin er geschaut, wo sein Auge ihn durch den Wolkenschleier zu erkennen getrachtet hatte. Es schien ihm bald gar nicht mehr schwer, den ihm angewiesenen Cours stetig zu verfolgen, obgleich die Wolken immer dichter und schwärzer wurden, obgleich sein Leitsterm immer seltener und für immer kürzere Zeiträume ihm die Bahn anzeigte. Er wußte ja, wo sein Stern stand, und das genügte ihm. Dann kam der Sturm über das Meer brausend geflogen, vor ihm neigte sich das stolze Schiff, bogen sich die schlanken Masten. Fester faßte der Steuermann sein Rad. „Heule nur, Sturm"! sprach er, „ich halte doch meinen Cours. Schieb mir nur Wolken vor meinen Leitstern, ich ich weiß doch wo er steht." Und es war, als habe der Sturm die Herausforderung verstanden, als habe er sie angenommen. Wilder und toller peitschte er die Wogen, legte er das stöhnende Schiff auf die Seite, bog er die ächzenden Masten. Der Steuermann hatte lange schon keinen Stern mehr zu sehn bekommen; aber unbekümmert ließ er sein Rad bald herüber bald hinüber laufen, und hielt mit starker Hand ab auf jene Stelle am schwarzen Nachthimmel, wo der Leitstern stehn mußte hinter der finstern Wolkenwand. Da ertönte plötzlich ein lauter Schrei der Wache am Bug: "Brandung voraus! — Brandung in Lee! — Brandung in Luv! — Brandung ringsum!" — — „Steuermann, was hast du gethan?" rief der Capitän. „Nicht in den sichern Hafen, sondern in die todbringenden Klippen lenktest du das Schiff." — „Ich that, wie Ihr mir geheißen," hallte es vom Steuer zurück, „ich folgte dem großen glänzenden Stern, Kapitän." — Da riß die schwarze Wolkendecke und triumphirend fuhr nun der Mann am Rade fort: „Schaut dorthin, Kapitän! Dort steht der Leitstern, den Ihr mir gewiesen, und immer noch folgt ihm das Schiff." — „Wo ist der Leitstern?" schrie der Kapitän; „meinst du jenen dort? O Steuermann, du verlorest unseren Stern aus den Augen, du folgtest einem falschen! . . . Dort links blinkt unser Stern. Gieb mir das Rad." Und mit nerviger Faust griff der Kapitän selber in die Speichen, über das Deck hin donnerte er seine Befehle, das Schiff stand, schwankte, fiel ab von seinem falschen Course und flog bald wieder dem echten Leitstern nach, dem schützenden Hafen zu. — — Das ist eine eigenartige Geschichte, lieber Leser. Nun setze einmal statt des Schiffes unsere Union, statt des Steuermannes die herrschende Partei, statt des Leitsterns das zu verfolgende Prinzip, und statt des Kapitäns — das Volk! Vielleicht lernst du dann etwas daraus.

* * *

Nach dieser kurzen Abschweifung schlagen wir nochmals die Geschichte unseres Landes auf und lassen hier eine kurze Uebersicht der verschiedenen Bundesadministrationen, mit Angabe der verschiedenen Parteiwechsel und anderem Wissenswerthen folgen.

Die Convention, welche der jungen Union eine Verfassung gab,*) bestimmte den ersten Mittwoch des Januars 1789 zur Wahl der ersten Präsidenten-Electoren, und den ersten Mittwoch des Februars des nämlichen Jahres zur Erwählung des Präsidenten durch die Electoren, sowie den ersten Mittwoch des März (derselbe fiel damals auf den 4. März) zur Einsetzung dieser neuen Administration. Bis dahin hatte nämlich die vollziehende Gewalt (Executive) neben der gesetzgebenden Gewalt (Legislative) in den Händen des Congresses geruht.

Bis auf die Inaugurirung (Einsetzung) des Präsidenten, welche durch eine Verzögerung des Eintreffens der neuerwählten Congreßmitglieder in New York, wohin derselbe zusammen berufen worden, verschoben ward, wurde Alles nach den obigen Bestimmungen ausgeführt. Die Inaugurirung Washingtons fand jedoch erst am 30. April 1789 statt. Trotzdem wurde der Amtstermin dieses ersten Präsidenten vom 4. März, dem zur Inaugurirung festgesetzten Tage an gerechnet. Jetzt noch müssen die von den verschiedenen Staaten dem Vorsitzer des Bundessenats eingesandten Berichte über das Votum der vom Volke erwählten Electoren am ersten Mittwoch im Februar

*) Man nennt eine solche Convention auch eine Constituante.

gezählt und die Wahlresultate offiziell verkündet werden, und auch immer noch beginnt und endet der Amtstermin des Präsidenten an einem 4. März.

Hier möge auch noch die Bemerkung Platz finden, daß bis zum Jahre 1804 kein besonderer Candidat für die Vice-Präsidentschaft aufgestellt wurde, sondern daß in den vier ersten Wahlen derjenige Candidat, welcher die meisten Electoralstimmen erhielt, Präsident wurde, während demjenigen Candidaten, dem die zweithöchste Stimmenzahl zufiel, der Vicepräsidentschaftsposten zuerkannt ward. Ein im Jahre 1803 angenommenes und bei der nächstjährigen Präsidentenwahl zum ersten Male zur Anwendung gekommenes Amendment zur Constitution verfügte, daß hinfür neben den Candidaten für die Präsidentschaft auch noch andere für die Vice-Präsidentschaft aufgestellt werden sollten.

So lassen wir denn hier die bisher stattgehabten Administrationswechsel mit einigen kurzen Notizen folgen:

Erste Administration.

1789—1793.

George Washington, von Virginien,*) Präsident, und John Adams, von Massachusetts, Vice-Präsident.

George Washington wurde einstimmig erwählt; seine Partei nannte sich „die Föderalisten.“ Es nahmen nur 11 Staaten, mit 69 Electoralstimmen, an dieser Wahl Theil. Die Staaten Nord-Carolina und Rhode-Island hatten damals die Bundesverfassung noch nicht ratificirt (gutgeheißen) und konnten daher keinen Antheil nehmen.

Zweite Administration.

1793—1797.

George Washington, von Virginien, Präsident, mit 132 Electoralstimmen wiedererwählt, und John

*) Diese Zusätze geben an, in welchem Staate die Betreffenden geboren, nicht aber, von wo sie gewählt wurden.

Adams, von Massachusetts, Vice-Präsident, gleichfalls wiedererwählt. — An dieser Wahl nahmen auch Nord-Carolina und Rhode-Island, sowie die seither neu aufgenommenen Staaten Vermont und Kentucky Theil. Also betheiligten sich an dieser Wahl im Ganzen 15 Staaten.

Dritte Administration.

1797—1801.

John Adams, von Massachusetts, Präsident, erhielt 71 Electoralstimmen; **Thomas Jefferson**, Vice-Präsident, erhielt 69 Electoralstimmen. Außerdem erhielten noch die Präsidentschaftscandidaten Aaron Burr 38 und Thomas Pinckney 59 Electoralstimmen. John Adams gehörte, gleich Washington, der föderalistischen Partei an. Tennessee war inzwischen in die Union aufgenommen worden, und somit stimmten dieses Mal 16 Staaten.

Vierte Administration.

1801—1805.

Thomas Jefferson, von Virginien, Präsident; und **Aaron Burr**, von New Jersey, Vice-Präsident; jeder erhielt 73 Electoralstimmen und deßhalb fiel die Entscheidung dem Repräsentantenhause zu, das sich nach 36 Abstimmungen, welche sieben Tage in Anspruch nahmen, für Jefferson als Präsidenten und Burr als Vice-Präsidenten entschied. Ferner erhielten die Candidaten John Adams 64 und Thomas Pinckney 63 Electoralstimmen.

Das war der erste Parteiwechsel. Mit Jeffersons Inauguration kamen die Anti-Föderalisten an's Ruder, welche sich jetzt Republikaner nannten. Diese Wahl brach die Macht der Föderalisten, an deren Spitze Alexander Hamilton stand, und nun wurden auch die schändlichen Fremden- and Aufruhrgesetze (Alien and Sedition Laws) worauf wir noch zurückkommen werden, aufgehoben.

Fünfte Administration.

1805—1809.

Thomas Jefferson, von Virginien, Präsident; und **George Clinton**, von New York, Vice-Präsident. Beide wurden, da nun das Amendment zur Bundesverfassung in Wirksamkeit trat, wonach für die Vicepräsidentschaft ein besonderer Candidat aufgestellt werden muß, von den Republikanern nominirt und mit 162 Electoralstimmen gewählt. Die von den Föderalisten erkorenen Candidaten, Charles C. Pinckney und Rufus King, erhielten nur 14 Electoralstimmen. Da Ohio 1802 in die Union aufgenommen worden, nahmen 17 Staaten an dieser Wahl Theil.

Sechste Administration.

1809—1813.

James Madison, von Virginien, Präsident; und **George Clinton**, von New York, Vice-Präsident; zwei Republikaner, welche mit 122 und 113 Electoralstimmen gewählt wurden. Die Candidaten der Föderalisten, Charles C. Pinckney und Rufus King, erhielten jeder 47 Electoralstimmen. Vice-Präsident Clinton starb am 20. April 1812.

Siebente Administration.

1813—1817.

James Madison, von Virginien, Präsident, und **Elbridge Gerry**, von Massachusetts, Vice-Präsident; jeder erhielt 128 Electoralstimmen. **De Witt Clinton**, Präsidentschafts-Candidat der Gegenpartei, erhiel 89, und **J. Ingersoll**, deren Vicepräsidentschafts-Candidat, erhielt 57 Electoralstimmen.—Louisiana war in die Union aufgenommen worden, und so betheiligten sich 18 Staaten an dieser Wahl.

Achte Administration.

1817—1821.

James Monroe, von Virginien, Präsident; und **Daniel D. Tompkins**, von New York, Vice-Präsident; mit 183 Electoralstimmen gewählt. Der Präsidentschafts-Candidat der Föderalisten, Rufus King, erhielt nur 34 Electoralstimmen. Indiana war zu Anfang 1816 in die Union aufgenommen worden, und somit stimmten dieses Mal 19 Staaten.

Neunte Administration.

1821—1825.

James Monroe, von Virginien, Präsident; und Daniel D. Tompkins, von New York, Vice-Präsident, wurden fast ohne alle Opposition wiedergewählt von den Republikanern, die sich nun Demokraten nannten. Da Mississippi, Alabama, Illinois und Maine inzwischen zu Staaten erhoben worden waren, so betheiligten sich deren 23 an dieser Wahl.

Zehnte Administration.

1825—1829.

John Quincy Adams, von Massachusetts, Präsident; und John C. Calhoun, von Süd-Carolina, Vice-Präsident. Das Electoralvotum hatte, da dieses Mal vier Präsidentschafts-Candidaten—außer Adams noch Andrew Jackson, William H. Crawford und Henry Clay—im Felde gewesen, kein entscheidendes Resultat ergeben: Jackson erhielt 99, Adams 84, Crawford 41 und Clay 31 Electoralstimmen; somit hatte keiner der Candidaten eine Majorität aller Electoralstimmen erhalten, wie die Constitution sie zur Erwählung eines Präsidenten fordert, und die Wahl fiel dem Repräsentantenhause zu, das staatenweise (nach der Vorschrift der Constitution, abstimmte und John Quincy Adams erkor, obschon Jackson die meisten Electoralstimmen erhalten hatte.

Obwohl man John Quincy Adams nicht streng genommen als einen „Parteimann" in unserem Sinne bezeichnen kann—er war unter dem demokratischen Präsidenten Monroe Staatssecretär gewesen—so wird diese Niederlage Jackson's, welcher der eigentliche demokratische Candidat war, doch als der zweite Parteiwechsel zu verzeichnen sein. Es hatten sich nämlich um Adams, Clay und Webster Anhänger geschaart, die sich zuerst „Nationalrepublikaner" und später „Whigs" nannten.

Mit Missouri, das nun zum ersten Male mitstimmte, bestand die Union jetzt aus 24 Staaten.

Elfte Administration.

1829—1833.

Andrew Jackson, von Nord-Carolina, Präsident; und John C. Calhoun, von Süd-Carolina, Vice-Präsident.—Damit kam die reguläre Demokratie wieder an's Ruder, und es fand somit der dritte Parteiwechsel statt. Jackson und Calhoun erhielten 178 Electoralstimmen und ihre Gegencandidaten, John Quincy Adams und Richard Rush, erlagen mit 83 Electoralstimmen.

Zwölfte Administration.

1833—1837.

Andrew Jackson, von Nord-Carolina, Präsident; und Martin Van Buren, von New York, Vice-Präsident; Beide von den Demokraten mit 219 Electoralstimmen gewählt. Henry Clay und John Sergeant, von Pennsylvanien, waren die Candidaten der Whigs und erhielten 49 Electoralstimmen.

Dreizehnte Administration.

1837—1841.

Martin Van Buren, von New York, Präsident; und Richard M. Johnson, Vice-Präsident; mit 170 Electoralstimmen von den Demokraten gewählt. Der Whig-Candidat, William Henry Harrison, erhielt 73 Electoralstimmen.

Mit den neu hinzugekommenen Staaten Michigan und Arkansas stimmten deren nun 26.

Vierzehnte Administration.

1841—1845.

William Henry Harrison, von Virginien, Präsident; und John Tyler, von Virginien, Vice-Präsident; von den Whigs mit 234 Electoralstimmen gewählt. Der Demokrat Van Buren erhielt als Präsidentschafts-Candidat nur 60 Electoralstimmen. — Das war der vierte Parteiwechsel.

Da Präsident Harrison schon am 4. April 1841, also einen Monat nach seiner Inauguration, starb, so trat Vice-Präsident Tyler an seine Stelle.

Fünfzehnte Administration.

1845—1849.

James K. Polk, von Nord-Carolina, Präsident; und George M. Dallas, von Pennsylvanien, Vice-Präsident; von den Demokraten mit 170 Electoralstimmen gewählt. Die Whigs erhielten für ihre Candidaten, Henry Clay und Theodore Frelinghuysen, 105 Electoralstimmen.

Das war der fünfte Parteiwechsel.

Sechzehnte Administration.

1849—1853.

Zacharias Taylor, von Virginien, Präsident; und Millard Fillmore, von New York, Vice-Präsident; von den Whigs mit 163 Electoralstimmen gewählt.—Das war der fünfte Parteiwechsel, welcher durch die Absonderung der sogenannten Free-Soilers (Freibodenleute) von der regulären Demokratie herbeigeführt wurde. Die Free-Soilers hatten Martin Van Buren und Charles Francis Adams nominirt, und die reguläre Demokratie stellte Lewis Caß und William O. Butler als Candidaten auf.

Zacharias Tay'or starb am 9. Juli 1850 und der Knownothing Fillmore trat an seine Stelle.

Das war der sechste Parteiwechsel.

Inzwischen war die Union durch die Aufnahme von Texas, Florida, Jowa und Wiskonsin vermehrt worden und bestand aus 30 Staaten, die sich an dieser Wahl betheiligten.

Siebzehnte Administration.

1853—1857.

Franklin Pierce, von New Hampshire, Präsident; und William R. King, von Nord-Carolina, Vice-Präsident; von den Demokraten mit 254 gegen 42 Electoralstimmen erwählt. Die Gegencandidaten der Whigs waren General Winfield Scott und William A. Graham. — Nach dieser Niederlage löste sich die Whig-Partei auf; aber auch die Demokratie schied sich in mehrere Fractionen (wörtlich: Bruchstücke). Das war der siebente Parteiwechsel.

Mit Californien, das 1848 in die Union aufgenommen worden, nahmen 31 Staaten an dieser Wahl Theil.

Achtzehnte Administration.

1857—1861.

James Buchanan, von Pennsylvanien, Präsident; und John C. Breckenridge, von Virginien, Vice-Präsident; von den Demokraten mit 174 gegen 122 Electoralstimmen gewählt.

An die Stelle der Whig-Partei war die neu gebildete republikanische Partei getreten, welche John C. Fremont und William L. Dayton nominirte. Die Know-nothings, auch Fremdenhasser, Nativisten und „amerikanische Partei" genannt, nominirten den alten Whig Millard Fillmore und Andrew J. Donnelson.

Neunzehnte Administration.

1861—1865.

Abraham Lincoln, von Kentucky, Präsident; und Hannibal Hamlin, von Maine, Vice-Präsident; von der republikanischen Partei mit 180 gegen 223 Electoralstimmen erwählt. Die Demokratie war in verschiedene Lager gespalten: Die gemäßigte, meistens dem Norden angehörende Demokratie stellte Stephan A. Douglas, von Illinois, und Hershel V. Johnson als Candidaten auf; die „radicalen" (südlichen) Demokraten ernannten John C. Breckenridge und Joseph Lane zu ihren

Bannerträgern, und eine politisch-farblose Compromiß-Partei, welche sich die „Constitutionelle Unions-Partei" nannte, nominirte John Bell und Edward Everett.

Damit erfolgte der achte Parteiwechsel.

Minnesota und Oregon waren mittlerweile als Staaten anerkannt worden, so daß 33 Staaten sich an dieser Wahl betheiligten.

Zwanzigste Administration.

1865—1869.

Abraham Lincoln, von Kentucky, Präsident; und Andrew Johnson, von Nord Carolina, (ein Demokrat) Vice-Präsident; von der republikanischen Partei mit 213 gegen 21 Electoralstimmen gewählt. Die Demokraten hatten George B. McClellan und George H. Pendleton nominirt.—An dieser Wahl nahmen die elf secedirten (aus der Union ausgeschiedenen) und nun mit derselben im Kriege befindlichen Staaten nicht Theil. Kansas und West Virginien stimmten dagegen als neue Staaten mit. Wäre die Union daher damals nicht durch die Secession gespalten gewesen, so hätten bei dieser Wahl 35 Staaten mitgestimmt.

Präsident Lincoln wurde am 14. April 1865 von dem Schauspieler John Wilkes Booth in einem Theater zu Washington ermordet (erschossen) und Andrew Johnson trat an seine Stelle.

Einundzwanzigste Administration.

1869—1873.

Ulysses S. Grant, von Ohio, Präsident; und Schuyler Colfax, von New York, Vice-Präsident; von den Republikanern mit 214 gegen 80 Electoralstimmen erwählt. Die Demokraten hatten Horatio Seymour, von New York, und Frank P. Blair, von Missouri, aufgestellt.

Nevada und Nebraska waren inzwischen in die Union aufgenommen worden, so daß bei dieser Wahl 37 Staaten mitstimmten.

Zweiundzwanzigste Administration.

1873—1877.

Ulysses S. Grant, von Ohio, Präsident; und Henry Wilson, von New Hampshire, Vice-Präsident; von den Republikanern mit 300 gegen 66 Electoralstimmen erwählt. Die Demokratie, zu welcher sich die von Carl Schurz gegründete und nur in dieser Wahl aufgetretene Fraction der „Liberalen Republikaner" schlug, hatte Horace Greeley, von New York, und B. Gratz Brown, von Missouri, zu ihren Bannerträgern erkoren.

Dreiundzwanzigste Administration.

1877—1881.

Rutherford B. Hayes, von Ohio, Präsident; und W. A. Wheeler, Vice-Präsident; von den Republikanern mit angeblich 189 Electoralstimmen für erwählt erklärt durch eine durchaus unconstitutionelle, aber von beiden großen Parteien, der Demokratie und der republikanischen Partei, anerkannten Electoral-Commission. Die Demokratie hatte Samuel J. Tilden, von New York, und William Hendricks, von Indiana, aufgestellt.

Dieses Mal stimmte auch Colorado mit, und die Union zählte somit 38 Staaten.

Vierundzwanzigste Administration.

1881—1885.

James A. Garfield, von Ohio, Präsident; und Chester A. Arthur, von New York, Vice-Präsident; von den Republikanern mit 214 gegen 155 Electoralstimmen erwählt. Die Demokraten hatten Winfield Scott Hancock, von New York, und William H. English, von Indiana, als Candidaten aufgestellt.

Fassen wir die stattgehabten Präsidentenwahlen nun noch in einigen Punkten kurz zusammen:

Zwei Mal kam keine Wahl zu Stande. Von 1788 bis 1880 fanden 24 Präsidentenwahlen statt. Im Jahre 1800 erhielten Thomas Jefferson und Aaron Burr gleichviele Stimmen, und die Wahl ging vor das Repräsentantenhaus, welches Jefferson bei der 36. Abstimmung erwählte. Das zweite Mal (1824) erhielt A. Jackson, obwohl eine Pluralität, doch nicht die nothwendige Majorität der Electoralstimmen, worauf das Repräsentantenhaus für seinen Gegner, J. Q. Adams, entschied.

Sieben Präsidenten wurden zum zweiten Male gewählt, nämlich: Washington, Jefferson, Madison, Monroe, Jackson, Lincoln und Grant.

Drei Präsidenten starben vor Ablauf ihres Termins: Harrison, Taylor und Lincoln.

Einmal wurde ein Präsident „impeached," nämlich: Andrew Johnson.

Acht Mal gehörte der erwählte Präsident dem Staate Virginien an, nämlich: Washington (2 Mal gewählt), Jefferson (2 Mal gewählt), Madison (2 Mal gewählt), Monroe (2 Mal gewählt), wozu noch der als Vice-Präsident gewählte Tyler kam, der Harrison folgte.

Von den anderen Präsidenten gehörten 2 (J. Adams und J. Q. Adams) dem Staate Massachusetts, 3 (Jackson (2 Mal gewählt, Polk und der auf Lincoln folgende Vice-Präsident Johnson) Tennessee, 2 (Van Buren und der auf Taylor folgende Vice-Präsident Fillmore) New York, 3 (Wm. H. Harrison, Rutherford B. Hayes und James A. Garfield) Ohio, 1 (Taylor) Louisiana, 1 (Pierce) New Hampshire, 1 (James Buchanan) Pennsylvanien, und 4 (Lincoln, 2 Mal gewählt, und Grant, 2 Mal gewählt, Illinois an.

Fünftes Kapitel.

Abriß der Geschichte der politischen Parteien.

Die alten Whigs und Tories, die Föderalisten und Anti-Föderalisten.

Nachdem wir dir, lieber Leser, nun die Entstehung der Union und ihre seitherigen Bundesadministrationen in aller Kürze dargestellt haben, sollst du einen Einblick in die Parteigeschichte des Landes erhalten und gleichzeitig erfahren, welche Grundsätze die politischen Parteien vertreten und welche Zwecke sie verfolgt haben.

Der Patrioten (Vaterlandsfreunde) und der Royalisten (Königlich Gesinnte), welche sich auch nach den beiden großen Parteien in England „Whigs" und „Tories" nannten, brauchen wir nur flüchtig zu erwähnen; denn nach dem Siege der Amerikaner und nach der Losreißung der „Vereinigten Kolonien" vom Mutterlande, gab es in dem sich nun sofort bildenden freien Staatenbunde natürlich keine Royale oder Tories mehr im öffentlichen Leben, und die es gewesen, schämten sich dessen nun, oder hielten es doch für klug, ihre Anhänglichkeit an Alt-England nicht mehr allzu offen zur Schau zu stellen. Vor dem Ausbruch des Unabhängigkeitskrieges, und auch noch während desselben, hatten die Royalisten, oder Tories, die Briten nach Kräften sowohl offen in den Sitzungen der Conventionen und selbst noch im ersten Continental-Congreß, als auch tückisch im Geheimen unterstützt; als aber die Patrioten die Oberhand gewannen, da wurden ihre Gegner im eigenen Lande immer stiller und stiller, da verkrümelten sie sich immer mehr und mehr, bis man zur Zeit des Friedensschlusses in unserer jungen Republik davon nichts mehr hörte oder sah.

Wie wir schon im dritten Kapitel dieses Buches mittheilten, ist der Bildung der Union, welche erst mit der Annahme der Constitution zur Thatsache wurde, eine Vereinigung der Kolonien vorausgegangen, welche sich zuerst in den von dem ersten Continental-Congreß 1774 aufgestellten „Articles of Association" eine Art Verfassung gaben, an deren Stelle nachher die am 12. Juni 1776 entworfenen und am 15. November 1777 von den vereinigten Kolonien angenommenen „Articles of Confederation" traten. In diesem Verfassungsvertrage nennen sich die vereinigten Kolonien bereits „The United States of America." Wir werden im Anhange dieses Werkes diesen „Articles of Confederation" ein besonderes Kapitel widmen und sie in getreuer Uebersetzung mit erläuternden Bemerkungen vollständig mittheilen, weil die darin niedergelegten Regierungsgrundsätze den Ansichten der Anti-Föderalisten weit mehr entsprachen, als die politischen Prinzipien, welche in der späteren Constitution zur Geltung gebracht wurden.

Den ersten Anlaß zur Bildung großer politischer Parteien gaben die Debatten der am 25. Mai 1787 zu Philadelphia in Sitzung gegangenen Convention, zu welcher jeder Staat seine bedeutendsten Männer zu senden sich bestrebte. Diese Convention sollte einen neuen Verfassungs-Entwurf ausarbeiten, welcher dann den einzelnen Staaten zur Annahme vorgelegt werden und nach deren Gutheißung als die Constitution der Vereinigten Staaten gelten sollte. Da platzten denn die Geister mächtig auf einander und eine Zeitlang schien es, als ob die Convention resultatlos auseinander gehen würde. John Quincy Adams erklärte später, „nur die zermalmende Nothwendigkeit habe einem widerwilligen Volke diese Constitution abgezwungen."

Mit der Verfassung sollte dem Lande auch eine bestimmtere Regierungsform gegeben werden, und da wollten nun die Einen, die vereinigten Kolonien, welche damals schon lange selbstständige Staaten waren, sollten zu einem Bundesstaat zusammengeschmolzen und der allgemeinen oder Bundesregierung sollten umfassendere Gewalten verliehen werden, während die Gewalten der Staatsregierungen der Bundesgewalt zu unterstellen seien. Diese nannten sich Föderalisten. Es wurde von einigen derselben sogar eine Regierungsform energisch befürwortet, welche dem englischen Systeme nachgeäfft war und nur eine dünne Schicht republikanischen Firniß erhalten sollte. Diese extremen Föderalisten strebten darnach, die Gewalt in den Händen einer kleinen Zahl von Männern zu lassen und, kurzum, eine Republik zu gründen, worin das Volk möglichst wenig zu sagen haben sollte. So hielten sie es nicht für gerathen, dem Volke die Erwählung des Präsidenten zu überlassen; daher rührt auch unser Electoralsystem, das schon genug Anlaß zu Verwirrungen gegeben und dem Lande zu einer Menge Minoritätspräsidenten verholfen hat.

Die Föderalen gingen sogar so weit, daß sie eine geraume Zeit energisch darauf drangen, daß der Präsident und sämmtliche Senatoren auf Lebenszeit erwählt, daß die Gouverneure der Staaten von der Bundesregierung ernannt und daß die letztere das Recht haben sollte, irgend ein Staatsgesetz für ungültig zu erklären und aufzuheben. —Das wäre eine nette Bescheerung geworden!

Von einer Volkssouveränität hielten also die Föderalisten Nichts, und ihre Hauptmänner in jener Convention meinten, wer die Macht einmal habe, der solle sie auch behalten; das Volk sei ja an's Regiertwerden gewöhnt und werde sich nicht sperren gegen eine Verfassung, welche ihm, mit etwas schönen, republikanisch klingenden Redensarten und einigen Scheingewalten versüßt, nach der langen Zeit der schweren Noth von seinen Repräsentanten vorgesetzt würde.

Anders dachten die Anderen, welche sich gleichfalls zusammen schaarten und sich kurzweg Anti-Föderalisten nannten. Sie wollten jeden einzelnen Staat als eine möglichst selbstständige Republik fortbestehn lassen und nichts wissen von einer übermächtigen Centralregierung. „Laßt die Union bleiben, was sie von Anbeginn gewesen, nämlich ein Bund freier Staaten!" sagten sie. „Macht das Volk zum Quell aller Gewalt und laßt uns als ein Staatenbund fortbestehn."

Es bestand schon, wie wir bereits erwähnten, eine Art Verfassung, durch welche die Staaten jedoch nur lose vereinigt waren, und jene „Conföderations-Artikel" wollten die Anti-Föderalisten der neuen Constitution zu Grunde gelegt wissen, oder sie beanspruchten vielmehr, daß die Conföderations-Artikel nur in einigen Punkten verbessert und ergänzt werden sollten.

Washington, welcher in dieser Convention den Vorsitz führte, gehörte zu den Föderalisten, jedoch nicht zu den extremen. Er hatte früher schon einmal in einem Anfall von Verzweiflung ausgerufen: „Heute sind wir eine Nation und morgen sind wir dreizehn!" Nun sollte dem Uebel abgeholfen werden, und zwar gründlich, wenn Alles nach dem Herzen der Föderalisten gegangen wäre. Allerdings hatten dieselben in der Convention die Majorität und deßhalb mußten ihre Gegner, die Anti-Föderalisten, auch weitgreifende Zugeständnisse machen, wenn sie nicht die kaum aus Rauch und Blut erstandene Union in Trümmer fallen sehen wollten; aber das Schlimmste ist doch durch den energischen Widerstand der Minorität verhindert worden.

So ist denn endlich eine Constitution zu Stande gekommen, welche vorzüglich in Virginien, New York, Nord-Carolina und Rhode Island beim Volke auf den heftigsten Widerstand stieß; die beiden letztgenannten Staaten ratificirten auch die ihnen zur Annahme vorgelegte Constitution nicht so bald, sondern zögerten und ließen lieber die erste Präsidentenwahl verstreichen, an der sie nur nach ihrer Annahme der Constitution theilnehmen konnten, als daß sie das ihnen zu stark mit föderalistischen Ideen gepfefferte Document hastig hinabgewürgt hätten. Die Häupter der Föderalisten setzten dem Volke durch die Zeitungen tüchtig zu; vorzüglich in dem „Federalist," welchen Hamilton, Madison und J. Jay gemeinsam herausgaben, wurde die neue Verfassung glänzend herausgestrichen.

Mit der Anerkennung der Verfassung durch die einzelnen Staaten war jedoch der Streit zwischen den beiden Parteien nichts weniger als beigelegt worden; im Gegentheil leben die Principien und Bestrebungen jener ursprünglichen Parteien in unserer Politik fort, ja sie haben darin stets mit im Vordergrunde gestanden und gerade in der neueren Zeit ist die Staatenrechtsfrage ganz prominent in den Vordergrund gedrängt worden. Immer wieder ringen bei jeder Wahl, in jeder Congreß- und Legislatursitzung die Föderalen mit den Anti-Föderalen; aber sie haben andere Namen angenommen und die Föderalen heißen längst schon Republikaner, die Anti-Föderalen aber Demokraten. — Man muß sich nun wohl hüten, in dem Nachfolgenden nicht die erst im Jahre 1856 gegründete republikanische Partei mit jener alten republikanischen Partei zu verwechseln, welche Thomas Jefferson im Jahre 1800 erwählte; denn jene alten Republikaner waren eigentlich Anti-Föderalisten, und später nannten sie sich, ohne ihre Grundsätze zu ändern, die „Demokratische Partei."

Das mußt du wohl merken, lieber Leser, und da es überaus wichtig ist, daß du die Grundprincipien der beiden großen und ursprünglichen Parteien unseres Landes recht klar und deutlich verstehen lernst, so wollen wir dieselben nochmals und in einer anderen Weise hier aussprechen:

Die Föderalisten wollten den Staaten möglichst wenig

Selbstständigkeit lassen und die Bundesregierung zum Centrum aller Gewalten machen; daher sagt man auch, sie strebten nach Centralisation. Das ist aber auch das Streben der republikanischen Partei der Neuzeit: Das Land soll aus einem Punkte regiert werden.

Die Anti-Föderalisten dagegen, deren Grundsätze die gegenwärtige demokratische Partei vertritt, wollten, daß jeder Staat „ein Reich im Reiche" bleiben, daß die Union nicht aus einem Punkte, der Bundeshauptstadt, sondern aus vielen Punkten, den Staatshauptstädten und selbst den Countysitzen, regiert werden sollte. Sie sagten, die Bundesregierung sollte sich nur mit wirklichen Bundesangelegenheiten beschäftigen und alle localen Angelegenheiten den Staats- und Localregierungen überlassen; das Land sei zu groß und die Local-Interessen seiner einzelnen Theile seien zu sehr verschieden von einander, als daß es aus einem Punkte erfolgreich regiert werden könnte. — Damals bestand die Union aber aus nur 13 Staaten, nun zählt sie 38 und in wenigen Jahrzehnten hat sie deren wohl ein halb Hundert. Wenn also die Anti-Föderalisten der alten Zeit Recht hatten, so müssen die Demokraten der Neuzeit um so viel mehr Recht haben, wenn sie den Staaten ihre Selbstregierung erhalten wissen wollen. Es ist uns nicht wohl begreiflich, daß überhaupt in einem Volksstaate viel regiert werden müßte, und wir meinen vielmehr, es sollte derselbe von Rechts wegen nur verwaltet werden. Ferner will es uns auch nicht einleuchten, daß Californien und New York, Michigan und Florida, Colorado und Ohio so gleichartige Interessen zu verfolgen haben, daß sie sammt und sonders von einem Punkte und unter einem Gesetze regiert werden könnten. Endlich aber meinen wir, daß das Fortbestehen der Union als ein Bund freier Staaten, also als ein Staatenbund, weit besser gesichert ist, als das Fortbestehn eines Bundesstaates. Soll unsere Union ihren Character als Volksstaat bewahren, so bietet das Vorhandensein einer Menge in sich selbstständiger Staatsregierungen dafür weit mehr Sicherheit, als das Bestehen einer einzigen Centralregierung; denn das Stürzen einer Regierung ist begreiflicherweise leichter zu bewerkstelligen, als das Stürzen vieler Regierungen. Kurzum: es ist nicht denkbar, daß ein Volksstaat von dem ungeheueren Umfange unserer Union erfolgreich aus einem Punkte regiert werden könnte, und es wäre daher in einem centralisirten Bundesstaat die Freiheit des Volkes gar schlecht gewahrt. Wir sind, geradeheraus gesagt, für eine Regierung von unten herauf, wie, gleich den Anti-Föderalisten, die Demokratie sie befürwortet, und meinen, ein großes freies Land sollte nicht von oben herunter regiert werden, wie die republikanische Partei es anstrebt, gleich den alten Föderalisten.

Nun kennst du unsere eigene politische Meinung, lieber Leser, die wir dir jedoch durchaus nicht aufdrängen wollen. Wir möchten vielmehr durch unser Büchlein erzielen, daß du durch das Lesen desselben zum Nachdenken über politische Dinge gebracht und zu weiterem Nachforschen angeregt werden möchtest, damit du dir selber eine eigene politische Meinung bilden kannst, wie es des Bürgers einer Republik allein würdig ist.

Also weiter im Text: — Die Föderalisten waren auch grimmige Fremdenhasser, oder Knownothings, oder Nativisten. Wie du bereits erfahren, hatten sie zu Anfang in der Politik die Oberhand und der Congreß stand unter ihrer Controle. Sie betrachteten, obschon sie selber von Eingewanderten abstammten, obschon in manchen Fällen selbst ihre Eltern noch in Europa geboren waren, die Eingewanderten mit Mißtrauen. Im Jahre 1798 gaben die Föderalisten im Congreß ihrem Fremdenhaß Ausdruck durch die Erlassung der Fremden- und Aufruhr-Akte, welcher Präsident John Adams am 25. Juni durch seine Unterschrift Gesetzeskraft verlieh. Die Anti-Föderalisten (Demokraten) hatten mit aller Macht gegen die Passirung dieser schmachvollen Akte angekämpft. — Wir werden die Stellung der Fremdenhasser gegen die Eingewanderten eingehender in einem späteren Kapitel erörtern.

So traten die Föderalisten die eigentlichen Grundprincipien des jungen Volksstaates unter die Füße, und wenn die Gegenpartei sie monarchischer Bestrebungen zieh und sich dann selber den Namen „Republikaner" beilegte, um auf solche Weise ihren patriotischen Sinn zu bekunden, so sagte sie mit dem Einen wie mit dem Anderen die Wahrheit.

Schon im ersten Congreß kam durch eine Quäkerpetition und eine Abolitionisten-Delegation*) von Pennsylvanien die Sclavereifrage zur Sprache und wurde sehr heftig debattirt. Auch die Finanzpolitik der föderalistischen Regierung führte zu argen Reibereien, und da, nachdem in Frankreich die Monarchie gestürzt und die Republik erklärt worden, die Anti-Föderalisten auf Anerkennung der neuen Schwesterrepublik in Europa heftig gedrungen und ihre politischen Widersacher die Wahrung einer stricten Neutralität durchgesetzt hatten, so erweiterte sich die Kluft zwischen den beiden Parteien durch die verschiedenartigsten Einflüsse.

Auch des mächtigen Widerhalls, welchen die "Alien and Sedition Laws" (Fremden- und Aufruhrgesetze) in den Staaten geweckt hatten, müssen wir hier als höchst wichtig für die Gestaltung der politischen Verhältnisse gedenken. Die Anti-Föderalisten bezeichneten diese "Aufruhr- und Fremdengesetze" als tyrannische und verfassungswidrige Maßnahmen, und das Volk stimmte ihnen im Ganzen bei. Die Legislaturen von Virginien und Kentucky erklärten, dieselben brauchten nicht respectirt zu werden; sie nullificirten jene Bundesgesetze, d. h. sie erklärten sie für null und nichtig; daher die allerdings erst später bei ähnlichen Anlässen in Gebrauch gekommene

*) Die häufig in der amerikanischen Parteigeschichte vorkommende Bezeichnung „Abolitionisten" benennt Diejenigen, welche die Negersclaverei verdammten und mit allen Mitteln auf ihre Ausrottung hinarbeiteten. Wer die Abolitionisten jedoch als Menschenfreunde hoch preisen will, kommt der Wahrheit weniger nah, als wer sie Fanatiker nennt.

Bezeichnung, „Nullifiers." Thomas Jefferson erklärte in den von ihm anläßlich dieses Streites über die „Alien and Sedition Laws" verfaßten und berühmt gewordenen „Kentucky-Resolutionen," in Fällen, wo zwei sich streitende Parteien keinen gemeinsamen Schiedsrichter hätten, müsse jede derselben für sich entscheiden, und Kentucky beanspruche im gegebenen Falle dieses Recht für sich. Auch James Madison zog in den seiner Feder entflossenen Resolutionen der Legislatur von Virginien gegen die Handlungsweise der Föderalisten im Congreß scharf zu Felde und erklärte ganz offen, wenn die Bundesregierung sich Uebergriffe zu Schulden komme ließe (wie der Congreß durch seine „Fremden-und Aufruhr-Akte"), so wären die Staaten berechtigt zum Einschreiten.

Dabei herrschte unter den Föderalisten selbst große Uneinigkeit, und einem ihrer Hauptführer (Alexander Hamilton) zum Trotz, wär schon 1796 John Adams gegen deren Candidaten, Thomas Pinckney, zum Präsidenten erwählt worden. Kein Wunder also, daß in der Wahl von 1800 ein Parteiwechsel stattfand, welcher die Anti-Föderalisten, oder Republikaner, an's Ruder brachte.

Thomas Jefferson und Aaron Burr hatten von ihrer Partei eine gleiche Anzahl Stimmen erhalten, und das Repräsentantenhaus des Congresses vermochte erst nach einigen Tagen sich auf Jefferson zu vereinigen. John Adams und Thomas Pinckney waren von den Föderalisten als Candidaten aufgestellt und letzterer für die Vicepräsidentschaft in Aussicht genommen worden; Alexander Hamilton und dessen Anhang unterstützten jedoch wiederum Pinckney als Präsidentschafts-Candidat.

Die Partei der Republikaner.

Ueber die mit der Inaugurirung Jefferson's beginnende, 24 Jahre währende Machtstellung der alten Republikaner (jetzt Demokraten genannt) müssen wir, so interessant und lehrreich diese Periode unserer Geschichte auch ist, rasch hinweggehen, weil wir ja nur zeigen wollen, wie die politischen Parteien sich bildeten und entwickelten, und welche Grundprincipien sie verfolgten.

Die Opposition bestand nun aus einer Menge Fractionen, deren mehrere allerdings noch eine Zeit lang unter dem Sammelnamen „Föderalisten" genannt wurden; einen einheitlichen föderalistischen Parteikörper gab es aber nach der Wahl von 1800 nicht mehr. Kurz vor der an England gerichteten Kriegserklärung, die am 13. Juni 1812 nach dem Beschluß beider Häuser d s Congresses vom Präsidenten unterzeichnet worden, schloß sich auch eine Anzahl Republikaner unter Randolph's Führung an, und unter den republikanischen Congreßrepräsentanten des Südens und Westens hatte sich eine Kriegspartei gebildet, an deren Spitze Henry Clay stand und der sich später auch Calhoun anschloß. James Madison wünschte den Krieg nicht, aber er fügte sich den Umständen. Die aus den Trümmern der föderalistischen Partei und einigen unzufriedenen Republikanern bestehende Opposition trat nach dem ersten, für Amerika ruhmlosen Kriegsjahre sehr schroff gegen die Administration auf. Die Neu-Englandstaaten erklärten sogar, der Präsident habe kein Recht, darüber zu entscheiden, wann nach den Bestimmungen der Constitution die Miliz herauszubeordern wäre. Dazu war es eine allgemein bekannte Thatsache, daß aus einer immer noch steigenden Finanznoth und der sich mehrenden Schwierigkeit, Rekruten anzuwerben, der Administration Trouble über Trouble erwuchs. Gleichzeitig traten die Yankeestaaten (Neu-England) der Administration immer feindseliger gegenüber; dringender und dringender forderten sie in Bitt- und Gedenkschriften den Congreß zum Anbahnen eines Friedensschlusses auf, welcher für die Vereinigten Staaten zweifelsohne sehr theuer zu stehn gekommen wäre, und der auch einen bedenklichen Zustand der Schwäche bekundet hätte. Die Legislatur von Massachusetts erklärte fast mit denselben Worten, wie Kentucky und Virginien s. Z. anläßlich der "Fremden- und Aufruhr-Gesetze" gethan, die Staaten hätten das Recht, gegen Uebergriffe der Bundesregierung einzuschreiten, und es sei nur noch „eine Frage der Zeit," wann dieses geschehen müsse. Auch berief Massachusetts eine Convention der Neuengland-Staaten nach Hartford, die auch von Massachusetts, Rhode Island und Connecticut mit 23 regulären und von New Hampshire und Vermont mit drei irregulären Delegaten beschickt wurde. Die Convention hielt geheime Sitzungen und vertagte sich am 5. Januar 1815. Ihre Verhandlungen sind nie bekannt geworden; dagegen wurde über das Resultat ihrer Thätigkeit ein Bericht veröffentlicht, worin Abänderungen der Constitution gefordert wurden, welche die Machtvollkommenheiten der Bundesregierung beschränken und diejenigen der Staaten vermehren sollten. Vorzüglich wurden „die Rechte der Neuengland-Staaten" stark hervorgehoben, und scharf wurde das Recht des Ausscheidens aus der Union (right of secession) betont. Wenn ferner die „Rechte der Neuengland-Staaten" verletzt würden und die Bundesregierung sich den Wünschen der Staaten halsstarrig widersetze, so brauchten dieselben sich nicht mehr als Theile der Union zu betrachten, sondern dürften mit vollem Fug und Recht aus dem Staatenbunde — als ein solcher wurde der Bund nun hingestellt — ausscheiden, und sich für eigene, unabhängige politische Gemeinwesen erklären. Eine Delegation, welche diese Beschlüsse der Convention nach Washington*) bringen sollte, langte dort jedoch erst nach dem Zustandekommen des Genter Frie-

*) Die Bundeshauptstadt Washington wurde 1791 gegründet und nach George Washington benannt, der am 18. September 1793 den Grundstein zu dem alten Kapitol legte, welches im August 1814 nebst dem Hause des Präsidenten und anderen öffentlichen Gebäuden von den Engländern unter General Roß verbrannt wurde; von 1818—1825 wurde das ausgebrannte Kapitol restaurirt und 1850 begann man mit dem Anbau der beiden ungeheueren Flügel (jeder ist 352 Fuß lang), worin der Congreß seine Sitzungssäle erhielt. Im Jahre 1800 wurde die Bundesregierung nach Washington verlegt; vorher hatte sich dieselbe befunden: in New York, vom 11. Januar 1785 an; in Trenton, New Jersey, vom 1. November 1784 an; in Annapolis, Maryland, vom 26. November 1783 an; in Princeton, New Jersey, vom

densprotokolls an, welches dem Kriege ein Ende machte und gleichzeitig die Grundursache der Beschwerden Neu-englands aufhob.

Schon mehrfach hatte es in den Neu-Englandstaaten gegährt und mehr als ein Mal war dort in den wenigen Jahrzehnten des Bestehens der Union die Drohung laut geworden, man wolle den Bund zerreißen, wenn nicht Dieses oder Jenes den Unzufriedenen zugestanden werde. Auch der Staat New York hatte schon offen mit seinem Austritt aus der Union gedroht. — Man ersieht hieraus also, daß der den Südstaaten seit dem unseligen Bürgerkriege (1861–'65) gemachte Vorwurf, sie seien die einzigen und ursprünglichen Störenfriede in der Union und ihr „Hochverrath" sei beispiellos in der Geschichte der Vereinigten Staaten, insofern völlig ungerecht ist, als schon in dem ersten Vierteljahrhundert des Bestehens der Union gerade von den sich heute mit ihrem unerschütterlichen Patriotismus brüstenden Neuengland-Staaten wiederholt der Satz aufgestellt wurde, ein jeder Staat habe das Recht, „sich gegen Uebergriffe der Bundesregierung aufzulehnen und, wenn denselben nicht gesteuert werde, seinen Austritt aus der Union zu erklären." Es ist also, obschon gar Viele fest und steif das Gegentheil behaupten, das Secessionsrecht (Recht des Austretens aus der Union) nicht von den ehemaligen Sclavenstaaten 1860–'61 zum ersten Male beansprucht worden, und wir fürchten, es ist dieses auch damals nicht zum letzten Male geschehen.

Die Beschlüsse der Hartford-Convention und die glückliche Beendigung des Krieges durch General Jackson's glänzenden Sieg bei New Orleans befestigten die Machtstellung der alten republikanischen (d. i. demokratischen) Partei bedeutend; davon gab das Resultat der nächsten

30. Juni 1783 an, u. s. w. Die Geschicke der durch den Continental-Congreß vereinten „Provinzen" waren vor der Bildung der Union zuerst von Philadelphia aus geleitet worden; auch Baltimore war für eine kurze Zeit der Sitz der Administration gewesen.

Präsidentenwahl (1816) Kunde, denn J. Monroe, der Republikaner, erhielt 183 Electoralstimmen und der Föderalist Rufus King mußte sich mit 43 begnügen.

In Folge verschiedener Reibereien mit Spanien, die sich zumeist um Gebietsverletzungen drehten, erkannte die Bundesregierung im März 1822 die Unabhängigkeit der amerikanischen Kolonien Spaniens an, und Präsident Monroe sagte darüber in seiner vom 2. December 1823 datirten Jahresbotschaft an den Congreß: „Das politische System der alliirten (europäischen) Mächte steht, seinem innern Wesen nach, in vollkommenem Widerspruch mit dem unsrigen. Dies liegt in der Verschiedenheit der Regierungsgrundsätze. Zur Vertheidigung unserer Staatsform steht die ganze Nation bereit. Wir sind es deßwegen der Offenherzigkeit und den zwischen der Union und den alliirten Mächten bestehenden freundschaftlichen Beziehungen schuldig, zu erklären, daß wir jeden Versuch von ihrer Seite, ihr Regierungssystem in irgend einem Theile Amerika's einzuführen, für unseren Frieden und für unsere Sicherheit gefährlich halten. In die Verhältnisse der noch bestehenden Kolonien und Besitzungen der europäischen Mächte auf unserem Erdtheile haben wir nicht eingegriffen, und werden dergleichen auch ferner nicht thun."

Das ist die berühmte „Monroe-Doctrin," worauf sich unsere Amerikaner so viel zu Gute thun, obschon noch während des Gewaltstreiches, welchen Napoleon III. in Mexico in den Sechziger Jahren in Scene setzte und den der österreichische Erzherzog Maximilian als „Träger der mexikanischen Krone von Napoleon's Gnaden", mit dem Leben bezahlte, dieser Monroe-Doctrin gänzlich ungeahndet in's Gesicht geschlagen werden durfte.

Die Sclavereifrage.

Die sich wie ein rother Faden durch die politische Geschichte der Union hinziehende Sclavereifrage*) trat nun wieder durch die „Missouri-Bill“ in den Vordergrund. Das Territorium Missouri, welches ursprünglich zu dem von Frankreich 1803 angekauften Louisiana-Gebiet gehört hatte, suchte nämlich um Aufnahme als Staat nach, und dann entbrannte im Congreß ein heftiger Kampf darüber, ob der neue Staat als ein „freier“ o.er sclavenhaltender Staat aufgenommen werden solle. Das Repräsentantenhaus des Congresses hieß die von New York beantragte, sogenannte „Missouri-Beschränkung“ gut, wonach Missouri als Staat in die Union unter der Bedingung zugelassen werden solle, daß es nach seiner Aufnahme keine Sclaven mehr einführe und allen, nach seiner Erhebung zum Staat geborenen Sclavenkindern mit dem Beginn des 25. Lebensjahres die Freiheit gäbe. Das

*) Die Negersclaverei ist in Amerika nicht durch den spanischen Priester Las Casas eingeführt worden, wie manche Gegner der katholischen Kirche willkürlich behaupten. Der fromme Mann, welcher schon 1502 den spanischen Gouverneur von San Domingo nach der Neuen Welt begleitete, fand dort die eingeborenen Indianer, welche sich nicht eines sehr kräftigen Körperbaues erfreuten, als Sclaven zu so schweren Arbeiten angehalten, daß sie, buchstäblich genommen, sich massenhaft zu Tode quälen mußten. Auf seine Vorstellungen über diese Barbarei entgegnete man ihm, Europäer könnten die durchaus nöthigen, schweren Feld- und Bergbauarbeiten erst recht nicht aushalten. Da brachte Las Casas die kräftigeren, an ein heißes Klima gewöhnten Neger Afrika's in Vorschlag und machte deßhalb auch mehrere Reisen nach Spanien, die jedoch kaum irgend welchen Erfolg hatten. England hob in seinen Kolonien die Sclaverei 1833 auf und zahlte den Pflanzern für 639,000 freizulassende Neger eine Million Dollars als Entschädigungssumme. Auf das Drängen der verbündeten europäischen Mächte gaben Spanien (1817) und Portugal (1823) den Sclavenhandel gegen hohe Abfindungssummen auf; Spanien erhielt 2 Millionen, und Portugal ließ sich mit 1½ Mill. abfinden. Spanien hat jedoch die allmälige Aufhebung der Sclaverei auf der Insel Cuba erst zu Ende der Siebziger Jahre in Folge der dortigen Aufstände verfügt; Brasilien that diesen Schritt einige Jahre früher. In den französischen Kolonien wurde die Sclaverei 1848 aufgehoben.

(3*)

war der Feuerbrand, woran vierzig Jahre später die Kriegsfackel entzündet werden sollte.

Ehe wir hier in unserem eigentlichen Thema fortfahren, wollen wir bemerken, daß von den Gegnern der Demokratie und auch von mehreren, sich für parteilos ausgebenden Geschichtsschreibern behauptet wird, die Vertheidigung der Sclaverei wäre ein demokratisches Princip gewesen. Dem ist nicht so. Die Whigpartei war es vielmehr, welche in den Sclavenstaaten große Macht entfaltete, und ihr südstaatlicher Flügel war es auch, welcher sich energisch auflehnte gegen die Bestrebungen der nach Eindämmung und schließlicher Unterdrückung der Negersclaverei trachtenden Abolitionisten des Nordens. Auch ist die Behauptung, der Kampf gegen die Sclaverei sei aus Gründen der Menschlichkeit geführt worden, durchaus nicht zu rechtfertigen. Es handelte sich dabei weit weniger, wenn überhaupt, um die Principien der Menschlichkeit, als vielmehr: um die Erringung einer Machtstellung seitens der Politiker in den „Freistaaten“; und, um die Vertheidigung ihres Eigenthums, sowie um die Befestigung ihres Einflusses, seitens der Sclavenhalter in den Südstaaten. Es waren persönliche Interessen, um welche sich der Kampf drehte, und die Menschlichkeit war ein bloßer Vorwand. Die untergeordnete gesellschaftliche Stellung, welche die Neger nach der Aufhebung der Sclaverei fortdauernd im Norden eingenommen haben, ist dafür ein Beweis; die Abolitionisten erklärten die Afrikaner, um in ihnen eine kräftige Stütze in der Politik zu gewinnen, für freie und den Weißen in jeder Beziehung gleichberechtigte Bürger; aber in ihren Freischulen, in ihren Kirchen, in ihrer Gesellschaft wollen sie den Neger immer noch nicht dulden, und wo sie ihm nicht ausweichen können, da rümpfen sie die „verfeinerten“ Nasen, was sich bei Aposteln der Menschlichkeit doch eigentlich etwas wunderlich ausnimmt.

Erst in der nächsten Congreßsitzung, und zwar in deren letzten Stunden (in der Nacht vom 2. auf den 3. März

1820), kam die Missouri-Frage zur Entscheidung; die „Beschränkung" wurde verworfen und Missouri trat in die Reihe der sclavenhaltenden Staaten ein. Die Gegner der „Beschränkung" beriefen sich auf Billigkeitsgründe, wonach den Sclavenbesitzern im Territorium Missouri ihr Besitzrecht nicht geschmälert werden dürfe, und fußten auf dem Vertrage über den Ankauf des Louisiana-Gebiets, welcher den Bewohnern desselben den „ungehinderten Genuß ihres Eigenthums" zusicherte. Desgleichen erklärten sie, der Congreß habe kein Recht, einem um Aufnahme als Staat nachsuchenden Territorium irgendwelche, dasselbe in seinen Rechten und Interessen beeinträchtigende Bedingungen aufzuerlegen. Darnach wurde mit einer Majorität von 3 Stimmen im Hause jene „Beschränkung" gestrichen, welche der Senat mit einer überwältigenden Mehrheit von Anbeginn bekämpft hatte.

Eine noch schwerere Niederlage erlitten die Gegner der Sclaverei durch das mit der „Missouri-Akte" zu Stande gekommene „Missouri-Compromiß," wonach in Section 8 der „Missouri-Akte" (am 6. März 1820 zum Gesetz erhoben) bestimmt wurde, daß „in dem ganzen, unter dem Namen Louisiana von Frankreich an die Vereinigten Staaten abgetretenen Gebiete, soweit dasselbe nördlich vom 36° 30′ nördl. Br.*), (lies: 30. Grad 30 Minuten = 30½ Grad nördlicher Breite) liegt, und nicht in die Grenzen des in Rede stehenden Staates (Missouri) fällt, Sclaverei und unfreiwillige Knechtschaft für immer verboten sein soll." Wir sagen, dieses Compromiß war eine Niederlage für die Antisclavereileute, weil es das Zugeständniß einschloß, der Congreß solle der Ausbreitung der Sclaverei in dem ganzen Gebiet südlich von dieser „Missouri-Linie" nie ein Hinderniß in den Weg legen dürfen.

Das „Missouri-Compromiß" wurde wohl am richtigsten von Thomas Jefferson beurtheilt, welcher darüber

*) Es ist das die nördliche Grenzlinie des Staates Arkansas und deren Ausdehnung westwärts.

äußerte, er fürchte, der Zusammenfall eines scharf ausgeprägten moralischen und politischen Princips mit einer geographischen Linie werde fort und fort den Gemüthern eingeprägt bleiben und schließlich einen gegenseitigen, so bittern Haß entzünden, daß dereinst ein Theil der Union die Trennung dem ewigen Zank vorziehen möge. Im Jahre 1860 ging dieses prophetische Wort buchstäblich in Erfüllung.

Waren gleich schon bei früheren Parteikämpfen geographische Grenzlien gezogen worden, so hatten dieselben doch nie eigentlich als ein dauernder Riß in der Union bezeichnet werden können. Wie wir schon gezeigt, war seit Anbeginn der Union daran schon gerüttelt und gezerret worden, aber dauernde, sichtbare Spuren hatten jene Zänkereien nicht insofern hinterlassen, als noch keine durch eine auf der Landkarte sichtbare Grenzlinie geschiedene Parteien dem Hader entsprungen waren. Jetzt war dieses jedoch der Fall; die Congreßdebatten in jener denkwürdigen Märznacht 1820, in welcher das „Missouri-Compromiß" zu Stande gekommen, hatten die streitenden Elemente in zwei geographisch bestimmbare Parteilager geschieden, welche von da an immer schärfer ausgeprägt in der politischen Geschichte der Union hervortreten — aus den Trümmern der alten Föderalistenpartei im Norden einerseits, und aus einer Vereinigung der verschiedenartigsten politischen Elemente in den Sclavenstaaten andererseits, sich bildend.

Dem „Missouri-Compromiß" folgte kein Frieden, sondern nur ein Waffenstillstand, welchen vorzüglich die Antisclavereileute sich nutzbar zu machten suchten, indem sie einen Zankapfel nach dem andern in das Parteilager der Republikaner warfen, die sich schon während Monroe's zweiter Administration*) gern Demokraten nannten, und während der Präsidentencampagne diesen neuen Parteinamen vollständig acceptirten. Wir werden somit die

*) Siehe 4. Kapitel „Ueber Parteiwechsel und die verschiedenen Bundesadministrationen."

aus der Partei der Anti-Föderalisten hervorgegangenen Republikaner von jetzt an auch Demokraten nennen und im weiteren Verlauf unseres geschichtlichen Abrisses darthun, wie sich die neuere, gegenwärtig am Ruder befindliche republikanische Partei gebildet hat, und zwar aus denjenigen Elementen, welche ihrer Vorgängerin spinnefeind gewesen.

Während der dem Zustandekommen des verhängnißvollen Missouri-Compromisses folgenden Zeitperiode, welche häufig als die „Aera des guten Einvernehmens" bezeichnet wird, tauchten keine politischen Fragen von größerer Tragweite auf; was zur Folge hatte, daß die Parteibande sich lockerten und das Repräsentantenhaus des Congresses die nächste Präsidentenwahl entscheiden mußte, weil wieder einmal keiner der Candidaten, deren nicht weniger als vier im Felde waren, eine absolute Mehrheit aller Electoralstimmen erhalten hatte. Auf Andrew Jackson war eine Mehrzahl der vom Volke gewählten Electoren entfallen, und als dann das Repräsentantenhaus, auf Henry Clay's mächtige Befürwortung hin, trotzdem John Quincy Adams den Vorzug gab, da wurden die regulären Demokraten bös und beschuldigten Clay eines „corrupten Handels." Herr Clay machte sich aber Nichts daraus und wurde von Präsident Adams als Staatssecretär an die Spitze des neuen Cabinets berufen.

Nun bildete sich um Adams, Clay und Webster eine neue politische Fraction, welche sich „National-Republikaner" nannte und die den Kern der nachherigen Whig-Partei bildete. Die von jeher als wichtig erachtete Schutzzollfrage wurde jetzt zum Mittelpunkt der politischen Debatten gemacht, und sämmtliche Sclavenstaaten, Louisiana ausgenommen, traten auf die Seite der Freihändler, weil sie nur Rohstoffe producirten und deßhalb durch den Schutzzoll nur bedrückt werden konnten; Louisiana's überwiegende Zuckerproduction stellte diesen Staat auf die Seite der Schutzzöllner. In dieser Zeit sattelten mehrere der hervorragendsten Parteiführer um; so wurde aus dem ehemaligen Schutzzöllner Calhoun jetzt der Führer des extremen Flügels der Freihändler, und Webster, welcher das Schutzzollsystem eifrig bekämpft hatte, ging zu Clay in's Lager der Schutzzöllner über.

Die Demokratie unter Andrew Jackson.

In der nächsten Wahlcampagne ließen sich die Demokraten kein X für ein U machen, und erwählten Andrew Jackson mit einer überwältigenden Majorität gegen John Quincy Adams. Jackson's beide Administrationen werden sehr verschieden beurtheilt. So behaupten Viele, daß er nach dem von New York ausgegangenen Losungswort, „Dem Sieger gehört die Beute," eine Menge Beamten der Gegenpartei ohne Weiteres absetzte und Leute aus dem Kreise seiner Anhänger an ihrer Stelle ernannte. Er selber sagte jedoch in seiner Inauguralbotschaft vom 4. März 1829, es sei eine „Reform" im Beamtenwesen dringend geboten, und dieselbe sollte hauptsächlich darin bestehn, daß „jene Mißbräuche abgeschafft würden, welche die Patronage der Bundesregierung in Conflict mit der Wahlfreiheit brächten"; auch habe Dieses Rückwirkungen gehabt, wodurch der rechtmäßige Gang der Ernennungen (von Beamten) gestört, und ungetreue, wie unfähige Leute zu Beamten gemacht worden seien. Dann verspricht er noch ganz ausdrücklich, er werde sich bestreben, nur tüchtige und zuverlässige Beamte zu ernennen und ein harmonisches Zusammenwirken aller Bediensteten des Bundes zu erzielen, und endlich erwartet er hierbei Rath und Hilfe von den „coordinirten Branchen der Regierung," also vom Congreß und vom Justizdepartement. Deßhalb sind wir mehr geneigt, jenen anderen Zeitgenossen Jackson's Glauben zu schenken, welche erzählen, Jackson habe gerade im Civildienst eine schändliche Corruption vorgefunden und sich, seinen Grundsätzen getreu, zu energischem Einschreiten und zur Entfernung der schlechten Beamten veranlaßt gesehen.; deßhalb seien ihm aber auch die Corruptionisten, nebst ihrem ganzen politischen Anhang, bitter aufsässig geworden und in ihrem Zorn hätten sie ihm vorgeworfen, er huldige dem Grundsatze, „Dem Sieger gehört die Beute." Wie gesagt, wir neigen uns auch dieser letzteren Auffassung als der richtigen Erklärung für den damals stattgehabten bedeutenden Beamtenwechsel zu.

Wahrlich, träte der alte Jackson heute wieder an die Spitze der Bundesexecutive, so würde er nach seinen Grundsätzen abermals gründlich Kehraus machen müssen in den meisten Zweigen des öffentlichen Dienstes, denn — einer ehrlichen Nase riecht's in keinem derselben gut. Jackson wußte recht wohl, daß durch Gesetzmacherei der Civildienst-Corruption nicht gesteuert werden könne, sondern daß eine solche nur durch eine dauernde, scharfe Ueberwachung von oben herunter beseitigt zu werden vermöge. Allerdings könnte auch das Volk den Reformator spielen, indem es sich, was wahrlich hoch an der Zeit wäre, vom Gängelbande der Politiker losmachte und einmal als höchste Macht im Lande energisch erklärte:

Die Beutevertheilerei höre nun ein für alle Mal auf; die Beamtenstellen sollen nicht mehr als Belohnungen für politische Handlanger- und Beitreiberdienste vergeben werden. Es soll ein Beamter nur wegen Unfähigkeit, oder Unredlichkeit, oder grober Vernachlässigung seiner Dienstpflicht abgesetzt werden dürfen, und dann soll bei der Wiederbesetzung des also vacant gewordenen Postens, wofür sich jeder Bürger melden kann, nur auf Tüchtigkeit und Rechtschaffenheit gesehn werden. Das verordnen wir, das souveräne Volk, und damit basta! O das wäre gewiß ein großer Fortschritt, aber wird es jemals dahin kommen? wird das Volk sich jemals so weit aufraffen?!... Siehst du, lieber Leser, darauf hinzuwirken, daß solch eine segensreiche Aenderung vorgenommen werde, das ist so recht eigentlich deine Aufgabe, und wenn du dir das nur einmal recht deutlich vorstellst und in deinem Wirkungskreise gleich rüstig an's Werk gehst, dann wird's auch doch noch besser werden. Aber die große Menge der Bürger meint, sie könne darin nichts thun und müsse entweder mit den Wölfen heulen, oder—das Maul halten. Und das ist der größte Fehler, den ein Bürger begehn kann; denn Keines Stellung ist so gering, daß er nicht einen, wenngleich wohl nur kleinen, politischen Wirkungskreis hätte und tüchtig mitwirken könnte, wenn er nur weniger zaghaft sein und das Ding einmal kräftig anpacken wollte. So lange aber der Bürger nicht denkt: „Ohne deine Mithilfe wird's auf keinen Fall besser, und deßhalb mußt gerade du recht eifrig und gewissenhaft deine politischen Rechte handhaben!" — so lange der Bürger nicht so zu sich selber spricht und auch darnach handelt, so lange wird's eben nicht besser; so lange behalten die politischen Lumpen und Lappen das Heft in der Hand, und so lange werden 50 Millionen freier Menschen von einem Häuflein Drahtzieher und Beutejäger wie eine Heerde Schaafe gelenkt und geleitet und geschoren! Ist das nicht eine wahre Affenschande? — Pfui! — —

Das war wieder einmal eine nicht sehr fein geschnörkelte, aber wohl recht passende Randglosse, und nun fahren wir in unserem unterbrochenen Text fort:

Jackson war im Weißen Hause nicht auf Rosen gebettet, aber das hätte dem alten Haudegen auch schwerlich behagt. So überwarf er sich mit dem Vice-Präsidenten Calhoun, seinem bisherigen Freunde, der nun zu einem seiner erbittertsten Gegner wurde. Sein entschiedener Protest gegen das Fortbestehn der „Vereinigten Staaten Bank" drang durch, obgleich zahlreiche Demokraten anderer Ansicht waren; ihren „Old Hickory," der es in Wirklichkeit ehrlich mit dem Lande meinte, wollten sie der Bank nicht zum Opfer bringen in der nächsten Wahlcampagne, und so fiel diese und Jackson triumphirte. Das Land fuhr auch gut dabei; denn nun fand Jackson Gelegenheit, durch die That zu beweisen, daß ihm auf dem Präsidentenstuhl, wie im Pulverdampf unter dem Sternenbanner, Nichts so sehr am Herzen lag, als das Wohl seines Landes.

Mit der Bankfrage aber hatte es folgende Bewandtniß: Es handelte sich darum, ob die „Bank der Vereinigten Staaten," ein mit vielen Vorrechten versehenes Institut, welches Depositen von der Bundesregierung erhielt, eine Erneuerung seines Freibriefs bewilligt erhalten sollte, oder nicht. Jackson hatte schon in seiner ersten Jahresbotschaft (8. December 1829) offen gesagt, er halte es nicht für gerathen, den Aktionären der „Ver. Staaten-Bank" eine Verlängerung ihres im Jahre 1836 erlöschenden „Charters" zu gewähren, und mit vollem Recht werde die Berechtigung der Existenz eines solchen, mit ganz beispiellosen Vorrechten ausgestatteten Bankinstituts von sehr vielen Bürgern angestritten; auch könne Niemand leugnen, daß diese Bank ihren Hauptzweck, dem Lande ein gleichmäßiges und „gesundes" Courant zu geben, durchaus nicht erfüllt habe. Wenn eine „Vereinigte Staaten-Bank" für die Abwickelung der Geldgeschäfte der Regierung von nöthen sei, dann möge man doch eine wirklich "nationale, d. h. auf den Credit der Bundesregierung und ihre Einkünfte begründete Bank schaffen, gegen deren Etablirung kein constitutioneller Grund vorgebracht werden könne. Er bringe die Sache jetzt schon zur Sprache, weil sie von sehr großer Wichtigkeit sei und reiflich erwogen werden müsse. Den Aktionären, welche ihre ungeheueren Profite nicht fahren lassen wollten, schien ein sofortiges Einkommen um Erneuerung ihres erst 1836 erlöschenden Freibriefs sehr rathsam, weil sie noch eine Menge Freunde im Congreß (auch unter den Demokraten) hatten und durch deren Einfluß ihr Ziel erreichen und jeder ernstlich gegen sie gerichteteten Agitation damit die Spitze abbrechen zu können meinten. So wurde denn eine Bill eingebracht, welche auch beide Häuser des Congresses passirte und dann von Präsident Jackson mit einer vernichtenden Vetobotschaft (10. Juli 1832) an den Congreß zurückgesandt ward. Dieses seit 1816 bestandene und von der Regierung autorisirte Bankmonopol habe die Aktieninhaber auf Kosten des Gemeinwohles um viele Millionen bereichert und auch Ausländer, die mit Aktien im Betrage von 8 Millionen betheiligt seien, zögen den Nutzen daraus, erklärte „Old Hickory" in seiner sehr in's Einzelne gehenden Botschaft, und setzte hinzu: Wollte man den Freibrief jetzt auf weitere 15 Jahre erneuern, so müsse dieses Experiment immer und immer wiederholt werden, und so schüfe man dadurch in den Aktionären und deren Erben eine politisch sehr mächtige, privilegirte Klasse. Der Alte hatte die Sache nicht oberflächlich, sondern gründlich erörtert und gegen die Erneuerung des „Charters" so entschieden Stellung genommen, daß die Bankfrage, weil die Interessenten natürlicherweise ihre Sache nicht sogleich verloren gaben, zu einer Parteifrage wurde.

Jackson beharrte in seiner Oppositionsstellung and gab es seinem Cabinet am 18. Sept. schriftlich, daß alle in der Bank deponirten Bundesgelder zürückgezogen werden müßten, und zwar auf seine Verantwortung hin. Finanzsecretär Duane, welcher die Maßregel nicht zu billigen schien, erhielt gegen seinen Wunsch seine Entlassung aus dem Cabinet, und der bisherige Generalanwalt Taney, welcher an seine Stelle trat, befahl sofort, daß keine öffentlichen Gelder mehr in der Bank deponirt werden sollten. Gegen diese Order wurde im Congreß seitens des Bankdirectoriums Einsprache erhoben, und darauf hin beschuldigte der Senat in einer am 24. März 1834 passirten Resolution den Präsidenten Jackson der Anmaßung einer ihm nicht verfassungsgemäß zustehenden Gewalt. Das brachte „Old Hickory" gewaltig in Harnisch und unter dem Datum des 17. April 1834 erwiderte er durch einen schriftlichen Protest, worin er seinen Standpunkt vertheidigte und dazu ausdrücklich erklärte, er erkenne das Recht des Congresses, über den öffentlichen Schatz in jeder Weise zu verfügen, recht wohl an; er halte das Deponiren von Bundesgeldern in der Bank nicht für räthlich, und da der Congreß bislang keine Verfügung bezüglich des Aufbewahrungsortes des öffentlichen Schatzes getroffen, so hätte er (der Präsident) sich verpflichtet gehalten, dessen

Sicherheit zu überwachen. Daher das Verbot des ferneren Hinterlegens von Bundesgeldern in der Bank. Der Finanzsecretär sei ihm, als Präsidenten, verantwortlich, denn er selber sei wiederum für die Handhabung der gesammten Executivgewalt und für die Diensthandlungen der Executivbeamten verantwortlich zu machen.

Dieser Protest führte zu bittern Debatten im Senat, der dem Präsidenten auch dessen Auslegung seiner Executivgewalt als unconstitutionell vorwarf; dazu bombardirten die Bank-Interessenten den Congreß mit Petitionen über Petitionen, und Senator Benton, welcher die Jackson-Fraction führte, hatte einen harten Stand im Congreß. Jackson's ungeheure Popularität siegte jedoch zuletzt, und am 16. Januar 1837 setzten seine, nun sehr zahlreich gewordenen Freunde im Senat die Ausstreichung der vorgenannten, gegen ihn gerichteten Resolution vom 28. März 1834 durch. — Als der Freibrief der „Vereinigten Staaten-Bank" 1836 erloschen war, suchte man dieses Institut in der „Pennsylvania Bank of the United States" fortzuführen, welche jedoch schon 1840 Bankrott machte. Jackson hatte also sehr Recht gehabt, und durch energisches Eingreifen die Union wohl vor ungeheueren Verlusten bewahrt.

Die Nullifiers in Süd-Carolina.

Die wieder neu-angeregte Schutzzollfrage schuf vorzüglich in Süd-Carolina eine große Erbitterung und führte zu der Einberufung einer Staatsconvention durch die Legislatur. Der in einigen Zollsätzen 1832 ermäßigte neue Tarif stellte die Opposition durchaus nicht zufrieden und die Convention nahm die vielgenannte „Süd-Carolina-Resolutionen", oder „Nullifications-Ordinanz" an, worauf sämmtliche Staatsbeamten, die Richter eingeschlossen, einen Eid ablegen sollten. Diese Ordinanz besagte im Wesentlichen Folgendes:

Die beastanndeten Zollgesetze sollten in Süd-Carolina

vom 1. Februar 1833 für null und nichtig erachtet werden, und sollte die Bundesregierung die Erhebung der Zölle mit Gewalt durchzusetzen suchen, so wollte Süd-Carolina seinen Austritt aus der Union erklären.

Das war also im Princip eine Wiederholung der zuerst von Kentucky und Virginien und später von den Neuenglandstaaten, unter Massachusetts' Leitung geltend gemachten Auslegung der Staatenrechte. Hier war es vorzüglich Calhoun, der diese Nullifications-Theorie*) vertrat und dieselbe auch noch weiter ausbildete. Nach Calhoun's Auffassung konnte die Bundesadministration nur als „Agent" der souveränen Staaten betrachtet werden, und diesen mußte es zustehn, die Constitution, als Urkunde des zwischen den Staaten abgeschlossenen Bündnisses, endgiltig auszulegen. Wollte der Bund die Verwerfung eines Bundesgesetzes auf Grund einer eigenartigen Deutung eines Verfassungsparagraphen nicht anerkennen, so mußte er eine allgemeine Staaten-Convention einberufen, und erklärten dann drei Viertel aller Staaten sich für das angestrittene Gesetz, so war dasselbe damit entgiltig für constitutionell erklärt; aber der damit unzufriedene Staat hatte das Recht, aus der Union auszuscheiden, wenn er den Bundesvertrag für gebrochen, oder seinen wesentlichen Zweck für verfehlt hielt. — In unserer Zeit hat das Bundesgericht allein endgiltig zu entscheiden, ob ein angestrittenes Bundesgesetz mit der Verfassung im Einklang steht, also constitutionell ist oder nicht. Das hat aber auch seine schlimme Seite, denn wird das Bundesgericht, wie es leider seit geraumer Zeit der Fall ist, zu einem Theile der Parteimaschine gemacht, so erklärt es so ziemlich jedes im Interesse der herrschenden Partei erlassene Gesetz für constitutionell.

---

*) Die Behauptung, ein jeder Staat habe das Recht, ihm ungerecht oder verfassungswidrig erscheinende Bundesgesetze zu „nullificiren," d. i. ungültig erklären, und, im Falle auf seine Anerkennung solcher Gesetze durch die Bundesregierung bestanden werden sollte, aus der Union auszuscheiden, oder zu „secediren."

Jackson trat diesen „Nullifiers" in Süd-Carolina mit seiner gewohnten rücksichtslosen Energie entgegen, erklärte in einer Proclamation an das Volk (10. December 1832) die südcarolinaer Nullifications-Ordinanz für einen Verfassungsbruch und versicherte, er werde den Gesetzen auf jede Gefahr hin Achtung zu verschaffen wissen. Damit stellte sich Jackson thatsächlich auf den Standpunkt seiner entschiedensten politischen Gegner; und fest beharrte er auf seinem Entschluß, obgleich viele seiner Parteigenossen darüber murrten und ihn umzustimmen suchten. Die Proclamation fand in den Nordstaaten allgemeine Billigung, während in den Südstaaten, obgleich dort Süd-Carolina's Auftreten vielfach als ein Uebergriff angesehen ward, verschiedene Stellen durchaus verworfen wurden. Süd-Carolina war eben zu weit gegangen und Jackson verfiel gewissermaßen in den nämlichen Fehler. Eine zwischen Clay und Calhoun vereinbarte Compromiß-Bill und eine die Tarifsätze ermäßigende Congreßakte, welche beiden Documente Präsident Jackson an einem und demselben Tage unterzeichnete, machten dem Zerwürfniß ein Ende.

Die Sclavereifrage gewinnt an Bedeutung.

Ueber das Zerwürfniß mit Frankreich hinweggehend, wollen wir der Anerkennung der Unabhängigkeit des Gebietes Texas durch die Bundesregierung flüchtig erwähnen, und dann wieder unser Augenmerk auf die nimmer ruhende Sclavenfrage richten. Die im puritanischen Neuengland wurzelnden Abolitionistengesellschaften hatten schon seit geraumer Zeit die Südstaaten mit ihren geheimen Agenten überschwemmt, welche sich in der verschiedensten Weise die Entführung von Negern angelegen sein ließen, und die nicht nur die schwarzen Sclaven ihren Herren abspenstig machten, sie zur Flucht bewogen und ihnen dabei nach Möglichkeit hilfreich an die Hand gingen, sondern die auch an vielen Orten zu offener Empörung, zu Brandstiftung und Mord anreizten und somit großes Unheil anrichteten. Unter allen nur erdenklichen Vorwänden suchten diese Agenten auf den Plantagen Zutritt zu den Negerquartieren zu erhalten und sich in das Vertrauen der Aufseher und, wenn möglich, auch in das des Pflanzers einzuschmeicheln, oder sich bei dessen Frau und Kindern beliebt zu machen. Als Hausirer, als Wanderprediger, als Stellung suchende Hauslehrer, und nicht selten auch als um Gastfreundschaft bittende Reisende kamen diese Agenten in die Pflanzungen, und besonders bemerkenswerth ist es, daß kein geringer Theil derselben weiblichen Geschlechts war; ja, in den Berichten der verschiedenen Abolitionisten-Gesellschaften wird der für dieselben „im Süden arbeitenden" Ladies ganz besonders lobend erwähnt.

Gewiß war die Negersclaverei, wie jede Art von Leibeigenschaft, als barbarisch und unchristlich zu verdammen;*) aber sie bestand nun einmal, und zwar schon seit dem Jahre 1619; sie war zum Fundament des Wohlstandes im Süden geworden und das Gesetz hieß sie gut, rechtfertigte sie. Sclaven waren gesetzmäßiges Eigenthum, in dessen Besitz der Bürger der Südstaaten durch das Gesetz ebenso geschützt wurde, wie im Besitz alles anderen Gutes. Wer daher einen Sclaven zur Flucht beredete und ihm zum Entkommen nach dem Norden mittelst der „unterirdischen Eisenbahn"**) verhalf, der fügte seinem Besitzer einen empfindlichen Schaden zu, der bestahl denselben. In einem geordneten Staatswesen muß jedes Gesetz anerkannt und respectirt werden, so lange es zu Recht besteht,

---

*) Mehrere anglo-amerikanische Secten, welche im Süden florirten, und vorzüglich die „südliche Methodistenkirche," erklärten zwar, die Sclaverei sei von Gott eingesetzt und stände mit den Lehren des Christenthums in vollstem Einklang, was sie auch aus der Bibel beweisen zu können behaupteten.

**) So wurde die geheime Organisation der Abolitionisten-Agenten in den Sclaven- und den Grenzstaaten genannt, welche entwichene Sclaven unter ihren Schutz nahm und nach Kräften für ihr Entkommen nach dem Norden sorgte.

d. h. so lange es nicht auf dem Rechtswege aufgehoben oder widerrufen worden ist. Somit war also auch, vom Rechtsstandpunkte betrachtet, das geheime Hetzen und Wühlen und Ueberreden unter den Negersclaven eine Gesetzübertretung, ein Verbrechen Es ist eine unleugbare Thatsache, daß das Institut der Sclaverei, verwerflich wie es an und für sich war, stets drohend über dem Haupte der Union geschwebt hat, bis endlich Präsident Lincoln's Emancipations-Erklärung, welche dieser mildherzige Mann selbst als eine „nothwendige Kriegsmaßregel" bezeichnete und der die Erfolge der nordstaatlichen Waffen Kraft und Nachdruck verliehen, der Leibeigenschaft der afrikanischen Rasse im Gebiet der Union ein Ende machte. Ganz nebenbei wollen wir hier noch bemerken, daß übrigens auch die Neuenglandstaaten bis kurz vor dem Ausbrechen des Unabhängigkeitskrieges Leibeigene hatten, und zwar zumeist indianische Kriegsgefangene, und daß ferner arme europäische Einwanderer, welchen von Speculanten das Reisegeld vorgestreckt worden war, in allen Theilen der Union noch bis in die vierziger Jahre nach ihrer Ankunft meistbietend verkauft zu werden pflegten, und zwar auch für mehrere Jahre, bis der ihnen vorgestreckte geringe Betrag abgearbeitet worden. Dagegen eiferten die Abolitionisten aber nicht an, diese „weiße Sclaverei" hielten sie nicht für ein himmelschreiendes Unrecht.

Während Jackson's zweiter Administration führten die Sclavenstaaten bittere Beschwerden über das gesetzlose Thun und Treiben der Abolitionistengesellschaften, und drangen sie darauf, daß die Bundesregierung einschreiten und die Sclavenhalter in ihren Rechten schützen möge, indem sie der Abolitionisten-Agitation ein Ziel setze und die Abolitionisten-Vereine unterdrücke, welche in Hunderttausenden von Flugschriften und „Tractätchen" die Neger aufzuwiegeln und durch unzählige Agitatoren dieselben auch durch Ueberredung ihren Herren abspenstig zu machen suchten. Diese Forderung muß uns gerechtfertigt erscheinen, wenn wir uns vergegenwärtigen, in welch einer großen Gefahr die Sclavenhalter in Folge dieser unabläßigen geheimen Wühlereien Tag und Nacht schwebten, wie Jeder derselben stündlich gewärtig sein mußte, daß seine Sclaven ihm davonliefen und ihn dadurch pecuniär ruinirten, oder daß sie sich erhoben und Tod und Verderben unter den Weißen verbreiteten. Es ist gewiß leicht begreiflich, daß diese Abolitionisten-Agitation wesentlich zur Verschlimmerung des Looses der Negersclaven beitragen mußte, da deren Herren sich nicht anders vor schweren Verlusten zu schützen wußten, als daß sie mit eiserner Strenge gegen die Schwarzen verfuhren und dieselben durch Furcht und Schrecken im Zaume zu halten suchten.

Unter den Abolitionisten des Nordens riefen die Beschwerden der Sclavenhalter und deren dringende Forderung, daß die Gesellschaften und Vereine, welche ihnen so viele Sorgen bereiteten und ihnen so schweren Schaden zufügten, vor das Gericht gestellt und unterdrückt werden sollten, die größte Erbitterung hervor. Das sei ein Angriff auf die Verfassung, welche Jedem in allen Theilen der Union vollste Preß- und Redefreiheit zusichere, sagten sie. Als dann Präsident Jackson sich auf die Seite der Sclavenhalter stellte und den Congreß um ein Gesetz zur Verhinderung der Verbreitung von aufreizenden Abolitionistenschriften durch die Post anging, da gab es einen großen Sturm in den Gemüthern des Yankeelandes und der Congreß wurde mit Bittschriften behufs der Aufhebung der Sclaverei im District Columbia und gänzlicher Abschaffung des Sclavenhandels (auch unter den Pflanzern der Südstaaten!) überhäuft. Das Repräsentantenhaus antwortete darauf durch die sogenannten „gag rules" (Knebelgesetze), welche das Entgegennehmen solcher Petitionen und alle Verhandlungen über dieselben untersagten; und nun warf sich John Quincy Adams zum Führer der nordstaatlichen Opposition auf, welche diesen Congreßbeschluß als eine grobe Verletzung eines der Grundrechte des Volkes, des durch die Constitution gewährleisteten Petitionsrechtes, hinstellte und in bitterster Weise den Congreß und die Administration befehdete. Hierin waren die Vertreter der Südstaaten zu weit gegangen. Sie konnten verfassungsgemäß nicht die Annahme von Petitionen verweigern, aber sie hatten das unbestrittene Recht, die Petitionen der sich immer fanatischer geberdenden Abolitionisten unbeachtet in die Papierkörbe zu versenken.

Die Sclavereifrage wurde jedoch immer noch nicht zu einer eigentlichen Parteifrage; im Süden waren die Whigs sehr zahlreich und standen nach wie vor zu ihrer Partei gegen die Demokratie. Wenn also später, und selbst noch in unserer Zeit, vielfach behauptet worden ist, die Demokratie sei von Alters her die Schirmerin der Sclaverei gewesen und möchte dieselbe lieber heute als morgen wieder eingeführt sehen, so ist das leeres Geschwätz. Die Geschichte lehrt uns, daß die Sclavereifrage niemals zu einer stricten Parteifrage gemacht worden, bis im Jahre 1856 die damals neugebildete, sich hauptsächlich auf die Abolitionisten stützende republikanische Partei in ihrer ersten Platform (Principienerklärung) offen gegen die südstaatlichen Pflanzer Stellung nahm.

Der vierte Parteiwechsel und seine Ursachen.

Unter Van Buren's Administration (1837–'41) hatte eine geschäftliche Krisis auch einen Umschwung in der politischen Stimmung zur Folge, und wir knüpfen hieran sogleich die Bemerkung, daß die Wahlerfolge stets sehr eng mit dem jeweiligen Stande des Handels und Wandels zusammenzuhängen pflegen in unserer Republik. Sind die Zeiten gut, giebt's genug Arbeit und guten Verdienst, so wird die herrschende Partei diesen Umstand stets mit gutem Erfolge für sich geltend machen können, obschon wohl nur in Ausnahmsfällen die Administration auf den Geschäftsverkehr merklich einzuwirken vermochte. Wir erfahren sogar aus der Geschichte unseres Landes, daß noch **vor** jedem Parteiwechsel von den besitzenden Klassen ein großer Krach für den Fall eines Sieges der Oppositionspartei als unausbleiblich angekündigt wurde, und daß allen diesen Prophezeiungen zum Trotz nach jedem Parteiwechsel Handel und Wandel sich neu belebten. Aber es ist leicht erklärlich, daß alle Diejenigen, welche in der Politik so zu sagen nur von heute bis morgen denken, sich gern durch gute Zeiten zum Festhalten an der herrschenden Partei bereit finden lassen werden. Natürlich fällt aber auch gerade dieser Theil der Bürger bedingungslos von seiner Partei ab, sobald ihm der Brodkorb durch eine Geschäftskrisis höher gehängt wird.

Die durch Jackson um ihre Fleischtöpfe gebrachten Aktionäre der verflossenen „Vereinigten Staaten-Bank" haben zweifelsohne mächtig mitgewirkt zur Herbeiführung dieser Krisis; weil sie dann, wie sie es auch thaten, auf die Finanzpolitik der Demokratie (sie machten nämlich die Partei für Jackson's Maßnahmen verantwortlich) als verderblich hinweisen und die Geschäftsstockung als eine Folge derselben hinstellen konnten. Das war nun allerdings wieder eitel Blendwerk, aber unter den Massen nahmen doch gar Viele an, die Sache verhielte sich wirklich so; und da die Whigs sich recht rührig zeigten und diese Mißstimmung zu nähren und zu mehren wußten, so errangen sie in der nächsten Präsidentenwahl einen leichten Sieg und erwählten mit einer ungeheueren Majorität (234 gegen 60 Electoralstimmen) ihren Candidaten Harrison.

Wir dürfen jedoch nicht unerwähnt lassen, daß auch der damals gegen die Seminolen in Florida geführte blutige und kostspielige Krieg im Norden viel böses Blut machte und dort gar manchen Demokraten bewog, sich des Stimmens ganz zu enthalten, oder für das Whigticket seine Stimme abzugeben. Dieser Seminolenkrieg wurde nämlich von den Abolitionisten als eine schreiende Ungerechtigkeit hingestellt, welche auf das Wiedereinfangen entflohener Sclaven und daneben auch auf die „widerrechtliche" Ergreifung von „freigeborenen" Sclavenkindern abziele. Der seit Urzeiten in Florida seßhaft gewesene indianische Stamm der Seminolen hatte nämlich in den ungeheueren Sümpfen jenes Staates feste Schlupfwinkel in Hülle und Fülle gefunden und sich darin so festgesetzt, daß die gegen ihn entsandten Streifcorps stets mit blutigen Köpfen und unverrichteter Sache hatten umkehren müssen, und den nun gegen diese Rothhäute aufgebotenen regulären Truppen erging es kaum besser. Erst nach langen Kämpfen, welche ungeheuere Opfer an Gut und Blut seitens der Weißen erforderten, wurden die von dem genialen Häuptling Osceola geführten Seminolen einigermaßen in die Enge getrieben und zu einer Kapitulation bewogen. Der Krieg, an welchem sich auch die Creek-Indianer betheiligten, war hauptsächlich durch die Beschwerden der weißen Pflanzer herbeigeführt worden; denn große Massen entsprungener Sclaven hatten bei den Indianern Florida's bereitwillige Aufnahme und Schutz gefunden; ja sehr viele Neger und Indianer hatten Mischehen geschlossen, und die denselben entsprungenen Kinder wurden von den Sclavenbesitzern auch als ihr Eigenthum beansprucht. Diese Forderung erklärten die Abolitionisten für völlig ungerechtfertigt, und auch die Weigerung der Seminolen und Creeks, die zu ihnen gekommenen entsprungenen Sclaven auszuliefern, hießen sie gut. So wurde dieser bis 1842 währende Seminolenkrieg mit in die Politik hineingezerrt und mit benutzt, um die Sclavenfrage dem Volke mehr und mehr mundgerecht zu machen.

Die Finanzfrage war 1840 durch eine nach langen und hitzig geführten Debatten von beiden Häusern des Congresses angenommene Bill, wodurch Unter-Schatzämter geschaffen und eine völlige Absonderung des Finanzdepartements von den Bankinteressen bewirkt worden, für erledigt gehalten; aber die sich nach den ihnen durch Jackson genommenen Vorrechten und Vergünstigungen zurücksehnenden Banquiers ruheten und rasteten nicht, bis sie eine Bill zur Errichtung einer neuen Nationalbank durch den Congreß gebracht hatten, die jedoch der Demokrat Tyler, welcher nach dem am 4. April 1841 erfolgten Tode Harrison's als Vicepräsident an die Spitze der Executive getreten war, mit seinem Veto belegte. Wir nannten Tyler einen Demokraten, denn das war er im Herzen, obschon die Demokratie ihm nicht recht traute und deßhalb auch zögerte, ihn als einen der Ihrigen anzuerkennen. Tyler war zumeist in Folge der geringen Bedeutung, welche in der Politik dem Amte des Vicepräsidenten beigelegt zu werden pflegt, von den Whigs zu Harrisburg für diesen Posten nominirt worden, und da Harrison seine Inauguration nur um einen Monat überlebte, so erkannten die Whigs dann gar bald zu ihrem Schrecken, daß sie in Tyler den verkehrten Mann für ihre Partei nominirt und erwählt hatten, und daß es durchaus nicht gleichgiltig ist, wer für den zweiten Platz auf dem Präsidentschaftsticket ernannt wird. Nochmals liefen die Befürworter der Nationalbank mit einer zweiten, nach Präsident Tyler's Wünschen abgeänderten Bill auf das Weiße Haus Sturm und wiederum schmetterte ein Veto ihre Hoffnungen zu Boden. Da gab es ein großes Geschrei unter den Whigs; Tyler wurde von ihnen als ein Verräther hingestellt und lehnte sich nun immer fester an die Demokratie.

Unter Tyler's Administration kam der große Vertrag der europäischen Seemächte zur gänzlichen Unterdrückung des afrikanischen Sclavenhandels zu Stande, welchem die Vereinigten Staaten indessen erst, nachdem einige wesentliche Punkte abgeändert worden, beitraten.

Der fünfte Parteiwechsel.

Die Demokraten erwählten 1844 J. K. Polk zum Präsidenten, und Calhoun setzte die Aufnahme des von Mexico abgefallenen Texas in den letzten Tagen der Administration Tyler's (1. März 1845) durch, indem er nach langen Erörterungen dem Congreß die Ueberzeugung beibrachte, daß England sein Auge auf Texas geworfen habe und dieses Gebiet für sich ganz zu erwerben, oder als einen angeblich selbstständigen Staat unter seinen

Schutz, resp. unter seine Controle, zu stellen gedenke, um von dort aus der Sclaverei energisch zu Leibe zu gehen. Die Pflanzer der Golf- und Mississippi-Staaten wären allerdings mit ihren Sclaven schlimm genug daran gewesen, wenn Texas zu einer Freistätte für entflohene Sclaven gemacht worden wäre, und der Agitation der Abolitionisten hätte wohl Nichts erwünschter kommen können. Deshalb fügte sich auch der Congreß, wenngleich höchst widerwillig, dem Wunsche Calhoun's; denn Mexico hatte schon seit längerer Zeit über den angeblichen Rückhalt gemurrt, welchen Texas an der Union gehabt haben sollte, und wurde nun so ganz ohne Weiteres die Einverleibung vollzogen, so war ein ernstlicher Conflict mit Mexico, den man in Washington durchaus nicht wünschte, unvermeidlich geworden.

Nach einem im Congreß getroffenen Uebereinkommen, sollte die Ausführung der Texas-Bill dem neuen Präsidenten Polk überlassen und möglichst jeder Anlaß zu einem Bruch mit Mexico vermieden werden. Daran kehrte sich jedoch Präsident Tyler nicht, sondern unterzeichnete die Bill und meldete dieses Ereigniß den Texanern durch einen Eilboten. Das ward die Grundursache des bald darauf ausbrechenden Krieges mit Mexico, welchen die neue Administration weit mehr wünschte als vermied Die Oppositionspartei beschuldigte Polk sogar, daß derselbe den Krieg, seiner constitutionellen Machtvollkommenheit zuwider, auf eigene Faust begonnen habe, und gar Viele bezeichneten diesen Conflict als einen seitens der Bundesadministration vom Zaune gebrochenen Eroberungskrieg.

England rasselte gleichfalls mitdem Säbel, weil ihm die Vereinigten Staaten durch einen Congreßbeschluß (27. April 1846) den gemeinsamen Besitz des sogenannten Oregon-Gebietes*) kündigten und auf eine Theilung des-

*) Dieses Gebiet umfaßte alles nicht von Mexico und Rußland beanspruchte Land, westlich von den Felsengebirgen, und schloß also ein ungeheueres Areal ein.

selben drangen. Die am Ruder befindliche Demokratie drang auf die Festsetzung des 54° 40′ nördlicher Breite als Grenzlinie des den Vereinigten Staaten zukommenden Antheils; und wäre diese Forderung durchgesetzt worden, so wäre jetzt, nachdem auch Alaska in den Besitz der Vereinigten Staaten übergegangen, kein Stück der amerikanischen Westküste mehr britisches Eigenthum. Leider hielten Präsident und Senat jedoch nicht fest an diesem Parteiprogramm, und in dem am 15. Juni 1846 zu Stande gekommenen Theilungsvertrage wurde der 49. Grad als Grenzlinie zwischen Britisch-Amerika und der Union festgesetzt.

Geographische Grenzlinien in der Politik.

Bei der Organisirung des Territoriums Oregon geriethen die Pro- und Anti-Sclavereileute im Congreß scharf an einander und die Ersteren stellten nun zum ersten Male die Behauptung auf, der Bund habe kein Recht, einem neu zu bildenden Territorium vorzuschreiben, ob es die Sclaverei in seinen Grenzen dulden oder verbieten solle. Auch über die von Mexico als Kriegsentschädigung zu fordernden Landstriche stritt man sich im Punkte der Sclavereifrage schon geraume Zeit vor deren erfolgter Abtretung. Die Gegner der Sclaverei machten dann geltend, daß Californien und das übrige von Mexico zu erwerbende Gebiet „freier Boden" bleiben müßte, weil in Mexico schon vor fast zwei Jahrzehnten die Leibeigenschaft aufgehoben worden. Das Repräsentantenhaus neigte sich mit einer Majorität von 6 Stimmen auf die Seite der Freiboden-Partei (Free-Soilers), aber der Senat stand fest zu der Pro-Sclaverei-Fraction, und diese forderte, daß bis zur Aufnahme der erworbenen Gebiete als Staaten die Sclaverei darin geduldet, und daß von den neuen Staaten dann endgiltig mittelst einer Volksabstimmung in dieser Frage entschieden werden solle. Begreiflicher Weise stieß dieses Verlangen auf heftigen Widerstand, da sich die Abolitionisten sehr wohl bewußt waren, daß die Sclaverei nicht leicht mehr auszurotten sei, wo sie einmal Wurzel geschlagen habe. Früher schon hatten die Prosclavereileute eine Convention der sclavenhaltenden Staaten berufen wollen, um über gemeinsame Schritte zu berathen, und da sie nun abermals hierzu Miene machten, kamen die Gegner ihnen zuvor und beriefen nach Buffalo (im August 1848) eine Convention, woran sich Unzufriedene der beiden alten Parteien betheiligten; so z. B. die von der Demokratie abgefallene Fraction der „Barnburners."

So entstand die Freibodenpartei (Free-Soil Party), deren Princip und Endzweck sich in ihrem Motto ausspricht: „Freier Boden; freie Rede; freie Arbeit; freie Menschen." Ihr Candidat war Van Buren. Diese Zersplitterung der demokratischen Partei verhalf den Whigs nochmals zum Siege und deren Candidat Taylor wurde zum Präsidenten erwählt. Groß und folgenschwer war dieser Wahlsieg jedoch nicht. Die Stimmung schlug rasch wieder zu Ungunsten der Whigs um, welche, gleich den Demokraten, in Befürworter und Gegner der Sclaverei zerfielen, und die sich, da die Sclavenfrage bei der Wahl eines Sprechers im 31. Congreß zum Mittelpunkte der Debatten gemacht wurde, nach einem kurzen Freudenrausche wieder aus der kaum errungenen Machtstellung verdrängt sahen.

Von jetzt an treten die geographischen Grenzlinien in der Geschichte der politischen Parteien immer greller hervor. Die Zerwürfnisse zwischen den verschiedenen Fractionen der alten Parteien mehrten sich, ein von Henry Clay vorgeschlagenes Compromiß (die sogenannte „Omnibus-Bill") erregte den Zorn der südstaatlichen Extremisten („Fire-eaters" oder „Feuerfresser" genannt), Calhoun donnerte dagegen an in einer gewaltigen Rede, und auch Daniel Webster nahm, sich stark den südstaatlichen Interessen zuneigend, an dem gewaltigen Wortkampfe Theil. Damals stand thatsächlich das Fortbestehn der Union auf einer Nadelspitze und der Secessionskrieg wäre wohl um ein Jahrzehnt früher ausgebrochen, wenn nicht das am 7. Juli 1850 erfolgte Hinscheiden des Präsidenten Taylor, dessen Platz Vicepräsident Fillmore sofort einnahm, beruhigend auf die erhitzten Gemüther gewirkt hätte. Daniel Webster wurde nun abermals Staatssecretär*) und seinen Anstrengungen gelang es, eine gütliche Beilegung der verschiedenartigen Streitfragen herbeizuführen.

Dadurch wurde aber keineswegs ein wirklich gutes Einvernehmen zwischen den sich Befehdenden erzielt, sondern vielmehr nur ein Waffenstillstand, der jeden Augenblick gekündigt werden konnte. Den Pro-Sclavereileuten wurde eine bittere Enttäuschung durch Californien bereitet, welches nun an die Pforten des Congresses klopfte und als freier Staat aufgenommen zu werden wünschte. Das hatten sich die Befürworter der Sclaverei nicht träumen lassen; Californien hatten sie seit seiner Erwerbung als ein ihnen unzweifelhaft zufallendes Gebiet betrachtet, und mit all ihrer Macht, aber vergeblich, kämpften sie gegen die Bill an, welche Californien mit einer, die Sclaverei in seinen Grenzen für immer verbietenden Verfassung als Staat der Union beifügen sollte, und die auch trotz allen Protesten am 9. September 1850 Gesetzeskraft erhielt. Die auch in jener Zeit als Territorien organisirten Gebiete Utah und New Mexico sollten durch eine Volksabstimmung bei ihrer dereinstigen Aufnahme als Staaten selber über die Frage entscheiden, ob die Sclaverei in ihren Grenzen geduldet werden solle oder nicht. Abraham Lincoln's Emancipipirungs-Proclamation (1. Januar 1863), welche der Negersclaverei in allen Theilen der Union für immer ein Ende machte, hat diese beiden Territorien der Entscheidung obiger Frage überhoben.

Das oben erwähnte „Compromiß von 1850" blieb den Heißspornen im Norden und im Süden ein Dorn im Auge, und wir müssen diesen Vertrag als das Hauptmittel

*) Er hatte diesen Posten, welcher der Stellung eines Premierministers in Monarchien gleichkommt, schon unter Präsident Harrison bekleidet.

zur Zersetzung der alten nationalen Parteien bezeichnen. Die Führer der Whigs waren bald Generäle ohne Soldaten, weil ihr Anhang wie Schnee an der Sonne zusammenschmolz, so daß bald die Whig-Partei der Vergangenheit angehörte. Dagegen mehrte sich die Zahl der Anhänger der ursprünglich von Demokraten gebildeten Freibodenpartei in bemerkenswerther Weise, und zwar hauptsächlich durch Ueberläufer aus dem Whig-Lager.

Die im Juni 1852 zu Baltimore tagende Nationalconvention der Whigs, welche General W. Scott als ihren Präsidentschaftscandidaten aufstellte, zeigte schon, daß diese Partei in sich so zerfallen und zerfahren war, daß keine Hoffnung auf ihre Wiedereinigung und Erstarkung gehegt werden konnte. Uebrigens hing die demokratische Partei auch nur noch, so zu sagen, durch die Haut zusammen, und es ist gewiß ein redendes Zeugniß für die allgemeine politische Zersplitterung, daß der Demokrat Pierce mit 254 gegen 42 Electoralstimmen zum Präsidenten gewählt wurde.

Ueber alle nicht streng zur Geschichte der politischen Parteien gehörende Ereignisse hinweg gehend, langen wir nun bei dem hochwichtigen Kapitel über die Kansas-Nebraska-Frage und die Kansas-Wirren an. Das Missouri-Compromiß war schon durch jene vorgenannte Bill, welche dem Territorium die Einführung der Sclaverei durch eine Volksabstimmung ermöglichte, im Jahre 1850 schwer erschüttert worden, und die am 22. Mai 1854 vom Congreß angenommene Kansas-Nebraska-Bill warf es vollends über den Haufen.

———o———

Die Kansas=Wirren.

Wir wollen hier einmal mehr in's Einzelne gehen, weil nun ein neuer Abschnitt in der Geschichte der politischen Parteien beginnt.

Mit der Kansas=Nebraska=Akte hatte es folgende Bewandtniß: Am 10. Februar 1853 nahm das Repräsentantenhaus des Congresses eine Bill zur Errichtung einer Territorialregierung in Nebraska an, welches damals noch den jetzigen Staat Kansas umfaßte. Im Senat stieß die Vorlage jedoch auf eine heftige Opposition, wurde mehrfach geändert und endlich am 23. Januar 1854 von dem Ausschuß für Territorien, dessen Vorsitzer Stephen A. Douglas von Illinois war, in ihrer neuen Gestaltung an das Repräsentantenhaus zurückberichtet, welches nach heftigen Debatten die Amendments annahm und die ganze Bill am 25. Mai des nämlichen Jahres mit 113 gegen 100 Stimmen guthieß. Hierdurch wurde das Gebiet Nebraska in zwei Territorien geschieden und erklärt, daß auf beide das Missouri=Compromiß, wonach dort die Sclaverei für immer verboten war, keine Anwendung finden sollte. Die Gegner der Ausdehnung des sclavenhaltenden Gebietes bezeichneten diese Akte als einen Vertragsbruch, und als im nämlichen Jahre die ersten Kolonisten aus den Freistaaten in Kansas eintrafen, trat ihnen eine Bande bewaffneter Missourier aus den westlichen Grenzcounties drohend entgegen. Die Ankömmlinge ließen sich jedoch nicht einschüchtern und die Missourier kehrten in ihren Staat zurück. Damit waren die blutigen Kansas=Wirren eingeleitet. Die Proslavereileute organisirten sich, bildeten geheime Gesellschaften („Social Bands," „Blue Lodges," „Sons of the South,") und wählten am 29. November ihren Congreßcandidaten, General Whitfield, wobei Missourier in großen Schaaren durch ihr gesetzwidriges Votum geholfen haben sollen, wie ein späterer Untersuchungsausschuß des Congresses berichtete.

Zu offenen Gewaltthaten kam es am 30. März 1855, indem die Missourier die Stimmplätze besetzten, zwei dem Bundesarsenal zu Liberty entnommene Geschütze aufpflanzten, und so die Erwählung einer aus Prosclavereileuten bestehenden Territoriallegislatur durchsetzten; sogenannte Vigilanz-Committees unterstützten sie hierbei. Gouverneur Reeder von Kansas, ein seit 1854 im Amte befindlicher Pennsylvanier und ausgesprochener Prosclavereimann, ergrimmte über den Wahlschwindel, verwarf in sechs Districten das Wahlresultat, beraumte dort Neuwahlen an und neigte sich stark der Antisclavereipartei zu. Da erfolgte am 29. Juni 1855 seine Abberufung durch Präsident Pierce und W. Shannon von Ohio trat an seine Stelle. Zuvor hatte sich aber die Prosclavereilegislatur organisirt, und die in den oben erwähnten sechs Districten nacherwählten Antisclaverei-Repräsentanten wurden nicht anerkannt. Die erste Session brachte die sogenannten „Blutgesetze," welche im Wesentlichen verfügten, daß Niemand das Stimmrecht ausüben dürfe, der nicht eidlich sich zur Ausführung der schon mehrere Jahre zuvor sehr verschärften „Sclaven-Flüchtlings-Gesetze," auch „Sclavenjagd-Gesetze" genannt, verpflichtet habe; daß Jeder, der einem flüchtigen Sclaven Obdach oder irgend welchen Beistand gewähre, den Tod erleiden, und daß die Verbreitung von abolitionistischen Schriften, sowie jede Art der Opposition gegen die Rechtsbeständigkeit der Sclaverei im Territorium mit einer fünfjährigen Gefängnißhaft bestraft werden solle.

Jetzt berief die Freibodenpartei, welche die Legislatur nicht anerkannte, eine Convention behufs Erwählung einer Constituante*) nach Topeka, die dort auch am 19. September 1855 zusammentrat. Eine Verfassungsvorlage, die sogenannte Topeka-Constitution, kam in der ersten Hälfte des Novembers zu Stande und wurde am 15. December

*) D. i. eine Convention, welche eine Verfassungsvorlage entwerfen soll, über deren Annahme oder Verwerfung dann das Volk durch eine Abstimmung zu entscheiden hat.

durch eine Wahl, woran sich die Gegenpartei nicht betheiligte, mit 1701 gegen 46 Stimmen angenommen; für die Zulassung der Neger und Mulatten als Ansiedler oder freie Arbeiter erklärten sich 453 Freibodenleute und dagegen stimmten 1287 derselben. Damit hatten die Freistaatler sich eine Operationsbasis geschaffen, und am 15. Januar erwählten sie eigene Staatsbeamte und eine eigene Legislatur, die vom 4. März bis zum 4. Juli zu Topeka in Sitzung war. Sie wählten auch Ex-Gouverneur Reeder und J. Lane in den Bundessenat und kamen um die Aufnahme des Territoriums als Staat unter der Topeka-Constitution ein. Der Congreß wies jedoch das Gesuch nach heftigen Debatten, während welcher vorzüglich Senator Charles Sumner rücksichtslos über das „Institut der Sclaverei" herzog, ab und der Senat legte energisch Protest dagegen ein. Natürlich blitzten damit auch Reeder und Lane ab, wogegen der von der Prosclavereipartei des Territoriums gewählte Congreßrepräsentant Whitfield mittlerweile seinen Sitz eingenommen hatte.

Das Vorgehen der Freibodenpartei wurde von Präsident Pierce in einer vom 24. Januar 1856 datirten außerordentlichen Botschaft für einen Akt der Rebellion erklärt, und am 16. Februar wurde Gouverneur Shannon von Washington aus beordert, die in den Grenzgarnisonen liegenden Bundestruppen aufzubieten und den Gesetzen der Prosclaverei-Legislatur nöthigenfalls Beachtung zu erzwingen. Die Bildung einer zweiten Territorialregierung hatte indessen schon früher zu blutigen Conflicten zwischen den beiden einander schroff gegenüberstehenden Parteien geführt, und bereits im November 1855 war in den südöstlichen Grenzcounties in einem am Wakarusa gelieferten förmlichen Treffen Blut in Strömen geflossen. Gouverneur Shannon bot in Folge dessen die Miliz auf, welche durch zahlreiche Missourier Freiwillige verstärkt wurde. Im April 1856 kam sogar unter dem Befehl eines Oberst Zuzug aus Süd-Carolina, Georgia und Alabama, und der Bundesmarschall nahm diese mehrere hundert

Mann zählende Schaar in Dienst. Am 5. Mai des nämlichen Jahres wurden Robinson, der Freistaatler-Gouverneur, und mehrere andere Prominente seiner Partei durch die Grand-Jury des Hochverrathes angeklagt und verhaftet; Reeder, der zu den Angeklagten gehörte, entkam aus dem Territorium.

Wie überall an der Indianergrenze, so hatte sich auch in Kansas eine große Menge des schlimmsten Gesindels angehäuft, das hüben und drüben Partei nahm und bald eine wahre Schreckensherrschaft im Territorium ausübte. Die schändlichsten Gewaltthaten wurden auf beiden Seiten verübt, Mord und Raub und Brandstiftung waren an der Tagesordnung, und im Juni lieferten sich die Gegenparteien bei Pottawattomie, Black-Jack und Hickory-Point regelrechte Gefechte. Die Freistaatler, deren am 4. Juli in Topeka zusammengetretene Legislatur auf Befehl des Präsidenten durch reguläre Truppen unter Oberst Sumter gesprengt worden, erhielten bedeutende Verstärkungen aus den Nordstaaten und gingen auch mehrfach zum Angriff über.

Der Bürgerkrieg war somit im Gange; bald siegten die Proslavereileute, bald die Freistaatler. Gouverneur Shannon, welcher ein Einverständniß mit den Freistaatlern anzubahnen suchte, wurde von der Bundesregierung seines Amtes entsetzt und sein Nachfolger Geary blieb auch nur kurze Zeit im Amte, weil er sich mit der zu Lecompton tagenden Legislatur überwarf; er resignirte am 4. März 1857 und der neu-inaugurirte Präsident Buchanan ernannte Walker zum Gouverneur des Territoriums. Nochmals trat die Legislatur der Freistaatler zusammen und wurde wiederum durch Truppen gesprengt, welche die Beamten gefangen nach Tecumseh abführten. An den am 15. Juni 1857 abgehaltenen Wahlen für eine Constituante betheiligten sich die Freistaatler nicht; in der vollen Hälfte der Counties des Territoriums hatte keine Registrirung der Wähler stattgefunden und es wurden nur 2000 Stimmen von der Proslaverei-Partei abgegeben. Da Gouverneur

Walker den Freistaatlern volle Freiheit in der Ausübung des Wahlrechts zusicherte und auch versprach, jede Art von Betrug nach Kräften verhüten zu wollen, so beschlossen dieselben, sich an den Octoberwahlen zu betheiligen, und erwählten dann mit einer Majorität von fast 4000 Stimmen, das war mit fast einer Zweidrittel-Majorität, ihren Congreßcandidaten Parrott, nebst 36 von den 52 Mitgliedern der Gesetzgebung. Die zu Lecompton von der Constituante darauf entworfene Verfassungsvorlage ward dem Volke am 21. December, nebst der Frage, ob die Sclaverei in Kansas eingeführt werden dürfe, zur Abstimmung vorgelegt und Beides ward mit 6143 gegen 569 Stimmen bejahet. Dann setzte die Prosclavereipartei die Abberufung des Gouverneurs Walker durch, weil derselbe sich gleichfalls den Freistaatlern zuneigte, und Präsident Buchanan ernannte Denver als seinen Nachfolger. Ehe Letzterer jedoch sein Amt antrat, wurde dasselbe durch Stanton von Tennessee interimistisch verwaltet. Stanton berief die Legislatur zu einer Extrasitzung zusammen und die Freistaatler, welche ja darin die Oberhand hatten, ordneten an, daß bei den auf den 4. Januar 1858 fallenden Wahlen nochmals über die Lecompton-Constitution abgestimmt werden solle. Es war dieses widersinnig, weil diese Wahlen unter der neuen Verfassung abgehalten wurden, was ja einer Anerkennung derselben gleichkam. Die Freistaatler boten Alles auf, um ihren Gegnern durch diese Wahlen den Todesstoß zu versetzen, und die Lecompton-Constitution ward mit einer ungeheueren Majorität verworfen; gegen dieselbe wurden 10,226 Stimmen abgegeben, während für dieselbe mit Sclaverei nur 138, und ohne Sclaverei 24 Wähler stimmten.

Präsident Buchanan, welcher gleich nach der ersten Abstimmung die Lecompton-Verfassung anerkannt hatte, beharrte bei seiner Politik. Die Freistaatler hatten am 4. Januar auch in der Staatswahl gesiegt, und eine von ihnen gewählte und nach Leavenworth berufene Constituante arbeitete eine neue Verfassungsvorlage aus, die natürlich ganz auf die Tendenzen der Antisclaverei-Partei basirt war; dieselbe wurde dann dem Volke zur Abstimmung unterbreitet und mit einer bedeutenden Majorität angenommen.

Im Congreß wirbelte die Kansas-Frage immer noch viel Staub auf und wurde lange resultatlos mit großer Heftigkeit erörtert, bis man sich endlich am 30. April 1858 auf eine von Wm. H. English von Indiana entworfene und nach ihm benannte Bill einigte, welche der Präsident sofort unterzeichnete. Nach dieser Akte sollte in Kansas nochmals die Lecompton-Constitution zur Abstimmung gelangen, und wenn das Volk sie annähme, so sollten dem dann zu creirenden Staat Kansas 5 Millionen Acres Congreßland geschenkt werden; im anderen Falle müsse Kansas ein Territorium bleiben, bis es 93,340 Einwohner, welche Zahl zu einem Congreßrepräsentanten berechtigte, nachweisen könne. So fand denn am 3. August 1858 noch eine Wahl statt und die Lecompton-Constitution wurde mit mehr als 10,000 Stimmen Majorität verworfen.

Einer im nächsten Februar von der Legislatur des Territoriums angenommenen Bill zur abermaligen Einberufung einer Constituante verweigerte Gouverneur Denver seine Unterschrift und dankte kurz darauf ab. Sein Nachfolger, S. Medary von Ohio, verhielt sich den Parteien gegenüber möglichst neutral und die Legislatur hieß seine Politik gut. Eine Bill, welche die Sclaverei im Territorium aufhob und sie für immer verbot, wurde von Medary nicht unterzeichnet; dagegen hieß er eine allgemeine Amnestie-Akte gut, die viel zur Pacificirung der südöstlichen Counties beitrug, in denen auch noch unter Denver's Administration blutige Parteikämpfe stattgefunden hatten. Die dann von der Legislatur empfohlene Einberufung einer neuen Constituante wurde vom Volke mit einer Majorität von 3881 Wahlstimmen genehmigt, und der von derselben ausgearbeitete Verfassungsentwurf, die Wyandotte-Constitution, ward im October 1859 mit

(4)

10,421 gegen 5520 Stimmen angenommen. Das Repräsentantenhaus des Congresses erkannte diese Constitution an, der Senat aber verwarf sie im April 1860. Als jedoch die Mehrzahl der südstaatlichen Senatoren am 21. Januar 1861 den Congreß in Folge der Secessionsbewegung verließ, gewann darin die Antisclaverei-Partei die Oberhand, erkannte die Wyandotte-Constitution an und nahm Kansas als Staat in die Union auf. Damit endeten die „Kansas-Wirren."

Bildung einer neuen republikanischen Partei.

Die Aufhebung des Missouri-Compromisses und die Kansas-Wirren gaben den unmittelbaren Anstoß zur Bildung der **republikanischen Partei**, welche die Grundsätze der Freibodenpartei zu den ihrigen machte und in ihrer ersten Nationalconvention zu Philadelphia (17. Juni 1856) diese Principien auch ihrer Platform einverleibte. Die Constitution verleihe dem Congreß eine unumschränkte Macht über die Territorien, hieß es in jener ersten Platform der jungen republikanischen Partei, und es sei „ein Recht und eine Pflicht des Congresses, in den Territorien jene beiden Ueberbleibsel des Barbarenthums, Polygamie und Sclaverei, zu verbieten." Kansas solle sofort als ein Freistaat in die Union aufgenommen, Achtung vor dem Gesetz und Ordnung sollten in seinen Grenzen wieder hergestellt werden. Das waren die Hauptpunkte jener Platform, welche in keiner ihrer Planken eine Spur jener Centralisationsgelüste birgt, die in den folgenden Principienerklärungen der republikanischen Partei immer mehr zu Tage traten und die schon zu Ende der Sechziger Jahre den Bestrebungen der alten Föderalisten völlig gleichkamen.

Wie wir nachgewiesen haben, waren die Freibodenleute (Free-Soilers), welche den Kern der jungen republikanischen Partei bildeten, von ihrer alten Partei abgefallene **Demokraten**, die indessen immer noch die alten

Grundprincipien treu bewahrten. Das mag man leicht aus der ersten republikanischen Platform ersehen, welche auch nicht einen einzigen, den Grundsätzen der alten Demokratie (der ersten und eigentlichsten republikanischen Partei) widerstrebenden Punkt enthielt; denn die Sclaverei hatte ja in beiden alten Parteilagern von jeher Anhänger und Gegner gehabt, und die Letzteren schaarten sich um die Philadelphiaer Platform von 1856, auf welche John C. Fremont als Präsidentschafts-Candidat gestellt worden.

Es gab aber damals auch eine politische Vereinigung der Fremdenhasser (Knownothings), welche sich „die amerikanische Partei" nannte und den Ex-Präsidenten und alten Whig Millard Fillmore zu ihrem Bannerträger erkor. Diese Partei konnte sich jedoch nicht halten und ihre Mitglieder gingen fast sammt und sonders zu den Republikanern über, welche überhaupt alle anti-demokratischen, einer wirklichen Volksherrschaft widerstrebenden Elemente im Laufe der Zeit an sich zogen und durch dieselben in das Geleis der alten Föderalisten gedrängt wurden.

Die Demokratie nominirte James Buchanan zu ihrem Präsidentschafts-Candidaten und trat entschieden für die in der bereits von uns erläuterten Kansas-Nebraska-Akte aufgestellten Principien ein. So war denn die Sclaverei endlich zu einer wirklichen Parteifrage und damit spruchreif geworden. Den südstaatlichen „Fire eaters" aber hatten die Bestimmungen der Kansas-Nebraska-Akte niemals genügt, sie wollten vielmehr die neuen westlichen Territorien als erklärte Sclavenstaaten in die Union eingereihet wissen. Diesen nominell immer noch der Demokratie angehörenden „Feuerfressern" traten die mit Sack und Pack zu den Republikanern übergegangenen Abolitionisten ebenso schroff gegenüber, und als Buchanan am 4. März 1857 als erwählter Präsident in's Weiße Haus einzog, war das Ausbrechen eines folgenschweren Conflictes zwischen den sclavenhaltenden Südstaaten und dem „freien" Norden nur noch eine Frage der Zeit. Der Bruch

(4*)

mußte erfolgen, denn die nordstaatlichen Abolitionisten fühlten sich stark genug, um die Sclavenhalter des Südens aus ihrer politischen Machtstellung zu verdrängen, und darum allein handelte es sich ja; die Befreiung der Neger aus Gründen der Menschlichkeit war und blieb ein bloßer Vorwand; wirkliche Bruderliebe, echt christliche Nächstenliebe hat der Abolitionist nie für den schwarzen Mann gehegt.

Nun wurde die Demokratie als die Partei der Sclavenhalter hingestellt und und unwissende Schreier, deren leeres Geschwätz übrigens noch in der Wahlcampagne von 1880 wiederholt wurde, behaupteten, die demokratische Partei habe von jeher nur das Interesse der sclavenhaltenden Südstaaten im Auge gehabt und jedesmals, wenn es nicht ganz nach ihrem Willen gegangen sei, habe sie mit einer Zerreißung der Union gedroht.

Du weißt das nun jedoch besser, lieber Leser, denn wir haben dir ja gezeigt, daß in der Union niemals eine harmonische Einigkeit geherrscht hat und daß gerade die Neuenglandstaaten, wie auch New York beim Ankauf von Louisiana, ganz offen mit ihrem Austritt aus der Union drohten. Aber man wird dir wohl auch einmal sagen, oder du magst es in Büchern oder Zeitungen zu lesen bekommen, die Demokratie habe das Institut der Sclaverei stets vertheidigt und würde dasselbe lieber heute als morgen wieder einführen, wenn sie dazu nur die Macht erhielte. Das ist nun, wie du gleichfalls aus unserer kurzen, parteilos geschriebenen politischen Geschichte der Union ersehen haben mußt, auch nichts Anderes als eine Unwahrheit; denn erst durch die Bildung der republikanischen Partei ist die Sclavenfrage zu einer Parteifrage gemacht worden, und das Missouri-Compromiß hat, wie der weise Thomas Jefferson richtig voraussagte, hierzu den Hauptanstoß gegeben.

Nun wollen wir aber auch noch aus der früheren Geschichte den Beweis dafür liefern, daß die Südstaaten schon vor dem Unabhängigkeitskriege, also zu einer Zeit wo sie noch britische Kolonien waren, sich sehr energisch für die Aufhebung der Sclaverei erklärten, und daß vorzüglich Thomas Jefferson, der Vater der amerikanischen Demokratie, ein entschiedener Gegner der Leibeigenschaft war. Die zuverlässigsten Geschichtsschreiber haben England als die Hauptstütze des Sclavenhandels im vorigen Jahrhundert bezeichnet, und als Virginien (1726) und Süd-Carolina (1760) die Negereinfuhr aus Afrika verbieten wollten, ließ England, das Mutterland, dieses nicht zu, und der Earl von Dartmouth erklärte noch 1775, „man dürfe den Kolonien (in Amerika) nicht gestatten, einen für die Nation so vortheilhaften Handel in irgend einer Weise zu beeinträchtigen." Auch wurde der vom ersten Continental-Congreß 1774 gefaßte Beschluß, daß ferner kein Sclave mehr eingeführt oder gekauft und der Sclavenhandel gänzlich aufgehoben werden solle, vor Allen von den Sclavenstaaten Georgia, Nord-Carolina und Virginien kräftig unterstützt, und Thomas Jefferson beschuldigte in seinem Entwurf der Unabhängigkeits-Erklärung die britische Regierung geradezu, daß sie den Kolonien diesen „verabscheuungswürdigen Handel" aufgezwungen habe; und diese schneidige und gerechtfertigte Erklärung wurde auf das Betreiben der Föderalisten gestrichen! — Auch heißt es in Jefferson's berühmter „Ordinance"*) (Verfügung) vom Jahre 1784 in Bezug auf alles nicht den Staaten angehörende „nationale Gebiet" ganz ausdrücklich: „Nach dem Jahre 1800 der christlichen Zeitrechnung soll dort (in dem Territorial-Gebiet) weder

---

*) Die mehrfach aufgestellte Behauptung, diese Ordinanz habe nur auf das sogenannte „nordwestliche Territorium," wovon unser Staat Ohio einen Theil bildet, Bezug gehabt, ist durchaus unhaltbar, denn dieselbe beginnt mit den Worten: „Sei es beschlossen, daß das von einzelnen Staaten an die Vereinigten Staaten abgetretene oder noch abzutretende Gebiet, wennimmer dasselbe von den indianischen Bewohnern gekauft oder den Vereinigten Staaten zum Kauf angeboten sein mag, in weitere Staaten formirt werden soll, welche, soweit die gemachten Abtretungen es gestatten, in der Weise begrenzt sein sollen, daß u. s. w." — Hierin ist ja klar und deutlich von allem bereits erworbenen und noch zu erwerbenden Gebiet, nicht aber ausschließlich von dem „nordwestlichen Territorium" die Rede, welches allerdings damals zunächst in Betracht kam.

Sclaverei noch unfreiwillige Dienstbarkeit in irgend einem der benannten Staaten geduldet werden, außer als Strafe für Verbrechen, deren der Schuldige in rechtmäßiger Weise überführt werden mag." — So viel über diesen Theil der Sclavenfrage.

Wie der Bruch zwischen Norden und Süden entstand.

Die Fanatiker schürten nun im Süden wie im Norden das Feuer des Hasses und innerhalb der demokratischen Partei schieden sich die Fractionen immer mehr und mehr von einander ab. Einen gewaltigen Stein des Anstoßes für die Republikaner bildete die kurz nach Buchanan's Inauguration von dem Oberbundesgericht in dem berühmten „Dred Scott Falle" abgegebene Entscheidung. Es verhielt sich damit also: Dred Scott war ein in Missouri geborener Sclave, der einem Arzte der regulären Armee, Namens Dr. Emerson, gehörte und diesen im Jahre 1834 nach dem Staate Illinois und später nach Fort Snelling in Minnesota begleitete. Am letztgenannten Orte kaufte der Doctor eine aus einem Sclavenstaate dorthin gebrachte Negerin, Harriet mit Namen, und gab dieselbe dem Dred Scott zum Weibe. Nach einiger Zeit kehrte Dr. Emerson mit seiner Negerfamilie, welche nun aus den beiden Gatten und einem Töchterchen bestand, nach Missouri zurück und dort gebar Harriet ein zweites Mädchen. Im Laufe der Zeit verkaufte Emerson die ganze Familie an einen gewissen Sanford und zu Anfang der Fünfziger Jahre wurde Dred Scott gegen seinen neuen Herrn klagbar, weil derselbe ihn und die Seinigen widerrechtlich als Sclaven behandle. Das Gericht entschied für den Neger, aber Sanford erhob gegen das Urtheil Berufung und der Appellhof stieß das erste richterliche Erkenntniß um, worauf das Vereinigte Staaten = Kreisgericht (Circuit Court) dieses Urtheil bestätigte und Dred Scott nebst Frau und Kindern für Sclaven erklärte. Die Gegner der Sclaverei, welche sich des Dred Scott angenommen hatten, um aus dem Proceß politisches Kapital zu schlagen, brachten die Sache jedoch 1856 vor die höchste Instanz, das Oberbundesgericht, und dieses wies den Fall an die untere Instanz mit dem Bescheid zurück, ein Vereinigtes Staaten-Gericht sei in dieser Angelegenheit nicht zu einer Entscheidung befugt, weil der Kläger Dred Scott nicht Bürger der Vereinigten Staaten sei und daher auch nicht vor einem Bundesgericht klagbar werden könne. Es herrschte hierüber bei dem Präsidenten und den beisitzenden Richtern des Oberbundesgerichts große Meinungsverschiedenheit. Dred Scott und seine Familie blieben somit Sclaven Der Fall erregte das größte Aufsehn. Die Demokratie schlußfolgerte aus dem Erkenntniß des Obergerichts, ein freier Neger könne unter keinen Umständen Bürger der Vereinigten Staaten sein; das Missouri-Compromiß sei verfassungswidrig und ein von seinem Herrn in einen Freistaat gebrachter Sclave könne auf Grund dessen nicht seine Freiheit beanspruchen. Dieser Proceß trug viel zur Beschleunigung der politischen Katastrophe bei.

Der mit einer gründlichen Blamage der Bundestruppen endende unblutige Feldzug gegen die Mormonen in Utah (1857–'58) trug wohl auch mit dazu bei, die neue Administration als kraftlos hinzustellen, und die große Geschäftskrisis des Jahres 1857 mehrte die Zahl der Unzufriedenen. Die Abolitionisten waren rastlos thätig; ihre Redner führten eine drohende Sprache, ihre Pressen lieferten aufreizende Flugschriften und ihre Zeitungen starreten von Angriffen auf die Südstaaten. Dazu kam noch im October 1859 der wahnwitzige Zug des Abolitionisten-Fanatikers John Brown aus Ossawatomie in Kansas*),

*) Dieser John Brown hatte schon während der Kansas-Wirren in seinem heimathlichen Territorium Kansas als Bandenführer eine Rolle gespielt und wie er selbst wiederholt zugegeben, gar manchen Proslavereimann bei Nacht und Nebel mit seinen Genossen überfallen und ermordet. Dafür war er jedoch nicht zur Rechenschaft gezogen, sondern von seinen fanatischen Gesinnungsgenossen noch obendrein als ein „Held" gefeiert worden

welcher mit einer Handvoll Anhänger plötzlich in Harper's Ferry im Staate Virginien erschien, das dortige Zeughaus der Vereinig'en Staaten durch einen Handstreich wegnahm und alle Sclaven aufforderte, zu ihm zu stoßen und unter seiner Führung die Freiheit zu erkämpfen. Glücklicherweise war jedoch schnell genug Militär bei der Hand und John Brown, der sich im Spritzenhause mit einigen Männern verbarrikadirt hatte, wurde nach verzweifelter Gegenwehr gefangen genommen, in's Gefängniß abgeführt, nach einem regelrechten Proceß zum Tode durch den Strang verurtheilt und bei Charlestown in West-Virginien aufgeknüpft. Dieser „Harper's Ferry-Putsch," wie die Affaire wohl genannt wird, erbitterte die Sclavenhalter erklärlicher Weise gar sehr und erfüllte sie auch mit Besorgniß für die Zukunft. Was konnten sie von den Abolitionisten nach diesem tollen Streich nicht Alles erwarten? Keinen Augenblick waren sie vor einem Negeraufstand mit all seinen unnennbaren Gräueln sicher, denn John Brown's That wurde von den Abolitionisten als ein He.denstück gepriesen und er selber ward als ein „Märtyrer" hingestellt.

Noch beherrschte die reguläre Demokratie mit einer bedeutenden Mehrheit den Bundessenat, aber im Repräsentantenhause des Congresses hielten die „Amerikaner," im Verein mit den demokratischen Gegnern der Ausbreitung der Sclaverei, der regulären Demokratie die Waage und der Republikaner Pennington wurde zum Sprecher erwählt. So waren denn die alten Parteien durch die in den Vordergrund gedrängte Frage, ob der Süden oder der Norden hinfür in öffentlichen Angelegenheiten den Ton anzeben sollte, zerrissen, die Leidenschaften wurden in den beiden durch den Potomac und den Ohio von einander geographisch, und nun auch politisch geschiedenen Theilen der Union immer mächtizer entflammt, und die neue republikani'che Partei hatte gegründete Aussicht auf einen Wahlsieg im Jahre 1860, welchem die gemäßigteren, kühleren Köpfe mit ernster Besorgniß entgegen sahen.

Die Krisis vor dem Secessionskriege.

In dieser Krisis tauchte wiederum das Project der Berufung einer südstaatlichen Convention in Süd-Carolina auf und dieser Staat fragte deßhalb bei der Legislatur Virginiens an, wurde aber abschlägig beschieden. Präsident Buchanan erwies sich der sich immer drohender gestaltenden Situation gegenüber nicht gewachsen; er konnte den Heißspornen im Norden und Süden nicht die nöthigen Zügel anlegen, und seine Zauderpolitik beschleunigte das Ausbrechen des Conflictes. Wäre damals ein kraftvoller Mann, ein zweiter Jackson, am Bundesruder gestanden, so hätte sich wohl der Ausbruch des Bürgerkrieges noch einmal hinausschieben lassen. Für immer verhindern konnte ihn Niemand, denn die Sclavenfrage war spruchreif geworden, und gutwillig gaben die stolzen Pflanzer ihre Machtstellung in der nationalen Politik nicht auf; zumal nicht einem Gegner gegenüber, der sie um all ihr Hab und Gut zu bringen drohte.

Auf der demokratischen Nationalconvention zu Charleston (23. April 1860) geriethen die Fractionen hart an einander, und in Baltimore, wohin die Convention sich zu vertagen für gut befand, wurde der Bruch am 18. Juni als unheilbar erkannt. Die Demokratie war in drei Fractionen zersplittert und jede derselben stellte ihr eigenes Präsidentschaftsticket auf. Die nördlichen Demokraten nominirten den unerschütterlichen Unionsmann Stephen A. Douglas von Illinois als Präsidentschaftscandidaten; die südliche Fraction stellte J. C. Breckenridge, den zeitweiligen Vicepräsidenten, auf, und ein anderer Flügel, der sich „die constitutionelle Unionspartei" nannte, erkor John Bell von Tennessee zu ihrem Bannerträger. Diese letztgenannte Fraction war ein politisches Unding, nicht Fisch noch Fleisch. Die Platformen der beiden erstgenannten Fractionen erklärten, daß jedem neuen Staate in Bezug auf die Sclavereifrage das Selbstbestimmungsrecht zustehe; daß jedes Rütteln an dem „Fugitive Slave Law" (dem Gesetz zur Verfolgung und Auslieferung flüchtiger Sclaven) seitens einer Staatslegislatur ein revolutionärer Akt sei, daß die naturalisirten Bürger im Lande, wie außerhalb desselben, zu gleichem Schutz wie die eingeborenen berechtigt seien; und daß Cuba, sobald dieses geschehn könne, ohne mit Spanien in Conflict zu gerathen, annectirt werden müsse. Letzteres war schon seit mehreren Jahren ein Zankapfel zwischen der Demokratie und der neuen republikanischen Partei gewesen. Deßgleichen sprachen sich die Demokraten energisch gegen die Gründung einer Nationalbank aus, was sie seit Jackson, und auch im Jahre 1856, mit Nachdruck gethan.

Die Nationalconvention der Republikaner wurde am 16. Mai 1860 zu Chicago abgehalten und Abram Lincoln von Illinois wurde als Präsidentschaftscandidat nominirt. In ihrer Platform trat diese Partei auf die Seite der Abolitionisten, indem sie in ihrer zweiten Planke (Paragraph) erklärte, alle Menschen seien „gleich erschaffen und von ihrem Schöpfer mit unveräußerlichen Rechten" ausgestattet worden. Ferner besagte diese Principienerklärung, die Demokratie habe schon so oft eine Zersplitterung der Union angestrebt, was sich jedoch aus der Geschichte, wie sie dem geneigten Leser unverfälscht vorliegt, durchaus nicht nachweisen läßt. Dann enthielt sie noch einen scharfen Hieb gegen die Einmischung der Missourier in die Kansas-Angelegenheiten*), beschuldigte die demokratischen Administrationen Pierce und Buchanan der Parteilichkeit zu Gunsten der Südstaaten (hauptsächlich in der Kansas-Frage), klagte sie der Verschwendung der öffentlichen Gelder an, mit denen Parteigänger gemästet worden seien, zog nochmals über die Sclaverei und den afrikanischen Sclavenhandel los, forderte die sofortige Zulassung von Kansas als ein Freistaat, deutete auf die Schaffung eines Schutzzolls hin und erklärte sich für die

---

*) Siehe die Kansas-Wirren.

Beibehaltung der bestehenden Naturalisationsgesetze. Letzterer Passus wurde durch den an einer anderen Stelle dieses Buches mitgetheilten Versuch, eine Aenderung der Naturalisationsgesetze zu Ungunsten der Eingewanderten im Jahre 1871 durchzusetzen, von der nämlichen Partei schmählich mit Füßen getreten.

Die Republikaner kommen an's Ruder; der Bürgerkrieg.

Abram Lincoln wurde mit 180 von 303 Electoralstimmen und einer ungeheueren Minderheit im Volksvotum gewählt. Dieser Sieg der Republikaner kam durchaus nicht unerwartet und den Extremisten der Südstaaten kam er auch ganz erwünscht, denn sie brannten vor Begier, den alten Streit endlich zum Austrag zu bringen. Süd-Carolina übernahm die Führung, indem es eine Convention nach Columbia berief, und seine beiden Bundessenatoren schieden aus dem Congreß aus. „Sie wollen uns unsere Sclaven nehmen und uns dadurch um unser Hab und Gut bringen, um allein herrschen zu können," hieß es, und am 20. December 1860 beschloß die zu Columbia tagende Convention, daß Süd-Carolina aus der Union ausscheide.

Präsident Buchanan verharrte in einer abwartenden Stellung. Mit den gemäßigten Demokraten und der „Unionspartei" erklärte er, allerdings habe kein Staat das Recht des Austretens aus der Union, aber die Bundesadministration habe auch kein Recht, einen Staat zum Verharren in der Union zu zwingen.

Inzwischen rüsteten die Südstaaten, deren mehrere sich bereits Süd-Carolina angeschlossen hatten, und als Lincoln am 4. März 1860 in's Weiße Haus einzog, war schon jede Hoffnung auf eine friedliche Beilegung des Streites völlig geschwunden. In dieser kritischen Zeit zeigte es sich abermals, daß die Demokratie nicht die

„Partei des Südens und der Sclaverei" war, denn der ganze Douglas-Flügel und viele andere nördliche Demokraten, gemeiniglich „Kriegsdemokraten" genannt, standen fest zu der neuen republikanischen Administration und traten mit Gut und Blut für die Erhaltung der Union ein. Ja, die überwiegende Mehrzahl der nordstaatlichen Heerführer in dem nun entbrennenden Bürgerkriege waren Demokraten, und Hunderttausende von Demokraten schlugen ihr Leben unter dem Sternenbanner in die Schanze. Nebenbei bemerkt, ist der Schreiber dieses von Anfang bis zu Ende mit dabei gewesen, hat auf manchem Schlachtfelde den Secessionisten gegenüber gestanden und weiß daher davon mitzureden.

Die furchtbare Periode des Bürgerkrieges gehört nur in ihren „Errungenschaften" und in ihren Consequenzen zur Parteigeschichte. Als eine **Kriegsmaßregel** erließ Präsident Lincoln am 1. Januar 1863 seine Emancipations-Erklärung, wodurch die Negersclaverei in allen Theilen der Union sofort und für immer aufgehoben wurde. In seiner Antrittsbotschaft hatte Lincoln noch erklärt, er glaube nicht, daß er zur Aufhebung der Sclaverei berechtigt sei, und es sei dieses auch nicht seine Absicht. Und als Horace Greeley ihn aufforderte, alle Sclaven für frei zu erklären, erwiderte er: „Mein Zweck ist, die Union zu retten, aber die Sclaverei will ich weder retten noch vernichten. Wenn ich die Union retten könnte, ohne einen Sclaven zu befreien, so würde ich es thun; wenn ich sie zu retten vermöchte, indem ich alle Sclaven freigäbe, so würde ich dieses auch thun, und wenn ich die Union durch eine theilweise Aufhebung der Sclaverei erhalten könnte, so wäre ich auch dazu bereit." Endlich unterzeichnete er zögernd seine berühmte Emancipations-Proclamation und die im April 1865 erfolgte Waffenstreckung der letzten größeren südstaatlichen Heere gab allen Negern im Gebiete der Union die Freiheit. Der Bürgerkrieg gelangte zwar eigentlich erst mit der Kapitulation des Generals Kirby Smith am 26. Mai zu seinem wirklichen Abschlusse.

Als Präsident Lincoln am 14. April 1865, wenige Tage nach dem endlichen Triumph der Unionswaffen über die Secession, durch den übergeschnappten Schauspieler John Wilkes Booth im Theater zu Washington durch einen meuchlerischen Pistolenschuß ermordet worden war, witterten Viele ein weitverzweigtes Complot dahinter, das sich über die ganzen Südstaaten erstrecke und nun eine Fortsetzung des Krieges durch Meuchelmord, Brandstiftung u. drgl. zu liefern bestimmt sei. Dem war jedoch nicht so. Der Mordplan, worin allerdings auch Staatssecretär Seward und mehrere hohe Militärs eingeschlossen waren, war im Kosthause der Wittwe Surratt zu Washington von Booth und einigen Mitverschworenen ausgeheckt worden, und jeder der Schuldigen hat für seinen Antheil an diesem Frevel das Leben lassen müssen.

Andrew Johnson und die Reconstruirung der Südstaaten.

An Lincoln's Stelle trat Andrew Johnson von Tennessee, der Vice-Präsident, welcher eigentlich als ein Kriegsdemocrat zu bezeichnen ist. Johnson bereitete der republikanischen Partei viel Kummer, weil er deren extreme Maßregeln dem unterworfenen Süden gegenüber nicht guthieß und von einer völligen Gleichberechtigung der Neger durch die Civil Rights Bill nichts wissen wollte; jedoch erhielt diese Bill trotz des Veto's des Präsidenten Gesetzeskraft, indem der Congreß sie nachträglich mit einer Zweidrittelmajorität guthieß. Auch widersetzte sich Präsident Johnson der geplanten „Reconstruirung" der unterworfenen Südstaaten und deren zu diesem Behuf vorgeschlagenen Eintheilung in Militärdistricte, wurde aber hierin, wie in mehreren anderen Veto's, durch den extrem republikanischen Congreß, worin elf Südstaaten keine Vertretung hatten, überstimmt. Auch die Passirung des 14. Amendments zur Constitution (siehe dasselbe im Anhange) hieß Johnson nicht gut, weil eine Abänderung der Verfassung nur von einem vollen Congresse, worin alle Staaten vertreten seien, vorgenommen werden könne; und endlich überwarf er sich mit General Grant, weil derselbe nicht einen allgemeinen Wechsel der Districts-Commandeure anordnen*), sowie mit seinem Kriegssecretär Stanton, welchen er absetzen wollte. Dadurch überwarf er sich mit dem Congreß, welcher ihn in Anklagezustand versetzte. Der in einem solchen Falle als Gerichtshof fungirende Senat sprach Präsident Johnson frei und Kriegssecretär Stanton mußte nun dem General Schofield weichen.

Die Annahme des 14. und 15. Amendments zur Bundesverfassung und die Verleihung des Stimmrechts an die Neger wurde den Südstaaten förmlich aufgezwungen, indem ihre Wiederaufnahme in die Union davon abhängig gemacht ward, daß sie „die Resultate des Krieges“ annähmen. Sie haben das auch gethan, und wenn sie es zögernd thaten, so ist das aus dem Umstande erklärlich, daß sie (volle 11 Staaten) jahrelang im Congreß keine Vertretung gehabt und nun anerkennen sollten, was über sie selber, über ihre eigensten Interessen in jener Zeit beschlossen worden. Allerdings konnten sie sich nicht darüber beschweren, denn sie selber hatten ja ihre Repräsentanten und Senatoren aus dem Congreß zurückberufen, sie hatten sich von der Union losgesagt, sie waren nach langem Kriege besiegt worden und hatten schließlich bedingungslos die Waffen gestreckt. Deßhalb half nun auch kein Sperren und kein Murren, nachdem das Schwert zu Gunsten der Nordstaaten und das Fortbestehen einer untheilbaren Union entschieden hatte.

---

*) Es war das ein Act der Insubordination, denn der Präsident hat nach der Constitution das Oberkommando über Heer und Flotte, und General Grant war somit der Untergebene des Präsidenten Johnson und hätte dessen Befehlen gehorchen müssen. Aber Grant war ein extremer Republikaner und deßhalb durfte er seinen eigenen Willen dem Präsidenten gegenüber durchsetzen. Wir ersehen daraus, daß schon damals die am Ruder stehende Partei ziemlich unumschränkt und willkürlich herrschte.

Aber ein „Resultat des Krieges" brauchten die unterworfenen Südstaaten nicht anzunehmen: sie brauchten sich nicht als eroberte Provinzen beutegierigen Politikern preisgeben zu lassen, welche unter dem Schutze der Bayonette schaarenweise mit leeren Taschen (carpet-baggers) aus dem Norden herabkamen, um den besiegten Süden wieder zu reconstruiren, d. h. ihn wieder herzurichten und zuzustutzen. Unter Präsident Grant wurde die zum Himmel schreiende Carpetbagger-Wirthschaft im Süden eingeführt und erst durch die Erstarkung der Demokratie konnte sie beseitigt werden. Diese Carpetbagger-Schande hat den 11 Südstaaten von 1865—1872 (also von der Beendigung des Krieges an) eine neue Schuldenlast von 172,411,568 Dollars aufgebürdet; oder: sie hat deren öffentliche Schuld im genannten Zeitraume um fast 172½ Millionen vermehrt, und von diesem „mehr" hat keiner der Südstaaten irgendwelchen Nutzen gehabt, denn um dieses „mehr" ist das Volk durch die sauberen Carpetbaggers im Bunde mit den unwissenden, leicht zu verführenden Negern betrogen und bestohlen worden. Es ließe sich ein ganzes Buch mit dem Unwesen jener Carpetbaggers füllen, von denen fast kein einziger wegen offenkundiger Betrügereien und Diebstähle zur Rechenschaft gezogen worden ist. Das sind geschichtliche Thatsachen, lieber Leser, und bliebe uns in diesem Büchlein noch Raum dafür, dann wollten wir dir solch ein Carpet-Bagger-Regiment etwas näher schildern, und zwar nur nach öffentlichen Documenten und beschworenen Aussagen.

Die Zeit des Grant'schen Radicalismus.

So wurden die in die Union mit Waffengewalt zurückgetriebenen Südstaaten durch die Reconstructionspolitik der extremen Republikaner, welche sich immer mehr den Centralisationsideen Alexander Hamilton's und der alten föderalistischen Partei zuneigten, nicht versöhnt, sondern erbittert. Präsident Grant erwies sich sehr eigenwillig und man kann von ihm wohl sagen, daß er mehr wie ein Herrscher, als wie ein oberster Beamter eines Volksstaates auftrat. Er war das Haupt des extremen Flügels seiner Partei, welcher als der radicale bezeichnet zu werden pflegt. Mit Hilfe des sich schon damals auf volle 1½ Millionen Wahlstimmen belaufenden Negervotums und der erst jetzt zu einer wirklichen Bedeutung gelangenden Parteimaschine*), konnte er dem Unwillen des Volkes über seine Uebergriffe und die Spitzbubenwirthschaft, welche unter seiner Administration blühete, erfolgreich Trotz zu bieten wagen; und er that es. War er das erste Mal seiner Erfolge als Soldat halber nominirt und mit ein.r bedeutenden Majorität erwählt worden, so wurde er das zweite Mal durch die Macht der reichen Corporationen und Rings**), durch das an die 100,000 Köpfe zählende Beamtenheer des Bundes, durch die seit dem Beginn des Bürgerkrieges wie Pilze emporgeschossenen Geldbrozzen, welche sich an fetten Lieferungscontracten und Anderem gemästet, oder bei dem in jener Zeit über alle Begriffe toll getriebenen Börsenspiel sich bereichert hatten, und in Folge eines kaum erklärlichen Mißgriffs der Demokratie, welche in dem gelehrten Philosophen und tüchtigen Journalisten Horace Greeley einen höchst unfähigen Präsidentschafts-Candidaten aufgestellt hatten, wieder nominirt und auch mit 300 gegen 60 Stimmen gewählt.

---

*) Hierunter versteht man die feste Gliederung einer Partei und die, allemal widerrechtlich, den Parteiinteressen dienstbar gemachten Zweige des öffentlichen Dienstes. Es ist damit so weit gekommen, daß nicht nur der Zolldienst, das Inlandsteuer-Bureau, das Schatzamt, das Postamt, sowie alle übrigen Unterabtheilungen der Administration, sondern auch die öffentlichen Schulen, und die öffentlichen Wohlthätigkeits- und Strafanstalten in den einzelnen Staaten mit in die Parteimaschine hineingezogen worden sind, und daß selbst — schändlich genug ist's! — unsere Gerichtshöfe, das Oberbundesgericht an der Spitze, und nicht selten sogar die „Juries," Parteizwecken nutzbar gemacht werden.

**) „Rings" sind Vereinigungen von einzelnen Personen, oder von Gesellschaften, Corporationen, zum Zweck der Wahrung von Interessen, welche dem Gemeinwohle zuwiderlaufen und die nur auf „krummen Wegen," durch die Anwendung schlechter Mittel, gefördert werden können.

Im republikanischen Parteilager waren schon zu Ende der Sechziger Jahre tiefgehende Spaltungen zu Tage getreten. Die eingerissene Beamtencorruption und das unbefugte Eingreifen der Administration in die Angelegenheiten San Domingo's hatten eine Opposition geschaffen, welche sich durch den der Neutralitätspolitik der Union zuwiderlaufenden Verkauf von Waffen an die mit Deutschland im Kriege befindliche französische Republik, sowie durch die Versuche der fremdenhassenden Knownothings, eine Aenderung der Naturalisationsgesetze zu Ungunsten der Eingewanderten im Congreß zu erzielen, und durch andere Ursachen bald genügend gekräftigt glaubte, um als eine eigene Partei auftreten zu können. Diese neue Fraction, als deren Führer Karl Schurz betrachtet wird, nannte sich „Liberale Republikaner," und suchte im Jahre 1872 die Demokratie zu überreden, sich mit ihr zu verbünden und keine eigenen Candidaten aufzustellen, sondern das Ticket der „Liberalen" zu unterstützen. Auf der im Mai zu Cincinnati abgehaltenen Convention der „Liberalen" wurde, den Wünschen der prominentesten Führer zuwider, Horace Greeley, Redacteur der New Yorker „Tribune," als Präsidentschafts-Candidat aufgestellt und die Bemühungen des Herrn Schurz und Anderer, welche nun eine neue Oppositionspartei mit W. S. Groesbeck von Ohio als Candidaten in's Leben zu rufen suchten, blieben erfolglos. Merkwürdigerweise nahm, trotz ihrer augenscheinlich sehr geringen Aussicht auf Erfolg, die Greeley-Bewegung noch stark zu und am 9. Juli hieß die zu Baltimore tagende Convention der regulären Demokratie die „liberale" Cincinnatier Platform gut und erklärte sich gleichfalls für Greeley. Die Republikaner jubelten, und dazu hatten sie guten Grund; denn so mißliebig Grant auch bei den Massen des Volkes geworden war, Greeley gegenüber hatte er leichtes Spiel und einstimmig wurde er von seiner Partei zum zweiten Male nominirt.

Da wir nur einen kurzgefaßten Abriß der Geschichte der Parteien in dieses Büchlein einfügen können, so ist es uns nicht gestattet, näher auf die großen und folgenschweren Mißstände der beiden Grant-Administrationen einzugehn, und wir können hier nur noch wiederholen, daß während derselben von Groß und Klein in schamlosester Weise geschachert, „beschummelt," unterschlagen und erpreßt worden ist. Wer einen Griff in die öffentlichen Kassen thun konnte, der ließ die Gelegenheit nicht unbenutzt verstreichen; und wer die Regierung um Abgaben und Zölle „bemogeln" konnte und es nicht that (was übrigens wohl nicht allzu oft vorkam), der wurde als ein Dummkopf ausgelacht.

Hältst du unsere Darstellung der Grant-Wirthschaft für übertrieben, lieber Leser, und meinst du, daß wir die Ereignisse jener Zeit durch eine Parteibrille sehn, so forsche selber einmal nach, und das ermöglicht dir wohl eine jede öffentliche Bibliothek; auch geben die Zeitungsredactionen wohl hierzu nähere Anleitung, wenn du bestimmt gefaßte Fragen darüber an sie richten willst. Wir führen deßhalb hier einige „Schönheiten" jener Zeitperiode an, über deren jede sich ein ebenso interessantes als belehrendes Buch schreiben ließe. Dazu gehören: Der Aemterschacher, vorzüglich der Schacher mit den „Post-traderships" auf den Indianer-Reservationen; der „Salary-Grabsch"; der New Yorker Zollhaus- und der Whiskey-„Ring"; die Eisenbahn-Monopole, 2c.; die San Domingo-Angelegenheit; der „schwarze Freitag"; der Emma-Minen-Schwindel; der „District Columbia-Ring," mit dem „Boß" Shepherd und dem De Colyer-Pflaster-Schwindel; die Carpetbagger-Regierungen in den Südstaaten; der „Credit Mobilier"-Schwindel; die wunderliche Buchführung im Schatzamt; die Verschleuderung öffentlicher Gelder und Ländereien an private Gesellschaften (Eisenbahn-Compagnien und Dampferlinien); der Waffenschacher mit Frankreich; die haarsträubende Verwaltung des Marine-Departements; der zu Gunsten der Monopolisten und Reichen geschaffene Zolltarif, welcher dem Consumenten, vorzüglich dem unbemittelten, eine ungeheuere indirecte Besteuerung auferlegt, indem er ihm die nothwendigsten Bedürfnisse um ein Viertel, um ein Drittel, um die Hälfte, ja selbst um das Doppelte vertheuert; die ungeheuere Vermehrung unseres Beamtenheeres u. s. w.

Die republikanische Partei hatte aber auch in ihren Grundbestrebungen sich gänzlich geändert, wie schon angedeutet worden. Sie bestritt nicht nur den alten demokratischen Grundsatz, daß diese Union als ein Bund in sich selbstständiger Staaten betrachtet werden muß und daß der Bund, die Union, ein Werk der Staaten ist, sondern sie strebte mit aller Macht und allen Mitteln nach der Mehrung der Gewalt der Bundesverwaltung und nach einer eben dadurch bedingten Minderung der Staatenrechte. Sie wollte selbst nicht die Berechtigung der Behauptung anerkennen, daß die Staaten Rechte und Gewalten hätten, welche der Bund respectiren müsse und die keine Administration, kein Congreß verletzen könne, ohne sich eines Verfassungsbruches schuldig zu machen und dadurch das Grundgesetz der Republik über den Haufen zu werfen.

Die Widerwilligkeit, womit das Volk der Südstaaten die Negerbevölkerung mit in die Politik eingreifen sah — natürlich auf den Wink und unter der Leitung der republikanischen Partei — und thatsächliche Gewaltakte, welche diesem Groll entsprangen, gaben der Administration Gelegenheit, die Nothwendigkeit einer „starken" Centralregierung darzuthun. Allerdings ist an verschiedenen Orten der Südstaaten den Negern, welche zur republikanischen Partei hielten, recht übel mitgespielt worden, und manche Blutthat wurde dort verübt; aber die große Menge der Ku-Klux*)-Geschichten, welche ver-

*) Ku-Klux-Klan wird ein Geheimbund in den ehemaligen sclavenhaltenden Staaten der Union genannt, welcher 1867 oder 1868 entstanden sein soll. Von den Demokraten wird jedoch das Bestehen eines solchen weitverzweigten Geheimbundes, der politische Zwecke verfolgte und ihm mißliebige Personen durch Vermummte zur Nachtzeit mißhandeln oder wohl gar umbringen ließ, geradezu geleugnet; sie geben zu, daß von maskirten Banden, die sich für Ku-Klux ausgaben, vorzüglich in Nord- und Süd-

breitet worden, sind das Werk müssiger oder böswilliger Zungen, oder Erdichtungen von Zeitungsschreibern gewesen, welche ihren Lesern gern Mord- und Gruselgeschichten auftischen wollten und nicht gerade über neue „echte" verfügen konnten.

Kurz und gut: angeblich zum Schutze der in der Ausübung ihrer politischen Rechte beeinträchtigten Negerbevölkerung der Südstaaten wurden die sogenannten „Wahlknebelgesetze" erlassen, welche die Congreßwahlen als eine „nationale Angelegenheit" unter die Controle von Bundesmarschällen und Wahlsupervisoren, mit Bayonetten im Hintergrunde, stellten; hauptsächlich in Anwendung gebracht wurden sie jedoch in den Nordstaaten durch den Ober-Wahlsupervisor John J. Davenport gegen die demokratischen Stimmgeber New York's und anderer Städte, worin die Demokratie bei dem ungehinderten Verlauf der Wahlen in der Majorität zu sein pflegte. Aus den Zahllungslisten geht hervor, daß in den Nordstaaten genau sechs Mal so viel Bundesbeamte zur „Controlirung der Wahlen" verwendet worden sind, als in den Südstaaten.

Wurden im Süden Neger durch Einschüchterung in gesetzloser Weise an der Ausübung des Wahlrechts verhindert, so hielt man im Norden weißen Bür ern den Polizeiknüppel und das Bayonett unter die Nase, und verhinderte sie so auf gesetzliche Weise an der Erfüllung ihrer Wahlpflicht; das war der Unterschied, weiter

Carolina, sowie in Theilen von Kentucky, Tennessee, Mississippi, Arkansas und Missouri zu Ende der Sechziger und auch noch in der ersten Hälfte der Siebziger Jahre viele Gewaltthaten und Verbrechen verübt worden sind, aber sie behanpten auch, wofür wirklich verschiebene Beweise vorliegen, daß in vielen Fällen Neger in den Verbindungen steckten. Ganz gewiß ist über die Ku-Klux mehr Lüge als Wahrheit gesagt worden, und wir dürfen mit gutem Grunde annehmen, daß die einzelnen, mit diesem wunderlichen Namen belegten Banden, welche sich häufig nur mit „K. K. K." bezeichneten, aus gesetzlosen Strolchen bestanden, daß sie nicht einem allgemeinen Bunde angehörten und daß sie daher auch nicht einen einheitlichen politischen Zweck verfolgen konnten.

nichts! — Dieser Zeit der radicalen Herrschaft entstammt auch die seither in ungeheuerem Maße geübte „politische Bevormundung" der Arbeiter durch ihre Brodherren, durch welches Mittel die Fabrikbezirke zu festen Burgen der republikanischen Partei gemacht wurden.

Die große Geschäfts- und Geldkrisis des Jahres 1873 mehrte die Unzufriedenheit mit der herrschenden Partei, und der Congreß wurde wieder im Hause der Mehrheit nach demokratisch. Die „liberale Partei" zerbröckelte und schon in der nächsten Präsidentschafts-Campagne finden wir von ihr keine Spur mehr; eine große Anzahl ihrer Mitglieder, und zwar gerade Diejenigen, welchen es um eine Besserung und Läuterung unserer wirthschaftlichen und politischen Zustände ernstlich zu thun war, ging in's Lager der Demokratie über; Andere erklärten „politisch unabhängig" bleiben zu wollen, und wieder Andere kehrten, der ihnen daraus erwachsenden Beschämung nicht achtend, in den Schooß der republikanischen Partei zurück, welche sie wenige Jahre zuvor verlassen hatten, weil sie ihnen zu „schlecht," zu „bodenlos corrupt" geworden war.

Unter den Letzteren befand sich auch der sein wollende Reformator des Civildienstes Karl Schurz, welcher in unzähligen Reden die republikanische Partei, vornehmlich unter der Grant-Administration, als einen bodenlosen Sumpf von Corruption hingestellt und dazu erklärt hatte, die Union müsse ruinirt werden und die Republik müsse zu Grunde gehen, wenn die republikanische Partei am Ruder gelassen würde. Hätte Schurz nicht auf halbem Wege kehrt gemacht, so würde er durch die Verfolgung seiner Grundsätze in's demokratische Lager gerathen sein und hätte darin zweifelsohne ungemein viel Gutes wirken und für die Dauer eine glänzende Rolle spielen können. Aber sein maßloser Ehrgeiz verblendete ihn; er strafte sich selber hierfür in seinen politischen Reden Lügen, indem er nun die republikanische Partei wieder dem Volke anpries; und doch war dieselbe anerkannter Maßen unter der zweiten Grant-Administration nur noch tiefer in den Corruptionssumpf gerathen. Für diese Gesinnungstüchtigkeit wurde Herr Schurz von der nächsten Administration (Hayes) durch einen Cabinetsposten belohnt, und es gereicht uns zur besonderen Freude, daß er das Departement des Innern wirklich vortrefflich verwaltet hat. Wir eilten hier der Entwicklung der politischen Ereignisse voraus, weil wir auf Herrn Schurz nicht wieder zurückzukommen gedenken.

Immer mehr nun entpuppte sich die republikanische Partei als die Befürworterin „höherer Stände," und viele ihrer Hauptführer, darunter der verstorbene Zacharias Chandler von Michigan und Roscoe Conkling von New York, haben offen erklärt, die „Besitzenden" müßten von Rechtswegen in unseren öffentlichen Angelegenheiten mehr drein zu reden haben, als die Unbemittelten; mit anderen Worten: die politischen Rechte der Bürger sollten nach der Schwere ihrer Geldbeutel bemessen, und die politische Gleichberechtigung sollte also aufgehoben werden.

Die Tilden-Hayes-Campagne und der Wahlbetrug.

Der Wahlkampf des Jahres 1876 zeigte, daß das Volk mit diesen Bestrebungen, die politische Macht gänzlich in die Hände der Geldbrozzen zu legen, doch nicht einverstanden war und daß es nicht gesonnen sei, diesen Volksstaat in einen Geldbrozzenstaat umwandeln zu lassen. Präsident Grant, welcher die Unmöglichkeit erkannte, für einen dritten Termin wieder nominirt zu werden, erklärte klüglich, er werde nicht als Mitbewerber um die Candidatur auftreten; und nach heißen, inneren Parteikämpfen, in denen James Blaine von Maine eine große Macht entfaltete, erhielt Rutherford B. Hayes von Ohio als Compromißmann die Nomination. Die Demokraten stellten Samuel J. Tilden von New York als Präsidentschafts-Candidaten auf, und die, „eine Partei in der demokratischen Partei" bildende Tammany-Fraction (New York), worin John Kelly als Selbstherrscher fungirte, konnte erst nach längeren Unterhandlungen dahin gebracht werden, daß sie nicht eine Sonderstellung einnahm, was einer Unterstützung der republikanischen Partei gleichgekommen wäre und dieser vielleicht auch den Staat New York überliefert haben würde.

Der Wahlkampf wurde von beiden Seiten mit großer Erbitterung geführt. Es stand ja für die republikanische Partei die Möglichkeit des Fortbestehens auf dem Spiele und ihre Führer waren sich wohl bewußt, daß eine einzige Niederlage in einer Präsidentenwahl ihre Macht für immer brechen müsse Der „allmächtige Dollar" mußte die herrschende Partei am Ruder erhalten, und Tilden, ein sehr reicher Mann, beschloß, den Gegner mit der gleichen Waffe zu bekämpfen. Eine politische Schaustellung folgte der andern; mit ungeheueren Kosten wurden beiderseits riesige Massenversammlungen zusammen getrommelt und geblasen; meilenlange Fackelzüge und Feuerwerk bildeten die Anziehungspunkte in dem Programm dieser politischen „Circusvorstellungen"; die Eisenbahncompagnien veranstalteten Extrazüge, welche aus den Parteikassen bezahlt wurden, und von den Rednertribünen herab wurde angepriesen und geschimpft, daß man schier hätte glauben sollen, die eine Partei bestände aus lauter Schurken und Lumpen, und die andere sei nur aus Patrioten und Biedermännern zusammengesetzt. Der alte badische Revoluzzer Friedrich Hecker und der amerikanische Gottesleugner und Religionsspötter Robert Ingersoll leisteten im Schimpfen republikanischerseits fast Unglaubliches, und sind sie an Gemeinheit überhaupt jemals von einem „Redner" in unserer Republik erreicht worden, so gebührt diese zweifelhafte Ehre dem irischen Karrentreiber Dennis Kearney aus Californien, welcher einige Jahre später als Verfechter der Socialisten und Communisten das Land „durchstumpte" und dem der Unflat in Worten stromweise aus dem Munde floß. Karl Schurz war auch wieder auf dem „Stump" und redete in den verschiedensten Theilen der

Union derselben republikanischen Partei das Wort, welche er nur drei Jahre früher als den Inbegriff aller Corruption hingestellt hatte. Ihm erstand aber ein Rächer in der Person des Journalisten Joseph Pulitzer von St. Louis, welcher den „großen Reformator" sehr genau kannte und mit demselben einer und derselben Zeitungsredaction (Westliche Post) in St. Louis angehört hatte, und der sich nun an die Fersen des Herrn Schurz heftete und, ihm von Stadt zu Stadt folgend, die Doppelzüngigkeit desselben darthat und brandmarkte.

Zacharias Chandler, der republikanische Leiter dieser Campagne, war als ein rücksichtsloser Parteigänger bekannt, dem jedes Mittel zur Erreichung seiner Zwecke genehm sei. Und Chandler bewährte seinen Ruf. Ex-Präsident Grant hatte seine kräftige Mithilfe zugesagt, und lange vor der Wahl war man sich im Lager der Demokratie darüber klar geworden, daß die Gegner im Nothfall nicht vor einem Gewaltstreich zurückschrecken würden.

Die Republikaner „schwangen das blutige Hemd" mit Nachdruck; d. h. sie stellten die Demokratie als die Vertreterin der Secessionstheorie hin und behaupteten, wenn sie an's Ruder käme, so würden die durch das Schwert besiegten Südstaaten furchtbare Vergeltung üben am Norden, und eine ganz ungeheuere Masse von Kriegsansprüchen — Entschädigung für die befreiten Sclaven und das während des Krieges zerstörte oder weggenommene Eigenthum, Pensionirung ihrer Soldaten und Bezahlung ihrer Kriegsschulden durch den Bund — geltend machen und die Union ruiniren und zerreißen. Daneben spielte das „katholische Gespenst" eine Hauptrolle; d. h. die Republikaner suchten dem Volke einzureden, das starke katholische Element in der demokratischen Partei würde, falls dieselbe siegte, an der Religionsfreiheit rütteln und dann würde der Papst bald einen die Freiheit auf das Höchste gefährdenden Einfluß in der amerikanischen Union gewinnen, denn ein Katholik sei in einem nicht-katholischen Lande, zumal in einer, vollste Glaubens- und Gewissensfreiheit gewährenden Republik, stets als ein höchst gefährlicher Mensch zu betrachten, weil er ja den Papst als seinen eigentlichen Herrn und Souverän anerkenne.. — Ist „das Schwingen des blutigen Hemdes" als eine alberne Bangemacherei zu bezeichnen, so dürfen wir wohl vergleichsweise dieses „katholische Gespenst" eine recht schlechte Vogelscheuche nennen. Wer die Lehren der katholischen Kirche auch nur oberflächlich kennt, der weiß, daß ein guter Katholik in jedem Lande und unter jeder Regierungsform ein guter Bürger sein muß, denn Solches gebietet ihm die Kirche. Wir halten ein näheres Eingehn auf diese beiden, der Demokratie gemachten Vorwürfe für überflüssig, weil sie von der Tagespresse schon mehr als genügend erläutert und zurückgewiesen worden sind. In Bezug auf das „katholische Gespenst" wollen wir hier nur noch bemerken, daß jeder Nicht-Katholik sich sehr leicht und gründlich von der Abgeschmacktheit dieser wider die katholische Bevölkerung der Union erhobenen Beschuldigung überzeugen kann, wenn er sich nur die Mühe geben will, einen katholischen Katechismus, ein recht kleines Büchlein, einmal aufmerksam durchzulesen; darin steht, was die katholische Kirche lehrt; und was nicht darin steht, das lehrt auch die katholische Kirche nicht. Die katholische Kirche hat weder geheime Lehren, noch geheime Zwecke, sondern sie ist durchaus öffentlich.

Das Wahlergebniß lautete günstig für die Demokratie und rasch trafen die republikanischen Parteiführer Maßregeln, um den Schlag zu pariren und dem Ergebniß eine andere Färbung zu geben. Sofort wurde Grant angewiesen, Truppen nach Florida, Süd-Carolina und Louisiana zu dirigiren, und prompt ließ er diese Weisung durch seinen Kriegssecretär vollziehn, weil General Sherman die an ihn gegangene Aufforderung abgelehnt hatte, indem eine solche Verwendung der Truppen „nicht militärischer Art" sei und der Präsident, als oberster Befehlshaber, diese Ordres ja ebenso gut durch das Kriegsdepartement vollziehn lassen könne. Dann reisten „besuchende

Staatsmänner" („visiting statesmen") unter John Sherman's Leitung—auch der spätere Präsident Garfield war darunter — nach dem Süden ab, um die Wahlberichte „vorläufig zu prüfen." Wider Recht und Brauch wurde ihnen dieses gestattet, und was in Packard's Zollhaus zu New Orleans hinter Schloß und Riegel während mehrerer Tage und Nächte von den „besuchenden Staatsmännern" gethan worden, das erfuhr das Volk kurz darauf durch die über das ganze Land telegraphirte Kunde (Zach. Chandler hatte schon am Tage nach der Wahl Grant's Mithilfe telegraphisch zugesichert erhalten), die ersten Nachrichten über das Wahlresultat seien falsch: nicht die Demokratie, sondern die republikanische Partei habe gesiegt. Ein Schrei des Staunens, der Entrüstung flog durch das Land; aber in Washington ließ man sich dadurch nicht einschüchtern; Truppen und Kriegsschiffe waren dort jedes Winkes gewärtig, und auch in den Forts vor New York und anderswo war man auf Alles vorbereitet. In New York war die Aufregung um so größer, weil dort an die 9000 demokratische—und fast ausschließlich eingewanderte — Bürger durch den Ober-Wahlsupervisor John J. Davenport verhaftet, zum großen Theil ihrer Bürgerpapiere beraubt und somit gewaltsam entrechtet worden waren.

Der Demokratie starrete ein neuer Bürgerkrieg in's Gesicht, und um die drohende Gefahr abzuwenden, gab sie nach und willigte in die Bildung einer Electoralcommission, welche dann, aus acht Republikanern und sieben Demokraten zusammengesetzt, die neuen Wahlberichte der vorgenannten drei Südstaaten, worin ganze Counties, Districte und Parishes fehlten, annahm und darnach den Republikanern den Sieg in der Präsidentenwahl zuerkannte. Merkwürdigerweise (d. h. uns ist das recht wohl erklärlich, es war ein Riesenschwindel!) erhielt Rutherford B. Hayes, der republikanische Präsidentschaftscandidat, die Electoralstimmen der Staaten Süd-Carolina und Louisiana zugesprochen, während nach den nämlichen Wahlberichten die beiden demokratischen Gouverneurs-Candidaten dort gleichfalls für erwählt erklärt wurden. Das war ein radicales Rechenkunststück!

Samuel J. Tilden, der mit in die Bildung der „Fünfzehner-Electoralcommission" eingewilligt hatte, machte unklugerweise noch einige schwache Versuche, seinem Gegner den Sieg streitig zu machen und blamirte sich dadurch. Aber es passirte ihm noch Schlimmeres, indem man ihm nachwies, daß er mit auf die käuflichen Electoren Florida's geboten hatte. Es traf ihn diese Enthüllung um so schwerer, weil die Demokratie in dieser Campagne den Wahlspruch „Tilden und Reform!" geführt hatte.

Sehr richtig ist die Bezeichnung, daß Präsident Hayes nicht in sein Amt hineingewählt, sondern hineingezählt wurde. Gereichte diese Campagne, vorzüglich durch die Feststellung ihres „Ergebnisses," den republikanischen Parteiführern zur Schande, so gereichte sie den demokratischen nicht zum Ruhme; es war, von jeder Seite betrachtet, ein schändlicher Schacher, wobei das Volk, welches Tilden mit einer Mehrheit von fast einer halben Million Wahlstimmen gewählt hatte, um sein gutes Recht betrogen wurde. Ein ehrliches Unterliegen würde die Demokratie wohl kaum geschwächt, sondern weit eher neu gekräftigt haben; dieser feige Schacher aber entrüstete das Volk und machte gar Viele der alten Partei abwendig. Trotz alledem wurde die wunderliche Entscheidung der wunderlichen, geradezu unconstitutionellen Electoralcommission, welcher James A. Garfield angehörte, als endgiltig aufgenommen und der Administrationswechsel ging ohne irgend eine Störung von Statten: Herr Hayes zog als neuer Präsident in's Weiße Haus ein und Herr Grant ging als Ex-Präsident auf Reisen.

Hatten schon früher die Temperenzler und die Weiberrechtler sich vereinigt, um als politische Fractionen eigene Nominationen zu machen, so waren dieselben, vorzüglich die letztgenannten, jedoch nur hie und da in einigen Staatswahlen zu einiger Geltung gelangt, und selbst die „Grangers" oder „Patrons of Husbandry"*), eine ausschließlich aus Farmern und deren Weibern (matrons) bestehende, ursprünglich geheime Verbindung, verdienen hier nur einer gelegentlichen Erwähnung. Bedeutender war jedoch die kurz nach der Inauguration des Präsidenten Hayes größere Dimensionen annehmende Socialisten-Bewegung, welche durch die blutigen Aufstände der Eisenbahnarbeiter im Juli 1877 neue Nahrung erhielt. Viele Tausende braver Arbeiter, welche der sich von 1873 her datirende schwere Nothstand—eine Folge der tollen Speculationswuth und des frevelhaften Börsenspiels während der Grant-Administrationen—an den Bettelstab gebracht und schier der Verzweiflung in die Arme getrieben, schlossen sich der Bewegung an, und unter Beitritt der „Greenback"-oder Weichgeld-Leute wurde eine neue Partei gebildet, welche sich die „nationale" und später die „nationale Weichgeld- (Greenback) Arbeiterpartei" nannte.

*) Der Orden der "Patrons of Husbandry" ist eigentlich in der Bundeshauptstadt Washington gegründet worden und hervorragende Beamte des Ackerbaudepartements werden als seine Urheber bezeichnet. Die bei anderen „Orden" als „Logen" bezeichneten Abtheilungen werden hier "Granges" genannt und bilden zusammen eine "State Grange," worin ein "Master" den Vorsitz führt; diese "Masters" wiederum bilden die "National Grange," deren stehende Beamten in Washington wohnen. Der Präsident des ganzen Ordens führt den Titel, "Worthy Master of the National Grange." Der Orden will keine politischen Zwecke verfolgen, und die "National Grange" hielt es in ihrer im Februar 1874 zu St. Louis abgehaltenen Sitzung für angemessen, die Geheimnißkrämerei aufzugeben und mit einer Erklärung ihrer Zwecke vor das Publikum zu treten. Nach diesem Programm will er Folgendes bezwecken: Kräftigung und Erhöhung echter Mannhaftigkeit und Weiblichkeit innerhalb des Farmerstandes; Steigerung der Behaglichkeit und Bequemlichkeit der Heimstätten; Kräftigung der Liebe für den landwirthschaftlichen Stand und des gegenseitigen Einverständnisses, sowie ein erhöhtes Zusammenwirken zur Herbeiführung besserer Zeiten für den Farmer durch Sparsamkeit, gründlichen Betrieb des Ackerbaues, und verbesserte und vervielfältigte Art des Absatzes seiner Produkte; Bekämpfung von Allem und Jedem, das, gleich dem zur Zeit wuchernden Kredit- und Hypothekensystem und den verderblichen Ausschreitungen

Die Courantfrage und die Greenbackler.

Gegen das Ende der ersten Grant-Administration war der alte Silberdollar durch den republikanischen Congreß außer Cours gesetzt worden, ohne daß die große Masse des Volkes, und selbst viele Politiker, dieser wichtigen Beschlußnahme gewahr geworden wären. Der Silberdollar war schon in den Fünfziger Jahren wenig oder gar nicht mehr im Handel und Wandel angetroffen worden, weil das Silber damals recht hoch im Preise stand und der Metallwerth des Silberdollars um einige Cents mehr betrug als der Feingehalt des Golddollars. Damals wanderte der Silberdollar massenhaft in die Schmelztiegel der Silberarbeiter, und als er viele Jahre, nachdem er schon aus dem öffentlichen Verkehr verschwunden, durch den Congreß außer

---

der Mode und Verschwendungssucht zum Bankrott führen muß; gemeinsame Berathungen und Maßregeln, Kauf und Verkauf zu erleichtern und vortheilhafter zu machen; Substituirung schiedsrichterlicher Entscheidungen innerhalb des „Granges" an Stelle der Gerichtsprocesse; Abschaffung der Agenten und Mittelmänner, um den Geschäftsgang zu vereinfachen und fruchtbringender zu machen; endlich die Regelung der Transportfrage —Es heißt in dem St. Louiser Programm wörtlich: „Wir sind der Ansicht, daß Transport-Compagnien aller Art zu unserem Erfolge nothwendig sind, und daß ihre Interessen auf das Innigste mit den unsrigen verknüpft sind. Wir werden daher für jeden Staat befürworten, daß er auf alle Weise die Wege und Gelegenheiten eines wohlfeilen Transportes nach den Seeküsten und den binnenländischen Märkten unseres Landes vermehre. Wir werden mit aller Kraft darauf hinarbeiten, die sämmtlichen natürlichen Handelscanäle zu erschließen, in denen das Leben unseres Verkehrs einherzuströmen hat. Wir sind ebenso wenig Feinde der Eisenbahnen, der Canal-Unternehmungen, noch irgend einer Corporation, die unsere industriellen Interessen befördern will, wie wir Feinde einer der arbeitenden Klassen sind. In unserem Orden besteht weder Communismus des beweglichen Gutes, noch der Scholle. Aber wir opponiren dem Geist und der Leitung solcher Corporationen und Unternehmungen, die darauf berechnet sind, das Volk zu unterdrücken und seines Gewinnes zu berauben. Wir sind nicht die Feinde des Kapitals, aber wir bekämpfen die Tyrannei der Monopole."

Cours gesetzt wurde, da fiel dieses um so weniger auf, weil eigentlich nur sehr wenige Bürger sich der Existenz des Silberdollars entsinnen konnten.

Diese recht geheimnißvoll betriebene Abschaffung des Silberdollars hatte aber einen tiefliegenden Grund. Im Jahre 1869 war nämlich eine Congreßakte „zur Kräftigung des öffentlichen Credites" erlassen worden, welche besagte, daß die Vereinigten Staaten-Bonds in „coin" oder Münze, also in Gold oder Silber, bezahlt werden sollten, und da das Silber in jener Zeit schon so stark im Preise gesunken war, daß der Feingehalt des Silberdollars nicht mehr mit dem Metallwerthe des Golddollars gleich stand, so lag es natürlich im Interesse der Bondbesitzer, sich die Einlösung der Bonds in Gold zu sichern, was sich nur durch die Beseitigung des Silberdollars erzielen ließ. Die Republikaner, welche ja den Congreß bis zum Jahre 1874 in beiden Zweigen völlig beherrschten, suchten den ihrer Partei gemachten Vorwurf, den Silberdollar zu Gunsten der Bondinhaber abgeschafft zu haben, dadurch zu entkräftigen, daß sie die wunderliche Behauptung aufstellten, „coin" bedeute „Golddollars," und wenn auch der Silberdollar nicht außer Cours gesetzt worden wäre, so könnten die Bonds nach dem Congreßgesetz von 1869 doch nicht in Silber bezahlt werden, weil jene Akte „coin" zur Einlösung vorschreibe und „coin" bedeute nur gemünztes Gold, nicht aber gemünztes Silber. Sie hätten mit demselben Rechte sagen können, „Wärme" bedeute nur „Sonnenwärme," nicht aber „Ofenwärme."

Uebrigens hatte schon vor dem Auftauchen dieser Münzfrage, über welche die Parteien durchaus nicht einig unter sich waren, eine Courantfrage die Gemüther lebhaft bewegt. Das durch den Krieg massenhaft in Umlauf gekommene Papiergeld hatte in den Taschen der Leute recht lose gesessen und recht rasch circulirt, wodurch Handel und Wandel sich ungemein stark belebten. Diese Erfahrung brachte verschiedene Politiker zu der Ansicht, je mehr Geld eine Regierung anfertige, desto größer müßte der Wohlstand des Volkes, desto belebter müsse sein Geschäftsverkehr werden. Diese Leute ließen aber außer Acht, daß nicht das Schaffen von Geld in die Schatzamtsgewölbe der Regierung, sondern daß vielmehr das Schaffen von **Erwerbsmitteln allein** dem Volke zu gute kommen kann. Was nützt es den Bewohnern eines Landes, wenn ihre Regierung noch so viel Geld hat anfertigen lassen, wenn die einzelnen Individuen kein Anrecht darauf haben? Unsere sonderbaren Finanzschwärmer wollten aber noch obendrein Papiergeld (Greenbacks) massenhaft mehr drucken lassen, und das war nun erst recht widersinnig; denn das Papiergeld ist ein nicht zinsentragender Schuldschein, ist ein Zahlungsversprechen, und der Papierdollar kann nur so lange 100 Cents werth, also wirklich vollgiltig sein, als er zu jeder Zeit, je nach dem Wunsche des Besitzers, mit Münze eingelöst wird. Wenn ein Geschäftsmann mehr Zahlungsversprechen macht, als er pünktlich erfüllen kann, so entwerthet er dieselben. Genau so steht es mit einer Regierung und ihrer Papiergeldcirculation. Deßhalb wurden die Befürworter der Vermehrung des Papiergelds auch „Inflationisten," d. h. „Aufbläher," genannt.

Die Inflationisten spielten schon zu Ende der Sechziger Jahre eine Rolle in der Politik und 1876 hatten sie den alten Menschenfreund Peter Cooper von New York, welchen sie für ihre Finanzschrullen zu gewinnen gewußt, als Präsidentschafts-Candidaten im Felde. Eine Vereinigung der Inflationisten oder Greenbackler mit der sogenannten „Arbeiterpartei," deren wir schon kurz erwähnten, erwies sich als von sehr kurzer Dauer, obschon diese „National Greenback Labor Party," vorzüglich in Iowa, Ohio und Maine, bei den Wahlen eine recht ansehnliche Macht entfaltete. Die Arbeiterbewegung war bald vollends in die Hände der socialistischen und communistischen Wühler gerathen, und da die Greenbackler den tollen Umsturzideen dieser wüsten Bundesgenossen doch nicht in dem gewünschten Maße Rechnung tragen mochten, so hielten sich die „Volksmänner" (arbeitsscheue Gesetzverächter, Maulhelden und bittere Religionsfeinde) für zurückgesetzt und sagten sich Einer nach dem Andern von der „Nationalen Partei" los, welche dadurch nur gewinnen konnte. Lebensfähig wurde sie jedoch selbst durch diesen wohlthätigen Läuterungsproceß nicht, weil sie eben auf falschen Principien beruhte. Die Greenback-Partei scheint sich mehr aus dem republikanischen, wie aus dem demokratischen Lager rekrutirt zu haben.

Die im Jahre 1878 erfolgte „Remonetisirung" des Silbers, d. h. die Wiedereinführung des alten Silberdollars, wurde allerdings von einem Congreß verfügt, worin die Demokratie die Oberhand hatte; aber man kann daraus nicht schlußfolgern, daß diese Maßregel als eine demokratische bezeichnet werden müsse. In der Courant-, wie jeder anderen Finanz- oder Wirthschaftsfrage sind die beiden großen Parteien der Union noch niemals in sich einig gewesen, und es ist auch nicht anzunehmen, daß jemals in unserem Lande große politische Parteien sich der Lösung einer solchen Frage hauptsächlich widmen, daß sie deßhalb dieselbe erfolgreich zu einer Parteifrage machen könnten. Die Erfolglosigkeit der Greenbackler hat auch dieses dargethan. So waren denn sowohl unter den Demokraten wie auch unter den Republikanern „Weichgeldleute," Befürworter der Vermehrung des Papiergeldes, wie auch „Hartgeldleldleute," Freunde der Baarzahlung in klingender Münze, zu finden, und die Letzteren behielten die Oberhand.

Die Wiedereinführung des Silberdollars war von den Bondinhabern—oder besser gesagt: von Denjenigen, welche in Bonds spekulirten—sehr übel aufgenommen worden, weil der wieder zu Ehren gebrachte und für ein gesetzmäßiges Zahlungsmittel (legal tender) erklärte Silberdollar immer noch an Metallwerth verlor, da die Silberpreise im Sinken blieben, und bald nur einen „intrinsitiven" (d. h. wirklichen) Werth von $88\frac{1}{2}$ Cents hatten, während der Stempel der Vereinigten Staaten diesen 88½ Cents in Silber einen Werth von 100 Cents gab.

Ganz unzweifelhaft hat die Wiedereinführung des Silberdollars sehr viel dazu beigetragen, daß die Baarzahlungen nach einer Congreßverordnung auch pünktlich am 1. Januar 1879 wieder aufgenommen werden konnten. Mit diesem Tage erklärte sich nämlich die Bundesregierung bereit, alles im Unterschatzamte zu New York zur Einlösung eingereichte Papiergeld mit klingender Münze einwechseln zu wollen. Scheidemünze, d. h. Bruchtheile eines Dollars, war schon geraume Zeit vorher (im Sommer 1876) zur Einlösung des papierenen Kleingeldes ausgegeben worden. Die Republikaner warfen widerrechtlich der Demokratie vor, daß diese der Baarzahlung feind sei und sie wieder aufheben würde, wenn sie an's Ruder käme. Das kam nämlich daher, daß die Demokratie in mehreren Wahlcampagnen sich mit den „Greenbacklern" verbündete (wie es z. B. in Maine und Ohio geschah); dieses Bündniß ward jedoch von dem Kern der alten Partei sehr übel aufgenommen und eine unkluge Maßregel genannt, als was es sich sehr bald erwies. Uebrigens haben auch die Republikaner mit den Greenbacklern geliebäugelt, wo immer sie durch dieselben Wahlstimmen zu gewinnen hofften.

Während der Hayes'schen Administration trat auch die Tariffrage wieder in den Vordergrund, ohne jedoch zu einer eigentlichen Parteifrage zu werden, obschon die Republikaner sich in mehreren ihrer Platformen (Principien-Erklärungen) entschieden für einen Schutzzoll erklärten, während die Demokratie einem „Revenue-Tarif," d. h. einem nur auf die Erlangung von Bundeseinnahmen abzielenden Zoll, das Wort redete.

—=||=—

(5)

Die Bestrebungen der "Stalwarts."

Präsident Hayes hatte sich schon zur Zeit seiner Nominirung durch die republikanische Partei verpflichtet, nur einen Amtstermin dienen und sich nach Ablauf desselben nicht wieder um die Nomination für die Präsidentschaft bewerben zu wollen. Anfangs schien er den Unabhängigen spielen zu wollen und vorzüglich fand seine „südliche Politik," d. i. seine milde und versöhnliche Behandlung der Südstaaten, lebhaften Beifall in allen Schichten der Bevölkerung und in beiden großen Parteilagern. Nur die unter Roscoe Conkling's (Bundessenator von New York) Führung stehende Fraction der „Stalwarts," was man seinem eigentlichen Sinne nach wohl mit „Unbeugsamen" wiedergeben mag, war mit der neuen Administration höchst unzufrieden, denn dieselbe war ihr nicht radical genug. Nach der Anschauung der „Stalwarts" ist die Union eine Einheit, die einer „starken Regierung" (natürlich muß dieselbe in den Händen der extremen Republikaner liegen) bedarf und in der keine andere Partei, am allerwenigsten die Demokratie, respectirt zu werden braucht. Durch einen kräftigen Eingriff in die betrügerische Verwaltung des New Yorker Zollhauses, und die Absetzung des dortigen Bundescollectors Chester A. Arthur (späterem Vicepräsidenten der Vereinigten Staaten) und des Hafenbeamten Cornell (späterem Gouverneur von New York), zog Hayes sich den Zorn des herrschsüchtigen Conkling zu, und mit demselben trat die gesammte Fraction der „Stalwarts" der Administration feindselig gegenüber. Eine Civildienstordre, durch welche allen Bundesbeamten jede Art der politischen Agitation verboten wurde und wonach dieselben sich nur durch Abgabe ihrer Wahlstimme an den Wahlen betheiligen durften, brachte die „Stalwarts" noch mehr in Harnisch, weil eine solche Reform ihnen doch ein wenig zu radical (gründlich) erschien. Wenn es jemals schnöde Verächter des Volksrechts in den Vereinigten Staaten gegeben, und wenn jemals eine politische Fraction in frecher und trotziger Weise dem Geiste unserer Institutionen zuwider laufende Gewalten für die am Bundesruder stehende Partei, speciell aber für sich selber, gefordert hat, so ist es diese Conkling-Clique der „Stalwarts" gewesen. „Unser ist die Gewalt und wir wollen sie unter keiner Bedingung wieder aus der Hand geben; wir herrschen jetzt und wir werden herrschen, komme was da wolle!" Das ist das Princip dieser „Stalwarts," welche in jedem Bundesbeamten einen „Soldaten der republikanischen Partei" erblicken, der in der Wahlzeit kein Opfer scheuen darf, um seiner Partei zum Siege zu verhelfen, und der vor allen Dingen ein treuer, gehorsamer und eifriger Parteimann sein muß; ist ein Beamter dieses nicht, dann mag er in seinem Fache noch so tüchtig, noch so fleißig und noch so ehrlich sein, aber den Anforderungen der „Stalwarts" wird er nicht entsprechen, und steht Solches in ihrer Macht, dann werden sie diesen tüchtigen Beamten absetzen, um an seinen Platz einen Mann nach ihrem Herzen zu stellen, der immerhin unfähig, arbeitsscheu und selbst unehrlich sein mag, wenn er nur als ein politischer Drahtzieher seiner Partei Dienste leistet. Die „Stalwarts" haben hieraus auch durchaus kein Hehl gemacht. Ihr Auftreten für jenen Arthur und Cornell und ihre Anfeindung des Präsidenten Hayes, weil derselbe die Bundesbeamten lediglich auf ihre Amtsverrichtungen beschränken wollte, geben schon den klarsten Beweis hierfür.

Eine geraume Zeit lang hielt der Präsident den "Stalwarts" Stand; dann aber begann er knieschwach zu werden und bald stand er gänzlich unter der Controle dieser nämlichen „Stalwarts," welchen er nun Alles zu willen that. In Folge dieses Sieges schwoll Roscoe Conkling mehr und mehr der Kamm; er betrachtete sich als den Dictator der Republikaner seines Heimatstaates New York, nnd wirklich gelang es ihm auch, seinen Günstling Cornell

(5*)

zum Gouverneur wählen zu lassen und auch die Erwählung einer republikanischen Legislatur durchzusetzen, obgleich Samuel J. Tilden all seinen Einfluß gegen Conkling geltend machte. Allerdings ist hier in Betracht zu ziehn, daß die demokratische Tammany-Organisation*), deren Führer schon seit Jahren das Obercommando über die New Yorker Demokratie beansprucht hatten, ihre eigene Partei verrieth und den Republikanern in die Hände arbeitete.

Die Grantisten.

Bald fand eine Annäherung zwischen den Cameron's, welche im Staate Pennsylvanien in politischen Dingen das entscheidende Wort zu sprechen gewohnt sind, und Conkling, dem republikanischen Selbstherrscher von New York, statt und es dauerte gar nicht lange, bis auch Bundessenator Logan von Illinois sich anschloß und so der „Drei-Männer-Bund," auch „Senatoren-Triumvirat" genannt, zu Stande kam, dessen Zweck die Nominirung und Erwählung U. S. Grant's für einen dritten Termin als Präsident der Vereinigten Staaten war. Es zeigte sich nun immer deutlicher, daß dieses Ex-Präsidenten Reise um die Welt, wobei er sich anmaßenderweise als einen Vertreter der Vereinigten Staaten aufspielte und als solcher sich von den Höfen Europa's und Asiens feiern ließ, nur ein Theil des Plänchens war, welches die Radicalen ausgeheckt hatten, um Grant abermals an's Ruder zu bringen. In ekelerregender Weise wurde über die Reise haarklein in den amerikanischen Zeitungen berichtet und auch

*) Es ist das eine sehr mächtige Fraction der New Yorker Demokratie, welche wiederholt selbst auf Nationalconventionen ihrer Partei tonangebend aufzutreten suchte. Die Tammany-Organisation, oft auch nach ihrem großen Versammlungsgebäude in der Stadt New York "Tammany Hall" genannt, vertritt in der Politik hauptsächlich die Interessen des irischen Elements. Sie wurde nach einem weisen Häuptling des indianischen Volkes der Delawaren, welcher Tammany hieß, benannt.

Manches gelogen, vorzüglich wenn ein Empfang des „hohen Reisenden" an irgend einem Hofe recht glänzend zu malen war. Dann kam Grant's „Triumpfzug" von San Francisco nach Philadelphia, behufs Vollendung seiner Reise um die Welt, weil er von Philadelphia ostwärts abgefahren war; und nachdem die Schausteller Conkling, Cameron und Logan wirklich Alles aufgeboten hatten, um das Publikum für einen dritten Präsidentschaftstermin zu begeistern, ward am 2. Juni 1880 in der republikanischen Nationalconvention zu Chicago ein höchst widerwärtiges politisches Schaustück aufgeführt, das ganz deutlich zeigte, wie die republikanische Partei in verschiedene Cliquen zerfallen war, welche nur noch das gemeinsame Streben nach Macht und Beute zusammenhielt. Ueber ein Drittel der Delegaten stand bis zum letzten Augenblick zu Grant; Blaine erlitt eine Niederlage und John Sherman, der Finanzsecretär der Hayes'schen Administration, wurde von seinen besten Freunden, worunter besonders James A. Garfield genannt zu werden pflegte, verrathen und verkauft. Nach stürmischen Debatten und Dutzenden von Abstimmungen erhielt James A. Garfield von Ohio die Nomination für die Präsidentschaft, und Chester A. Arthur von New York, den Präsident Hayes auf Betreiben seines Cabinets, vorzüglich auf die Vorstellungen der Bundessecretäre Evarts und Sherman hin, wegen schlechter Amtsverwaltung als Haupt des New Yorker Zollhauses kaum zwei Jahre zuvor abgesetzt hatte, wurde als Candidat für die Vicepräsidentschaft einstimmig ernannt. Arthur war, als Freund und Günstling Conkling's und als Bewunderer Grant's, der „Grant-Fraction" zu lieb nominirt worden, weil die republikanische Partei ohne deren kräftige Mitwirkung nicht auf einen Wahlsieg hoffen durfte; zumal da Garfield's politische Vergangenheit den Gegnern gar viele Angriffspunkte darbot. Die „Grantisten schienen indessen mit dem ihnen zugeworfenen Brocken durchaus nicht zufrieden zu sein, und das oben genannte Senatoren-Kleeblatt

zog sich mit finsteren Mienen in den Schmollwinkel zurück.
Die Demokratie stellte drei Wochen später zu Cincinnati in dem Generalmajor der regulären Armee Winfield Scott Hancock von Pennsylvanien einen wirklich untadelhaften Mann und Patrioten als ihren Bannerträger auf; William H. English von Indiana, dem hartherzige Habgier vorgeworfen wurde, erwies sich als ein recht schwacher Candidat für die Vicepräsidentschaft. Die Prohibitionisten (Temperenzler) hatten einen gewissen Dow nominirt, der jedoch nur 9644 Wählerstimmen erhielt, und die „Greenbackler" brachten für ihren Präsidentschaftscandidaten Weaver von Jowa nur 305,729 Wählerstimmen auf. Das gesammte Volksvotum belief sich auf 9,192,595 Stimmen, wovon Garfield 4,439,415 erhielt. Hancock blieb nur um 3401 Wählerstimmen hinter Garfield zurück, dessen Majorität an Electoralstimmen*) sich jedoch auf 59 bezifferte. Den „Greenbacklern" wurde, und wohl nicht ohne Grund, ein geheimes Einverständniß mit den Republikanern vorgeworfen.

Die Wahl von 1880.

Die Demokraten waren dieses Mal sehr siegesgewiß gewesen und das Wahlergebniß überraschte allgemein. Die Tariffrage und die Chineseneinwanderung wurden noch zu guter Letzt in den Wahlkampf hineingezerrt, und während die Republikaner die erstere sehr geschickt und erfolgreich in den Fabrikdistricten benutzten, ließen sich die demokratischen Leiter der Campagne einen angeblich von Garfield an einen nicht aufzufindenden Mann Namens Morey geschriebenen Brief für echt aufhängen. Garfield sollte dadurch als ein Befürworter der Einführung von chinesischen Arbeitern, welche sich mit wahren Hungerlöhnen

*) Der geneigte Leser findet den Unterschied zwischen Wählerstimmen, oder Volksvotum, und Electoralvotum in einem späteren Kapitel über unser Wahlsystem erklärt.

begnügten, hingestellt werden; aber wenige Tage vor der Wahl kam es heraus, daß jener Brief gefälscht war, und nun wurde dem nationalen Ausschuß der Demokratie die ganze Sache in die Schuh geschoben, obwohl dem Ausschuß nur vorgeworfen werden konnte, daß er in Bezug auf diesen „Morey-Brief," welchen er über die ganze Union verbreitete, zu leichtgläubig und voreilig gewesen war.

Die Republikaner steiften sich in dieser Wahlcampagne hauptsächlich auf die herrschenden guten Zeiten und behaupteten, sie allein könnten die Geschicke des Bundes erfolgreich lenken und leiten, die Demokratie aber sei der Inbegriff aller Unfähigkeit und Schlechtigkeit; auch ward die demokratische Partei abermals als die alte Partei des Aufruhrs hingestellt. Der „solide Süden" (solid south) ward den Bewohnern des Nordens wiederum als ein drohendes Gespenst vorgeführt, und „der arme, in den Südstaaten immer noch unterdrückte Neger" mußte für die Republikaner die Hauptarbeit thun. Es sind für Garfield im Ganzen genommen runde zwei Millionen Negerstimmen abgegeben worden, so daß sein Hauptgegner Hancock fast doppelt so viele Stimmen von weißen Bürgern erhielt, als der erwählte Präsident. Die Wahl hat viele Millionen Dollars gekostet und ergeben, daß die republikanische Partei sich nur durch außerordentliche Mittel, die sich mit Geradheit und Ehrlichkeit nicht wohl vereinbaren lassen, in ihrer Machtstellung zu behaupten vermochte. Die Wahlcampagne wurde seitens der Demokraten erbärmlich geleitet und zeigte, daß die Demokratie sich stark läutern und auf die unverfälschten politischen Grundsätze Jefferson's zurückfallen muß, wenn sie der durch die Uebergriffe der seit 1861 herrschenden Partei gefährdeten Union zur Retterin werden will.

Außer den hinfür schwerlich in Betracht kommenden „Greenbacklern" und den in der großen Politik völlig unbedeutenden Prohibitionisten oder Temperenzlern, ist auch noch der „Anti-Masons," einer aus Gegnern des Freimaurer-Ordens bestehenden politischen Fraction zu erwähnen, welche mit einem eigenen „Ticket" in's Feld rückte und auch etwa 1200 Stimmen erhielt. Diese Anti-Mason-Fraction bildete sich im Jahre 1827 anläßlich der Ermordung eines Bewohners von Batavia im westlichen New York. Dieser Mann, William Morgan mit Namen, soll die Absicht gehabt haben, „Geheimnisse" des Freimaurer-Ordens, wie sie die Brüder der unteren Grade erfahren, zu veröffentlichen, und dann soll er von gedungenen Mördern auf Befehl der Ordensoberen umgebracht worden sein; man behauptete, er sei todt oder lebendig in den Ontario-See versenkt worden. Thatsache ist, daß dieser Morgan im September 1826 aus Batavia gewaltsam entführt und dann nicht wieder gesehen worden ist. Gerichtliche Untersuchungen blieben resultatlos, aber das Volk bezeichnete die Freimaurer als Morgan's Mörder, und es bildete sich noch in dem nämlichen Jahre, wo Morgan geraubt worden, in seiner Heimat ein Verein, welcher sich „Anti-Masons" nannte und auf ein Verbot der Freimaurerei in den Vereinigten Staaten hinarbeiten wollte. Dieser Verein nahm bald einen politischen Character an und entwickelte in den nächsten acht Jahren in New York, Vermont, Massachusetts, Rhode Island, Pennsylvanien und dem nördlichen Ohio große Macht, gab bei mehreren Gouverneurswahlen den Ausschlag und stellte 1832 sogar ein eigenes Präsidentschaftsticket auf, welches auch einen guten Theil des Volksvotums in den obengenannten Staaten und die 7 Electoralstimmen Vermont's erhielt. Zu Ende der Dreißiger Jahre verlor diese Anti-Freimaurer-Bewegung ihre politische Bedeutung und die Mehrzahl der Anti-Masons ging zu den Whigs über.

Wir schließen hier unseren Abriß der Parteigeschichte, die ziemlich verworren ist und nur durch wiederholtes aufmerksames Lesen richtig und nutzbringend aufgefaßt werden kann. Am leichtesten ist die Geschichte der Demokratie zu verstehen, denn diese alte Partei stammt ganz direct von den Anti-Föderalen ab, nannte sich dann eine Zeit lang die republikanische Partei und nahm endlich um das Jahr

1820 den bezeichnenden Namen Demokratie*) an, welchen sie auch wohl schwerlich ablegen wird. Die republikanische Partei dagegen hat eine weit verworrenere Vergangenheit, aber sie hat durch ihre Bestrebungen gezeigt, daß sie die nämlichen politischen Elemente in sich vereinigt, welche die alte Partei der Föderalisten enthielt. — Der Frauenstimmrechtler oder „Weiberrechtler," die mit den „Temperenzlern" oder „Prohibitionisten" Hand in Hand gehen, wollen wir schließlich noch erwähnen; in der Politik spielen sie keine Rolle.

---

*) Es heißt das „Volksherrschaft," und hier also die „Partei der Volksherrschaft".

Sechstes Kapitel.

Die Fremdenhasser und die Eingewanderten.

Die von uns im vorigen Kapitel angeführten, im Juni 1798 erlassenen „Alien and Sedition Laws" hoben die Preß- und Redefreiheit insofern auf, als sie mit einer Geldbuße bis zu 2000 Dollars und einer Gefängnißhaft bis zu zwei Jahren einen Jeden belegten, welcher etwas gegen die Regierung, d. h. den Präsidenten und den Congreß, sagte oder schrieb, oder einen Anderen veranlaßte, Solches zu äußern oder zu schreiben; diesen Strafen verfiel, wer die Regierung in Mißcredit zu bringen suchte, oder eine Auflehnung gegen dieselbe wagte, oder ungesetzliche Verbindungen unterhielt oder unterstützte.

Hauptsächlich, und eigentlich ganz allein, waren die „Alien and Sedition Laws" wider die Eingewanderten, aliens, d. h. im Auslande Geborene, gerichtet. Ein Paragraph besagte, der Präsident der Vereinigten Staaten solle zu jeder Zeit, so lange jene Akte Gesetzeskraft habe, ermächtigt sein, alle aliens (Fremdgeborene), welche er für dem Gemeinwohl gefährliche Subjecte halte, oder von denen er mit gutem Grunde vermuthen könne, daß sie gegen die Regierung der Vereinigten Staaten agitirten, oder sich mit Anderen wider dieselbe verschworen hätten, aus der Union auszuweisen. Dem Präsidenten war hiermit eine absolute Gewalt den Eingewanderten gegenüber verliehen worden. Er konnte irgend einen Fremdgeborenen, gleichviel wie lange derselbe im Lande und ob er dessen Bürger war oder nicht, ohne eine bestimmte Anklage gegen denselben zu erheben und ohne ihm ein Verhör, eine Gelegenheit zum Rechtfertigen zu gewähren, aus den Vereinigten Staaten verbannen. Des Präsidenten Befehl: Der eingewanderte N. N. hat binnen so und so vielen Tagen, Wochen oder Monaten das Gebiet der Vereinigten Staaten zu verlassen — genügte. Ein Marschall stellte dem verbannten Ausländer diesen Machtspruch zu und wenn er denselben nicht aufsuchen wollte, so brauchte er nur eine Abschrift des Befehls an dem gewöhnlichen Aufenthaltsorte des Betreffenden abzugeben oder niederzulegen. Kam der also ausgewiesene oder verbannte Eingewanderte diesem Befehle nicht pünktlich nach, verließ er nicht das Gebiet der Vereinigten Staaten binnen der ihm gewährten Frist, so setzte er sich der Verhaftung und Einsperrung in ein Gefängniß bis zu einer Dauer von drei Jahren aus; auch konnte ein solcher Ausländer später nie mehr das Bürgerrecht erlangen. Ein Ausgewiesener durfte allerdings um die Ertheilung einer Erlaubniß, im Lande bleiben zu dürfen, bei der Regierung einkommen, und wurde ihm dieselbe gewährt, so stand er unter einer Art polizeilicher Aufsicht; diese Erlaubniß konnte zu jeder Zeit aufgehoben werden und dann mußte der bislang noch im Lande geduldete Verbannte ohne Weiteres sein Bündel schnüren und den Staub von seinen Füßen schütteln an der Grenze des Landes der Freiheit.

Diese schändlichen „Alien and Sedition Laws" bilden so zu sagen das Grundgesetz der amerikanischen Fremdenhasser, oder Knownothings, welche, wie ehedem in der Partei der Föderalisten, so auch heute noch im Parteilager der Republikaner, wenn auch nicht mehr tonangebend, so doch stark genug vertreten sind, um den eingewanderten Bürgern zu gelegener Zeit tüchtig Eins anhängen zu können.

Später noch wurde mehrfach der Versuch gemacht, die Naturalisirung der Eingewanderten zu erschweren; man wollte sogar es durchsetzen, daß sie erst nach einem Aufenthalte von 21 Jahren das Bürgerrecht erlangen sollten. Und jene „Fremden- und Aufruhr-Gesetze“ bestanden und wurden gehandhabt, bis mit Thomas Jefferson's Erwählung 1801 die Demokratie an's Ruder kam.

Ein nettes Pröbchen des finstern, fremdenhassenden Knownothingthums haben die republikanischen Nativisten noch im Mai 1870 gegeben, als beide Häuser des Congresses nebst der ganzen Bundesverwaltung und den Bundesgerichten unter ihrer Controle standen. Damals suchten sie nämlich eine Bill durchzusetzen, welche das Erlangen eines Bürgerbriefes ungemein zeitraubend und sehr kostspielig gemacht haben würde. Nach jener Bill sollten nur die Bundesgerichte (U. S. Circuit and District Courts) und die Bundescommissäre für Bankrottsachen (Registers in Bankruptcy) zur Ausfertigung von Bürgerscheinen berechtigt sein, was natürlich in sehr vielen Fällen den zu Naturalisirenden zu einer weiten Reise genöthigt haben würde; denn die Bundesgerichte sind bekanntlich weit dünner gesäet, als die Staatsgerichte, welche jedoch glücklicherweise nach wie vor zur Naturalisirung berechtigt geblieben sind, weil jene Bill durch einen Demokraten vernichtet wurde Besagte Bill verordnete ferner, daß der zu naturalisirende Einwanderer sich bei einem der genannten Gerichte oder bei dem besagten Bundescommissär anmelden und vor demselben durch zur Stelle zu schaffende Zeugen, welche bereits Bürger sein mußten, beweisen solle, daß er seit mindestens fünf Jahren im Lande weile und sich einen ehrbaren Character bewahrt habe. Schriftliche, beschworene und von einem Notar beglaubigte Zeugenaussagen (Affidavits) sollten keine Geltung haben; der fremdgeborene Bürgerschafts-Candidat mußte seine Zeugen in Person vorführen und hatte deren Reise- und Aufenthalts-Unkosten, möglicherweise auch eine Entschädigung für Zeitversäumniß, aus seiner Tasche zu bezahlen. Nun konnte aber der löbliche Gerichtshof oder der Herr Bundescommissär ganz nach Belieben die Angelegenheit verschleppen und einen Termin nach dem anderen ansetzen, und dann hatte der also auf die lange Wartebank gesetzte Bürgerschafts-Candidat für jedes Mal, daß er vorgelassen wurde, selbst wenn es nicht zu einem eigentlichen Verhör kam, baare sechs Dollars zu erlegen. War endlich Alles von dem löblichen Gerichtshof und den Herren Bundesbeamten, die bei der Sache sich hübsch das Beutelchen mit schönen Dollars spicken ließen, in Ordnung befunden worden, so sollte der nach Vorschrift eines Bundesgesetzes so gerupfte Candidat gegen Erlegung von 1½ Dollar seinen Bürgerschein ausgefertigt erhalten. Wollte der junge Bürger dann noch eine beglaubigte Abschrift des in seiner Angelegenheit aufgenommenen Protocolls haben, so hatte er mit weiteren 25 Cents für jede 100 Wörter zu bezahlen.

Leicht wirst du, lieber Leser, erkennen können, welche Absicht dieser hier nur in einigen ihrer bedeutendsten Punkte angezogenen Bill zu Grunde lag, durch welche das Erlangen des Bürgerrechts dem Eingewanderten nicht nur sehr erschwert, sondern auch ungeheuer vertheuert worden wäre. In gar vielen Fällen wäre der auf solche zeitraubende Weise erlangte Bürgerbrief auf hundert und wohl noch mehr Dollars zu stehn gekommen. Wie viele Eingewanderte hätten aber, von der zeitraubenden Plackerei ganz abgesehn, eine solche Summe übrig gehabt für die Erwerbung des Bürgerrechts, ohne welches sie ja in den Vereinigten Staaten recht gut wohnen können? Und wie Viele hätten, selbst im Besitz der Mittel, so viel Geld daran gehängt?

Würdest du z. B. hundert oder noch mehr Dollars, die du sauer verdienen mußtest, für die Erlangung des Bürgerrechts verausgaben? Würdest du vielleicht eine weite Reise machen, um den zuständigen Bundesbeamten, oder das dir nächste Bundesgericht zu erreichen? Würdest du einen Zeugen vielleicht hunderte von Meilen weit auf deine Kosten kommen lassen und für ihn und dich Kost und Logis in der fremden Stadt bezahlen wollen, wo du dein Bürgerrecht erlangen könntest? Wärest du endlich geneigt, von dem Herrn Bundescommissär ein Mal nach dem andern deinen Fall hinausschieben zu lassen und ihm für jedes Mal, daß du vor ihm erschienest und auf später vertröstet wurdest, sechs baare Dollars hinzulegen?

Das hättest du schön bleiben lassen, meinst du; dann wärest du lieber dein Lebtag nicht Bürger der Vereinigten Staaten geworden. Dieser Ansicht wärest du aber nicht allein; fast alle anderen, nicht vor der Passirung jener Bill naturalisirten Bürger hätten ebenso gedacht. Von tausend Eingewanderten hätten sich wohl keine zwanzig — wohl keine zehn oder auch nur fünf, unter solchen erschwerenden Verhältnissen um das Bürgerrecht beworben. Dem Naturalisiren wäre somit ein Riegel vorgeschoben worden, die Zahl der schon naturalisirten Bürger hätte der Tod fortwährend gelichtet und es hätte sich, nachdem jene Akte in Kraft getreten, mit mathematischer Gewißheit bestimmen lassen, wie lange es noch naturalisirte Ausländer in den Vereinigten Staaten geben würde. Aber auch darauf wollte man nicht warten, daß der Tod dem D'reinreden der Naturalisirten nach und nach ein Ende mache; es hätte das immerhin einige Jahrzehnte dauern können und deßhalb gab jene Bill jedem Bundesdistrictsanwalt die Macht, irgend einen naturalisirten Bürger vor ein Bundesgericht zu bescheiden, damit derselbe triftige Gründe anführe, weßhalb ihm sein Bürgerrecht nicht genommen werden sollte.

Das wäre allerdings ein Gesetz so ganz nach dem Herzen der Knownothings gewesen, und es würde jene Bill wohl auch von beiden Häusern des Congresses angenommen und dann ganz gewiß von dem Präsidenten Grant unterzeichnet worden sein, wenn nicht der demokratische Bundessenator Allen G. Thurman von Ohio es seinem seither verstorbenen republikanischen Collegen Oliver P. Morton von Indiana dringend an's Herz gelegt hätte, daß derselbe mit ihm gegen die schändliche Bill sich stemmen müsse, wenn er nicht alle Wahlstimmen der eingewanderten Bürger für immer verlieren wolle. Und Morton, welcher stark auf die Präsidentschaft speculirte, sah sogleich ein, daß Thurman Recht hatte. Dann traten die beiden Männer kräftig auf und warfen die Bill über den Haufen, so sehr die Nativisten sich auch anstrengten, um ihre Maßregel durchzusetzen und endlich es wahr zu machen, was ihre Vorfahren schon in den Reihen der Föderalisten als Wahlspruch hatten von Mund zu Mund gehn lassen: „Amerika soll ausschließlich von eingeborenen Amerikanern regiert werden!" — Würde übrigens dieser Grundsatz streng und seiner eigentlichen Bedeutung nach einmal durchgeführt, so führen die sich so erhaben über die Eingewanderten dünkenden Yankees doch auch sehr schlecht dabei, denn dann müßten sie die Herrschaft an die eigentlichen Amerikaner, an die rothhäutigen Indianer abtreten, welchen sie bekanntermaßen keinerlei Rechte zugestehn wollen, denen sie noch nicht einen einzigen Contract treu und gewissenhaft gehalten und erfüllt haben.

Ueber die Anfeindungen, welche die Eingewanderten, vor Allen die Deutschen, von den Knownothings hauptsächlich und fast ausschließlich unter der Herrschaft der Whigs und der „Americans" (Knownothings) wo immer diese am Ruder waren, zu erdulden hatten, darüber müßten wir ein besonderes Buch schreiben, um alle die damals verübten Schand- und Gräuelthaten in das rechte Licht zu stellen. Du kannst übrigens in jedem guten amerikanischen Geschichtswerke davon die Hülle und Fülle lesen und gewahr werden, daß zu verschiedenen Zeiten an mehr als einem Orte der Union, wo die Eingewanderten sich ihrer geringen Zahl halber nicht erfolgreich zur Wehr setzen konnten, keiner derselben seines Lebens und seines Eigenthums sicher war. Schlage nur in den Chroniken der Städte Philadelphia, Baltimore, Cincinnati, Louisville und St. Louis einmal nach und du wirst dort in den Kapiteln, welche die Vierziger und Fünfziger Jahre behandeln, von haarsträubenden Gräuelthaten, ja selbst von blutigen Straßenkämpfen, in denen Eingewanderte sich mit der Waffe in der Faust ihres Lebens wehren mußten, mehr finden, als du erwarten magst.

Uebrigens waren auch in den Reihen der Demokratie, vorzüglich der südlichen, gerade in jenen beiden Jahrzehnten nicht allzu wenige Fremdenhasser zu finden und selbst unter den heutigen Demokraten giebt es noch genug, die einem Eingewanderten lieber auf den Buckel als in's Gesicht sehen und die uns Alle mitsammen — den Schreiber dieses Buches wahrlich nicht zuletzt — gar zu gern in's Pfefferland verwünschten, d. h. immer nur für die Dauer der Wahlzeit; denn lassen sie uns auch nur höchst widerstrebend mitregieren, so ist ihnen der Gewerbfleiß der Ausländer doch gar zu lieb und werthvoll, um dieselben dauernd zu missen. - - Dauernd? nein, das ist ganz gewiß nicht der richtige Ausdruck: Nicht einen Monat, nicht eine Woche könnte man ohne die Eingewanderten fertig werden. Es giebt auch schon gar viele „Amerikaner," welche lobend die Verdienste der Eingewanderten um das Land anerkennen, und nicht wenige Yankees haben sogar die einst so bitter gehaßten und noch tiefer verachteten, sonst fast nur mit einem Fluche genannten Deutschen recht hoch schätzen gelernt. Der unselige Bürgerkrieg hat durch das massenhafte Eintreten der Eingewanderten in das Bundesheer und durch die glänzende Tapferkeit, mit der sie sich für ihr Adoptiv-Vaterland trotz aller ihnen darin zugefügten Unbilden schlugen, sehr viel zur Hebung ihres Ansehens beigetragen. Was wäre ohne die unter dem Sternenbanner im Kugelregen gestandenen Deutschen und Irländer aus der Union geworden? — Und wie wollten Anno 1870 die republikanischen Knownothings, deren Partei sich ja für die Retterin der Union in jenen Sturmjahren der Secession ausgiebt, wie wollten jene „Patrioten" den Eingewanderten, von denen mindestens die Hälfte ohne Bürger zu sein unter die Fahne traten, ihren opferfreudigen Todesmuth, ihre im Pulverdampf erprobte Liebe zu dem neuen Vaterlande vergelten?! — Jene Bill, welche der Demokrat Thurman vernichtete, giebt dir die Antwort auf diese Frage.

Uebrigens waren die Knownothings, nachdem die besagte Bill im Juni 1870 durch den Widerstand der Demokratie in die Brüche gegangen, durchaus nicht entmuthigt. Sie dachten nicht einmal an einen Rückzug, sondern machten sofort einen zweiten, und lei er erfolgreichen Angriff auf die eingewanderte Bevölkerung, indem sie durch den nämlichen republikanischen Senator, welcher die soeben vernichtete Anti=Naturalisations=Bill in seiner Obhut gehabt, sofort zwei andere Bills einreichten, welche die Ueberwachung der Congreßwahlen durch Bundesbeamte, Wahlsupervisoren und Bundes=Hilfsmarschälle, verfügte. Diese Bills konnte die schwache Demokratie im Congreß nicht niederkämpfen, und obschon ihnen der Stempel des Fremdenhasses deutlich genug aufgeprägt war, fanden sie auch die Billigung der nicht gerade als ausgesprochene Knownothings bekannten Republikaner. Diese beiden Bills waren so zu sagen Drillingsschwestern der in die Brüche gegangenen Anti=Naturalisations=Bill, und auch ganz besonders gegen die naturalisirten Bürger sind die seither bedeutend vermehrten Wahlknebelgesetze in Anwendung gekommen. — Frage nur einmal in der Stadt New York nach unter den naturalisirten Bürgern, wie der Ober=Wahlsupervisor John J. Davenport dort mit ihnen, vorzüglich in der Präsidentenwahl von 1876, umgesprungen ist; dann kannst du's erfahren, daß dort Tausende und aber Tausende ohne Verhaftsbefehle am Wahltage verhaftet und bis nach Sonnenuntergang eingesperrt, und daß noch weit mehr durch die Bundesbeamten, welche die Wahl überwachen sollten, um ihre Naturalisationspapiere beraubt wurden!

Und das Knownothingthum lebt immer noch und rührt sich auch bald mehr, bald weniger merklich. Daß die Bestrebungen der Temperenzler und Frauenstimmrechtler auf die Unterdrückung des eingewanderten Elementes, wenn auch nicht direct, so doch indirect abzielen, leugnet Niemand, der mit unseren Zuständen vertrauet ist. Aber eine noch mächtigere Clique ist gegen das eingewanderte Element in die Schranken getreten, und das ist jener Geheimbund, welcher sich bald „American Union," bald „American Alliance" nennt. Die Mitglieder müssen sich nämlich eidlich verpflichten, keinen Candidaten für ein öffentliches Amt zu unterstützen, welcher vor weniger als 21 Jahren in die Vereinigten Staaten eingewandert ist.

Und diese von wüthendem Fremdenhasse beseelte „American Alliance" steht in den Wahlcampagnen stets auf der Seite der republikanischen Partei, die ja mit Fug und Recht als die Enkelin der alten Partei der Föderalisten bezeichnet werden muß.

Aus diesen kurzen Skizzen magst du ersehn, lieber Leser, wie nothwendig es ist, daß jeder Deutsch-Amerikaner in der Wahlzeit seine Pflicht thut, und zwar nicht als Deutscher, sondern als ein Bürger der größten Republik der Erde; denn jene Fremdenhasser sind auch – du kannst bei einiger Beobachtung diese Behauptung gar vielfach bewahrheitet finden — die Feinde einer wirklichen Volksherrschaft. Fast durch die Bank sind es Jämmerlinge, welche längst schon unter einem monarchischen Scepter ständen, wenn die Einwanderung der Republik nicht stets neue Kraft und neuen Saft zuführte. Wenn einmal ein tüchtiger und unparteiischer Mann eine Geschichte des Knownothingthums schreiben wollte, so bereicherte er die Literatur um ein höchst interessantes Werk, das sich halb wie ein Räuberroman, halb wie eine Kriminalgeschichte lesen würde.

Siebentes Kapitel.

Die Regierungsform der Vereinigten Staaten.

Unsere **Union** ist ein Staatenbund, dessen einzelnen Theile Staaten und Territorien genannt werden. Die Territorien sind jene großen Gebiete im weiten Westen und Nordwesten, welche noch zu schwach bevölkert sind, um mündig gesprochen, oder als Staaten anerkannt werden zu können. Die Territorien stehen unter der directen Aufsicht und Leitung der Bundesregierung. Die Staaten dagegen sollen nach der Verfassung (Constitution) der Vereinigten Staaten, welche deren *unverletzliches*, wohl aber *abzuänderndes* (oder zu amendirendes) Grundgesetz ist, jeder für sich eine eigene, republikanische Regierungsform haben. Auch hat jeder Staat seine eigene Verfassung, die jedoch keine der Bundesverfassung zuwider laufende Bestimmung enthalten darf.

Hieraus ergiebt sich also, daß die Bewohner der Vereinigten Staaten einer zweifachen Regierung zu gehorchen haben; nämlich, der Bundesregierung und der Regierung ihres eigenen Staates.

Ihrer Bestimmung gemäß, soll die Bundesregierung die *allgemeinen* Interessen des ganzen Landes verwalten und schützen; wogegen die Staatsregierungen sich um die *besonderen* Interessen ihrer Gemeinwesen, oder Staaten, zu kümmern haben.

Beide Regierungsformen haben also ihre besonderen Zwecke, ihre besonderen Pflichten und ihre besonderen Rechte. Man kann daher nicht sagen, daß die Bundesregierung über den Staatsregierungen steht; ebenso wenig aber kann man behaupten, daß die Bundesregierung den Staatsregierungen unterstellt sei. Die Constitution schreibt vor, welche Gewalten der Bundesregierung und welche den Staatsregierungen zustehn, und verfügt, daß jede nicht der Bundesregierung ausdrücklich verliehene Gewalt, den Staaten zufällt.

Als sich die britischen Kolonien Nordamerika's vereinigten, um das drückend gewordene Joch England's abzuwerfen, schlossen sie einen Bund und gaben sich durch eine zu diesem Zwecke gebildete Convention, auch Constituante genannt, eine allgemeine Verfassung, „Articles of Confederation"*) genannt, welche am 15. November 1777 von den ursprünglichen Staaten — New Hampshire, Massachusetts, Rhode Island und Providence Plantations, Connecticut, New York, New Jersey, Pennsylvanien, Maryland, Delaware, Virginien, North Carolina, South Carolina, Georgia — durch deren Delegaten gutgeheißen wurde. Es dauerte jedoch bis zum 1. März 1781, daß die Legislaturen der genannten Staaten jene Verfassung endgiltig ratificirten (annahmen).

Nach wenigen Jahren erwies sich der unter den „Articles of Confederation" geschlossene Bund als eine zu lockere Vereinigung; verschiedene der Staaten machten Gesetze, welche sich nicht vereinbaren ließen, die zum Theil sogar einander geradezu widerstrebten. Deßhalb sann man auf eine festere, engere Vereinigung und, wie wir in früheren Kapiteln erzählt haben, wurde dann eine neue Constituante, oder Verfassungs-Convention, zusammen berufen, welche unsere gegenwärtige Constitution entwarf, die am 4. März 1789 in Kraft trat.

---

*) Der Anhang dieses Buches enthält jene "Articles of Confederation," wie auch die gegenwärtige Constitution, in einer getreuen Uebersetzung.

Bis dahin war der junge Staatenbund von einem sogenannten „Continental-Congreß“ regiert worden, und der jeweilige Präsident jenes Congresses war der höchste Beamte gewesen. Hier folgen die Namen aller Präsidenten des Continental-Congresses:

Preston Randolph, von Virginien	5. Sept. 1774
Henry Middleton, von Süd-Carolina	22. Oct. 1774
Peyton Randolph, von Virginien	10. Mai 1775
John Hancock, von Massachusetts	24. Mai 1776
Henry Laurens, von Süd-Carolina	1. Nov. 1777
John Jay, von New York	10. Dec. 1778
Samuel Huntington, von Connecticut	28. Sept. 1779
Thomas McKean, von Delaware	10. Juli 1781
John Hanson, von Maryland	5. Nov. 1781
Elias Boudinot, von New Jersey	4. Nov. 1782
Thomas Mifflin, von Pennsylvanien	3. Nov. 1783
Richard Henry Lee, von Virginien	30. Nov. 1784
Nathaniel Gorham, von Massachusetts	6. Jan. 1786
Arthur St. Clair, von Pennsylvanien	2. Feb. 1787
Cyrus Griffin, von Virginien	22. Jan. 1788

Die Bundesregierung.

Drei Gewalten sind in unserem Regierungssystem vereinigt: Die gesetzgebende (legislative), die vollziehende (executive) und die richterliche (judiciary).

Der Congreß.

Die gesetzgebende Gewalt ruht im Congreß, welcher aus einem Repräsentantenhause und einem Senat besteht.

Das Repräsentantenhaus vertritt das Volk, die Wählerschaft; der Senat vertritt die Staaten.

Während die Mitglieder des Repräsentantenhauses direct vom Volke gewählt werden, haben die einzelnen Staats-Gesetzgebungen die Mitglieder des Senats zu erwählen. Jeder Staat ist zu zwei Senatoren berechtigt; gleichviel ob er groß oder klein, ob er schwach oder stark bevölkert ist. Die Dienstzeit der Repräsentanten ist auf zwei Jahre festgesetzt; die

Dienstzeit der Senatoren beträgt sechs Jahre, und zwar werden die Senatoren in einer solchen Weise erwählt, daß alle zwei Jahre ein Drittel des Senats erneuert wird.

Die Repräsentanten müssen das 25. Lebensjahr überschritten haben und seit sieben Jahren Bürger der Vereinigten Staaten gewesen sein; ferner müssen sie in demjenigen Staate wohnen, von welchem sie erwählt werden. Die Senatoren müssen über 30 Jahre alt und mindestens neun Jahre Bürger der Vereinigten Staaten, sowie Einwohner desjenigen Staates sein, welchen sie im Congreß vertreten sollen.

Kein Senator oder Repräsentant darf während des Zeitraumes, für welchen er erwählt wurde, irgend ein unter der Autorität der Vereinigten Staaten stehendes anderes Amt bekleiden; auch darf weder einem Senator noch einem Repräsentanten während des Zeitraumes, für welchen derselbe erwählt worden, irgend ein Bundesamt übertragen werden, welches während seiner Dienstzeit geschaffen, oder für welches die Bezahlung in jener Zeit erhöhet worden ist. Das ist so zu verstehen: Wenn z. B. ein Zollbeamter in den Senat oder das Repräsentantenhaus des Congresses gewählt wird, so muß er um seine Entlassung aus dem Zolldienste einkommen, ehe er seinen Sitz im Congreß einnehmen darf, und so lange ein Mann im Senat sitzt, kann er nicht ein Bundesamt bekleiden, wohl aber kann er für ein solches ernannt werden; z. B. kann der Präsident ihn zum Bundesrichter oder zu einem Gesandten, Consul, Steuercollector, 2c. machen, wenn solch ein Amt schon früher bestanden hat und wenn nicht derjenige Congreß, dessen Mitglied der neue Bundesrichter, Gesandte, Consul, Steuercollector u. s. w. ist, das Gehalt für das betreffende Amt erhöhet hat. Nimmt ein Congreßmitglied ein ihm angebotenes Bundesamt an, so muß es seinen Sitz im Hause oder Senat aufgeben. Die Verfügung der Constitution, welche die Ernennung von Congreßmitgliedern für neu geschaffene Aemter, oder für bestehende Aemter mit einer neuerdings verfügten Gehaltserhöhung verbietet, soll verhüten, daß der Congreß zu Gunsten eines oder mehrerer seiner Mitglieder neue Aemter schafft, oder die Gehalte für bestehende erhöhet, damit die Geldzulage Einem oder Mehreren, welche selbst dafür stimmten, zu gute kommen kann.

Die Bundesverfassung schützt aber auch die Mitglieder des Congresses gegen Verhaftung, so lange dieselben in Washington verweilen, um den Congreßsitzungen beizuwohnen; ausgenommen sind Fälle, in welchen ein Repräsentant oder Senator sich des Hochverraths, eines schweren Verbrechens (felony*), oder einer Friedensstörung schuldig macht; läßt er sich dergleichen zu schulden kommen, so kann er wie jede andere Person verhaftet werden. Auch darf Niemand ein Mitglied des Congresses wegen irgend einer Aeußerung, welche dasselbe während einer Sitzung machte, außerhalb des Sitzungssaales zur Verantwortung ziehen, oder auch nur zur Rede stellen.

Zahl der Mitglieder des Repräsentantenhauses. — Die Constitution sagt nicht, wie viele Mitglieder das Haus haben soll; nur bis zum ersten Census (1790) sind darüber Vorschriften gemacht. Mit dem Beginn eines jeden Jahrzehnts wird eine allgemeine Volkszählung (Census) in allen Theilen der Union vorgenommen, und sobald dieselbe vollendet ist, macht der Congreß neue Bestimmungen über die Anzahl der Bewohner, welche während der nächsten zehn Jahre, also bis zum nächsten Census, durch je einen Repräsentanten im Hause vertreten sein sollen. Nicht nur die Bürger, sondern alle Bewohner werden dabei in Betracht gezogen. Zu Anfang (1793) wurde auf je 33,000 Köpfe**) ein Vertreter, oder Repräsentant in den Congreß gewählt; von 1823 an rechnete man 40,000 Köpfe auf einen Repräsentanten, von 1843 an 70,860. Im Jahre 1850 wurde die Zahl der Repräsentanten auf 292 festgestellt, und als 1876

*) "Felony" ist jedes Verbrechen, worauf Zuchthausstrafe steht.

**) Die Constitution sagt hierüber: „Die Zahl der Repräsentanten soll nicht 1 für jede 30,000 Köpfe übersteigen."

Colorado als Staat zugelassen wurde, erhielt dasselbe gleichfalls einen Repräsentanten, so daß nun das Haus 293 Mitglieder hatte. Die Delegaten der Territorien, deren jedes zu einem Vertreter berechtigt ist, der nur mit berathen, nicht aber sich an Abstimmungen betheiligen kann, sind in die Zahl nicht eingeschlossen. So lange die Sclaverei bestand, wurden bei der Vertheilung der Congreßrepräsentation auf die einzelnen Staaten nach ihrer Bevölkerung je 5 Sclaven für drei Freie gerechnet.

Die abermalige Neuvertheilung der Congreßrepräsentation (reapportionment) nach dem Census von 1880 ist zur Zeit, da wir dieses Buch schreiben, noch nicht vorgenommen worden.

Jeder Zweig des Congresses hat selbstständig und endgiltig zu entscheiden, ob neugewählte Mitglieder zugelassen werden können, oder ob ihrer Aufname ein Hinderniß im Wege steht. Sehr oft schon ist es vorgekommen, daß die Erwählung von Repräsentanten und Senatoren angefochten wurde und daß zwei Candidaten von verschiedenen Parteien sich um einen und denselben Sitz bewarben. In solchen Fällen hat der betreffende Zweig des Congresses, Senat oder Haus, den Fall zu untersuchen und zu entscheiden, welcher von den Anspruchmachern rechtmäßig erwählt worden und deßhalb zu dem in Frage stehenden Sitz berechtigt ist.

Jeder der beiden Zweige des Congresses stellt auch seine besonderen Geschäftsregeln auf und kann ein Mitglied, welches sich schlecht aufgeführt hat, zur Verantwortung ziehen und strafen; wird ein Congreßmitglied, gleichviel ob Senator oder Repräsentant, wegen eines Verbrechens oder eines Vergehens für unwürdig befunden, so kann dasselbe, wenn zwei Drittel der Mitglieder seines Zweiges dafür stimmen, ausgestoßen werden.

Sowohl im Repräsentantenhause als auch im Senat muß ein Protokoll (eine Aufzeichnung) der Verhandlungen geführt und von Zeit zu Zeit muß dasselbe veröffentlicht werden; solche Theile der Verhandlungen ausgenommen, welche geheim zu halten der Congreß für gut befindet.*) Wenn ein Fünftel der während einer Abstimmung anwesenden Mitglieder es verlangt, dann sollen im Protokoll die Namen Derjenigen, welche „Nein," und Derjenigen, welche „Ja" stimmten, aufgeführt werden.

Keiner der beiden Zweige des Congresses darf sich während einer Sitzung für länger als drei Tage vertagen, ohne Einwilligung des anderen Zweiges, noch darf einer der beiden Zweige nach einem anderer Gebäude übersiedeln.

Jeder der beiden Zweige erwählt sich seine Beamten selber.

Dieselben bestehen für das Haus in einem Sprecher, welcher den Vorsitz führt, einem Clerk, einem Sergeant-at-Arms (Quästor), einem Thürhüter und einem Postmeister. Die vom Postmeister und Thürhüter anzustellenden Personen müssen dem Sprecher genannt und von demselben bestätigt werden; verwirft der Sprecher die ihm Vorgeschlagenen, so sind neue Ernennungen zu machen. Außer dem Sprecher ist kein Beamter des Hauses ein Mitglied des Congresses.

Im Senat führt der Vice-Präsident der Vereinigten Staaten den Vorsitz; er darf sich an den Abstimmungen nur betheiligen bei einer Stimmengleichheit, wo sein Votum den Ausschlag giebt. Ist der Vice-Präsident verhindert, den Vorsitz im Senat zu führen, so tritt ein von den Senatoren aus ihrer Mitte gewählter stellvertretender Senatspräsident an seine Stelle.

Der Senatsschreiber wird nicht Clerk, sondern Secretär genannt.

---

*) Die Verhandlungen erscheinen in dem während der Congreß-Sitzungen täglich veröffentlichten "Congressional Record," welcher für jede lange (regelmäßige) Sitzung 8 Dollars und für jede kurze Sitzung 4 Dollars kostet und durch die Post bezogen werden kann; einzelne Nummern kosten einfach (21 Seiten) 5 Cents und doppelt (über 24 Seiten) 10 Cents. Den Zeitungsredactionen pflegt der "Congressional Record" gratis von irgend einem Congreßmitgliede zugesandt zu werden, deren jedes eine gewisse Anzahl Exemplare kostenfrei zur Vertheilung geliefert erhält.

Dauer des Congresses.—Jeder Congreß dauert zwei Jahre und hat zwei reguläre Sitzungen, welche jedes Mal am ersten Montag im December beginnen und am folgenden 3. März enden. Sehr häufig ist der Congreß über den 3. März hinaus in Sitzung geblieben, dann war aber durch den Präsidenten eine Extrasitzung anberaumt worden. Der Präsident hat das Recht, so oft er es für nöthig hält, den Congreß zu einer Extrasitzung zusammen zu rufen; er kann auch, was vorzüglich beim Beginn einer neuen Administration häufig zu geschehen pflegt, nur den Senat einberufen, wenn Geschäfte (wie die Bestätigung von neu ernannten Beamten) zu erledigen sind, woran das Haus sich nicht zu betheiligen hat. Wir führen die besonderen Befugnisse des Senats in einem der folgenden Abschnitte an.

Gehalt der Congreßmitglieder. — Die Gehalte der Congreßmitglieder, welche aus der Bundeskasse bezahlt werden, sind verschiedene Male abgeändert worden. Seit 1874 erhalten sie jährlich 5000 Dollars und ihre wirklichen Reisekosten für eine Tour von ihrem Wohnorte nach Washington und zurück auf der kürzesten Route, nach ihrer eigenen beschworenen Aussage. Der Sprecher des Hauses erhält ein Jahresgehalt von 8000 Dollars, und das Gehalt des im Senat den Vorsitz führenden Vice-Präsidenten beziffert sich auf 10 000 Dollars per Jahr. Saumselige Congreßmitglieder sollen nach den Statuten der Vereinigten Staaten für jeden Tag ihrer Abwesenheit während einer Sitzung einen entsprechenden Gehaltsabzug erleiden, wenn sie nicht durch eigene Krankheit oder durch Krankheit in ihrer Familie an der Erfüllung ihrer Pflichten verhindert wurden. Leider ist dieses Bundesgesetz nicht immer gehandhabt worden.*)

---

*) Die Wähler thäten sehr wohl daran, der eingerissenen und schier grenzenlos gewordenen Bummelei und „Schwänzerei" ein Ende zu machen, indem sie ihre Congreßrepräsentanten und Senatoren bezüglich deren Betheiligung an den Sitzungen controliren und die Ausführung des obigen Gesetzes erzwingen wollten. Es bedarf dazu nur einer Petition an den betreffenden Zweig des Congresses, worin die Saumseligen genannt und deren Bestrafung (durch Gehaltsabzug) verlangt wird.

Besondere Rechte des Hauses. — Das Repräsentantenhaus allein darf Geldbewilligungen aus dem öffentlichen Schatze in Vorschlag bringen. Im Senat darf keine Bill, die Bewilligungen an Geld enthält, eingebracht werden, wenn sie nicht im Hause entstanden ist und dort angenommen wurde. Aber der Senat hat auch hierbei, wie bei jeder Bill, sein Wort mitzusprechen, und wenn er eine Bewilligungsbill verwirft, so ist es mit derselben für immer aus; auch kann er Abänderungen (amendments) für jede Bewilligungsbill in Vorschlag bringen. Eine jede verworfene Bill kann jedoch in abgeänderter Form wieder eingebracht werden. Es war eine weise Maßregel, dem Repräsentantenhause die Ueberwachung der Bundeskasse ganz besonders zu übertragen, weil seine Mitglieder direct vom Volke gewählt werden und somit direct die Steuerzahler repräsentiren.

Auch muß jede Bill zur Erhebung von Abgaben irgend einer Art (Zölle, Steuern, Accisen rc.) im Repräsentantenhause ihren Ursprung haben; der Senat muß sie jedoch gutheißen, ehe sie durch die Unterschrift des Präsidenten Gesetzeskraft erhalten kann; auch eine solche Bill mag der Senat mit Amendments (Zusätzen oder Abänderungen) versehen und an's Haus zurückschicken.

Ein weiteres ausschließliches Recht des Hauses besteht darin, daß es ein „impeachment" über den Präsidenten, den Vice-Präsidenten und alle Civilbeamten der Vereinigten Staaten verhängen kann. Das Haus verhängt ein „impeachment," indem es einen der oben bezeichneten Beamten eines Verbrechens oder Amtsvergehens anklagt; worauf der Proceß vor dem Senat, welcher dann als Gerichtshof handelt, geführt wird. Die Constitution sagt darüber unter Artikel II., Abschnitt 4, § 1: „Der Präsident, der Vice-Präsident und alle Civilbeamten der Vereinigten Staaten sollen auf ein „impeachment" und eine Ueberführung hin wegen Hochverrath, Bestechung oder anderer schwerer Verbrechen und Vergehen abgesetzt werden."

Besondere Pflichten des Senats.—Wie wir schon in dem Abschnitt erwähnten, welcher über die besonderen Rechte und Pflichten des Repräsentantenhauses handelt, hat der Senat in einem „Impeachment"-Falle als Gerichtshof zu fungiren. Wenn der Senat sich in einen Gerichtshof umwandelt, erwählt er irgend eines seiner Mitglieder als Vorsitzer für die ganze Dauer des Prozesses. Nur wenn der Präsident der Vereinigten Staaten als Angeklagter vor dem Senatstribunal steht, führt der Oberrichter des Oberbundesgerichts (Chief Justice) den Vorsitz. Sämmtliche Senatoren müssen, ehe ein Impeachment-Fall zur Verhandlung kommen kann, einen Richtereid leisten. Eine Verurtheilung des Angeklagten kann nur erfolgen, wenn zwei Drittel der anwesenden Mitglieder des Senats sich für Schuldigsprechung erklären. Gegen ein vom Senat in einem Impeachment-Processe gefälltes Urtheil kann keine Berufung erhoben werden, denn in einem solchen Falle ist das Senatstribunal der einzige spruchfähige Gerichtshof (die höchste Instanz). Spricht der Senat den „impeachten" (angeklagten) Beamten schuldig, so ist derselbe dadurch abgesetzt und kann nie wieder ein Amt unter der Autorität der Vereinigten Staaten bekleiden; eine andere Strafe kann der Senat nicht verhängen. Der Verurtheilte mag indessen sofort vor ein Civilgericht gestellt und nochmals processirt werden, damit ihn auch die im Gesetz vorgeschriebene Strafe für sein Vergehen oder Verbrechen treffe.

Der Senat hat die vom Präsidenten gemachten Beamten-Ernennungen zu bestätigen, und weigert er sich dessen, so muß der Präsident für die zu besetzenden Aemter neue Personen in Vorschlag bringen. Wenn der Senat über solche Ernennungen berathen will, dann geht er in (geheime) Executiv-Sitzung; hierin entscheidet eine einfache Stimmenmehrheit.

Endlich aber hat er die Macht, im Verein mit der Executive, deren Haupt der Präsident ist, Verträge mit anderen Ländern abzuschließen, sowie bestehende Verträge abzuändern oder gänzlich aufzuheben. Verträge können nur Kraft erlangen (ratificirt werden), wenn zwei Drittel aller anwesenden Senatoren dafür stimmen.

Bills oder Gesetzvorlagen. — Der Entwurf eines Gesetzes, welcher einer gesetzgebenden Körperschaft zur Genehmigung oder Verwerfung vorgelegt wird, heißt eine Bill.

Hat ein Congreßmitglied (Repräsentant oder Senator) eine Bill ausgearbeitet, oder ist ihm von seinen Constituenten (seiner Wählerschaft) eine Bill zugesandt worden, damit er sie einreiche oder „einberichte," so legt er sie seinem Zweige vor; darauf wird die Bill gedruckt und an ein Committee verwiesen, welches sie prüft und dann darüber günstig oder ungünstig berichtet. Nun wird die Bill auf die Tagesordnung (calendar) gesetzt und kommt an sie die Reihe, oder wird sie, was unter gewissen Bedingungen geschehn kann, schon vorher aufgerufen, dann erfolgt eine Berathung und Abstimmung. Werden Zusätze oder Abänderungen (amendments) gemacht, so muß sich Derjenige, welcher die Bill einbrachte oder unter dessen Obhut sie gestellt worden, damit einverstanden erklären; verwirft er ein Amendment, so kann dasselbe nicht mit der Bill in Berathung gezogen, sondern es muß besonders darüber abgestimmt werden. Oft geschieht es auch, daß für eine Bill ein Substitut, d. i. eine andere an Stelle der ersten vorgeschlagenen Bill, einberichtet wird.

Ist eine Bill von dem Zweige des Congresses, in welchem sie ihren Ursprung hatte, angenommen worden, so wird sie dem anderen Zweige zugewiesen und dort genau wie zuerst behandelt. Heißt der andere Zweig die Bill auch gut, dann wird sie dem Präsidenten zugeschickt, welcher sie prüft und ihr durch seine Namensunterschrift Gesetzeskraft verleihet, oder der sie verwirft. Thut der Präsident das Letztere, dann belegt er sie mit seinem Veto.*) Es geschieht das, indem er die Bill binnen

*) Veto ist ein lateinisches Wort und heißt, "Ich verbiete."

zehn Tagen nachdem er sie empfangen hat — Sonntage zählen nicht — mit seinen Einwänden und Gründen für die Verweigerung seiner Unterschrift (Veto=Botschaft) an denjenigen Zweig des Congresses zurückschickt, worin sie ursprünglich einberichtet worden war. Darauf wird die verworfene Bill in Wiedererwägung gezogen, und erklären sich in **beiden** Zweigen zwei Drittel der Mitglieder für die Annahme der Bill, so erhält sie auch ohne die Unterschrift des Präsidenten Gesetzeskraft. Hat der Präsident vom Congreß angenommene Bills zugeschickt bekommen und vertagt sich der Congreß, ehe die dem Präsidenten zum Ueberlegen bewilligten zehn Tage verstrichen sind, so kann derselbe jede solche Bill dadurch vernichten, daß er sie zurückhält.

Hat eine Bill einen Zweig des Congresses passirt, so kann sie möglicherweise im anderen Zweige verworfen oder amendirt (abgeändert) werden. Verwirft ein Zweig des Congresses eine Bill, dann ist dieselbe für immer beseitigt; amendirt sie dagegen derjenige Theil, in welchem sie nicht entstanden ist, dann geht die Bill an den ersten Zweig zurück, und heißt derselbe die gemachten Zusätze oder Abänderungen gut, so wird sie dem Präsidenten zur letzten Entscheidung vorgelegt. Die im Hause entstandenen Bills nennt man Haus-Bills, die im Senat entstandenen Senat-Bills. Wir geben hier ein Beispiel: Im Repräsentantenhause ist eine Haus-Bill angenommen worden, der Senat aber ändert sie ab, dann muß sie an das Haus zurückberichtet werden; heißt dann das Haus die vom Senat vorgeschlagenen Abänderungen gut, so hat diese Haus-Bill den Congreß passirt und wird dem Präsidenten vorgelegt. Kann sich aber das Haus nicht zur Annahme der vom Senat vorgeschlagenen Amendments verstehen, so wird die Ernennung eines Conferenz-Committee's beantragt, welches aus Repräsentanten und Senatoren bestehen und ein Uebereinkommen zu Stande zu bringen suchen soll; gelingt ihm dieses, dann erfolgt meistens die Annahme der amendirten Bill im Senat und im

Hause; kann sich das Conferenz-Committee dagegen nicht einigen, so bleibt nichts übrig, als die Bill fallen zu lassen.

Eine vom Congreß passirte und vom Präsidenten unterzeichnete Bill ist ein **Bundesgesetz** und hat in allen Theilen der Union Geltung. Man nennt auch eine solche zum Gesetz gewordene Bill eine **Congreßakte**, und sämmtliche Congreßakte zusammengenommen bilden die **Statuten (Statutes) der Vereinigten Staaten.** Wir bemerken hier noch kurz, daß diese Bundesstatuten zusammen mit der Constitution das Gesetzbuch der Vereinigten Staaten bilden. — Allerdings erläßt der Congreß zeitweilig auch Specialgesetze, die dann für besondere Fälle gegeben werden und deßhalb nicht allgemeine Geltung haben.

Resolutionen oder Beschlüsse. — Resolutionen oder Beschlüsse unterscheiden sich eigentlich nur insofern von den Bills, als sie weniger formell behandelt zu werden brauchen; so brauchen Resolutionen nicht an ein Committee zur Prüfung und Beurtheilung verwiesen zu werden, sondern gelangen sehr häufig sofort zur Debatte und Abstimmung.

Beschlüsse, welche nur einen Zweig des Congresses betreffen, brauchen nicht von dem andern Zweige gutgeheißen zu werden. Jeder Beschluß, der nicht nur einen Zweig betrifft, wird „joint resolution" oder „concurrent resolution" genannt und muß von beiden Zweigen angenommen werden. Betrifft eine Resolution Geschäftsregeln oder Vertagung, so geht sie natürlich nicht an den Präsidenten; jede andere wird ihm gleich den Bills vorgelegt und erlangt auch unter denselben Bedingungen wie jene volle Gesetzeskraft. Viele unserer Statutengesetze sind als Resolutionen vom Congreß angenommen worden. Durch gemeinsame Beschlüsse werden Aufforderungen an den Präsidenten und an die Vorsteher der verschiedenen Regierungsdepartements erlassen, und kommen dieselben diesen Beschlüssen nicht nach, so machen sie sich einer Mißachtung des Gesetzes schuldig. Auch werden Anträge zur

Amendirung der Constitution stets in die Form von Resolutionen gekleidet.

Befugnisse des Congresses: — Alle gesetzgebende Gewalt ruht im Congreß. Er hat die Macht:

— zu jeder Zeit die Verfügungen über die Wahl der Senatoren und Repräsentanten (des Congresses, nicht der Staatslegislaturen!) abzuändern; nur darf er nicht die Orte, wo die Senatoren zu wählen sind, verlegen;

— Steuern und Abgaben aufzuerlegen und zu erheben*), Schulden zu bezahlen und für die Landesvertheidigung und das Gemeinwohl zu sorgen;

— auf den Credit der Vereinigten Staaten Geld zu leihen;

— den auswärtigen und den einheimischen Handel, sowie den geschäftlichen Verkehr mit den Indianerstämmen zu regeln;

— eine für alle Theile der Vereinigten Staaten gleichförmige Verordnung über die Naturalisation Eingewanderter zu erlassen und gleichartige Bankerottgesetze zu machen;

— Geld zu münzen und dessen, wie auch ausländischer Münzsorten, Werth zu bestimmen und ein allgemeines, für die ganze Union gültiges Maaß- und Gewichtssystem aufzustellen;

— Strafgesetze für Falschmünzer und die Fälscher von Securitäten (Bonds und Bundeskassenscheinen, gold and silver certificates) zu machen;

— Postämter und Poststraßen zu errichten;

— zur Förderung der Wissenschaften und nützlichen Künste Verlagsschutz- und Patentgesetze zu machen;

— dem obersten Gerichtshofe (Oberbundesgericht) untergeordnete Gerichte einzusetzen;

— über Raubthaten auf hoher See und dort begangene Verbrechen, sowie über Verletzungen des Völker-

---

*) Alle Abgaben, welche der Congreß dem Volke der Vereinigten Staaten auferlegt, müssen gleichmäßig für alle Theile der Union sein.

rechts zu entscheiden und Strafen über die Schuldigen zu verhängen;

—Krieg zu erklären, Kaperbriefe zu ertheilen und über das zu Land oder Wasser erbeutete Eigenthum des Feindes zu verfügen;

—Truppen aufzubieten und zu erhalten; aber er soll für das Heer höchstens für zwei Jahre im Voraus Geldbewilligungen machen dürfen;

—Kriegsschiffe auszurüsten und zu erhalten;

—gesetzliche Bestimmungen über die Leitung aller militärischen Angelegenheiten zu Land und zu Wasser zu erlassen;

—die Milizen aufzubieten zur Ausführung der Gesetze der Union, sowie zur Abwehr gegen feindliche Angriffe von Außen und zur Unterdrückung von Aufständen.

—für die Organisirung, Bewaffnung und die Aufrechterhaltung des Gehorsames in der Miliz Sorge zu tragen; auch steht ihm die Oberleitung über denjenigen Theil der Miliz zu, welcher im Dienste des Bundes verwendet werden mag; jedoch ist den einzelnen Staaten die Ernennung der Offiziere und das Ausbilden ihrer Milizen nach den vom Congreß erlassenen Verordnungen vorbehalten;

—die ausschließliche Verwaltung des Districts zu besorgen, worin die Bundeshauptstadt sich befindet (derselbe darf nicht zehn Meilen im Geviert, oder 100 Quadratmeilen, an Ausdehnung überschreiten), und auch über alle Forts, Arsenäle (Zeughäuser), Navy Yards (Marine-Bauhöfe), Magazine und andere dem Bundesdienst gewidmete Plätze und Gebäude in allen Theilen der Union allein eine Controle auszuüben.

Das sind die Befugnisse des Congresses, welche ihm die Constitution verleiht; andere kann er nicht beanspruchen, auch kann er sich selber keine Art von Gewalt oder Befugniß zusprechen. Soll die Macht des Congresses beschränkt oder erweitert werden, so muß zu dem Zwecke die Constitution abgeändert werden. Was der geneigte

(6)

Leser nicht unter den vorstehenden Befugnissen des Congresses aufgeführt findet, das darf der Congreß nicht thun.

Wir wollen hier aber noch bemerken, daß der Congreß alles aus dem Bundesschatz zu zahlende Geld anzuweisen oder zu bewilligen hat, was in den Bestimmungen der Constitution ausdrücklich gesagt ist.

Ueberwachung der Bundesdepartements: — Der Congreß hat darüber zu wachen, daß die Bundesdepartements ehrlich und fähig verwaltet werden, und erfährt er, oder hat er Grund anzunehmen, daß in irgend einem Bundesdepartement Unregelmäßigkeiten eingerissen sind, daß dessen Buchführung mangelhaft oder schlecht ist, daß Unehrlichkeit darin herrscht: kurzum, daß darin nicht Alles in Ordnung ist, so soll er eine Untersuchung anordnen, die Uebelstände beseitigen und die Schuldigen zur Rechenschaft ziehen.

Alle Departementschefs, Bundes-Secretäre, haben über die Verwaltung ihrer Departements dem Congreß jährlich Bericht zu erstatten; auch müssen sie, auf Verlangen des Congresses, demselben zu jeder Zeit jede gewünschte Auskunft über ihre Geschäftsführung und Anderes ausführlich ertheilen.

Der Congreß kann nach seinem Ermessen bestehende Bundesdepartements aufheben und neue einrichten.

Schlußbemerkungen: — Somit liegt also alle gesetzgebende und controlirende Gewalt im Congreß, d. i. in den Händen der Volksvertreter im Repräsentantenhause und der Staatsvertreter im Senat.

Ueber dem Congreß steht nur die Constitution und diese wiederum ist dem Volkswillen unterstellt, der sie zu jeder Zeit ganz oder theilweise abändern oder aufheben kann.

Keine Resolution, keine Bill, keine Order des Congresses darf gegen die Constitution verstoßen, und erläßt der Congreß eine Verfügung, welche nicht mit der Constitution in Einklang steht, so kann dieselbe vor dem Oberbundesgericht angefochten werden und dasselbe hat dann zu entscheiden, ob die betreffende Akte constitutionell, oder verfassungsmäßig, ist oder nicht. Entscheidet das Oberbundesgericht, daß eine Akte constitutionell ist, so ist sie ein unantastbares Gesetz, dessen Gültigkeit nicht mehr angestritten werden kann; erklärt das Oberbundesgericht eine Akte für unconstitutionell, so ist sie kein Gesetz mehr und muß aus den Statuten gestrichen werden.

Der Congreß kann die Statutengesetze nach Gutdünken abändern, vermehren und vermindern.

Die Vertretung der Territorien. — Die Territorien haben nur im Repräsentantenhause des Congresses Vertretung und zwar durch Delegaten, welche sich an den Berathungen und Debatten, nicht aber an den Abstimmungen betheiligen dürfen. Man sagt daher, die Delegaten haben nur eine berathende Stimme im Congreß.

Jedes Territorium ist zu einem Delegaten berechtigt, welcher durch eine Volkswahl für je zwei Jahre zu erwählen ist. In den Territorien Washington, Idaho und Montana dürfen nur Bürger der Vereinigten Staaten als Delegaten gewählt werden.

Die Delegaten werden alle zwei Jahre gleichzeitig mit den Repräsentanten, nämlich am ersten Dienstag nach dem ersten Montag im November, gewählt.

Der Präsident und die Bundesadministration.

Die vollziehende (executive) Gewalt steht dem Präsidenten der Vereinigten Staaten zu. Das besagt die Bundesconstitution in der 1. Section des 2. Artikels, deren erster Satz lautet: "Die Executivgewalt soll einem Präsidenten der Vereinigten Staaten übergeben sein."

Dem Präsidenten steht ein Cabinet berathend, und die einzelnen Zweige der Bundesverwaltung leitend und überwachend, zur Seite. Dieses Cabinet ist jedoch erst im

(6*)

Laufe der Zeit durch Verfügungen des Congresses gebildet worden; die Constitution erwähnt nur der Executiv-Departements in Artikel II. Section 2 § 1.

Der Präsident hat die Mitglieder seines Cabinets, welche Secretäre genannt werden, zu ernennen und der Senat hat diese Ernennungen zu bestätigen; verwirft der Senat einen für einen Cabinets- oder Secretärsposten vom Präsidenten ernannten Mann, so muß der Präsident für die Besetzung eines solchen Postens so lange neue Vorschläge machen, bis der Senat seine Beistimmung oder Bestätigung ertheilt. Ebenso wird bei der Ernennung aller übrigen Beamten des Civildienstes verfahren.

Nach einem Congreßerlaß vom 2. März 1867, bekannt als „Tenure of Office Act," darf kein vom Präsidenten zu ernennender und vom Senat zu bestätigender Civilbeamte vor Ablauf seiner Dienstzeit, für deren Dauer er ernannt und angestellt worden, ohne Zustimmung des Senats abgesetzt werden. Diese Akte hat auch auf die Mitglieder des Cabinets Anwendung, welche vom Präsidenten nicht ohne Zustimmung des Senats abgesetzt werden dürfen.

Der Präsident:—Nur ein im Gebiet der Vereinigten Staaten geborener Mann, welcher das 35. Lebensjahr erreicht hat und 14 Jahre lang Bürger der Vereinigten Staaten gewesen ist, soll das Präsidentenamt bekleiden dürfen.

Der Präsident hat die vollziehende Gewalt und in der Constitution wird er auch als die Executive bezeichnet. Man nennt ihn häufig den obersten Executiv-Beamten.

Er wird für je vier Jahre gewählt und ist nach Ablauf seiner Dienstzeit wieder wählbar. Es sind mehrere Präsidenten zwei Mal erwählt und einigen ist auch von ihrer Partei eine dritte Nomination angeboten worden, aber sie haben dieselbe abgelehnt, weil sie eine Gefahr für die Republik darin erkannten, daß ein Mann zu lange auf dem Präsidentenstuhle sitze. Der Amtstermin beginnt und endet stets an dem 4. März, welcher auf die Präsidentenwahl folgt. Die Präsidentenwahl ist für alle Staaten auf den er en Dienstag nach dem ersten Montag im November festgestellt. (Jedes Schaltjahr ist ein Präsidentenwahljahr).

Die Art seiner Erwählung. — Der Präsident der Vereinigten Staaten wird nicht direct vom Volke, also nicht durch eine Urwahl, sondern auf eine indirecte Weise durch Electoren, oder Wahlmänner, gewählt, welche meistens aus einer allgemeinen Volkswahl hervorgehen, die aber auch durch die Staatslegislaturen ernannt werden können. [Letzteres ist neuerdings auf Grund des 14. Amendments zur Constitution, Section 2, angestritten worden].

Der Wahlmodus ist folgender: Jeder Staat ist zu so vielen Electoralstimmen berechtigt, als er Repräsentanten und Senatoren im Congreß hat. Die Constitution besagt (Artikel II. Section 1 § 2:): „Jeder Staat soll eine Zahl von Wahlmännern (Electors) in der Art bestimmen (shall appoint), wie seine Legislatur es vorschreibt, 2c." Die Bundesverfassung überlaßt also die Art der Erwählung oder Ernennung der Electoren der gesetzgebenden Körperschaft in jedem Staate. Nun ist es bis in die neuere Zeit in mehreren Staaten Brauch gewesen, daß die Electoren von den Legislaturen erwählt wurden. Dagegen ist jedoch der Einwand erhoben worden, eine solche Erwählung oder Ernennung der Electoren beeinträchtige die Bürger in ihrem Wahlrecht, und Solches sei durch das 14. Amendment, welches seit dem 28. Juli 1868 der Constitution einverleibt ist, bei Strafe des Verlustes der Repräsentation im Congreß verboten. Ob dieser Einwand stichhaltig ist, kann nur durch das Oberbundesgericht entschieden werden. Die Staaten haben, um nicht ihr Electoralvotum auf's Spiel zu setzen, und auch wohl, weil sie die Berechtigung der Wähler deutlich genug einsehen, eine allgemeine Art der Erwählung der Electoren angenommen; darnach werden die Electoren von den verschiedenen politischen Parteien in Staatsconventionen nominirt, und zwar ein Elector aus jedem Congreßbezirk*) und zwei „at large" aus irgend welchen Theilen des Staates. Am Wahltage hat jeder wahlberechtigte Bürger einen Stimmzettel (ticket) abzugeben, welcher die Namen derjenigen Electoren enthält, für welche er stimmen will. Gemeiniglich steht an der Spitze eines jeden Tickets, von welcher Partei dasselbe ausgegeben wurde (z. B. „Democratic Ticket," „Republican Ticket"), und es wird *angenommen*, daß die darauf namhaft gemachten Electoren im Falle ihrer Erwählung durch das Volk auch ihre Wahlstimmen für die Candidaten ihrer Partei abgeben werden — die Wahlmänner stimmen nämlich für einen Präsidentschafts- und für einen Vicepräsidentschaftscandidaten —; aber *gesetzlich verpflichtet* sind sie dazu *nicht*, und wenn z. B. ein von den Demokraten gewählter Elector für die republikanischen Candidaten stimmen will, so kann er deßhalb nicht vor Gericht gestellt und bestraft werden. Anfänglich genossen die Electoren einer völlig unbeschränkten Wahlfreiheit und gaben ihr Votum — nicht durch irgend eine politische Partei, und selbst nicht durch ihre Constituenten (Wählerschaft) verpflichtet — ganz nach eigenem Gutdünken für Denjenigen ab, welchen sie für den geeignetsten Mann hielten. Damals, in jener frühesten Lebensperiode unserer Republik, wurden aber auch nicht Candidaten für die beiden höchsten Aemter der Republik durch Partei-Conventionen nominirt und die Wahl war daher nicht auf „*Partei-Tickets*" beschränkt. Erst nach und nach, da die Parteien sich fester zusammenschlossen und bei der Präsidentenwahl *einheitlich* zu wirken begannen, sind Conventionen

---

*) Jeder Staat ist in so viele Congreßbezirke eingetheilt, als er Repräsentanten im Congreß hat, und die Bürger eines jeden Congreßdistricts erwählen zusammen ihren Repräsentanten. Die Republikaner wollten im Jahre 1880 in dem für sie zweifelhaften Staate New York auch die Electoren einzeln in den verschiedenen Congreßdistricten jenes Staates wählen lassen; aber die öffentliche Meinung schien nicht damit einverstanden, und deßhalb wurde nach hergebrachter Weise über *alle* Electoren im *ganzen* Staate abgestimmt.

zum Zweck der Nominirung von Candidaten eingeführt worden und dann haben die Electoren sich verpflichten müssen, ihr Votum nur für die Bannerträger der eigenen Partei abzugeben. Aus den einst selbstständig handelnden Wahlmännern sind somit Werkzeuge, Mundstücke des Volkswillens geworden und in unserer Zeit wird jede Präsidentenwahl durch die Erwählung der Electoren am ersten Dienstag nach dem ersten Montag des Novembers practisch entschieden. In Folge dieser den Electoren auferlegten zwingenden Verpflichtung, nur für die Candidaten derjenigen Partei, welche sie selber nominirte und wählte, ihr Votum abzugeben, ereignete es sich im Jahre 1872, daß ein nicht in der Constitution vorgesehener, schwer zu entscheidender Fall eintrat, der allerdings damals nicht zu ernsten Streitigkeiten Veranlassung geben konnte. Der von den Liberal-Republikanern und den Demokraten aufgestellte Präsidentschafts-Candidat Horace Greeley starb nämlich am 29. November, 1872, also nach der Erwählung der Präsidentschafts-Electoren und vor dem Tage (dem ersten Mittwoch im December), an welchem die Electoren ihre Wahlstimmen abgeben mußten. Einige der von den Liberal-Republikanern und Demokraten erwählten Electoren glaubten nun doch für den todten Greeley stimmen zu müssen, und als die Wahlberichte im Congreß geöffnet und die Electoralstimmen gezählt wurden, erklärte sich der Senat für die Annahme der auf Greeley gefallenen Stimmen, das Haus aber wollte nichts davon wissen, weil vernünftiger Weise nicht für einen Verstorbenen Wahlstimmen abgegeben werden könnten, und so wurde das Greeley-Votum verworfen. Damals hatte die republikanische Partei mit einer nicht anzutastenden Majorität gesiegt und es war daher practisch von keinem Belang, wie der Congreß über das Greeley-Votum verfügte. Ein ander Ding aber wäre es gewesen, wenn Herr Grant, welcher als der Candidat der republikanischen Partei an Greeley's Stelle in jener Zeit gestorben wäre, und es ist nicht abzusehn, welche Wirren dann hätten entstehen können. Unser

Wahlmodus, wie die Constitution ihn vorschreibt, ist eben sehr mangelhaft und er wird voraussichtlich noch ernstliche Streitigkeiten herbeiführen, deren Lösung und Schlichtung verfassungsmäßig keinem unserer Tribunale zusteht.

Fahren wir nun in unserer Erklärung des Wahlmodus fort, indem wir dich, geneigter Leser, ganz besonders darauf aufmerksam machen, daß du auf jeden Fall am Wahltage, wo du Präsidentschafts-Electoren wählen sollst, die Tickets genau lesen und die darauf stehenden Namen der Electoren genau prüfen mußt; denn es sind schon sehr häufig von gewissenlosen Politikern auf demokratische Tickets republikanische Electoren, und umgekehrt, gesetzt worden. Weil aber das Volk nur für die Electoren stimmt, und weil nur die auf den abgegebenen Tickets befindlichen Namen in Betracht gezogen werden, so wird der Demokrat betrogen, wenn er einen Wahlzettel abgiebt, auf welchem Namen von Republikanern, und umgekehrt, stehen. So sind uns z. B. in der Wahl von 1880 deutsche und englische Tickets in Ohio zu Gesicht gekommen, worauf groß gedruckt stand: „Demokratisches Ticket— Für Präsident: Winfield Scott Hancock — Für Vice-Präsident: Wm. H. English," und darunter folgte dann, wie üblich, die Namensliste der Electoren. Natürlich meinte der mit den schurkenhaften Winkelzügen der Politiker nicht bekannte schlichte Bürgersmann, der demokratisch stimmen wollte, solch ein Ticket sei für ihn unbedingt das richtige, weil ja seine Partei und auch deren Candidaten klar und deutlich darauf benannt seien; er gab also solch einen Wahlzettel am „Poll" (Stimmplatz) ab und ging nach Hause in der Ueberzeugung, daß er nun seine Schuldigkeit nach bestem Wissen gethan habe, und er ahnte ganz gewiß nicht, daß er anstatt für den Demokraten Hancock, für den Republikaner Garfield gestimmt hatte, obgleich des Ersteren Name auf dem abgegebenen Ticket in großer Schrift zu lesen stand und des Letzteren Name darauf nirgend zu finden gewesen war. Er hatte eben die Liste der

Electoren nicht durchgelesen und geprüft, sonst würde er gefunden haben, daß auf seinem anscheinend demokratischen Ticket republikanische Electoren gedruckt standen. Gegen solchen leider sehr häufig verübten Betrug kann aber ein jeder Bürger sich recht wohl schützen, indem er aus einer ihm bekannten Zeitung die Namensliste der Electoren ausschneidet und sie mit seinem Ticket vergleicht; er muß das aber genau thun, denn es kommt vor, daß die Politiker nur einige Namen auf der Liste fälschen, um so die Leute leichter zu betrügen. Findet Jemand solche gefälschte Tickets, dann soll er sofort dem Wahl-Committee seiner Partei davon Anzeige machen, welches dann schleunigst dafür sorgen wird, daß die gefälschten Wahlzettel möglichst beseitigt und die Stimmgeber gewarnt werden.

Die erwählten Electoren treten am ersten Mittwoch im December in ihren respectiven Staaten an von den Legislaturen zu bezeichnenden Plätzen zusammen und nun findet erst die eigentliche Präsidentenwahl statt, denn jeder der Electoren giebt dann seine Wahlstimme für je einen Präsidentschafts- und einen Vicepräsidentschafts-Candidaten ab. Darauf wird von dem Wahlmänner-Collegium, d. h. den versammelten Electoren eines jeden Staates, ein ausführlicher Bericht über das von ihm abgegebene Votum in drei Exemplaren ausgefertigt, vom Gouverneur bestätigt und von den Electoren versiegelt. Eines dieser Exemplare wird möglichst bald per Post an den Vicepräsidenten als Vorsitzer des Senats gesandt; das zweite Exemplar hat ein besonderer Bote (die Electoren wählen dazu stets Einen aus ihrer Mitte) nach Washington zu bringen und dem Vicepräsidenten, oder in dessen Abwesenheit dem temporären Senatspräsidenten*), einzuhändigen, und das dritte Exemplar wird einstweilen dem Richter

---

*) Ist der Senatspräsident zur Zeit nicht in Washington anwesend, so hat der Staatssecretär die Electoralberichte entgegen zu nehmen und zu verwahren.

desjenigen Bundes-Districtsgerichts, in dessen Bereich die Electoren ihre Sitzung hielten, zur Aufbewahrung übergeben. Ist dann bis zum ersten Mittwoch im folgenden Januar nicht vom Vice-Präsidenten, oder dessen Stellvertreter im Senat, eine Empfangsbescheinigung bei der Staatsregierung eingetroffen, so wird der betreffende Bundesrichter, welchem das dritte Exemplar des Electoralberichts zur Aufbewahrung übergeben worden, vom Gouverneur aufgefordert, das Document schleunigst durch einen sichern Boten nach Washington zu senden. Es ist also sehr wohl dafür gesorgt, daß die Electoralberichte nicht leicht gänzlich verloren gehen oder unterschlagen werden können.

Die Electoren müssen unter jeder Bedingung am ersten Mittwoch im December zusammenkommen und ihren Wahlbericht ausfertigen, so schreiben die Statutengesetze der Vereinigten Staaten es vor; und wenn dieser Tag nicht innegehalten wird, wenn die Sitzung eines Electoral-Collegiums in irgend einem Staate vor oder nach dem ersten Mittwoch im December nach der Novemberwahl stattgefunden hat, so kann das Electoralvotum des betreffenden Staates nicht vom Congreß gezählt werden. So wurde durch ein Versehen des Gouverneurs von Georgia das Electoral-Collegium jenes Staates im Jahre 1880 einige Tage nach dem ersten Mittwoch im December zusammenberufen; in Folge dessen konnten die 11 demokratischen Electoralstimmen Georgia's später vom Congreß nicht mitgezählt werden und gingen also verloren.

Stirbt einer der erwählten Electoren vor dem Zusammentreten seines Collegiums im December, oder tritt durch Erkrankung eines solchen eine Vacanz ein, so soll ein Ersatzmann auf eine Weise, welche die Legislatur eines jeden Staates für einen solchen Fall vorschreiben mag, ernannt werden.

Kein Beamter irgend einer Art, nicht einmal ein öffentlicher Notar oder Friedensrichter ('Squire), kann als Präsidentschafts-Elector gewählt werden. Diese gesetzliche Verfügung ist oft bei der Ernennung von Electoren außer Acht gelassen worden und die Folge davon war jedes Mal, daß ein solcher Elector, wenn er erwählt wurde, für nicht stimmberechtigt erklärt ward. Es soll also jeder Bürger mit darauf achten, daß keiner der von seiner Partei aufgestellten Präsidentschafts-Electoren irgend ein Amt, gleichviel ob es Geld einbringt oder nicht, bekleidet.

Die Zählung der Electoralstimmen findet jedes Mal am zweiten Mittwoch des Februars, welcher auf die Wahl folgt, im Congreß statt.

Die Constitution sagt darüber im 12. Amendment: „Der Präsident des Senats*) soll in Gegenwart des Senats und des Repräsentantenhauses alle Certificate (Electoralberichte aus den verschiedenen Staaten) öffnen, und das Votum soll dann gezählt werden."

Sie besagt also, der Präsident des Senats solle die Certificate nur öffnen; sie besagt aber nicht, wer sie zählen soll. Es ist das ein böser Mangel, der schon zu vielem Zank und Aergerniß Anlaß gegeben hat. So behauptete z. B. die republikanische Partei wiederholt, auch noch im Jahre 1880, die obige Verfügung in der Constitution verliehe dem Präsidenten des Senats das ausschließliche Recht, die Electoralberichte nicht nur zu öffnen, sondern auch die Electoralstimmen zu zählen und das Ergebniß zu verkünden. Also dieser einzelne Mann sollte darnach berechtigt sein, die beiden höchsten Bundesbeamten zu proclamiren und Niemand, auch der Congreß nicht, dürfe ihm d'rein reden. Wer die Electoralstimmen zu zählen hat, dem muß aber auch die Gewalt gegeben sein, in zweifelhaften oder streitigen Fällen zu entscheiden, ob ein Electoralbericht angenommen und mitgezählt, oder ob er abgelehnt und nicht mitgezählt werden soll. Somit wäre, nach der Auffassung der Republikaner, dem Präsidenten des Senats die unbedingte Befugniß ertheilt, nach eigenem Ermessen die eingegangenen

*) Ist also der Vicepräsident der Vereinigten Staaten verhindert, den Vorsitz im Senat zu führen, so fällt die Pflicht des Oeffnens der Electoralberichte dem temporären Senatspräsidenten zu.

Electoralberichte zu zählen oder zu verwerfen, und dieser *eine* Mann hatte dann die Macht, dem Volke geradezu zu dictiren, wer Präsident und wer Vicepräsident sein solle für die nächsten vier Jahre. Träfe es sich dann, daß die am Ruder befindliche Partei den bisherigen Präsidenten und Vicepräsidenten wieder nominirt hätte, so könnte es sich ereignen, daß der nämliche Vicepräsident über seine eigene Wiedererwählung als Präsident des Senats entscheiden müßte, und daß er, da ja sein Ausspruch endgiltig sein solle, *sich selber proclamirte*, wenn er auch nicht rechtmäßiger Weise erwählt worden wäre.

Dieser wunderlichen und höchst willkürlichen Auslegung der Constitution seitens der Republikaner trat die Demokratie sehr entschieden entgegen. Der Vicepräsident, sagte sie, habe nur die Electoralberichte zu empfangen und am zweiten Mittwoch des Februar in einer gemeinsamen Sitzung beider Häuser zu öffnen. Das Zählen und die Entscheidung in streitigen Fällen könne nur dem Congreß zustehn. Diese jedenfalls richtige Auffassung hat denn auch im Jahre 1881 bei der Zählung des Electoralvotums die Oberhand behalten; aber die Republikaner haben sich bis zum letzten Augenblick dagegen gesträubt, weil sie gar zu gern den Demokraten gerade in diesem Punkte ein Zugeständniß abgezwungen hätten, welches später wohl gut zu verwenden gewesen sein würde. — Diese verhängnißvolle Lücke in der Constitution sollte übrigens so bald als nur möglich beseitigt werden; überhaupt ist unser Wahlsystem, sofern es die Erwählung der beiden obersten Bundesbeamten betrifft, so mangelhaft und so verwickelt, daß man es lieber heute als morgen über Bord werfen und den Präsidenten *direct vom Volke* erwählen, ihn also aus einer *Urwahl* hervorgehen lassen sollte.

Sobald die Electoralberichte aller Staaten geöffnet und die Stimmen gezählt worden sind, verkündet einer der aus dem Senat und dem Repräsentantenhause ernannten „Teller" (Zähler) das Ergebniß, und hat dann ein Candidat für die Präsidentschaft und ein anderer für die

Vicepräsidentschaft eine absolute Majorität, d. i. eine Mehrheit aller Electoralstimmen erhalten, so verkündet der Präsident des Senats, welcher in der gemeinsamen Sitzung den Vorsitz führt, dieses und erklärt dann die Betreffenden für eine Zeitdauer von vier Jahren (vom folgenden 4. März an) gewählt.

Das ist der Schlußact in der Präsidentenwahl, denn nachdem der Senats-Präsident die Erwählung des neuen Präsidenten und Vicepräsidenten proclamirt hat, ist daran gesetzlicher Weise nicht mehr zu rütteln.

Ereignet es sich, daß keiner der Candidaten für die Präsidentschaft eine absolute*) Majorität der Electoralstimmen erhalten hat, dann fällt die Entscheidung der Wahl in's Repräsentantenhaus. In diesem letzteren Falle soll das Repräsentantenhaus des Congresses sofort aus der Mitte der Candidaten einen Präsidenten erwählen. Jedoch sollen bei solcher Wahl nicht mehr als drei Candidaten in Betracht kommen können, und haben mehr als drei Candidaten Electoralstimmen erhalten, so soll das Repräsentantenhaus eine Wahl zwischen den drei Candidaten treffen, welche die meisten Electoralstimmen erhielten.

Die Abstimmung im Repräsentantenhause soll durch Stimmzettel geschehen und es soll nach Staaten abgestimmt werden, wobei jeder Staat, ob groß oder klein, nur eine Stimme abgeben soll. Das ist so zu verstehen, daß die Repräsentanten eines jeden Staates zusammentreten und sich einigen über denjenigen Candidaten, für welchen sie miteinander die Wahlstimme ihres Staates abgeben wollen.

Zu einer Präsidentenwahl müssen Repräsentanten aus zwei Dritteln aller Staaten zugegen sein und eine Majorität aller Staaten ist zur Erwählung erforderlich.

Kommt im Repräsentantenhause nicht vor dem nächsten vierten März, an welchem Tage die Dienstzeit des

*) Unter einer absoluten Majorität versteht man mehr als die Hälfte des Ganzen; in unserem Falle also, mehr als die Hälfte aller Electoralstimmen.

jeweiligen Präsidenten abläuft, eine Wahl zu Stande, dann soll der bisherige Vicepräsident an die Stelle des Präsidenten treten, gleichwie als ob der Präsident gestorben wäre, und derjenige Candidat, welcher eine absolute Majorität aller Electoralstimmen erhielt, soll Vicepräsident werden; hat kein Candidat eine solche Majorität erhalten, so soll der Senat von denjenigen beiden Candidaten, welche die meisten Electoralstimmen erhielten, den Einen als Vicepräsident erwählen; hierbei müssen zwei Drittel aller Mitglieder des Senats zugegen sein und eine Mehrheit **sämmtlicher** Senatoren ist zur Erwählung erforderlich.

Der Präsident hat bei seinem Amtsantritt (Inauguration) folgenden Eid zu leisten: „Ich schwöre (oder betheuere) feierlich, daß ich das Amt eines Präsidenten der Vereinigten Staaten getreulich verwalten und die Constitution der Vereinigten Staaten nach bestem Vermögen erhalten, schützen und vertheidigen will." — Diesen Eid nimmt ihm der Präsident des Oberbundesgerichts ab.

Im Falle seines Todes, seiner Absetzung, Resignation oder Unfähigkeit (durch Krankheit 2c.) die Pflichten seines Amtes zu erfüllen, tritt der Vicepräsident an seine Stelle; sollte aber dieses nicht geschehn können, so nimmt der temporäre Senatspräsident und nach demselben der Sprecher des Repräsentantenhauses den Präsidentenstuhl ein, bis das Volk wieder Electoren gewählt hat und bis diese einen Präsidenten und einen Vice-Präsidenten erkoren haben, was jedoch nicht vor dem ersten Mittwoch des December geschehn kann. Der Staatssecretär hat im Falle einer solchen zweifachen Vacanz sofort eine Neuwahl auszuschreiben.

Die **Inauguration** (Einsetzung in das Amt) ward früher nicht mit dem Pomp und Lärm begangen, wie es leider in den letzten zwanzig Jahren Brauch geworden ist. Thomas Jefferson ritt am 4. März 1801 allein nach dem Kapitol, band sein Pferd draußen an einen Pfosten, leistete den Amtseid und begab sich nach dem „Weißen Hause" (Dienstwohnung des Präsidenten, auch

„Executiv-Gebäude" genannt), wo er sofort sein Amt antrat. Das war eine echt demokratische Weise, die aber durch den sich mehrenden Reichthum und den dadurch geförderten Geldstolz leider verdrängt worden ist. Prunk ziemt sich nicht im demokratischen Staatswesen, und wo er immer eingerissen ist in einer Republik, da bezeichnet er deren Verfall. Das zeigt uns die Weltgeschichte an vielen Beispielen. Unsere Inaugurations-Feierlichkeiten, „state dinners" und die Menge der Gesellschaften und Bälle, welche schon seit manchem Jahre in Washington von den hohen Bundesbeamten gegeben werden müssen (wie man behauptet), sind arge Krebsschäden am Körper unserer demokratisch sein sollenden Republik und mahnen gar sehr schon an monarchische Hofhaltungen. Unter dem braven Präsidenten Lincoln wurde im Weißen Hause gar wenig Aufwand getrieben, und Schreiber dieses erinnert sich noch sehr gut des anspruchslosen „Old Abe," wie jener wackere Mann vom Volke genannt wurde; er hat ihn oft allein und zu Fuß in den Straßen Washington's getroffen und mehrfach mit ihm gesprochen. Lincoln verabscheuete den Prunk, er hatte keine Zeit dazu, die glänzende Seite herauszukehren und seine dem Volke und dem Lande so kostbare Arbeitszeit bei Schaugeprängen zu vergeuden; wohl aber fand er Zeit, alle die zahlreichen Obliegenheiten seines schwierigen und verantwortlichen Amtes gewissenhaft zu erfüllen und Uebelstände abzustellen. Wer eine gerechtfertigte Beschwerde vorzubringen hatte, der fand beim Präsidenten Lincoln stets Gehör. Zum Umherreisen und Redenhalten fand jener große Mann keine Zeit. Wer ihn zu sprechen wünschte, fand ihn im „Weißen Hause" und wurde ohne alles Ceremoniell vorgelassen. An fashionablen Badeorten und bei Wettrennen brauchte man jenen rastlos thätigen Mann nicht zu suchen.

Das Gehalt des Präsidenten betrug früher 25,000 Dollars pro Jahr; am 3. März 1873 erhöhete der Congreß dasselbe auf 50,000 Dollars. Es soll monatlich ausbezahlt werden.

Das Weiße Haus enthält die Dienstwohnung des Präsidenten und seine Ausstattung wird aus der Bundeskasse bestritten. So weit als nur irgend thunlich, soll die Ausstattung, als Möbeln, Teppiche, Heiz- und Kochapparate u. s. w., aus einheimischen Fabrikaten bestehen.

Der offizielle Haushalt des Präsidenten soll nachbenannte Beamte einschließen, welche die beigefügten Jahresgehalte aus der Bundeskasse in monatlichen Zahlungen beziehen: Einen Privatsecretär, $3500; einen Hilfs-Secretär (muß stenographiren können), $2500; zwei Executiv-Schreiber (executive clerks), $2300; einen Verwalter oder Hausmeister (steward), $2000; einen Boten, $1200. — Der Hausmeister hat alles öffentliche Eigenthum im Weißen Hause unter seiner Obhut und muß über den Zustand desselben jährlich (1. December) an den Architekten des Capitols berichten.

Der Präsident darf keinerlei Geschenke annehmen. Dieses Verbot ist, vorzüglich von Grant, nicht beachtet worden und der Congreß hat pflichtvergessen dazu geschwiegen.

Die Amtspflichten des Präsidenten sind dreifacher Art: Er hat die Verwaltung (administration) zu leiten, die Ausführung der Gesetze zu überwachen und die auswärtigen Angelegenheiten, oder die Beziehungen der Vereinigten Staaten zu anderen Ländern, zu controliren.

Wir können hier nur die wesentlichsten Amtspflichten kurz aufführen und verweisen den Leser auf Artikel I. und II. der Bundesverfassung, wo die Gewalten und Pflichten des Präsidenten kurz und bündig vorgezeichnet sind.

Der Präsident hat alle Congreßakte zu unterzeichnen, ehe sie Gesetzeskraft erlangen; wir haben darüber, wie auch über seine Veto-Gewalt, Ausführliches in dem vom Congreß handelnden Abschnitt dieses Kapitels mitgetheilt.

Er hat die Mitglieder unserer Gesandschaften und unsere Consuln im Auslande, sowie sämmtliche Civilbeamte im Bundesdienst zu ernennen; der Senat muß jedoch auch solche Ernennungen bestätigen, und verwirft er die eine oder die andere, so hat der Präsident dafür neue Personen in Vorschlag zu bringen. Wird ein Bundesamt vacant während der Senat nicht in Sitzung ist, so mag der Präsident dasselbe zeitweilig besetzen. Auch kann er, während der Senat nicht beisammen ist, irgend einen Civilbeamten bis zum Ende der nächsten Senatssitzung seines Amtes entheben, die Richter der Bundesgerichte ausgenommen. Dieser Verfügung steht die sogenannte „Tenure of Office Act" nicht entgegen; denn der Präsident kann keinen Civilbeamten, welcher vom Senat bestätigt worden ist, ohne Bewilligung des Senats ganz absetzen, und heißt der Senat die Enthebung einer solchen Person von ihrem Posten nicht gut, so tritt sie wieder in ihr Amt ein.

Er hat das Staats- und das Kriegsdepartement ganz direct zu controliren, und seine Befehle müssen in jedem derselben ausgeführt werden.

Er hat den Oberbefehl über das Heer und die Flotte. Alle Jahre sind von ihm zwölf Kadetten für die Flottenschule und zehn Kadetten für die Militär-Akademie zu ernennen. Nach den Kriegsartikeln muß der Präsident auch jedes in Friedenszeiten gefällte Urtheil eines Kriegsgerichts, welches die Entlassung eines Offiziers verfügt, unterzeichnen, ehe es Giltigkeit erlangt; auch hat er in gewissen Fällen andere kriegsgerichtliche Urtheile zu unterzeichnen; viele standrechtliche Urtheile bedürfen jedoch seiner Bestätigung nicht.

Sind die Vereinigten Staaten, oder Theile derselben, durch einen auswärtigen Feind oder durch Indianer bedroht, oder bricht eine Empörung gegen die Autorität der Bundesbehörden aus, so mag der Präsident so viel Miliz herausbeordern und organisiren, als er für nöthig erachtet; doch darf dieses nicht für länger als neun Monate geschehn. Ist jedoch in irgend einem Staate eine Empörung gegen die Staatsbehörden ausgebrochen, so darf der Präsident nur Miliz eines anderen Staates herausbeordern, oder mit der regulären Land- und Seemacht der Vereinigten Staaten einschreiten, wenn er dazu von der Legislatur oder dem Gouverneur des Staates, worin der Aufstand ausgebrochen ist, aufgefordert worden.

Es steht dem Präsidenten nicht zu, eine Kriegserklärung an eine fremde Macht zu erlassen, wird aber den Vereinigten Staaten durch eine auswärtige Macht der Krieg erklärt, so mag er durch eine Proclamation verfügen, was mit den im Gebiet der Vereinigten Staaten wohnenden, der feindlichen Nation angehörenden, **nicht naturalisirten** Ausländern geschehen soll; er darf sie unter Aufsicht stellen und kann sie auch aus dem Lande weisen.

Alle im Ausland weilenden Bürger der Vereinigten Staaten müssen, wenn sie sich nicht schwere Vergehen gegen die dortigen Gesetze, oder Verbrechen, haben zu schulden kommen lassen, vom Präsidenten in Schutz genommen werden; auch hat derselbe hierüber dem Congreß baldigst Bericht zu erstatten.

Er hat das Recht, Verträge mit dem Ausland abzuschließen, jedoch müssen dieselben vom Senat gutgeheißen (ratificirt) werden. Das Anfertigen der Vertragsentwürfe steht dem Präsidenten zu und der Senat hat kein Recht, sie abzuändern; jedoch mag Letzterer einzelne Paragraphen verwerfen, wenn er einen Vertrag im Ganzen gutheißt. Verwirft der Senat einen Vertragsentwurf, so kann derselbe keine Gültigkeit erlangen.

Er kann den Congreß (auch den Senat oder das Haus allein) zu irgend einer Zeit zu einer Extra-Sitzung zusammenberufen. Auch mag er demselben Vorschläge machen, und bei der Eröffnung der regelmäßigen Jahressitzung im December hat er über den Zustand der Union Bericht zu erstatten in einer Botschaft, welcher die Jahresberichte der Departementschefs beizufügen sind; hiervon müssen dem Senat 10,000 und dem Repräsentantenhause 25,000 gedruckte Exemplare zu kostenfreier Vertheilung an die Bürger zugestellt werden. Nur wenn ansteckende Krankheiten in der Bundeshauptstadt herrschen, oder wenn das Leben der Congreßmitglieder dort auf andere Weise gefährdet sein würde, hat der Präsident das Recht, den Congreß nach einer anderen Stadt zu verlegen; dasselbe darf er auch in einem solchen Falle, wo das Leben der Beamten in Washington durch längeres Verweilen in Gefahr gebracht werden würde, in Bezug auf die Bundesregierung verfügen.

Das Recht der Auflösung des Congresses steht dem Präsidenten nicht zu, ein Vertagungsbeschluß bedarf nicht einmal seiner Unterschrift; vermögen sich jedoch die beiden Zweige des Congresses nicht wegen der Vertagung zu vereinbaren, so mag der Präsident die Vertagung auf eine ihm passend dünkende Zeit festsetzen.

Die Vollstreckung richterlicher Urtheile, welche ein Bundesgericht gefällt hat, kann er hinausschieben; auch steht ihm in solchen Fällen das Begnadigungsrecht zu. „Impeachment"-Fälle sind hiervon ausgenommen.

Der Vicepräsident spielt eine sehr untergeordnete Rolle. Er wird unter denselben Gesetzen, wie der Präsident, gewählt, erhält ein Jahresgehalt von $8000*), in monatlichen Raten zahlbar, und führt im Senat den Vorsitz. Er darf nicht demselben Staate angehören, aus welchem der Präsident erwählt wurde. In welchen Fällen er die Stellung eines Präsidenten der Vereinigten Staaten einnimmt, erklärten wir im vorhergehenden Paragraphen. Stirbt der Vicepräsident, oder wird er auf irgend eine Weise unfähig, sein Amt zu verwalten, so wird kein Nachfolger erwählt, sondern der Posten bleibt bis zur nächsten regulären Wahl vacant. So wurde William R. King von Alabama 1852 zum Vicepräsidenten erwählt, starb aber am 18. April 1853, also kurz nach der Inauguration, und die Vicepräsidentschaft blieb bis zum 4. März 1857 vacant. Millard Fillmore von New York dagegen wurde nach dem Tode des Präsidenten Taylor am 9. Juli 1850 stellvertretender Präsident, und die Vicepräsidentschaft blieb bis zum 4. März 1853 vacant. Die Vereinigten Staaten hatten somit, da William R. King sein Amt nicht antrat (er war schon am Inaugurationstage schwer krank),

*) Am 3 März 1873 erhöhete der Congreß sein Gehalt auf $10,000, aber das demokratisch gewordene Repräsentantenhaus reducirte es am 20. Januar 1874 auf $8000.

vom 9. Juli 1850 bis zum 4. März 1857 keinen Vicepräsidenten. Die Vicepräsidentschaft ist übrigens bis zum Jahre 1881 im Ganzen sechs Mal vacant gewesen.

Die Vicepräsidentschaft ist gewiß nicht von geringer Bedeutung und es ist durchaus nicht gleichgiltig, wer dafür gewählt wird. Schon als Vorsitzer des Senats hat der Vicepräsident manche Gewalt, und bei unentschiedener Abstimmung entscheidet sein Votum; aber man muß auch in's Auge fassen, daß er an die Stelle des Präsidenten tritt, sobald dessen Posten vacant wird, was ja so ganz unversehens geschehn mag.

Die Executiv-Departements. — Die Constitution erwähnt keines Executiv-Departements; sie wurden alle durch Congreßbeschlüsse geschaffen. Als der erste Congreß zusammentrat, war ihm nur die Constitution als Richtschnur gegeben und er mußte die eigentliche Regierungsmaschine schaffen.

Die Häupter der Executiv-Departements, deren es im Jahre 1881 sieben gab, bilden das Cabinet, welches mit den Ministerien monarchischer Regierungen fast gar keine Aehnlichkeit hat. Von Zeit zu Zeit ruft der Präsident sein Cabinet zu einer berathenden Sitzung zusammen, aber braucht sich an die dort gefaßten Beschlüsse durchaus nicht zu binden. Wie schon gesagt, können die Cabinetsmitglieder, Secretäre genannt, nur mit Zustimmung des Senats ernannt und abgesetzt werden.

Die Executiv-Departements heißen:

Staatsdepartement — Department of State;
Kriegsdepartement — Department of War;
Schatzamtsdepartement — Department of the Treasury;
Justizdepartement — Department of Justice*);
Postdepartement — Post-Office Department**);
Marinedepartement — Department of the Navy;
Departement des Innern — Department of the Interior.

---

*) Der höchste Beamte des Justizdepartements wird nicht „Secretär,“ sondern Oberbundesanwalt - Attorney-General—genannt.

**) Der höchste Beamte dieses Departements ist der Oberpostmeister, oder Postmaster-General.

Jeder Secretär oder Departementschef erhält jährlich 8000 Dollars.

Das seit 1862 bestehende Ackerbaudepartement — Department of Agriculture — ist nicht einem Secretär unterstellt, sondern sein oberster Beamter, welcher ein Jahresgehalt von 8000 Dollars bezieht und nicht dem Cabinet angehört, wird Ackerbau-Commissär — Commissioner of Agriculture — genannt.

Ein eigentliches Erziehungsdepartement, wovon Manche reden, existirt nicht; wohl aber besteht seit 1867 im Departement des Innern ein Bureau für Erziehungswesen — Office of Education — unter der Leitung eines Commissioner of Education, welcher ein Jahresgehalt von 3000 Dollars bezieht.

Jeder Departementschef hat die ihm vom Congreß bewilligte Anzahl Schreiber, Boten, Arbeiter ꝛc. selbst anzustellen; auch kann er irgend welche seiner Angestellten entlassen.

Dem Vorhergehenden wollen wir noch etwas über die Geschichte des Cabinets hinzufügen. Unter Washington's Administration bestand es nur aus drei Mitgliedern; nämlich dem Staatssecretär, dem Schatzamtssecretär und dem Kriegssecretär. Es gab während seiner Administration keinen Marinesecretär. Das Marinedepartement wurde erst 1798 geschaffen, als John Adams Präsident war. Unter seiner Administration bestand das Cabinet aus vier Mitgliedern, und so verblieb es bis zu Jackson's Administration (1829–1834), als der General-Postmeister ein Mitglied wurde, so daß es nun aus fünf Mitgliedern bestand. Als John Tyler nach dem Tode des Präsidenten Harrison stellvertretender Präsident wurde (1841 — 1845), trat der Generalanwalt in das Cabinet ein, und am 3. März 1849, am letzten Tage der Administration des Präsidenten Polk, wurde das Departement des Innern geschaffen, und der Secretär des Innern wurde ebenfalls ein Mitglied des Cabinets. Unter Präsident Taylor's Administration, welche am 4. März 1849 begann, war die Zahl der Cabinetsmitglieder sieben, und so verblieb sie bisher. Ob sie ihr

Maximum erreicht hat oder nicht, hängt davon ab, ob der Congreß künftig noch weitere große Departements der Regierung schaffen wird. Wenn dies geschehen sollte, so werden deren Chefs, oder Secretäre, wahrscheinlich ebenfalls in das Cabinet eintreten.

Das Staatsdepartement — Department of State — ist durch einen Congreßbeschluß vom 27. Juli 1789 geschaffen worden. Es ist das älteste unserer Executiv-Departements und wird auch als das vornehmste betrachtet.

Das große Siegel der Vereinigten Staaten befindet sich in der Obhut des Staatssecretärs und es muß dasselbe allen Bestallungen oder Anstellungsdecreten (commissions) von Bundesbeamten aufgedrückt werden.

Durch ein Gesetz vom 3. März 1853 wurden die Aemter eines ersten und zweiten Staats-Hilfssecretärs geschaffen; jeder derselben ist vom Präsidenten mit Zustimmung des Senats zu ernennen und bezieht ein Jahresgehalt von 6000 Dollars.

Unterabtheilungen des Staatsdepartements bilden: Das diplomatische Bureau, das Consular-Bureau, ein Rechnungs-Bureau, und ein Bureau für die Archive und Register.

Unter der Leitung und Instruction des Präsidenten ist es des Staatssecretärs Pflicht: — mit unsern auswärtigen Gesandten und Consuln zu correspondiren und denselben Instructionen zu ertheilen; mit den Gesandten fremder Regierungen alle anderen auf auswärtige Angelegenheiten bezüglichen Geschäfte zu besorgen; die Originalabschriften sammtlicher Akte, Beschlüsse und Ordres des Congresses in seiner Office zu verwahren und dieselben in einer Zeitung im District Columbia und in nicht mehr als zwei in jedem Staat und Territorium der Vereinigten Staaten veröffentlichen zu lassen. Auf gleiche Weise muß er sämmtliche Amendements zur Constitution und alle Verträge veröffentlichen, die zwischen den Vereinigten Staaten und einem fremden Staat oder Fürsten, oder einem Indianerstamme abgeschlossen werden.

Beim Schluß einer jeden Congreßsitzung muß er eine von Zeit zu Zeit durch den Congreß zu bestimmende Anzahl Exemplare sämmtlicher erlassenen Gesetze u. s. w. in Buchform drucken lassen und dieselben der Vorschrift gemäß vertheilen, nämlich: An den Präsidenten und Vicepräsidenten, jeden Ex-Präsidenten, sammtliche Mitglieder des Senats und des Repräsentantenhauses, alle Chefs der verschiedenen Departements und Bureaux, alle Richter der Vereinigten Staaten-Gerichtshöfe und deren Clerks und Marschälle, alle unsere auswärtigen Gesandten, Consuln und öffentliche Agenten; kurzum, an alle wichtige Beamte der Regierung im In- oder Ausland. Die übrigen Exemplare werden unter die Staaten und Territorien vertheilt, und zwar je nach der Zahl der Repräsentanten, die jeder derselben im Congreß hat.

Auch muß das Staatsdepartement unsern eigenen Bürgern, welche nach fremden Ländern reisen wollen, Pässe ausstellen*), sowie die vom Präsidenten ernannten diplomatischen Vertreter und Consuln der Vereinigten Staaten anhalten, solche Pässe auszustellen oder zu erneuern; ferner hat es dem Volke durch die Zeitungen die von unsern diplomatischen Agenten und Consuln im Ausland erhaltene Auskunft mitzutheilen, wenn es dieselbe hinsichtlich unserer Handels-Interessen für wichtig hält; und endlich hat es für Schiffe der Vereinigten Staaten eine Paßform auszustellen. Bei der Ausführung der Auslieferungsverträge zwischen unserer und auswärtigen Regierungen kann der Staatssecretär eine von ihm unterzeichnete und besiegelte Ordre zur Auslieferung irgend einer Person ausstellen, die in einem fremden Lande eines

---

*) Wer einen Reisepaß haben will, muß seinen Bürgerschein an das Staatsdepartement einsenden und um die Ausstellung eines Passes nachsuchen; dann erhält er ein gedrucktes Formular mit Fragen, welche er beantworten muß; dieses dann noch durch einen Notar zu beglaubigende Formular sendet er nach Washington zurück und erhält darauf den Paß mit dem Bürgerschein kostenfrei zugesandt. Wer in's Ausland reist, sollte stets neben dem Paß auch seinen Bürgerschein mitnehmen.

Verbrechens schuldig befunden wurde, d
brecher von den Vereinigten St a en n
gebracht werde, in welchem das Verb
wurde.

Wir haben nur die hauptsächlichsten
hohen Staatsbeamten in Kürze dar. ethan
wird leicht einsehen. daß diese ben sehr l
Diejenigen, welche sich auf auswärtige
beziehen, sind äußerst verantwortlich, denn
Krieg oder Friede von der Weisheit un
abhängen, womit er unsere Angelegenheit
Regierungen leitet.

Das Kriegsdepartement —
of War — ist durch einen Congreßbeschlu
1789 geschaffen worden. Es sagt der Nan
Zwecken es dient. Nur das Heer und
(wie Arsenäle, Forts und Militärposten)
Controle, nicht aber die Flotte. Im Kr
werden alle auf militärische Angelegenh
Berichte, Schriften, Karten und Pläne aufb
oder Bureaux, des Kriegsdepartements
missariats=, das Quar.iermeister=, das
(Geschütz) = Dep.rtement und das Zahln
ment.

Der Kriegssecretär erhält seine Bef
denten.

Die Wetterbeobachtungsstationen wer
regulären Armee angehörenden Signal=
und stehen somit unter der Jurisdiction d
tements; desgleichen die Rettungsstatione
ren Seeküsten.

Das Schatzamts=Depar.teme
ment of the Treasury — ist durch einen
vom 2. September 1789 geschaffen worden
amts= oder Finanzsecretär stehen zwei H
Seite, welche der Präsident mit Zustimmu
zu ernennen hat; deßgleichen:

Ein erster und zweiter Comptroller (First and Second Comptroller);

Sechs Auditoren (Auditors of Account);

Ein Schatzmeister (Treasurer);

Ein Registrator (Register);

Ein Zollcommissär (Commissioner of Customs);

Ein Binnen- oder Inlandsteuer-Commissär (Commissioner of Internal Revenue);

Ein Comptroller des Courants*) (Comptroller of Currency); alle diese Beamten sind vom Präsidenten unter Zustimmung des Senats zu ernennen.

Es würde zu weit führen, wollten wir auf die Pflichten und Befugnisse des Schatzamtssecretärs und der obengenannten, ihm unterstellten Bureau-Chefs eingehen; es genüge hier zu bemerken, daß Jeder seinen besonderen Wirkungskreis hat und Keiner sich in die Angelegenheiten des Anderen einmischen darf. So widmet der Zollcommissär seine ganze Arbeitszeit den Berichten der Zollcollectoren; der erste Comptroller collectirt die den Vereinigten Staaten schuldigen Gelder und überwacht die Ausgleichung der öffentlichen Rechnungen; der erste Auditor nimmt alle im Departement einlaufenden Rechnungen in Empfang und die übrigen Auditoren prüfen die Rechnungen der ihnen zugewiesenen Zweige des öffentlichen Dienstes.

Dem Schatzamtsdepartement ist das statistische Bureau unterstellt, welches alle Arten statistischer Nachrichten zu sammeln und zu tabellarischen Berichten zusammenzustellen hat; deßgleichen gehört dazu das Münz-Bureau, an dessen Spitze ein Münzdirector steht, welcher vom Präsidenten mit Zustimmung des Senats zu ernennen ist.

Man glaube nicht etwa, daß alle von den Vereinigten Staaten collectirten und verausgabten Gelder im Schatzamtsgebäude zu Washington eingenommen und ausbezahlt

---

*) Nicht zu verwechseln mit dem Superintendent oder Director der Münze.

werden, denn dieses ist nur die Hauptoffice am Sitz der Regierung. Es giebt in mehreren der großen Städte Unterschatzämter, wo die öffentlichen Gelder eingenommen und ausgegeben werden. Die Hauptbeamten dieser Unterschatzämter werden Unterschatzmeister genannt.

Das Gesetz macht auch den Director der Münze zu Philadelphia und die Directoren etlicher Zweigmünzen zu Unterschatzmeistern, denn sie haben öffentliche Gelder in Verwaltung und zahlen dieselben auf Ordre des Schatzamtsdepartements zu Washington aus. Aehnliche Ordres werden zuweilen den Collectoren, Zahlmeistern, Einnehmern der öffentlichen Ländereien u. s. w. gegeben; allein die Rechnungen müssen insgesammt nach der Office des Schatzamtssecretärs gesandt werden.

Das Justizdepartement — Department of Justice — wurde am 24. September 1789 durch Congreßbeschluß geschaffen. An seiner Spitze steht der Oberbundesanwalt, auch General-Anwalt (Attorney-General) genannt; es sind ihm drei vom Präsidenten mit Zustimmung des Senats zu ernennende Gehilfs-Anwälte beigegeben. Dem General-Anwalt zunächst steht der „Solicitor-General," welcher Ersteren auch nöthigenfalls zu vertreten befugt ist; auch dieser Beamte und eine Anzahl Gehilfen sind vom Präsidenten zu ernennen.

Der Oberbundesanwalt ist der officielle Rechtsbeistand des Präsidenten; auch steht er in dieser Beziehung zu den verschiedenen Departementschefs, welche zu irgend einer Zeit sein Gutachten über einen Rechtspunkt einholen mögen. Er hat alle Advocatengeschäfte der Regierung zu besorgen und fungirt auch in gewissen Fällen als öffentlicher Ankläger in Bundesgerichten. Seiner Controle sind die Bundesanwälte und Bundesmarschälle in allen Theilen des Landes unterstellt.

Das Postdepartement — Post-Office Department — wurde durch eine Congreßakte vom 8. Mai 1794 geschaffen. Es steht unter der Controle des General-Postmeisters, welcher drei Gehilfen hat, die der Präsident mit Zustimmung des Senats ernennt. Hier sei auch gleich gesagt, daß der Präsident alle Postmeister in der Union, deren Gehalt 1000 Dollars und darüber per Jahr beträgt, mit Zustimmung des Senats zu ernennen hat; die kleineren Postämter besetzt der General-Postmeister.

Es kommt dem Congreß zu, darüber zu entscheiden, welche Verkehrswege Poststraßen und Postrouten sein, und ob die Postsachen zu Land oder zu Wasser befördert werden sollen. Alle Eisenbahnen sind einer Bestimmung des Congresses zufolge Poststraßen. Auch sind Poststraßen zwischen den Vereinigten Staaten und dem Ausland durch Schiffe etablirt worden. Der General-Postmeister ist ermächtigt, mit Schiffsrhedern Contracte zur Beförderung von Postsachen nach oder von fremden Ländern abzuschließen. Auf diese Weise sind zahlreiche Postrouten auf dem Ocean etablirt.

Bei der Feststellung der gegenwärtigen Postraten wurden zwei Zwecke angestrebt: erstens, die Kosten von Uebersendung von Briefen zu vermindern, und zweitens, die Kosten der Beförderung nach allen Theilen des Landes, ohne Rücksicht auf die Entfernung, gleichförmig zu machen. Früher war das Porto viel höher.

Das Frankir-Privilegium bedeutet das Recht, Briefe, Documente u. s. w. franko, oder portofrei, durch die Post zu befördern. Mit diesem Privilegium würde früher ein solcher Mißbrauch getrieben, daß man es für nothwendig fand, das Gesetz zu ändern und dasselbe auf eine gewisse Klasse Regierungsbeamte zu beschränken, und selbst bei diesen nur bei Uebersendung von offiziellen Mittheilungen. Auch dem Präsidenten, Vice-Präsidenten, den Mitgliedern des Congresses und den Departementschefs ist dieses Privilegium zu estanden. Petitionen an den Congreß können ebenfalls portofrei abgesandt werden.

Unbestellbare Briefe (dead letters, d. h. todte Briefe) nennt man diejenigen, welche von den resp. Postämtern, nach denen sie abgesandt wurden, nicht abgeholt worden sind. Das Gesetz bestimmt, daß eine Liste derselben drei Wochen lang in einer Zeitung an oder nahe dem Orte des Postamtes, in dem sich diese Briefe befinden, veröffentlicht werde. Bleiben solche Briefe dann noch drei Monate lang dort liegen, so sind sie als „dead letters" an das Generalpostamt in Washington zu senden. Dort werden sie geöffnet und, wenn sie Geld oder werthvolle Papiere enthalten, den Schreibern zurückgesandt.

Das Post-Geldordre-System wurde durch eine Congreßakte vom 17. Mai 1864 eingerichtet und am 1. November desselben Jahres in Thätigkeit gesetzt. Um der Uebersendung kleiner Geldsummen durch die Post größere Sicherheit zu verleihen, werden Ordres zu irgend einem Betrage bis zu fünfzig Dollars ausgestellt, jedoch sind nicht mehr als drei Ordres an einem Tage an eine und dieselbe Person zahlbar.

Es giebt schon eine große Menge solcher Postämter, welche derartige Geldordres ausstellen, und viele Millionen Dollars werden jährlich in kleinen Beträgen in vollkommener Sicherheit nach allen Theilen des Landes befördert.

Wenn eine Geldordre verloren ging oder zerstört wurde, so kann sich der Absender oder der Empfänger von der Office der Ausstellung oder der Auszahlung ein Duplicat verschaffen.

Ein internationales Geldordresystem zwischen den Vereinigten Staaten und den meisten europäischen Ländern besteht schon seit einer Reihe von Jahren, und kleinere Summen (bis zu 50 Dollars) schickt man nach Deutschland am billigsten durch die Post.

Das Marinedepartement — Department of the Navy — wurde am 30. April 1798 durch einen Congreßbeschluß geschaffen.

Der Marine-Secretär erhält seine Befehle vom Präsidenten; ihm sind folgende Bureaux unterstellt: Ein Bureau der Schiffsbauhöfe und Docks; ein Ausrüstungs- und Rekrutirungs Bureau; ein Schiffahrts (Navigation)-

Bureau; ein Bureau für Geschützwesen (Ordnance); ein Bureau für Schiffsbau und Reparaturen; ein Bureau für „Steam Engineering,“ welches die Dampfkessel prüfen zu lassen und den geprüften Maschinenmeistern (steam engineers) Fähigkeitszeugnisse auszustellen hat, ohne welche sie nicht angestellt werden; ein Bureau für Verproviantirung ꝛc., und ein ärztliches und wundärztliches Bureau. — Die Chefs dieser Bureaux sind vom Präsidenten zu ernennen und zwar nach gewissen ihm durch Congreßbeschlüsse gemachten Vorschriften, so daß er nicht ganz eigenmächtig dabei handeln darf.

Auch ist mit diesem Departement eine „Hydrographic Office“ verbunden, welche zuverlässige Karten der verschiedenen Gewässer anzufertigen hat; diese „Office“ leistet Vorzügliches; ferner gehört dazu die Seewarte zu Washington, durch welche der Längengrad Null für alle amerikanischen Karten gelegt wurde. Das Departement publicirt auch für Seefahrer einen nautischen Almanach (Nautical Almanac).

Das Departement des Innern — Department of the Interior — wurde durch einen Congreßbeschluß vom 3. März 1849 geschaffen. Dem Secretär des Innern ist ein vom Präsidenten mit Zustimmung des Senats zu ernennender Hilfssecretär beigegeben.

Diesem Departement sind die nachbenannten Bureaux unterstellt: Das Census-Bureau, welches früher dem Staatsdepartement einverleibt war; ein Bureau für öffentliche Ländereien und Bergwerke; ein Indianer-Bureau; ein Pensions-Bureau; ein Patent-Bureau (Patent Office); ein Bureau für öffentliche Drucksachen, welchem deren Aufbewahrung und Vertheilung obliegt; ein Bureau für Erziehungswesen; eine Bundes-Irrenanstalt und das Columbia-Taubstummeninstitut.

Die weitschichtige Thätigkeit dieses Departements ergiebt sich aus Obigem von selbst.

Das Ackerbau-Departement — Department of Agriculture — wurde durch einen Congreßbeschluß vom 15. Mai 1862 geschaffen und steht unter der Leitung eines vom Präsidenten unter Beistimmung des Senats zu ernennenden Ackerbau-Commissärs, welcher nicht mit zum Cabinet gerechnet wird.

Der Zweck dieses Departements, oder richtiger „Bureau's," ist, wie sein Name andeutet, Förderung unserer Ackerbau-Interessen. Durch dasselbe werden neue Sämereien und Pflanzen kostenfrei vertheilt und practische Versuche mit neuen Erfindungen auf dem Gebiete der Landwirthschaft angestellt; auch haben seine Beamten alle nur beschaffbaren statistischen Nachrichten über den Stand der Agrikulturverhältnisse in der Union zu sammeln und zu Berichten und Tabellen zusammenzustellen.

Die Bundesgerichte.

Die dritte in unserer Regierung ruhende Gewalt ist die richterliche — the Judiciary. Dieselbe besteht unabhängig vom Congreß und der Executive für sich; denn sie entspringt gleich jenen beiden Gewalten der Constitution, deren Artikel III. beginnt: „Die richterliche Gewalt der Vereinigten Staaten soll in einem Obergerichte und solchen untergeordneten Gerichtshöfen ruhen, wie der Congreß sie von Zeit zu Zeit verordnen und einsetzen mag."— Wir verweisen den Leser auf jenen III. Artikel der Constitution, da derselbe ausschließlich von der richterlichen Gewalt des Bundes handelt.

Die Gerichtsdistricte: — Das Gebiet der Vereinigten Staaten ist in Gerichtsdistricte getheilt, und zwar bilden die Staaten Californien, Connecticut, Delaware, Indiana, Jowa, Kansas, Kentucky, Louisiana, Maine, Maryland, Massachusetts, Minnesota, Nebraska, Nevada, New Hampshire, New Jersey, Oregon, Rhode Island, Vermont und West-Virginien je einen besonderen Gerichtsbezirk; die Staaten Alabama, Tennessee und New York sind jeder in drei, Arkansas, Florida, Georgia, Illinois, Michigan, Mississippi, Missouri, North Carolina,

Ohio, South Carolina, Texas, Virginien und Wisconsin sind jeder in zwei Gerichtsbezirke getheilt.

Das Obergericht: — Das Oberbundesgericht ist der höchste Gerichtshof in den Vereinigten Staaten und gegen seine Entscheidung kann nicht Berufung erhoben werden. Es hat seinen Sitz in der Bundeshauptstadt und hält jährlich einen regulären, am zweiten Montag im October zu eröffnenden Termin, sowie so viele vertagte Sitzungen als zur Erledigung der vorliegenden Geschäfte nöthig sein mögen.

Dieser oberste Gerichtshof des Bundes soll bestehen: aus einem präsidirenden Richter (chief justice) und acht beisitzenden Richtern (associate justices). Irgend welche sechs Mitglieder dieses höchsten Gerichtshofes bilden ein Quorum (beschlußfähige Anzahl). Die Mitglieder des Oberbundesgerichts werden vom Präsidenten mit Zustimmung des Senats auf Lebensdauer ernannt und können nur wegen ihnen nachgewiesener Bestechung oder wegen gemeiner Verbrechen ihres Amtes entsetzt werden; natürlich steht es ihnen frei, zu resigniren. Sie können nur durch ein „impeachment" belangt werden.

Das Oberbundesgericht hat in allen Fällen allein endgiltig zu entscheiden, wie eine gewisse Stelle der Constitution zu deuten sei, und hat es darüber einmal eine Entscheidung abgegeben, so wird dieselbe als unwandelbar feststehend und fur immer maßgebend betrachtet; auch hat es in Streitfällen über die Constitutionalität eines Bundesgesetzes oder einer Congreßakte zu entscheiden, und erklärt es die angestrittene Akte für verfassungsgemäß, so kann daran nicht mehr gerüttelt werden.

Der Oberrichter (chief justice) bezieht ein Jahresgehalt von $10,500, und jeder der beisitzenden Richter (associate judges) erhält jährlich $10,000.

Dem Oberbundesgericht steht die alleinige Jurisdiction in allen Civilfällen zu, wo einer der Staaten eine der beiden processirenden Parteien bildet; die andere Partei kann eine Privatperson oder auch ein Staat sein; ist ein Proceß angestrengt, worin der Verklagte ein Fremdling (eingewanderter Nicht-Bürger, alien) und die klagende Partei einer der Staaten ist, so hat das Oberbundesgericht nicht ausschließliche Jurisdiction. Als Kl.ger können keine Personen auftreten, welche nicht Bürger der Vereinigten Staaten sind; die fremden Gesandten, Consuln oder andere öffentliche Beamte fremder Mächte und deren Angestellten und Dienstboten können jedoch jede Civilklage vor dem Oberbundesgericht führen. Jede Proceßsache muß auch im Oberbundesgericht, wie in allen übrigen Gerichtshöfen der Vereinigten Staaten, durch eine Jury (Geschworene) entschieden werden.

Ist eine Proceßsache durch ein Bundes-Kreisgericht (Circuit Court) oder durch ein Bundes-Districtsgericht, welches Kreisgerichts-Functionen ausübte, zu Ungunsten des Klägers (plaintiff) entschieden worden, so kann derselbe, wenn es sich (die Gerichtskosten eingerechnet) um mehr als 2000 Dollars an Werth handelt, an das Oberbundesgericht appelliren; auch ist in gewissen anderen Fällen das Appelliren an's Oberbundesgericht statthaft. Auch von dem Obergericht irgend eines Staates kann an das Oberbundesgericht appellirt werden, wenn die Gültigkeit eines Statutengesetzes (Congreßakte), eines Vertrages oder irgend einer gesetzlichen Befugniß unter der Autorität der Bundesregierung durch besagten höchsten Gerichtshof eines Staates verneint worden ist; das Oberbundesgericht kann in einem solchen Falle die Entscheidung des Staatsgerichts ganz oder theilweise umstoßen oder aufrecht erhal.en.

Die Ver. Staaten-Kreisgerichte: — Die Kreisgerichte oder Circuit Courts bilden die nächst-höchste richterliche Instanz des Bundes. S'e werden von den Richtern des Oberbundesgerichts zu solcher Zeit gehalten, wie der Congreß es bestimmen mag. Die Richter des Obergerichts theilen sich in die Gerichtskreise, deren es neun giebt, und jeder von ihnen durchreist seinen Kreis, bis er in jedem dazu gehörenden Staate einen Gerichtstermin abgehalten hat. Auch ist seit dem 10. April 1869 durch den Congreß verfügt worden, daß in jedem Bundesgerichtskreis ein Bundeskreisrichter (circuit judge) wohnen soll, welcher an Machtvollkommenheit dem Richter des Oberbundesgerichts gleichsteht und ein Jahresgehalt von 6000 Dollars bezieht. Die Gerichtskreise (circuits) werden sehr häufig verändert; deßhalb theilen wir sie hier auch nicht mit. Es ist die Pflicht jedes der Mitglieder des Oberbundesgerichts, binnen zwei Jahren wenigstens einem Termin des Kreisgerichts in jedem District des ihm angewiesenen Kreises beizuwohnen; denn die Kreisgerichte wandern und werden der Reihe nach in jedem Gerichtsdistrict abgehalten. Auch Districtsrichter fungiren in den Kreisgerichten als Beisitzende.

Die Districtsgerichte: — Diese Gerichtshöfe bilden die unterste Instanz unserer Ver. Staaten Gerichte. Für jeden District ist ein Districtsrichter bestimmt, welcher in seinem District wohnen muß. Die Eintheilung der Ver. Staaten in Bundesgerichts-Districte theilten wir im Beginn dieses Abschnitts mit.

Die Jurisdiction dieser drei verschiedenen Arten von Bundesgerichten können wir nicht ausführen, da sie zu viele verschiedene Punkte umfaßt. Es wird dem Leser auch genügen, zu wissen, daß alle den Bund, oder das Ausland betreffenden Fälle, sowie jeder Proceß, worin ein Staat Kläger oder Verklagter ist, vor die Bundesgerichte gehören.

Noch unter den Bundes-Districtsgerichten stehen an Autorität die Territorial-Gerichtshöfe und die Gerichte im District Columbia, welche gleichfalls Bundestribunale sind.

Das Anspruchsgericht—Court of Claims—: Dieser Gerichtshof wurde durch eine Congreßakte vom 24. Februar 1855 geschaffen. Er besteht aus einem Oberrichter und vier beisitzenden Richtern, welche sämmtlich vom Präsidenten mit Zustimmung des Senats für Lebenszeit, oder so lange sie sich gut betragen, ernannt werden;

(7)

jeder Richter erhält 4500 Dollars Jahresgehalt und irgend welche zwei derselben können einen Gerichtstermin abhalten. Kein Mitglied des Congresses darf am Anspruchsgericht als Rechtsbeistand oder Advocat practisiren.

Dieser Gerichtshof soll in der Stadt Washington jährlich eine am ersten Montag im December zu eröffnende Sitzung halten, welche so lange dauern mag, als Geschäfte vorliegen.

Vor das Anspruchsgericht gehören: Alle Ansprüche welche sich stützen: — auf irgend eine Congreßakte (Statutengesetz); auf eine von einem der Executiv-Departements getroffene Anordnung; auf einen von der Regierung der Vereinigten Staaten ausgegebenen Contract, oder einen anderweitigen Contract, wobei die Bundesregierung betheiligt ist. Ferner gehören dorthin: — alle Ansprüche, welche der Congreß an diesen Gerichtshof verweisen mag; alle Schadenersatz-Ansprüche oder sonstigen Forderungen gegen die Vereinigten Staaten; alle Petitionen und Gesetzentwürfe, welche Ansprüche von Privatpersonen an die Bundesregierung betreffen; alle Ansprüche, welche die Bundesregierung gegen einzelne Bürger oder Corporationen geltend machen mag; alle aus Verträgen entsprungenen Ansprüche, 2c.

Jeder solcher Anspruch soll binnen sechs Jahren nach seinem Entstehen vor dem Anspruchsgericht geltend gemacht werden, und nach Verlauf dieser Frist verfällt er, d. h. kann er nicht mehr vor diesem Gerichtshof verhandelt werden. Hiervon sind einige in Section 1069 der Ver. Staaten-Statuten aufgeführte Fälle ausgenommen, worin der Anspruch nicht binnen der gegebenen Frist geltend gemacht werden konnte. Es kann gegen die Entscheidung des Anspruchsgericht beim Oberbundesgericht, wenn es sich um mehr als 3000 Dollars handelt, Berufung erhoben (appellirt) werden.

Nur solche in den Vereinigten Staaten weilende und nicht naturalisirte Ausländer, welche einem Lande angehören, dessen Regierung Bürgern der Vereinigten Staaten das Einklagen von Ansprüchen vor ihren eigenen (den fremdländischen!) Gerichtshöfen gestattet, sollen vor dem Vereinigten Staaten-Anspruchsgericht klagbar werden können. Diese Berechtigung beruht also auf Gegenseitigkeit.

Jeder Proceß, der durch dieses Tribunal entschieden werden soll, muß durch eine Petition anhängig gemacht werden, worin der Anspruch, der Ursprung desselben, der Betrag und die betheiligten Partien angegeben sein müssen. Dieser Gerichtshof berichtet jede Entscheidung an den Congreß, und wenn dieselbe zu Gunsten des Anspruchmachers ist, so passirt der Congreß eine Bill zu seiner Abhilfe.

Dieser Gerichtshof entscheidet nicht nur über Ansprüche gegen die Regierung, denn seine im Jahr 1863 erweiterte Jurisdiction giebt ihm auch das Recht, Gegenansprüche, welche die Regierung gegen den Bittsteller geltend machen mag, anzuhören und darüber zu verfügen.

Vor der Etablirung dieses Gerichtshofes blieb einer Person, welche Ansprüche an die Regierung hatte, kein anderes Mittel, als eine Petition an den Congreß selbst einzureichen. Dies war ein langsames und höchst kostspieliges Verfahren, um zu seinem Rechte zu gelangen. Dieses Tribunal hat die Erledigung der Ansprüche gegen die Regierung sehr erleichtert und dem Congreß eine große Bürde abgenommen, die ihm früher viel Zeit raubte.

Achtes Kapitel.

Die Staaten, die Territorien und der District Columbia.

In der 4. Section des IV. Artikels der Bundesconstitution heißt es, daß die Vereinigten Staaten jedem Staate in dieser Union eine republikanische Regierungsform guarantiren sollen, und so sind denn die Staatsregierungen sehr ähnlich der Bundesregierung eingerichtet.

Betrachten wir zuerst das Verhältniß der Staaten zum Bunde, denn darum hat sich von jeher der Parteikampf gedreht, obgleich die Bundesverfassung die Stellung der Staaten zur Union und die Machtbefugnisse der Bundesregierung, sowie die Rechte und Pflichten der Staaten genau genug darlegt, um jeden Zank unmöglich zu machen, wenn nicht immer und immer wieder gewissenlose Demagoguen die alten Streitfragen in Anregung brächten. Die alte Frage, ob die Bundesgewalt der Staatsgewalt unterstellt sei, oder ob umgekehrt die Staaten nur eine bedingungsweise Selbstständigkeit beanspruchen können, bildet immer noch, wie im Anbeginn, den Zankapfel, welcher schon in der verschiedenartigsten Form dem Volke vorgelegt worden ist. Wollte man sich nur streng an die Constitution halten, welche bei all ihrer Mangelhaftigkeit in dieser Hauptfrage gerade recht klare Bestimmungen enthält, so wäre ein Streit über „Staatssouveränität" und „Bundes-Oberhoheit" schier ein Ding der Unmöglichkeit. Die Constitution mißt der Bundesregierung ihre Rechte und Befugnisse sehr genau zu, auch definirt sie die Rechte der Staaten und verfügt schließlich durch das 10. Amendment, daß „die Gewalten, welche den Vereinigten Staaten (der Bundesregierung) weder durch die Constitution übertragen, noch den Staaten verweigert worden sind, den respectiven Staaten oder dem Volke vorbehalten sein sollen."

Es kann somit ebenso wenig gesagt werden, daß die Bundesregierung über den Staatsregierungen stehe, als man das Umgekehrte aus der Constitution abzuleiten vermag. Beide haben ihre besonderen Befugnisse und keine derselben kann der anderen untergeordnet werden.

Die republikanische Partei hat, gleich der alten föderalen, stets behauptet, die Bundesregierung stehe *über* den Staatsregierungen; und die Demokratie hat dagegen geltend gemacht, daß die Selbstständigkeit der Staaten durch deren Vereinigung zu einem Bunde nicht aufgehoben sei. Extremisten haben sogar, wie wir in unserem Abriß der Geschichte der Parteien zeigten, eine fast unbeschränkte Souveränität für die Staaten beansprucht. Die Wahrheit liegt auch hier, wie man das so häufig findet, in der Mitte, und die Demokratie nimmt, deren extreme Staatenrechtler ausgenommen, wohl den richtigen Standpunkt ein: Die Union ist weder ein lockeres Staatenbündel noch ein centralisirter Bundesstaat, sondern sie ist ein fester Bund von Staaten, deren jedem eine republikanische Regierungsform gewährleistet worden. Alle Centralisation muß in ihren letzten Consequenzen das Fortbestehen der Union als eine *demokratische* Republik*) gefährden und schließlich auf die eine oder die andere

---

*) Die republikanische Staatsverfassung kann zweifacher Art sein: *aristokratisch*, wenn die höchste Gewalt in den Händen einer oder mehrerer bevorzugter Klassen, und *demokratisch*, wenn sie in den Händen des ganzen Volkes, also aller Bürger, liegt. Die erstere Art wird von der republikanischen Partei angestrebt, und die letztgenannte findet in der Demokratie ihre Vertreterin.

Weise zur Bildung einer Monarchie führen. Wir haben auch schon seit geraumer Zeit, vorzüglich unter den Kapitalisten der republikanischen Partei, eine ziemliche Anzahl mehr oder weniger verkappter Imperialisten, welche lieber heute als morgen unseren Volksstaat in eine Monarchie umwandeln möchten, und es ist leider kaum zu bezweifeln, daß die große Masse unserer Shoddy-Aristokraten, oder Emporkömmlinge, sich unendlich gern im Glanze eines Thrones sonnte. Die Genußsucht, der Geldstolz und die Prachtliebe sind überall und zu allen Zeiten den Republiken gefährlich geworden, und wir wollen hoffen, daß unsere stolze Republik nicht dereinst an dieser dreifachen Klippe zu Grunde gehen möge. Die sicherste Schutzwehr gegen alle monarchischen Bestrebungen der Geldbrozzen ist die Aufrechterhaltung der Union als Bund freier, in sich selbstständiger und doch eng vereinter Staaten.

Die Regierungsform der einzelnen Staaten. — Selbstverständlich können wir hier nur die allgemeine Form der Staatsregierungen kurz erklären, denn ein näheres Eingehn würde eine mehr oder minder umfangreiche Darlegung der Regierung eines jeden einzelnen Staates erheischen.

Auch in den Staatsregierungen finden wir die nämlichen drei Gewalten, wie in der Bundesregierung; nämlich, die legislative oder gesetzgebende, die executive oder vollziehende und die judicielle oder richterliche Gewalt; über allen steht der in der Staatsconstitution niedergelegte Volkswille.

Die legislative oder gesetzgebende Gewalt ruht in der Legislatur oder Gesetzgebung (Assembly in einigen Staaten genannt), und diese besteht aus einem Senat und einem Repräsentantenhause. In einigen Staaten findet nur jedes zweite Jahr eine regelmäßige Legislatursitzung statt; in anderen dagegen tritt die Gesetzgebung alljährlich zusammen und in dem wunderlichen Rhode Island soll nach der Constitution sogar in jedem halben Jahre eine Legislatursitzung abgehalten werden.

Die executive oder vollziehende Gewalt liegt in den Händen eines Gouverneurs, und demselben zur Seite stehen verschiedene Beamte, welche theils gleich ihm selber vom Volke erwählt, theils aber auch von ihm ernannt werden. Jeder Staat hat in der innern Einrichtung seiner Regierungsmaschine gewisse Eigenthümlichkeiten. Die Gewalten der Gouverneure sind, wie ihre Dienstzeit, sehr verschieden; letztere beträgt in einigen Staaten ein, in anderen zwei, drei und selbst vier Jahre.

Die judicielle oder richterliche Gewalt ruht in einem Obergericht und verschiedenen demselben unterstellten Gerichtshöfen.

Die Territorien. — Territorien werden diejenigen abgegrenzten Länderstrecken der Vereinigten Staaten genannt, welche nicht souveräne Staaten der Union sind, sondern die noch durch den Congreß und durch vom Präsidenten unter Beistimmung des Senats ernannte Gouverneure und Richter verwaltet werden. Die übrigen Beamten erwählt das Volk. Auch haben die Territorien vom Volke erwählte Legislaturen. Gleich den Staaten müssen sie eine republikanische Regierungsform haben und genießen alle durch die Constitution verliehenen Grundrechte.

Die Erhebung eines Territoriums zu einem Staate ist eigentlich nur an die Bedingung geknüpft, daß dasselbe so viele Einwohner habe, als zur Erwählung eines Congreßmitgliedes erforderlich sind; nach einer älteren Bestimmung mußte das um Aufnahme in die Union als Staat nachsuchende Territorium mindestens 60,000 Einwohner haben, jetzt aber werden fast 100,000 mehr verlangt. Uebrigens hat der Congreß über die Aufnahme bedingungslos zu entscheiden, und verweigert er sie, so bleibt das betreffende Territorium eben Territorium, bis sich der Congreß zu seiner Aufnahme bereit erklärt. Jedes Territorium ist im Repräsentantenhause des Congresses durch einen vom Volke erwählten Delegaten vertreten, welcher nur eine berathende Stimme hat, ohne sich an den Abstimmungen betheiligen zu können. Da durch den Senat die Staaten repräsentirt werden, so kann ein Territorium in jenem Zweige des Congresses selbstverständlich keine Vertretung haben.

Die Organisirung neuer Territorien erfolgt immer noch nach Maßgabe der Jefferson'schen „Ordinanz für die Verwaltung des Territoriums der Ver. Staaten nordwestlich vom Ohio-Fluß," welche vom 13. Juli 1787 datirt ist.

Wir theilen nachstehend einige der bemerkenswerthesten, den Statutengesetzen der Ver. Staaten entnommene Verordnungen mit:

Der Gouverneur und der Secretär eines jeden Territoriums sind vom Präsidenten der Ver. Staaten für die Dauer von 4 Jahren zu ernennen, können aber auch vom Präsidenten noch vor Ablauf dieser Dienstzeit abgesetzt werden.

Die Legislatur eines jeden Territoriums soll aus einem „Council" und einem Repräsentantenhause bestehen. Jedes zweite Jahr findet eine regelmäßige Sitzung statt. Die Mitglieder werden für die Dauer von zwei Jahren gewählt. Vor der ersten Wahl von Legislaturmitgliedern soll der Gouverneur in allen Counties und Districten seines Territoriums einen Census aufnehmen lassen und dann nach Maßgabe der vom Congreß bei der Organisirung des Territoriums getroffenen Bestimmungen eine Vertheilung der Vertretung der einzelnen Districte in der Legislatur vornehmen. Die Legislatursitzungen sind auf 40 Tage beschränkt.

Alle Gesetze, welche von der Legislatur eines Territoriums unter Beistimmung seines Gouverneurs erlassen werden, sind dem Congreß zu unterbreiten, und falls derselbe sie nicht gutheißt, sollen sie als null und nichtig erachtet werden. Diese Verordnung findet jedoch nicht Anwendung auf die Territorien Dakota, Idaho, Montana und Wyoming.

Friedensrichter und alle höheren Offiziere der Miliz sind vom Volke nach den Bestimmungen der Legislatur zu erwählen. Alle Township-, County- und Districts-Beamte dagegen sind vom Gouverneur zu ernennen.

Alle männlichen Bürger und alle männlichen Eingewanderten, welche die Absicht, Bürger werden zu wollen, abgegeben haben, sollen bei der ersten Wahl in einem neu-organisirten Territorium wahlberechtigt und auch wählbar sein; später mag die Legislatur nach Gutdünken Beschränkungen verfügen.

Jedes Territorium soll in drei Gerichtsbezirke getheilt, und in jedem derselben sollen von je einem Richter des Territorial-Obergerichts nach Vorschrift der Legislatur Gerichtstermine abgehalten werden. Das Territorial-Obergericht soll aus einem präsidirenden und zwei beisitzenden Richtern bestehn, welche jährlich im Regierungssitz des Territoriums eine Gerichtssitzung abzuhalten haben. Jeder dieser Richter wird vom Präsidenten auf vier Jahre ernannt.

Auch hat der Präsident einen Bundesanwalt und einen Bundesmarschall für jedes Territorium zu ernennen.

Die Legislatur eines Territoriums darf unter keiner Bedingung die vom Congreß aus der Bundeskasse für die Verwaltung des Territoriums bewilligte Summe überschreiten.

Wenn ein Territorium um Aufnahme in die Union bittet, so hat es dem Congreß eine Verfassung vorzulegen, welche es als Staat beizubehalten wünscht, und diese Verfassung kann vom Congreß gutgeheißen oder verworfen werden; im letzteren Falle ist auch das Territorium vorläufig abgewiesen.

Das Indianer-Territorium — Indian Territory—hat keine Territorialregierung. Die dorthin verwiesenen Stämme und Nationen stehen nach wie vor unter ihren eigenen Sachems und Häuptlingen. Die Bundesregierung übt dort nur die Polizeigewalt aus und läßt sonst die Indianer sich selbst regieren. Vor den Bundesgerichten von Arkansas werden alle dortigen Prozesse entschieden. Weiße dürfen sich nicht dort als Ansiedler niederlassen, und Diejenigen, welche mit den Indianern Handel treiben wollen, haben dazu die Erlaubniß der Bundesregierung einzuholen und eine Bürgschaft von 5000 bis 10,000 Dollars für die genaue Erfüllung der speciell für diesen Handelsverkehr geschaffenen Bundesgesetze zu leisten.

Der District Columbia.—Dieses kleine, die Bundeshauptstadt Washington nördlich vom Potomac-Flusse zehn Meilen weit umschließende Gebiet war bis zum 21. Februar 1871 weder Staat noch Territorium, stand unter der directen Controle des Congresses und genoß nur die beschränkten Rechte, welche der Congreß ihm bewilligte. Seither hat der District jedoch eine Territorial-Regierung erhalten und sendet auch einen Delegaten in den Congreß. Seine Gerichtshöfe, bestehend aus einem Kreisgericht, einem Districtsgericht, einem Nachlassenschaftsgericht und einem Criminalgericht, werden als Ver. Staaten-Gerichte betrachtet, weil sie durch Congreßakte geschaffen worden sind und weil der Präsident mit Beistimmung des Senats die Richter zu ernennen hat.

Neuntes Kapitel.

Unsere Gesetze.

Wie schon bemerkt, hat jeder Staat und jedes Territorium eigene Gesetze, welche nur in den Grenzen desselben gelten und die nicht im Widerspruch mit den Vereinigten Staaten-Gesetzen stehen dürfen.

Die Gesetze der Vereinigten Staaten, welche in allen Theilen der Union gleiche Kraft und Gültigkeit haben sollen, bestehen aus der Constitution, oder dem Grundgesetz, und den vom Congreß nach und nach erlassenen Gesetzen, welche unter dem Namen „Statutengesetze" bekannt sind.

Die Constitution (Verfassung) gilt für alle Zweige der Regierung, wie auch für jeden Staat und endlich für jeden Bewohner des Landes als die erste und hauptsächlichste Richtschnur. Die Gewalt, welche die Constitution verleiht, ist unantastbar; alle Gewalt aber, welche sie nicht verleiht, kann auch nicht rechtmäßiger Weise gefordert und ausgeübt werden. In der Constitution beruhet alle Autorität, welche das Volk seinen Beamten giebt, und dort sind auch die Grenzen gezogen zwischen den Befugnissen der Bundes- und der Staatsregierungen. Kein Gesetz ist gültig, welches nicht auf einen Paragraphen der Union zurückgeführt werden kann, das also nicht der Constitution entspringt.

Die Unverletzlichkeit der Constitution muß auf das Sorgsamste gewahrt bleiben; denn wer an dem Fundament rüttelt, der bringt den ganzen darauf ruhenden Bau in's Schwanken und gefährdet ihn also. Die Constitution ist aber thatsächlich das Fundament, woraus und worauf unser Regierungssystem allmälig aufgeführt wurde.

Als der erste Congreß unter der gegenwärtigen Verfassung 1789 in Sitzung ging, hatte er nur die Constitution als Richtschnur und Quelle gleichzeitig, und außer dem Congreß war nur der (am 30. April statt am 4. März zu New York eingeschworene) Präsident nebst dem Vicepräsidenten vorhanden; die Gerichte und die Executiv-Departements mußten dann erst durch den Congreß und den Präsidenten gemeinsam geschaffen werden.

Die „Articles of Confederation" sind als die erste Verfassung der Vereinigten Staaten zu betrachten, und wurden erst durch unsere gegenwärtige Constitution, welche sie ersetzen sollte, aufgehoben.

Längst schon ist die Mangelhaftigkeit und Unzulänglichkeit der Bundesconstitution in verschiedener Weise zu Tage getreten, und bereits sind dazu 15 Amendments, oder Zusätze, gemacht worden. Dieses Flickwerk erweist sich natürlich als ungenügend, und kaum ist einem Mangel durch ein Amendment abgeholfen, so tauchen drei andere Lücken neben dem ausgebesserten Loch auf. Die ersten zehn Amendments wurden schon vom ersten Congreß entworfen und am 25. September 1789 den verschiedenen Staaten zur Annahme vorgelegt, von denen Connecticut, Georgia und Massachusetts sich nicht zur Ratificirung verstehn wollten; wenigstens ist im Archiv des Congresses Nichts zu finden, was darauf schließen ließe, daß eine Ratificirung seitens jener drei Staaten erfolgt wäre. Die Amendments 13, 14 und 15 sind „Kriegserrungenschaften," d. h. sie wurden während des Bürgerkrieges von einem Congreß entworfen, worin die secedirten Südstaaten keine Vertretung hatten. Trotzdem machte man die Ratificirung dieser Amendements den ausgeschiedenen Staaten zu einer Bedingung, ohne deren Erfüllung sie nicht wieder in die Union als „gleichberechtigte Staaten," sondern nur als erobertes Gebiet aufgenommen werden könnten. Ob ein solcher Zwang zu rechtfertigen ist, mögen spätere Geschichtsschreiber entscheiden. Verschiedene Staaten haben auch diese Amendments nicht ratificirt.

Unter den Hauptmängeln unserer Constitution erwähnen wir, als des wohl bedeutendsten, die höchst lückenhaften und ungenauen Bestimmungen über die Zählung des Electoralvotums. Ueberhaupt ist der Präsidentenwahlmodus gar ungenügend in unserem Grundgesetz, das sogar die Erwählung eines Präsidenten ohne Zuthun des Volkes zuläßt, denn Artikel II., Sect. 1, § 2 der Bundesverfassung besagt: „Jeder Staat soll in einer von seiner Legislatur vorzuschreibenden Weise eine Anzahl Electoren ernennen (appoint) ꝛc." Daraus haben dann Viele richtig geschlußfolgert, daß die Electoren auch von den betreffenden Legislaturen erwählt, ja daß selbst die Gouverneure sie ernennen könnten, wenn die Gesetzgebungen es so anordneten. Und wirklich sind in mehreren Staaten bis zum Ausbruch des Bürgerkrieges die Electoren von den Legislaturen erwählt worden; in Colorado ereignete sich dieses noch im Jahre 1876. Dagegen ist aber, wie wir schon an anderer Stelle darthaten, demokratischerseits geltend gemacht worden, daß die Electoren nach den Bestimmungen der 2. Section des 14. Amendments unbedingt vom Volke erwählt werden müssen, und es ist wahrscheinlich, daß diese Auffassung aufrecht erhalten werden wird. — Wir führen diesen Mangel unserer Constitution hier beispielshalber an und gehen nicht weiter auf die übrigen Unzulänglichkeiten ein, weil dieselben im öffentlichen Leben oft genug hervortreten und dann von den Zeitungen, und in Wahlzeiten auch von den Rednern, sattsam beleuchtet zu werden pflegen.

Die Constitution kann durch Zusätze (Amendments) vermehrt oder abgeändert werden, wenn zwei Drittel der Mitglieder beider Zweige des Congresses Solches für angemessen erachten; auch soll auf Ersuchen der Legislaturen von zwei Dritteln der Staaten eine Convention zur

Entwerfung von Amendments einberufen werden*), und wenn drei Viertel aller Staaten der Union die in Vorschlag gebrachten Amendments annehmen, oder ratificiren, so sollen dieselben in der ganzen Union gleiche Geltung haben, wie die übrigen Artikel, Sectionen und Paragraphen der Verfassung.

Diesem Grundgesetz der Vereinigten Staaten stehen die schon genannten Statutengesetze oder Congreßakte zur Seite. Sie haben in allen Theilen der Union gleiche Geltung. Nur auf Grund der Verfassungswidrigkeit kann eine Congreßakte, welche Gesetzeskraft erlangt hat, angefochten werden, und dann hat allein das Oberbundesgericht zu entscheiden, ob die betreffende Congreßakte verfassungsmäßig, oder constitutionell, sei. Erklärt das Oberbundesgericht solch eine angestrittene Congreßakte für constitutionell, so ist daran nicht mehr zu rütteln, und giebt es eine gegentheilige Entscheidung ab — erklärt es also die betreffende Akte für unconstitutionell, so hat dieselbe keinerlei Bedeutung mehr und muß aus der Reihe der Statutengesetze gestrichen werden. Die Entscheidung des Oberbundesgerichts ist in jedem Falle endgiltig. Der Congreß kann jedoch zu jeder Zeit durch neue Akte ein Statutengesetz, oder eine beliebige Anzahl derselben, erweitern, beschränken, abändern oder gänzlich aufheben, und er bedarf dazu nur bedingungsweise der Zustimmung des Präsidenten, denn verweigert derselbe irgend einer Akte seine Unterschrift und belegt er dieselbe mit seinem Veto, so kann der Congreß dieses Veto mit einer Zweidrittelsmajorität bei Seite setzen, wie wir in unserem Abschnitt über den Congreß dargethan haben.

Außer der Constitution und den Statutengesetzen des Bundes schuldet jeder Bewohner der Vereinigten Staaten auch den mit fremden Mächten abgeschlossenen Verträgen Achtung und darf den Bestimmungen derselben ebenso wenig zuwider handeln, als er befugt ist, die Gesetze des eigenen Landes zu übertreten.

---

*) Siehe Artikel V. der Constitution.

Endlich aber sind die Bewohner der Union, wie die Mitglieder aller civilisirten Gemeinwesen, dem Völkerrecht unterworfen.

Das sind die Gesetze, welche in allen Theilen der Union gleichmäßige Geltung haben. Es hat nun aber auch noch jedes Gemeinwesen seine besonderen Gesetze und Verfügungen, denen nicht minder Gehorsam gezollt werden muß, als den vorgenannten allgemeinen Bundesgesetzen.

So hat jeder Staat seine eigene Verfassung oder Constitution, und neben derselben seine Statutengesetze. Die Staatsverfassungen sollen Nichts enthalten, was der Bundesverfassung zuwider liefe, und die Statutengesetze der Staaten müssen wiederum mit deren Verfassungen im Einklang stehn, oder constitutionell sein. Die Staaten sind in Counties*), und diese wiederum in Townships getheilt. Sowohl Counties als Townships können ihre eigenen gesetzlichen Verfügungen treffen, die indessen den Staatsgesetzen nicht zuwider sein dürfen.

Sobald eine Ortschaft „gechartert," oder incorporirt, d. h. vom Staat als ein municipales Gemeinwesen anerkannt worden ist, erhält sie das Recht der Selbstregierung und kann ihre eigenen gesetzlichen Verordnungen, gewöhnlich „ordinances" genannt, treffen.

Auch die Territorien haben ihre eigenen Gesetze, welche indessen nur aus den Erlassen ihrer Legislaturen bestehen. Kein Territorium hat eine eigentliche Constitution.

Jedes Gesetz hat nur für dasjenige politische Gemeinwesen Geltung, für welches es erlassen worden. So gilt das Staatsgesetz nur in den Grenzen des einen, besonderen Staates, die County-Verordnung nur in dem eigenen County und die städtische Ordinanz nur in der eigenen Stadt. — Was hier von den Gesetzen gesagt worden, hat auch volle Geltung in Bezug auf die Beamten, deren Amtsgewalt sich nur über ein gewisses Gebiet erstreckt. So erstreckt sich die Jurisdiction oder Amtsgewalt der

*) In Louisiana „Parishes" und in Süd-Carolina „Districte" genannt.

Staatsbeamten nur auf ihren Staat, der Countybeamten nur auf ihr County, der Municipalbeamten nur auf ihre Stadt.

Jedes Staats-, County- oder Municipalgesetz kann, wenn es gegen die Bundesconstitution verstößt, vom Oberbundesgericht für null und nichtig erklärt werden.

Zehntes Kapitel.

Wahlrecht und Wählbarkeit.

Nachdem der Leser in dem letzten Kapitel so ausführlich, als es dem Zweck dieses Büchleins entsprechend geschehen konnte, über die staatlichen Einrichtungen und die Gesetze unterrichtet worden, gehen wir nun zu den Wahlen über, aus welchen die öffentlichen Behörden hervorgehn. Die Zahl derjenigen Beamten, welche von dem Präsidenten, den Gouverneuren, den Häuptern der verschiedenen Departements, des Civildienstes für den Bund oder für die einzelnen Staaten u. s. w. ernannt werden, und von denen nur ein Theil durch den Congreß oder eine Staatslegislatur bestätigt zu werden braucht, ist sehr groß und hat vorzüglich seit dem Bürgerkriege ungeheuer zugenommen. Dieses Ernennungsrecht (Patronage) pflegt von den damit betrauten, vom Volke erwählten Oberbeamten nur zu sehr für Parteizwecke, sowie zur Förderung selbstsüchtiger Pläne und zur Belohnung politischer Handlanger und Beitreiber ausgebeutet zu werden, und dadurch ist es längst schon zu einem Gemeinschaden geworden, welchen man bislang vergebens durch „Civildienstreformen" aus dem Wege zu räumen suchte. Die nicht vom Volke zu erwählenden, sondern von diesem oder jenem Oberbeamten zu ernennenden Unterbeamten werden leider höchst selten nach Maßgabe ihrer Befähigung und ihrer Ehrlichkeit ausgewählt, sondern es wird vielmehr in Erwägung gezogen, ob sie ihrer Partei Dienste geleistet und ob sie sich als zuverlässige Glieder der „politischen Maschine" erwiesen haben. Leider wiegt auch die politische Nutzbarkeit bei der Nomination von Candidaten für die durch Volkswahlen zu besetzenden Aemter häufig weit schwerer, als Tüchtigkeit und Redlichkeit; aber das Volk hat es doch, wenn es nur sich nach Pflicht und Gewissen am öffentlichen Leben betheiligen will, ganz in seiner Macht, die Aufstellung von schlechten Candidaten zu verhindern und ausschließlich tüchtige und ehrliche Männer zu nominiren. Wir halten deßhalb jede Vermehrung der durch **Ernennungen** zu besetzenden Aemter für gefährlich und schädlich, und unserer Ansicht nach sollte das Volk mit aller Macht auf eine stete Verminderung der politischen Patronage hinarbeiten; auf keinen Fall aber sollte es in irgend eine Art der Vermehrung derselben willigen.

Es ist jedoch nicht unsere Absicht, zu politisiren; vielmehr wollen wir den Leser nur über Alles, ihm als Bürger eines Volksstaates Wissenswerthe zu belehren suchen, und fahren deßhalb in der Darlegung des nach Gesetz und Brauch Bestehenden fort.

Die verhältnißmäßig zahlreichsten Ernennungen sind im Civildienst des Bundes zu machen, weit weniger schon in den Departements des Staatsdienstes, und endlich so gut wie gar keine in den County- und Municipal-Verwaltungen.

Ehe wir nun zu einer Darlegung der Art und Weise der Candidaten-Nominationen und der Beamtenwahlen schreiten, wollen wir auseinandersetzen, was unter **Wahlrecht** zu verstehn ist und auf welche Weise, sowie von welcher Autorität es verliehen wird.

Man muß wohl unterscheiden zwischen zwei Arten von Bürgerthum (citizenship), nämlich: zwischen einem von den Vereinigten Staaten zu verleihenden Bundesbürgerthum, und zwischen einem von der Staatsgewalt ausgehenden Staatsbürgerthum. Ersteres kann man auch als ein volles und nationales, letzteres dagegen als ein theilweises Bürgerthum bezeichnen. Ein theilweises ist das Staatsbürgerthum, weil es nur innerhalb der Grenzen eines Staates Geltung hat, während das von den Vereinigten Staaten verliehene Bürgerthum über die ganze Union hin Geltung hat und auch Rechte nationaler Natur einbegreift, welche die Staatsgewalt nicht verleihen kann. Wie aber dem Bundesbürgerthum gewisse Rechte und Freiheiten entspringen, welche die Staatsgewalt nicht zu ertheilen vermag, so knüpfen sich andererseits auch an das Staatsbürgerthum Privilegien, die nicht durch die Bundesgewalt verliehen werden können. So ist z. B. das Besitz- und Erbrecht gänzlich durch den Staat zu ordnen, und derselbe ist auch ermächtigt, seinen speciellen Bürgern irgend welche Freiheiten zu gewähren, oder ihnen Rechtsbeschränkungen aufzuerlegen, die nicht im Widerspruch mit den durch die Constitution gewährleisteten, allgemein gültigen Grundrechten stehen.

Das hauptsächlichste Privilegium, welches das Staatsbürgerthum mit sich bringt, ist das Wahlrecht. Sehr irrig ist die Annahme, daß das Bundesbürgerthum gleichfalls, und zwar in noch viel umfassenderer Weise, das Wahlrecht einschließe. Es ließe sich eine sehr große Zahl Entscheidungen des Oberbundesgerichts hier aufführen, welche klar und deutlich besagen, daß nicht der Bundes-, sondern nur der Staatsbürger wahlberechtigt ist. So besagt eine in dem berühmten Dred Scott-Falle abgegebene richterliche Entscheidung, „daß sich die verschiedenen Staaten durch die Annahme der Bundesconstitution nicht der Macht begeben haben, die Privilegien ihres eigenen Bürgerthums einem nicht naturalisirten Ausländer, oder sonst irgend Jemandem, welchen sie derselben würdig halten, zu verleihen." Die Bundesconstitution besagt sehr klar, daß das Wahlrecht ein von der Staats-, nicht aber von der Bundesgewalt zu verleihendes Privilegium ist, denn der zweite Paragraph ihres ersten Artikels lautet: „Das Repräsentantenhaus (des Congresses) soll aus Mitgliedern bestehen, welche das Volk der verschiedenen Staaten jedes zweite Jahr auf's Neue zu erwählen hat, und die Wähler in jedem Staate sollen diejenigen Qualificationen besitzen, welche von den Wählern für den zahlreichsten Zweig der Staatslegislatur gefordert werden." Diese Qualificationen hat aber ausschließlich der Staat zu bestimmen, und somit ist es klar, daß die Bundesregierung nicht ermächtigt sein kann, das Wahlrecht zu verleihen. Einige behaupten, es stehe den einzelnen Staaten nicht frei, die Wahlberechtigung der Bundesbürger von der Erfüllung gewisser Bedingungen abhängig zu machen, oder sie auf Grund anderer Entrechtungsursachen zu verweigern, als diejenigen sind, welche nach der Bundesconstitution den Verlust des Bürgerthums bewirken sollen. Aus dieser Behauptung haben sie dann geschlußfolgert, daß z. B. der Staat Rhode Island die Wahlberechtigung, der Bundesverfassung zuwider, vom Grundeigenthumsbesitz abhängig mache und daß die Constitution von Massachusetts u. A. widerrechtlich verfüge, jeder ihrer Wähler müsse das Englische lesen und schreiben können. Sie suchen ihre Behauptung durch eine Hinweisung auf die Bundesconstitution zu begründen, welche sie dann nicht richtig auffassen, oder die sie willentlich falsch deuten. Die Bundesverfassung besagt nur, daß nicht einige Klassen von Bürgern benachtheiligt, oder auch, daß nicht bezüglich der durch das Bürgerthum gewährten Rechte und Freiheiten Unterschiede gemacht werden sollen der Rasse, der Hautfarbe, oder eines ehemaligen Zustandes der Dienstbarkeit (Sclaverei) halber. Sie verbietet also den Staaten alle Parteilichkeit und schreibt vor, daß alle

Privilegien und Freiheiten den Bürgern nach dem alten Grundsatze verliehen werden sollen: „Was dem Einen recht, ist dem Andern billig."

Wäre unsere Ausführung unrichtig, dann hätte nicht ein einziger Staat in der Union constitutionelle Wahlgesetze, denn jeder Staat knüpft die Wahlberechtigung an besondere Bedingungen, die nicht in der Bundesconstitution zu finden sind. Wären aber die Wahlgesetze aller Staaten verfassungswidrig, so käme das einer allgemeinen und vollständigen Mißachtung der Constitution gleich, die nur in allen Punkten gültig oder vollständig ungültig sein könnte.*) Das Oberbundesgericht hat auch längst schon entschieden, daß die auf die Gleichberechtigung der Bürger bezüglichen Stellen der Constitution so gedeutet werden sollen, daß kein Unterschied zu Gunsten oder Ungunsten einer Rasse u. s. w. gemacht werden dürfe. Ferner entschied es, daß das 15. Amendment zur Bundesverfassung Niemandem das Bürgerrecht verleiht.

Endlich aber hat das Oberbundesgericht entschieden, daß die Vereinigten Staaten keine Wähler, welche sie selbst creirt haben, in den einzelnen Staaten besitzen; von nationalen Wählern kann somit keine Rede sein. Noch weiter aber ging das Oberbundesgericht, indem es entschied, die Staaten seien nicht gezwungen, den Bürgern der Vereinigten Staaten das Wahlrecht zu gewähren. Es ist dieses eine weitere Bestätigung des Satzes, daß das Wahlrecht als ein ausschließlich von den Staaten ausgehendes und ganz unumschränkt nach deren Dafürhalten zu verleihendes Privilegium aufzufassen ist. Andererseits steht aber auch dem Congreß

---

*) Der 1808 zum Präsidenten der Vereinigten Staaten gewählte James Madison sagte in dem von ihm redigirten "Federalist," 52. Nummer: „Eine Zurückführung der verschiedenartigen Qualificationen (der Wähler) in den verschiedenen Staaten auf eine gemeinsame Regel würde wohl einigen Staaten ebenso sehr mißfallen haben, als sie der Convention schwer geworden wäre. Es scheint daher, daß die Convention (welche mit der Entwerfung einer Constitution beauftragt worden war) ihr Bestes gethan hat."

das Recht zu, Individuen, welche nach den Gesetzen ihres Staates wahlberechtigt sind, die Ausübung des Wahlrechts zu verweigern, wie es z. B. denjenigen Bewohnern der Südstaaten gegenüber geschah, welche sich an der Rebellion betheiligten;*) gänzlich entziehen konnte der Congreß jenen Leuten das Wahlrecht nicht, weil ein Recht nur von derjenigen Macht genommen werden kann, welche es zu verleihen vermochte.

Wer in den Vereinigten Staaten geboren oder wer darin naturalisirt wurde, ist ein Bürger der Vereinigten Staaten und des besonderen Staates, worin er wohnt; wahlberechtigt wird er aber erst, nachdem er die zur Erlangung dieses Privilegiums von der Staatsconstitution vorgeschriebenen Bedingungen erfüllt hat. Es ist somit eine irrige Ansicht, daß Jemand mit der alleinigen Erlangung des Bürgerrechts auch wahlberechtigt werde. Wie die Naturalisirung eines Eingewanderten demselben nicht das Wahlrecht giebt, so ist auch die Naturalisirung Eingewanderter nicht eine Bedingung der Wahlberechtigung, wie man aus den Wählerqualificationen der einzelnen Staaten, welche wir in einem besondern Kapitel mittheilen, ersehen kann. So ist beispielshalber im Staate Missouri jeder männliche, über 21 Jahre alte Eingewanderte, der

---

*) Der Rechtsgelehrte Naar sagt in Bezug hierauf in seinem trefflichen Werke über Wahlrecht und Wahlen (Naar, the Law of Suffrage and Elections): „Indirect mag der Congreß den Verlust des Wahlrechts in jenen Staaten verfügen, welche es zu einer Bedingung machen, daß der Wähler ein Bürger der Vereinigten Staaten sein muß, indem er (der Congreß) Gesetze macht, welche den Verlust des Wahlrechts als Strafe für gewisse Vergehen oder Verbrechen verfügen. In jedem solchen Falle aber wird die Verweigerung des Wahlrechts durch die Bestimmung der eigenen Staatsconstitution vollzogen, denn wenn dieselbe das Bundesbürgerthum zu einer Bedingung für die Ausübung des Wahlrechts macht, so muß mit einer durch den Congreß verfügten Entziehung jenes Bürgerthums auch die Wahlberechtigung aufhören. Das Volk eines jeden Staates hat es in seiner Gewalt, die Staatsconstitution so abzuändern, daß die Wahlberechtigung keinem seinem seiner Bürger durch den Congreß entzogen werden kann; es braucht ja nur die Klausel wegfallen zu lassen, welche besagt, daß nur Bürger der Vereinigten Staaten dort wahlberechtigt sein sollen."

sich seit mindestens einem Jahre vor einer Wahl, woran er sich betheiligen möchte, im Staate und seit mindestens 60 Tagen in dem County oder der Stadt aufgehalten und seine Absicht, Bürger werden zu wollen, nach Vorschrift des Gesetzes abgegeben hat, vollkommen wahlberechtigt, d. h. er kann sich sowohl an den Local- und Staatswahlen, als auch an einer Congreß- oder Präsidentenwahl betheiligen. Der eingeborene oder naturalisirte Bundesbürger, welcher an einem Wahltage noch nicht seit einem vollen Jahre in Missouri gewohnt hat, ist dagegen nicht wahlberechtigt.

Ein namhafter amerikanischer Rechtsgelehrter und gründlicher Kenner der Constitution sagt in einem Werke über die Verfassung: „In nicht zweien von allen Staatsverfassungen sind die Qualificationen der Wähler auf dasselbe Princip begründet und diese Thatsache zeigt uns klar und deutlich, daß unser freies und erleuchtetes Volk die Feststellung der Qualificationen seiner Wähler als eine reine Staatsangelegenheit betrachtet, und daß das Volk eines jeden Staates die Bedingungen der Wahlberechtigung den Bedürfnissen, den Vorurtheilen (ja, leider!) und den Interessen der Majorität anbequemt hat."

Fassen wir nun die im 14. Amendment zur Bundesverfassung enthaltene Bestimmung in's Auge, daß „kein Staat irgend ein Gesetz machen oder durchführen soll, welches die Privilegien oder Freiheiten der Bürger der Vereinigten Staaten beschränkt." Es ist vielfach behauptet worden, dieser Paragraph der Verfassung mache alle Staatsgesetze verfassungswidrig, welche die Erlangung des Wahlrechts an die Erfüllung von Bedingungen knüpfe, die nicht durch die Bundesconstitution vorgeschrieben seien. Das ist aber geradezu widersinnig, weil die Bundesverfassung keinerlei Bedingungen enthält, welche die Art und Weise der Verleihung dieses Rechtes betreffen. Die Väter unserer Republik, welche derselben ihre Verfassung als ihr Fundamentalgesetz gaben, haben die Verleihung des Wahlrechts als ein ausschließliches Staatenrecht anerkannt, und deßhalb konnten sie auch nicht in der Bundesverfassung vorschreiben, auf welche Art und Weise und unter welchen Bedingungen dasselbe verliehen werden soll oder kann. Die oben angezogene Bestimmung des 14. Amendments ist vielmehr so zu verstehn, daß kein Staat das Recht hat, die durch das Bundesbürgerthum verliehenen Privilegien und Freiheiten zu beschränken. So dürfte z. B. kein Staat ein Gesetz erlassen, welches die Erlangung oder die Verweigerung einer Heimstätte beträfe, oder welches irgend ein anderes durch die Bundesautorität zu verleihendes Recht beschränkte oder verweigerte. Es ist die Frage aufgeworfen worden, ob jener Paragraph des 14. Amendments die Verweigerung des Frauenstimmrechts verbiete, und da haben die Bundesgerichte entschieden, daß es jedem Staate freistehe, die Frauen für wahlberechtigt zu erklären, oder nicht; weil es ein Grundrecht des Volkes eines jeden Staates sei, zu bestimmen, welche Personen in den Grenzen des Staaten wahlberechtigt und wählbar sein sollen.

Diejenigen Personen, welche auf einem Grundstück innerhalb eines Staates wohnen, welches den Vereinigten Staaten gehört und unter deren alleiniger Gerichtsbarkeit steht, sind nicht als Bewohner des betreffenden Staates zu betrachten und somit auch nicht wahlberechtigt. Vereinigtes Staaten-Militär in einem den Vereinigten Staaten gehörenden Fort, Arsenal oder Militärposten ist nicht als Bürger desjenigen Staates zu betrachten, in dessen Grenzen es stationirt ist, und deßhalb ist es auch nicht wahlberechtigt.*)

---

*) So ist auch in dem Proceßfall Sink v. Reese (19 Ohio State Rep. 306) vom Gerichtshof erklärt worden, die Insassen der Soldatenheimat (Soldier's Home) bei Dayton könnten nicht von der Staatslegislatur für wahlberechtigt erklärt werden, weil sie nicht Bewohner des Staates Ohio seien, da sie auf einem Grundstück wohnten, welches den Vereinigten Staaten gehöre und das daher den Staat Ohio gerade so wenig angehe, als ein in Indiana oder Kentucky gelegenes Stück Land. Hiergegen ist geltend gemacht worden, daß der Staat Ohio sich die Rechtspflege auf dem Grund und Boden, worauf

Es ist kein Unterschied in der Wahlberechtigung für Bundes-, Staats- oder Localwahlen. Wer zur Betheiligung an einer Präsidentenwahl berechtigt ist, der kann auch den Sheriff seines County's mit erwählen, und umgekehrt. Jemand ist überhaupt wahlberechtigt, oder er ist es nicht; welches Amt durch eine Wahl zu besetzen ist, kommt dabei nicht in Betracht.

Die Wählbarkeit ist im Allgemeinen an dieselben Bedingungen geknüpft—wenige Wahlämter, wie das Amt eines Präsidenten der Vereinigten Staaten, eines Vice-Präsidenten und eines Congreßmitgliedes, ausgenommen —wie die Wahlberechtigung.

Es ist mehrfach die Frage aufgeworfen worden, ob ein Candidat, dessen Erwählung zur Zeit seiner Nominirung ein legales Hinderniß im Wege stand, welches noch vor der Wahl beseitigt wurde, in das betreffende Amt eingesetzt werden und dasselbe bekleiden könne. Darauf hat das Gericht in allen uns bekannten Fällen entschieden, daß ein Candidat, welcher noch vor seinem Amtsantritt alle Bedingungen der Wählbarkeit erfüllt habe, auch vollberechtigt sei, das Amt zu bekleiden, und wenn er zur Zeit seiner Nominirung, und selbst zur Zeit seiner Erwählung, noch nicht zur Bekleidung des Amtes berechtigt gewesen wäre.

So wurde in Wisconsin entschieden, daß eine als Candidat für ein öffentliches Amt nominirte Person, welche zur Zeit der Wahl noch nicht ein volles Jahr im Staate

---

sich die Soldatenheimat befinde, vorbehalten und in dem Abtretungsdocument den Insassen jener Soldatenheimat das Wahlrecht gesichert habe. Der Gerichtshof wollte diesen Einwand jedoch nicht gelten lassen, weil der Staat Ohio dadurch, daß er in die Gründung einer nationalen Soldatenheimat in seinen Grenzen willigte, dieselbe gänzlich unter die Controle und Verwaltung einer von der Bundesregierung einzusetzenden Behörde (Board) stellte, und deßhalb keine Befugniß habe, irgend welche Bestimmungen über die Rechte der Insassen jenes Invalidenhauses zu treffen.—Trotzdem betheiligen sich die Invaliden in jener Soldatenheimat an den Wahlen; uns ist es indessen nicht bekannt, daß die oben angeführte richterliche Entscheidung umgestoßen worden wäre.

gewohnt hatte (was in Wisconsin für die Wahlberechtigung und die Wählbarkeit durch die Staatsconstitution zur Bedingung gemacht wird), die aber zur Zeit, wo jenes öffentliche Amt zu besetzen war, sich ein Jahr im Staate befand, für erwählt erklärt und in das Amt eingesetzt werden konnte. Es wird nämlich die Sache vom Rechtsstandpunkte so aufgefaßt, daß nicht eigentlich die Wählbarkeit, sondern nur das Bekleiden eines Amtes an gewisse Bedingungen geknüpft sein kann, und daß ein Candidat, der bis zum Tage der Einführung in das betreffende Amt jede von ihm geforderte Bedingung erfüllt hat, als vollberechtigt zum Bekleiden des Amtes betrachtet werden soll.

Elftes Kapitel.

Das Wahlrecht in den einzelnen Staaten.

Die Bedingungen, an welche die Wahlberechtigung geknüpft ist, sind in allen Staaten verschieden; man findet sie in den Staatsconstitutionen, und aus denselben haben wir die nachfolgend mitgetheilten gesetzlichen Bestimmungen entnommen. Einige allgemeine Bemerkungen schicken wir voraus: —

Gleich den neben der Bundesconstitution bestehenden Statutengesetzen der Vereinigten Staaten, hat auch jeder Staat seine Statutengesetze, die von seiner Legislatur gemacht worden und, sofern sie mit der Staatsverfassung übereinstimmen, dieser an Geltung völlig gleichzustellen sind. Die Statutengesetze der Staaten enthalten nun, gleich denen der Vereinigten Staaten, Bestimmungen und Anordnungen der verschiedensten Art. Natürlich enthalten diese Statutengesetze auch Verordnungen in Betreff der Wahlen, der Wahlberechtigung und der Wählbarkeit, aber sie sollen die Staatsverfassung nur ergänzen, sie sollen nur deren Paragraphen mehr in's Einzelne gehend behandeln; kurzum, die Statutengesetze dürfen Nichts enthalten, was nicht in der Constitution steht, oder aus derselben hergeleitet werden kann. Deßhalb wäre es auch unnöthig, die Statutengesetze der einzelnen Staaten über Wahlrecht und Wählbarkeit in unserem Buche mitzutheilen. Es hat ja keine Legislatur die Befugniß, die in der Constitution ihres Staates niedergelegten Bedingungen zu vermehren oder zu vermindern.

Die Staatsconstitutionen schreiben sammt und sonders vor, daß das Wählen durch Stimmzettel (ballots) vollzogen werden, daß die Bürger in der Ausübung ihres Wahlrechts nicht behindert und daß alle Wähler völlig gleichberechtigt sein sollen. In jedem Staate können wahlberechtigte Personen bei einer Wahl nur wegen schwerer Verbrechen oder wegen Friedensstörung verhaftet, und nirgend dürfen sie am Wahltage zu Milizdienst beordert werden. In einigen Staaten sind diese Freiheiten nur, während der Wähler zum Stimmplatze (poll) geht und während er von dort nach seiner Wohnung zurückkehrt, gestattet; in einem Staate aber darf eine wahlberechtigte Person, außer wegen eines schweren Verbrechens oder wegen einer Friedensstörung (Schlägerei, Angriff, Drohung 2c.), auch einige Tage vor und zwei Tage nach der Wahl nicht verhaftet werden. Diese Privilegien sind selbstverständlich nicht zu den Qualificationen der Wähler zu rechnen, sondern es sind nur zur Wahrung der freien, ungehinderten Ausübung des Wahlrechts gewährte Freiheiten, und deßhalb haben wir sie in Nachfolgendem nicht aufgeführt.

Die Staatsconstitutionen besagen über die Wahlberechtigung in den einzelnen Staaten Folgendes:

Alabama.

Jeder männliche Bürger der Vereinigten Staaten und jede männliche, im Auslande geborene Person, welche nach gesetzlicher Vorschrift ihre Absicht, Bürger der Vereinigten Staaten werden zu wollen, ausgesprochen (also das erste Papier erlangt) hat, ehe sie an die Wahlurne tritt, soll bei jeder Volkswahl das Wahlrecht ausüben dürfen, wenn sie das 21. Jahr erreicht oder überschritten und die nachgenannten Bedingungen erfüllt hat:

Sie soll im Staate wenigstens ein Jahr, in dem County drei Monate und in dem Precinct, dem District oder der Ward dreißig Tage lang unmittelbar vor der Wahl, woran sie sich als Wähler betheiligen will, gewohnt haben. Die Gesetzgebung soll jedoch verfügen dürfen, daß in irgend einem Precinct irgend eines County's und in irgend einer Ward einer incorporirten Stadt (city or town), welche über 5000 Einwohner hat, die zur Wahlberechtigung erforderliche Wohnungsdauer länger oder kürzer sein soll; in keinem Falle aber soll die erforderte Wohnungsdauer über drei Monate ausgedehnt werden dürfen. Kein Land- oder Seesoldat, sowie kein Matrose im Dienste der Vereinigten Staaten soll dadurch, daß er in diesem Staate stationirt ist, ein wahlberechtigter Bewohner desselben werden.

Von der Wahlberechtigung und der Wählbarkeit ausgeschlossen sind:

1, Alle des Hochverraths, der Veruntreuung öffentlicher Gelder, einer schlechten Aufführung als Beamte, der Bestechung (oder Bestechlichkeit) oder anderer mit Zuchthausstrafe belegter Verbrechen überführte Personen;

2, Alle Idioten (Blödsinnige) oder Wahnsinnige.

Die Legislatur darf irgend ein, nicht mit der Constitution unvereinbares Gesetz erlassen, um die Wahlen in diesem Staate zu reguliren und zu überwachen, und alle solche Gesetze sollen im ganzen Staate gleich sein. Die Legislatur mag, wenn sie es für nothwendig erachtet, eine Registrirung der Wähler durch den ganzen Staat, oder in irgend einer incorporirten Stadt desselben anordnen, und dann soll Niemand wahlberechtigt sein, der nicht nach Vorschrift des Gesetzes registrirt worden ist.

Auch soll die Legislatur die Gesetze erlassen, welche zur Verhütung der aus dem Genuß berauschender Getränke entstehenden Uebel dienen mögen.

Arkansas.

Jeder männliche Bürger der Vereinigten Staaten, sowie jede über 21 Jahre alte männliche Person, welche ihre Absicht, Bürger der Vereinigten Staaten werden zu wollen, erklärt (das „erste Papier“ erlangt) hat, und die 12 Monate lang im Staat, 6 Monate lang im County und einen Monat lang in ihrem Wahlprecinct oder ihrer Ward gewohnt hat, soll für alle Volkswahlen wahlberechtigt sein.

Die Wahlen sollen frei und gleich sein. Keine Civil- oder Militärgewalt soll sich jemals einmischen dürfen, um die freie Ausübung des Wahlrechts zu verhindern; auch soll kein Wähler jemals gezwungen werden, sich vor einer Wahl registriren zu lassen; endlich soll kein Gesetz erlassen werden dürfen, welches die Wahlberechtigung beschränkt oder ganz entzieht, außer in Fällen, wo eine Person gerichtlich eines schweren Verbrechens nach dem gemeinen Recht überführt wurde.

Kein Idiot (Blödsinniger) und kein Wahnsinniger soll wahlberechtigt sein.

Kein Land- oder Seesoldat und kein Matrose im Dienste der Vereinigten Staaten, welcher in diesem Staate stationirt ist, soll dadurch als ein Bewohner (also auch nicht als ein Wähler) desselben betrachtet werden.

Abwesenheit aus dem Staate, oder aus den Vereinigten Staaten, in Geschaften, oder auf Besuch, soll nicht den Verlust des Bürgerthums bewirken.

Californien.

Jeder 21 Jahre alte männliche Bürger*) der Vereinigten Staaten, der unmittelbar vor der Wahl, an welcher er sich als Wähler betheiligen will, im Staate 6 Monate und in dem betreffenden County oder District 30 Tage lang gewohnt hat, soll wahlberechtigt sein; und zwar soll er sich an jeder Art von Volkswahl betheiligen dürfen, welche durch das Gesetz angeordnet worden ist, oder die noch durch ein Gesetz angeordnet werden mag. Die Legislatur soll ermächtigt sein, durch eine Zweidrittel-Majorität in ihren beiden

*) In der Constitution des Staates Californien steht: "Every white male citizen" und wir finden dieses beschränkende "white" in gar vielen anderen Staatsverfassungen, ohne hier jedoch Notiz davon zu nehmen, weil diese Beschränkung durch das 15. Amendment zur Bundesverfassung, welches jeden Unterschied wegen „Rasse, Hautfarbe oder früherer Dienstbarkeit" aufhob, ausgelöscht worden ist.

Zweigen Indianern oder deren Abkömmlingen das Wahlrecht in solchen besonderen Fällen zu verleihen, in denen sie (die Legislatur) dieses für gerecht und angemessen erachtet.

Es soll Niemand sein Recht als Bewohner dieses Staates verlieren, wenn er im Dienste der Vereinigten Staaten zu Lande oder zu Wasser diesen Staat verläßt, oder wenn er die Gewässer dieses Staates oder der Vereinigten Staaten, oder auch das hohe Meer, als Schiffer oder Seemann befährt; wiederum soll aber auch keine im Dienste der Vereinigten Staaten stehende Person, weil sie in diesem Staate stationirt sein mag, als ein Bewohner desselben betrachtet und deßhalb für wahlberechtigt erachtet werden; dieses soll auch gelten für Alle, welche in irgend einer Lehranstalt studiren; sowie für Jene, welche in einem Armenhause oder in irgend einem Asyl auf öffentliche Kosten erhalten werden, und endlich für Alle, die in einem Gefängnisse sitzen.

Kein Blödsinniger (idiot), kein Wahnsinniger und keine Person, welche eines schändenden Verbrechens*) überführt worden ist, soll wahlberechtigt sein.

Colorado.

Wahlberechtigt sind alle über 21 Jahre alten, männlichen Bürger der Vereinigten Staaten, sowie alle eingewanderten Ausländer, welche mindestens 4 Monate vor der Wahl, an welcher sie sich als Wähler betheiligen wollen, ihre Absicht, Bürger der Vereinigten Staaten werden zu wollen, vor Gericht ausgesprochen haben — vorausgesetzt daß solch ein Bürger, oder solch ein zu naturalisirender Ausländer, unmittelbar vor der betreffenden Wahl 6 Monate lang im Staate, 30 Tage lang in dem

*) In den Statutengesetzen des Staates wird für ein schändendes Verbrechen, "infamous crime," jedes mit Todes- oder Zuchthausstrafe zu belegende Verbrechen erklärt. Jedes mit Zuchthaus zu bestrafende Verbrechen fällt unter die allgemeine Bezeichnung "felony."

betreffenden County und zehn Tage lang in der Ward oder dem Precinct gewohnt hat. Für Schuldistricts-Wahlen soll das weibliche Geschlecht wahlberechtigt sein, auch soll dasselbe irgend welche Aemter bekleiden können.

Die Legislatur mag zu irgend einer Zeit diejenigen Frauen, welche die oben für Männer angeführten Bedingungen erfüllt haben, für wahlberechtigt erklären; jedoch muß eine solche Legislatur-Akte von dem Volke in einer allgemeinen Wahl durch eine Majorität aller abgegebenen Wahlstimmen gutgeheißen werden, ehe sie Gesetzeskraft erlangt.

Die Legislatur mag ferner einen gewissen Bildungsgrad (Befähigung, das Englische lesen und schreiben zu können) als Bedingung zur Erlangung der Wahlberechtigung vorschreiben; aber kein solches Gesetz soll vor dem Jahre 1890 in Kraft treten, und es soll auf keinen (bis dahin) qualificirten Wähler angewendet werden können.

Keine Person soll wahlberechtigt oder wählbar werden, noch soll eine wahlberechtigte und wählbare Person ihre Wahlberechtigung und Wählbarkeit verlieren, weil sie im Civil- oder im Militärdienste des Staates oder der Vereinigten Staaten aus dem Staate gegangen sein mag, noch während sie sich in irgend einer Lehranstalt befindet, noch während sie auf öffentliche Kosten in einem Armenhause oder in irgend einem anderen Asyl unterhalten wird, noch während sie in einem öffentlichen Gefängniß sitzt.

Keine in einem öffentlichen Gefängniß eingekerkerte Person soll wahlberechtigt sein; aber jede Person, welche vor einer solchen Einkerkerung wahlberechtigt war und die aus dem Gefängnisse auf dem Wege der Begnadigung oder nach Beendigung ihrer vollen Strafzeit entlassen ist, soll ohne Weiteres wieder in alle Rechte des Bürgerthums eintreten.

Die Legislatur soll Gesetze zum Schutze der Wahlfreiheit und zur Verhütung von Wahlbetrug erlassen.

(Handelt es sich bei einer Wahl um gewisse County-

Anleihen, so sollen darüber nur die Steuerzahler abstimmen dürfen.)

Connecticut.

Wahlberechtigt soll jeder männliche Bürger der Vereinigten Staaten sein, welcher das 21. Lebensjahr erreicht und der unmittelbar vor der Wahl, woran er sich als Wähler betheiligen will, in diesem Staate ein Jahr lang und in der betreffenden Stadt*) sechs Monate lang gewohnt hat, wenn er einen guten Character besitzt und einen solchen Eid leistet, wie das Gesetz ihn für die Wähler vorschreiben mag.

Jeder Wähler soll im Stande sein, irgend einen Artikel der Constitution, sowie irgend eine Section der Statutengesetze dieses Staates zu lesen.

Sein Wahlrecht verliert, wer der Bestechung oder Bestechlichkeit, der Fälschung, des Meineids, des betrügerischen Bankrotts, des Diebstahls oder einer andern Gesetzübertretung, welche eine schändende Strafe nach sich zieht, von dem Gericht überführt und verurtheilt worden ist.

Die Legislatur soll einen solchen Verbrecher durch eine Zweidrittelsmehrheit der Mitglieder ihrer beiden Zweige das Wahlrecht zurückgeben können.

Delaware.

Wahlberechtigt sind alle über zweiundzwanzig Jahre alten männlichen Bürger, welche unmittelbar vor der betreffenden Wahl mindestens ein Jahr lang im Staate und einen Monat lang im County gewohnt haben, und die County-Taxen bezahlen. Jeder männliche, über 21 Jahre und unter 22 Jahre alter Bürger soll ohne eine County-Taxe bezahlt zu haben, gleichfalls wahlberechtigt sein, wenn er die vorgeschriebene Zeit im Staate und im County gewohnt hat.

*) Die Constitution besagt nicht, daß ein Wähler eine gewisse Zeit lang in einer Stadt oder einem Precinct gewohnt haben muß.

Keine im Landheere oder auf der Flotte der Vereinigten Staaten dienende Person soll dadurch, daß sie im Staate stationirt ist, wahlberechtigt werden können.

Kein Blödsinniger (idiot), kein Wahnsinniger, kein auf die öffentliche Wohlthätigkeit angewiesener Armer (pauper) und keine, eines gemeinen Verbrechens vor Gericht überführte Person soll wahlberechtigt sein; die Legislatur ist überhaupt befugt, den Verlust des Wahlrechts als eine gesetzliche Strafe für Verbrechen zu verfügen.

Florida.

Wahlberechtigt ist jeder Bürger der Vereinigten Staaten und jeder Eingewanderte, welcher im Besitz des „ersten Papieres" ist, wenn er unmittelbar vor der betreffenden Wahl ein Jahr lang im Staate und sechs Monate lang im County gewohnt hat.

Jeder Wähler muß zur Zeit seiner Registrirung einen Eid leisten und unterschreiben, wodurch er sich zur Unterstützung und Vertheidigung der Constitution und der Regierung der Vereinigten Staaten und des Staates Florida verpflichtet.

Keine unter Vormundschaft stehende, sowie keine an Geisteszerrüttung leidende und keine wahnsinnige Person soll wahlberechtigt sein; auch sollen gemeine Verbrecher, falls ihnen nicht auf dem Wege der Begnadigung ihre bürgerlichen Rechte wieder verliehen worden sind, nicht das Wahlrecht ausüben dürfen.

Aus dem Ausland eingewanderte Wähler müssen auf Verlangen der Wahlbeamten ihre Bürgerscheine, resp. ihr „erstes Papier" oder eine gerichtlich beglaubigte Abschrift davon vorzeigen, ehe sie ihr Votum abgeben; können sie dieses nicht, so brauchen die Wahlbeamten das Votum nicht anzunehmen.

Wer sich der Bestechung oder der Bestechlichkeit, des Meineids, des Diebstahls oder eines andern gemeinen Verbrechens schuldig gemacht, sowie wer sich direct oder

(8)

indirect an einer das Wahlresultat betreffenden Wette betheiligt, oder wer sich in irgend einer Weise an einem Duell, auch wenn dasselbe nicht stattfand, betheiligte, soll, nadem er processirt und verurtheilt worden, sein Wahlrecht verlieren und auch kein öffentliches Amt bekleiden können.

Jeder Wähler muß sich haben registriren lassen, ehe er das Wahlrecht ausüben darf.

Nach dem Jahre 1880 soll die Legislatur durch ein Gesetz bestimmen, welche Kenntnisse von den Wählern verlangt werden; jedoch soll Niemand wegen Ermanglung dieser verlangten Kenntnisse von der Ausübung des Wahlrechts ausgeschlossen sein, wenn er schon früher als Wähler registrirt war und sich als solcher an irgend einer Wahl betheiligte.

Georgia.

Jeder männliche Bürger der Vereinigten Staaten und jeder Eingewanderte, welcher seine Absicht, Bürger der Vereinigten Staaten werden zu wollen, vor Gericht kund gegeben hat, soll, wenn er 21 Jahre alt ist, wenn er unmittelbar vor einer Wahl, woran er sich betheiligen will, sechs Monate im Staate und 30 Tage in seinem County gewohnt, und wenn er alle Steuern, welche er nach dem Gesetz bezahlen sollte, bezahlt hat, wahlberechtigt sein.

Land- und Seesoldaten, sowie Seeleute im Dienste der Vereinigten Staaten sollen nicht, wenn sie in diesem Staate stationirt sind, durch ihren Aufenhalt in demselben wahlberechtigt werden.

Wird die Wahlberechtigung einer Person, welche sich als Wähler an einer Wahl betheiligen will, in Zweifel gestellt (challenged), so soll das Votum einer solchen Person nur in dem Falle angenommen werden, daß sie beschwört, weder Geld, noch Geldeswerth (das Tractiren — treating — ist eingeschlossen) irgend Jemandem gegeben, oder von irgend Jemandem empfangen zu haben, mit der Absicht, dadurch die Wahl in irgend einer Weise zu beeinflussen; auch muß sie beschwören, daß sie Niemandem zu solchen Zwecke eine Belohnung versprochen hat, und daß sie nicht versucht hat, Jemanden durch Drohungen von der freien Ausübung des Wahlrechts abzuhalten.

Wer sich in irgend einer Weise in diesem Staate oder anderswo nach der Annahme dieser Staatsconstitution (1868) an einem Duell betheiligte, soll sein Wahlrecht verlieren und kein öffentliches Amt bekleiden dürfen.

Die Gesetzgebung mag von Zeit zu Zeit eine Registrirung aller Wähler anordnen.

Nicht wahlberechtigt sind: 1) Personen, welche das Hochverraths, der Veruntreuung öffentlicher Gelder, schlechter Amtsführung, der Bestechung oder der Bestechlichkeit, oder irgend eines durch das Gesetz mit Zuchthausstrafe belegten Verbrechens gerichtlich überführt worden sind; — 2) Blödsinnige (idiots) und Wahnsinnige.

Illinois.

Wahlberechtigt sind nur die über 21 Jahre alten Bürger der Vereinigten Staaten, welche unmittelbar vor einer Wahl, woran sie sich als Wähler betheiligen wollen, ein Jahr im Staate, 90 Tage in ihrem County und 30 Tage in ihrem Wahlbezirk gewohnt haben.

Ein Wähler, welcher im Auftrage der Vereinigten Staaten, oder dieses Staates, oder im Land- oder Seedienste der Vereinigten Staaten diesen Staat verläßt, soll deßhalb sein Wahlrecht nicht verlieren.

Kein innerhalb dieses Staates stationirter Land- oder Seesoldat, oder Matrose im Dienste der Vereinigten Staaten, soll als ein wahlberechtigter Bewohner dieses Staates angesehen werden.

Die Legislatur soll Gesetze erlassen, welche gemeiner Verbrechen überführte Personen von der Wahlberechtigung ausschließen.

(8*)

Indiana.

Wahlberechtigt sind alle Bürger der Vereinigten Staaten und alle Eingewanderten, welche ihre „erstes Papier" erlangt haben, wenn sie 21 Jahre alt sind und unmittelbar vor der Wahl ein Jahr lang in den Vereinigten Staaten und sechs Monate lang in diesem Staate gewohnt haben *).

Kein Land- oder Seesoldat und kein Matrose im Dienste der Vereinigten Staaten oder einer mit denselben verbündeten Macht soll, weil er im Staate stationirt ist, als ein wahlberechtigter Bewohner desselben angesehen werden.

Keine Person, welche im Dienste der Vereinigten Staaten oder dieses Staates den letzteren verläßt, soll dadurch ihr Wahlrecht verlieren.

Die Legislatur soll ermächtigt sein, irgend eine eines gemeinen Verbrechens vor Gericht überführte Person für nicht wahlberechtigt und nicht wählbar zu erklären.

Jowa.

Wahlberechtigt sind alle 21 Jahre alten Bürger der Vereinigten Staaten, welche unmittelbar vor der betreffenden Wahl sechs Monate im Staate und 60 Tage lang im County gewohnt haben.

Kein in diesem Staate stationirter Land- oder Seesoldat, oder Matrose im Dienste der Vereinigten Staaten, soll als ein wahlberechtigter Bewohner betrachtet werden.

Blödsinnige, Wahnsinnige und gemeine Verbrecher sind nicht wahlberechtigt.

Kansas.

Bürger der Vereinigten Staaten und Eingewanderte, welche ihre Absicht, sich naturalisiren lassen zu wollen,

*) Die Constitution schreibt nicht vor, daß ein Wähler eine bestimmte Zeit lang in einem County, in einer Stadt, in einer Ward, oder in einem Precinct gewohnt haben muß, um stimmberechtigt zu sein.

bereits vor Gericht erklärt haben, sind wahlberechtigt, wenn sie über 21 Jahre alt sind und unmittelbar vor der betreffenden Wahl sechs Monate im Staate und 30 Tage lang in ihrem Township oder ihrer Ward gewohnt haben.

Kein in diesem Staate stationirter Land- oder Seesoldat, oder Matrose im regulären Dienste der Vereinigten Staaten soll als ein wahlberechtigter Bewohner betrachtet werden können.

Die Legislatur mag durch Gesetze bestimmen, auf welche Weise zu prüfen ist, ob eine Person wahlberechtigt sei.

Wer im Dienste der Vereinigten Staaten, oder als Schiffer oder Seemann die Gewässer dieses Staates, oder der Vereinigten Staaten, oder die Meere befährt, soll das Wahlrecht in diesem Staate dadurch weder gewinnen noch verlieren. Dasselbe soll Geltung haben in Bezug auf Studenten, welche irgend eine Lehranstalt besuchen, auf die Insassen irgend eines Armenhauses oder irgend eines auf öffentliche Kosten unterhaltenen Asyls, und auf alle Personen, welche in irgend einem öffentlichen Gefängniß eingekerkert sind.

Die Legislatur mag verfügen, daß und wie wahlberechtigte Personen, welche im Freiwilligendienste der Vereinigten Staaten, oder im Milizdienste dieses Staates von ihren Townships oder Wards abwesend sind, ihr Wahlrecht ausüben sollen.

Nicht wahlberechtigt sollen sein: unter Vormundschaft stehende, an Geistesstörung leidende oder wahnsinnige Personen; eines gemeinen Verbrechens überführte Personen, welchen ihre bürgerlichen Rechte nicht zurückgegeben worden sind; aus dem Dienste der Vereinigten Staaten auf unehrenhafte Weise entlassene Personen, die nicht wieder in ihre Rechte eingesetzt wurden; alle Personen, welche die Vereinigten Staaten, oder irgend einen Staat derselben, betrogen haben; Personen, welche sich bestechen ließen, oder die Andere bestochen haben; sowie Alle, welche dieses versuchten; alle Personen, welche jemals freiwillig die Waffen geführt haben gegen die Vereinigten Staaten, oder die sich freiwillig an einer Empörung gegen die Regierung derselben betheiligten. Die Legislatur kann jedoch solche Entziehung des Wahlrechts durch eine Zweidrittel-Majorität der Mitglieder beider Zweige aufheben.

Wer seit dem 1. April 1861 aus dem Militärdienste der Vereinigten Staaten ehrenhaft entlassen worden ist, soll, wenn er ein Jahr sich in diesem Dienste befunden hat, wahlberechtigt und wählbar sein.

Kentucky.

Alle männlichen Bürger, welche das 21. Lebensjahr erreicht oder überschritten und die unmittelbar vor einer Wahl zwei Jahre im Staate, ein Jahr in ihrem County und ihrer Stadt, und 60 Tage in ihrem Precinct gewohnt haben, sollen sich an einer solchen Wahl als Wähler betheiligen dürfen.

Wer der Bestechung oder der Bestechlichkeit, des Meineids, der Fälschung, sowie anderer Verbrechen oder schwerer Vergehen überführt worden ist, soll nicht wahlberechtigt sein.

Es sollen Gesetze zur Sicherung der freien, vollkommen unbeeinflußten Ausübung des Wahlrechts erlassen werden.

Wer in Geschäften dieses Staates oder der Vereinigten Staaten abwesend ist, soll dadurch sein Wahlrecht nicht verlieren.

Louisiana.*)

Alle männlichen, 21 Jahre alten Bürger der Vereinigten Staaten, welche unmittelbar vor einer Wahl ein Jahr lang in diesem Staate und zehn Tage lang in dem Parish gewohnt haben, sollen wahlberechtigt sein.

*) Diese Constitution wurde 1868 vom Volke angenommen.

Nachbezeichnete Personen sollen weder wahlberechtigt sein, noch sollen sie ein öffentliches Amt bekleiden dürfen: Wer des Hochverraths, Meineids, der Fälschung, Bestechung oder Bestechlichkeit überführt wurde, oder wer ein durch das Gesetz mit Zuchthausstrafe belegtes Verbrechen verübt hat, sowie wer unter einem Interdict steht.

Das Wahlrecht wird hierdurch denjenigen Personen wiedergegeben, welchen dasselbe entzogen wurde, weil sie sich von der Regierung der Vereinigten Staaten lossagten, oder weil sie gegen dieselbe Krieg führten, oder weil sie sich auf die Seite der Feinde der Vereinigten Staaten stellten und dieselben unterstützten, wenn solche Personen nicht ihr Bürgerrecht gänzlich aufgegeben und wenn sie nicht eines der im vorstehenden Paragraphen aufgeführten Verbrechen begangen haben. — Von einer solchen Wiedererlangung des Wahlrechts sollen jedoch ausgeschlossen sein: Wer ein Jahr lang unter der Regierung der sogenannten „Conföderirten Staaten von Amerika" ein Amt bekleidete; wer sich als ein Feind der Vereinigten Staaten registriren ließ; wer während der großen Rebellion als Führer einer Guerillabande fungirte; wer den Hochverrath gutheißende Zeitungsartikel verfaßte oder Predigten solchen Inhalts während der letzten Rebellion hielt, und wer in irgend einem Staate für die Annahme einer Secessions-Ordinanz (ein das Ausscheiden aus der Union verfügender Beschluß) stimmte oder wer eine solche Ordinanz unterzeichnete. Keine dieser vorbezeichneten, von der Ausübung des Wahlrechts ausgeschlossenen Personen soll ein öffentliches Amt bekleiden dürfen; es sei denn, daß eine solche Person freiwillig eine Erklärung des Inhalts unterzeichnet, daß sie die letzte Rebellion in moralischem wie in politischem Sinne für unrecht erkannt hat und es bedauert, dieselbe unterstützt zu haben; dieses Certificat soll im Bureau des Staatssecretärs aufbewahrt und in der officiellen Zeitung veröffentlich werden. — Gänzlich ausgenommen von der Entziehung des Wahlrechts sollen alle Diejenigen sein, welche vor dem 1. Januar 1868 die Ausführung der unter dem Namen „Reconstruirungs-Akte des Congresses" bekannten Bundesgesetze begünstigten, und die den loyalen Männern dieses Staates öffentlich und thätig halfen, Louisiana wieder in die Union zurückzubringen. Mit der Registrirung der Wähler betraute Beamte sollen die eidliche Aussage solcher Personen für genügend erachten, um ihre Namen in die Wählerlisten aufzunehmen.

Die freie und unbeeinflußte Ausübung des Wahlrechts soll durch Gesetze sicher gestellt werden.

Zusatz zu obigem Artikel *): Niemand soll wahlberechtigt sein, ein öffentliches Amt bekleiden, oder als Geschworener fungiren dürfen, der des Hochverraths, des Meineids, der Fälschung, der Bestechlichkeit oder der Bestechung, oder eines anderen Verbrechens, worauf Zuchthausstrafe steht, vor Gericht überführt worden ist, oder wer unter einem Interdict steht.

Maine.

Jeder 21 Jahre alte männliche Bürger der Vereinigten Staaten, welcher unmittelbar vor einer Gouverneurs- oder Legislaturwahl (Congreß- und Präsidentenwahlen sind hier nach der Bundesconstitution einzuschließen) drei Monate lang in diesem Staate gewohnt hat — öffentliche Arme (paupers), unter Vormundschaft stehende Personen und nicht besteuerte Indianer ausgenommen — soll sich an solcher Wahl in derjenigen Stadt oder auf derjenigen Plantage, welche er zu seinem Wohnort erkoren hat, als ein Wähler betheiligen dürfen **).

Im Land- oder Seedienst der Vereinigten Staaten in den Grenzen dieses Staates stationirte Personen, sollen

*) 1870 vom Volke angenommen.

**) Nach einer richterlichen Entscheidung muß jede in Maine wahlberechtigte Person Bürger der Vereinigten Staaten sein und seit drei Monaten im Staate, sowie auch seit drei Monaten vor einer Wahl auf der betreffenden Plantage wohnen.

durch ihren Aufenthalt im Staate nicht wahlberechtigt werden; deßgleichen sollen Studenten, die sich in irgend einer Lehranstalt aufhalten, nicht dadurch wahlberechtigte Bewohner des Staates werden.

Im Jahre 1865 wurde ein Amendment angenommen, welches verfügt, daß im Militärdienst der Vereinigten Staaten oder des Staates abwesende, sonst wahlberechtigte Personen — alle Soldaten und Matrosen des regulären Land- und Seedienstes sind hiervon ausgeschlossen — an irgend einem Platze außerhalb des Staates in irgend einer Gouverneurs- oder Legislaturwahl (also auch in einer Congreß- oder Präsidentenwahl), ihre Wahlstimmen abgeben dürfen, wenn ihrer dort mindestens 20 beisammen sind, und daß ihr Votum in dem County, der Stadt oder der Plantage, wo sie zur Zeit ihres Eintritts in den Dienst wohnten, mitgezählt werden soll.

Maryland.

Jeder männliche, 21 Jahre alte Bürger der Vereinigten Staaten, der unmittelbar vor einer Wahl ein Jahr lang im Staate und 6 Monate lang in der Stadt Baltimore oder in einem County des Staates gewohnt hat, soll sich als Wähler an derselben und an anderen folgenden betheiligen dürfen. Ist eine Stadt oder ein County mehr als einem Congreß- oder Electoraldistrict zugetheilt und Jemand zieht aus einem Theile, worin er wahlberechtigt geworden war, in einen andern Theil, so soll er in seinem frühern Wohnplatze das Wahlrecht ausüben dürfen, bis er lange genug auf dem neuen Platze (6 Monate) gewohnt hat, um dort wahlberechtigt geworden zu sein.

Keine über 21 Jahre alte Person, welche eines Diebstahls oder eines anderen schändenden Verbrechens überführt worden ist, kann jemals wahlberechtigt werden, wenn sie nicht vom Gouverneur begnadigt worden ist.

Keine unter Vormundschaft stehende, weil geistesschwache oder irrsinnige Person soll wahlberechtigt sein.

Wer in irgend einer Weise einen Wähler zur Beeinflussung seines Votums besticht oder zu bestechen sucht, wer sich deßhalb bestechen läßt, oder wer zu solchem Zwecke einen Wähler einzuschüchtern sucht, oder wer Jemanden zum Abgeben eines ungesetzlichen Votums durch irgendwelche Mittel zu bestimmen trachtet, sowie wer selbst, ohne wahlberechtigt zu sein, sich als Wähler an einer Wahl betheiligt, soll für immer das Wahlrecht verlieren und nie mehr ein öffentliches Amt bekleiden können; auch soll er außerdem nach Vorschrift des Gesetzes bestraft werden.

Die Legislatur soll Gesetze behufs Registrirung der Wähler erlassen.

Massachusetts.

Alle 21 Jahre alten männlichen Bürger der Vereinigten Staaten, öffentliche Arme (paupers) und unter Vormundschaft stehende Personen ausgenommen, welche unmittelbar vor einer Wahl ein Jahr lang im Staate und 6 Monate in ihrer Stadt oder ihrem District gewohnt haben, sollen sich an derselben als Wähler betheiligen dürfen, wenn sie zwei Jahre lang vor solcher Wahl jede ihnen auferlegte Staats- oder Countytaxe bezahlt haben, oder wenn ihre Eltern oder ihre Vormunde jede solche Taxe in ihrem Namen entrichteten; ausgenommen, sie wären durch das Gesetz steuerfrei. Jeder Wähler muß die Constitution in englischer Sprache lesen und seinen Namen schreiben können. Diese Bestimmung findet keine Anwendung auf über 60 Jahre alte Leute, sowie auf solche, die durch irgend ein körperliches Gebrechen an der Erfüllung dieser Bedingung verhindert worden.

Michigan.

Wahlberechtigt soll sein jeder männliche Bürger der Vereinigten Staaten und jeder Eingewanderte, welcher am 1. Januar 1850 im Staate wohnhaft war und der, wenn ein Ausländer, sechs Monate vor einer Wahl seine

Absicht, Bürger der Vereinigten Staaten werden zu wollen, vor Gericht kund gegeben hat, falls solch ein Bürger oder Eingewanderter vor besagter Wahl 2 Jahre und 6 Monate im Staate gewohnt hat; auch soll jede im Staate geborene, civilisirte männliche Person indianischer Abkunft das Wahlrecht ausüben dürfen. Jedoch soll Niemand wahlberechtigt sein, der nicht das 21. Lebensjahr überschritten und im Staate 3 Monate, im Townschip oder in der Ward, wo er sein Votum anbieten mag, 10 Tage lang unmittelbar vor der betreffenden Wahl gewohnt hat. Ist ein Wähler anläßlich eines Krieges, einer Empörung oder eines Aufstandes im Militärdienste des Bundes, oder dieses Staates, gleichviel ob er in Landheere oder auf der Flotte dient, aus dem Staate abwesend, so soll er sein Wahlrecht dadurch nicht verlieren; vielmehr soll die Legislatur Vorkehrungen treffen, daß solche abwesende wahlberechtigte Personen ihr Wahlrecht ausüben mögen und daß ihr Votum dem Township oder Wahldistrict, welchem sie angehören, gutgeschrieben wird.

Niemand soll das Wahlrecht erwerben oder verlieren, weil er im Dienste der Vereinigten Staaten oder dieses Staates steht; noch während er als Schiffer oder Seemann die Gewässer dieses Staates oder der Vereinigten Staaten, oder das Meer befährt; noch während er als Student eine Lehranstalt besucht; noch während er in einem Armenhause oder in einem andern Asyl auf öffentliche Kosten erhalten wird, oder während er in einem öffentlichen Gefängniß eingekerkert ist.

Es mögen Gesetze zur Verhütung von Wahlbetrug und zur Wahrung der Wahlfreiheit erlassen werden.

Kein Soldat oder Seemann im Dienste der Vereinigten Staaten soll, weil er in diesem Staate stationirt sein mag, als darin wohnhaft betrachtet werden.

Wer sich in irgend einer Weise an einem Duell betheiligt, soll weder wahlberechtigt, noch für ein Amt wählbar sein.

Minnesota.

Wer ein Jahr lang in den Vereinigten Staaten und vier Monate lang vor einer Wahl in diesem Staate gewohnt hat und 21 Jahre alt ist, soll, wenn er ein Bürger der Vereinigten Staaten oder ein eingewanderter Ausländer ist und als solcher seine Erklärung, das Bürgerrecht erwerben zu wollen, nach Vorschrift des Gesetzes abgegeben hat, in demjenigen Districte wahlberechtigt sein, worin er seit zehn Tagen vor der Wahl wohnhaft ist. Dieselben Bestimmungen sollen gelten für Personen, welche gemischter, indianischer und weißer Abstammung sind; auch sollen im Staate wohnhafte Indianer, welche sich in Sprache, Gebräuchen und Sitten civilisirt haben, nachdem sie vor einem Districtsgericht des Staates examinirt und für fähig erklärt worden sind, wahlberechtigt werden und die vollen Bürgerrechte des Staates genießen.

An Geistesstörung leidende, unter Vormundschaft stehende und wahnsinnige Personen sollen nicht wahlberechtigt sein. Wer des Hochverraths oder eines gemeinen Verbrechens gerichtlich überführt worden ist, soll nicht wahlberechtigt sein, wenn er nicht wieder (durch Begnadigung) in seine bürgerlichen Rechte eingesetzt worden ist.

Wer im Dienste der Vereinigten Staaten oder dieses Staates abwesend ist, oder wer die Gewässer der Vereinigten Staaten oder dieses Staates befährt, soll dadurch nicht sein Wahlrecht verlieren, oder das Wahlrecht gewinnen; dasselbe gilt von Studenten in irgend einer Lehranstalt, von Insassen eines Armenhauses und von Personen, die in einem öffentlichen Gefängniß eingekerkert sind.

Kein Land- oder Seesoldat und kein Matrose im Dienste der Vereinigten Staaten, der in diesem Staate stationirt ist, soll dadurch wahlberechtigt werden.

Missouri.

Wahlberechtigt ist jeder männliche Bürger der Vereinigten Staaten und jeder Eingewanderte, welcher nicht weniger als ein Jahr lang, noch länger als fünf Jahre zuvor seine Erklärung, Bürger der Vereinigten Staaten werden zu wollen, nach Vorschrift des Gesetzes abgegeben hat; vorausgesetzt, daß solch ein Bürger oder Eingewanderter über 21 Jahre alt ist und im Staate ein Jahr, in dem County, oder der Stadt aber wenigstens 60 Tage lang vor derjenigen Wahl, an welcher er sich als Wähler betheiligen will, gewohnt hat.

Es soll Niemand das Wahlrecht durch seine Anwesenheit im Staate gewinnen, noch soll Jemand seine Wahlberechtigung durch Abwesenheit aus dem Staate verlieren, wenn solche Anwesenheit, oder solche Abwesenheit, dem Civil- oder Militärdienst der Vereinigten Staaten, oder dieses Staates entsprang; dasselbe gilt von Denen, welche die Gewässer der Vereinigten Staaten oder die Meere befahren, von Studenten in irgend einer Lehranstalt, von Insassen eines Armenhauses oder eines auf öffentliche Kosten unterhaltenen Asyls, und von den Personen, welche in einem öffentlichen Gefängniß eingekerkert sind.

Keine Person soll, während sie in einem Armenhause, oder anderen auf öffentliche Kosten unterhaltenen Asylen sich befindet, oder während sie in einem öffentlichen Gefängniß eingekerkert ist, das Wahlrecht ausüben dürfen.

Die Legislatur mag durch Gesetze alle Persenen, welche eines gemeinen Verbrechens überführt worden sind, oder die sich einer Verletzung des Wahlrechts schuldig gemacht haben, von der Wahlberechtigung ausschließen.

Kein Offizier oder Soldat im Heere oder der Flotte der Vereinigten Staaten soll wahlberechtigt sein.

In allen Städten und Counties mit über 100,000 Einwohnern muß eine Registrirung der Wähler, nach der Vorschrift eines von der Legislatur zu erlassenden Gesetzes vorgenommen werden; in allen Städten mit mehr als 25,000 und weniger als 100,000 Einwohnern mag die Legislatur eine Registrirung der Wähler anordnen.

Mississippi.

Alle 21 Jahre alten Bürger der Vereinigten Staaten — Blödsinnige, Wahnsinnige und unbesteuerte Indianer ausgeschlossen — welche in diesem Staate unmittelbar vor einer Wahl 6 Monate, und einen Monat im County gewohnt haben, sollen wahlberechtigt sein, wenn sie sich in vorgeschriebener Weise haben registriren lassen und wenn sie nicht eines Verbrechens überführt worden sind, welches sie nach dem Gesetz von der Wahlberechtigung ausschließt.

Alle Wähler müssen sich registriren lassen und folgenden Eid unterschreiben: „Ich, — (hier ist der Name einzuschalten) —, schwöre feierlich in Gegenwart des allmächtigen Gottes, daß ich über 21 Jahre alt bin, daß ich in diesem Staate seit 6 Monaten, und in — (Name des County's) — County seit einem Monate gewohnt habe; daß ich die Constitution und die Gesetze der Vereinigten Staaten und des Staates Mississippi getreulich unterstützen und daß ich denselben gehorchen will, sowie daß ich denselben treue Anhänglichkeit bewahren will; daß ich nicht durch irgend welche Bestimmung der als die „Reconstructions-Akte" bekannten Erlasse des 39. und des 40. Congresses entrechtet worden bin, und daß ich die politische und sociale Gleichheit aller Menschen zugestehe. So helfe mir Gott."

Wenn jedoch der Congreß die politische Entrechtung unter den erwähnten Reconstructionsgesetzen für irgend eine Person aufhebt und die Legislatur dieses Staates in eine solche Wiedereinsetznng in die bürgerlichen Rechte willigt, dann soll eine solche Person den vorstehenden Eid mit Weglassung der jene Reconstructionsakte betreffenden Klausel leisten können, und also begnadigt, soll sie wieder wahlberechtigt werden.

In Kriegszeiten sollen im Militärdienst zu Lande oder zu Wasser stehende wahlberechtigte Personen an solchem Orte und in solcher Weise, wie die Legislatur es vorschreiben mag, ihr Votum bei Wahlen abgeben können und dasselbe soll in demjenigen County oder Precinct, wo sie wohnhaft sind, mitgezählt werden.

Wer der Bestechung oder Bestechlichkeit, des Meineids, der Fälschung oder anderer schwerer Verbrechen und Vergehen vor Gericht überführt worden ist, soll nicht wahlberechtigt sein; und wem vor Gericht nachgewiesen werden mag, daß er seine Ernennnng oder Erwählung für ein Amt durch irgend eine Art der Bestechung erlangt hat, oder daß er zur Erreichung dieses Zweckes ein Bestechungs-Anerbieten gemacht hat, der soll keinerlei Amt unter der Autorität dieses Staates bekleiden können.

Das Duelliren ist ein Grund zur Entziehung des Wahlrechts.

Nebraska.

Jede männliche, 21 Jahre alte Person, welche Bürger der Vereinigten Staaten ist, oder die einwanderte und nach dem Gesetz der Vereinigten Staaten wenigstens 30 Tage vor einer Wahl ihre Erklärung, sich naturalisiren lassen zu wollen, abgegeben hat, soll wahlberechtigt sein, wenn sie im Staate 6 Monate lang, im County 40 Tage lang und in der Ward oder dem Precinct 10 Tage lang, unmittelbar vor der Wahl, woran sie sich als Wähler betheiligen will, gewohnt hat *).

Keine an Geistesstörung leidende Person soll wahlberechtigt sein; deßgleichen soll nicht wahlberechtigt sein, wer nach den Gesetzen der Vereinigten Staaten oder dieses Staates des Hochverraths oder eines gemeinen Verbrechens überführt worden ist, wenn er nicht (durch Begnadigung) wieder in seine bürgerlichen Rechte eingesetzt wurde.

Jeder Wähler im Militärdienste der Vereinigten Staaten oder dieses Staates, die reguläre Arme ausge-

*) Die Constitution setzt keine Wohnungsdauer fest, sondern überläßt Dieses der Legislatur, deren noch in Kraft befindlicher Akte obige Bestimmungen entnommen sind.

schlossen, darf sein Wahlrecht an einem solchen Platze und unter solchen Bedingungen ausüben, wie das Gesetz vorschreiben mag.

Kein in diesem Staate stationirter Land- oder Seesoldat und kein Matrose im Dienste der Vereinigten Staaten soll als wahlberechtigter Bewohner des Staates betrachtet werden.

New Hampshire.

Die Constitution dieses Staates schreibt nicht vor, daß Jemand eine bestimmte Zeit lang im Staate, oder in einem County, oder einer Stadt desselben gewohnt haben muß, um wahlberechtigt zu werden; auch sagt sie nicht, daß ein Wähler Bürger der Vereinigten Staaten sein, oder daß ein Eingewanderter sein „erstes Papier" erlangt haben müsse, um wahlberechtigt zu werden. Sie besagt nur, daß der Wähler ein Steuerzahler sein muß, und daß öffentliche Arme, sowie solche Personen, welche auf ihr eigenes Verlangen von den Steuerlasten entbunden worden sind, nicht wahlberechtigt sein sollen.

New Jersey.

Jeder männliche Bürger der Vereinigten Staaten, welcher das 21. Lebensjahr erreicht oder überschritten und in diesem Staate ein Jahr lang, sowie in dem County 5 Monate lang vor einer Wahl gewohnt hat, soll sich daran als Wähler betheiligen dürfen.

Nicht wahlberechtigt sollen sein: alle öffentlichen Armen, Blödsinnigen und Wahnsinnigen, sowie alle Personen, welche eines schändlichen Verbrechens oder Vergehens, das sie ihn nach den Gesetzen dieses Staates vom Zeugenstande ausschließen würde, vor Gericht überführt worden sind, es sei denn, daß sie durch Begnadigung wieder in ihre Rechte eingesetzt wären.

Wer in Kriegszeiten im Militärdienste der Vereinigten Staaten oder dieses Staates denselben verläßt, soll dadurch sein Wahlrecht nicht einbüßen, und die Legislatur soll ermächtigt sein, Verfügungen zu treffen, wodurch solche Personen auch außerhalb des Staates ihr Votum abgeben können, welches dann in demjenigen Wahlbezirk, worin sie wohnhaft sind, mitgezählt werden soll.

Die Legislatur mag verfügen, daß der Bestechung oder der Bestechlichkeit überführte Wähler das Wahlrecht verlieren sollen.

New York *).

Jeder männliche 21 Jahre alte Bürger, welcher seit 10 Tagen im Besitz des Bürgerrechts ist und der unmittelbar vor derjenigen Wahl, woran er sich als Wähler betheiligen will, in diesem Staate wenigstens ein Jahr lang, in seinem County während der letzten vier Monate und in seinem Wahldistrict wenigstens während der letzten 30 Tage gewohnt hat, soll sich daran als Wähler betheiligen dürfen. Es darf Niemand in einem andern als demjenigen Wahlbezirke stimmen, dessen wahlberechtigter Bewohner er ist.

In Kriegszeiten soll kein Wähler im Militärdienste (zu Land oder zu Wasser) der Vereinigten Staaten, oder dieses Staates wegen Abwesenheit von seinem Wahlbezirk sein Wahlrecht verlieren, und die Legislatur soll ermächtigt sein, Verfügungen zu treffen, welche solchen abwesenden Wählern die Ausübung ihres Wahlrechts ermöglichen; das von ihnen abgegebene Votum soll dann dem Wahlbezirke, worin sie wohnhaft sind, zu gute kommen.

Niemand soll auf dem Wege der Bestechung, oder durch irgend ein Versprechen, irgend einen Wähler bei einer Wahl beeinflussen oder solches auch nur versuchen;

---

*) Wir theilen hier die Bestimmungen der Constitution nach ihrer Abänderung im Jahre 1874 mit.

auch soll Niemand zu solchem Zwecke beisteuern; ferner soll Niemand für das Zurückhalten oder für das Abgeben seines Votums irgend welche Art der Vergütung erwarten; und endlich soll sich Niemand, direct oder indirect, an irgend einer Art Wette in Bezug auf das Ergebniß einer Wahl betheiligen: — jeder Wähler aber, der irgend einer dieser Bestimmungen zuwider handelt, soll bei der betreffenden Wahl sein Wahlrecht nicht ausüben dürfen. Wird ein Wähler des Zuwiderhandelns gegen eine der obigen Bestimmungen beschuldigt und wird seine Wahlberechtigung deßhalb angestritten, so sollen die Wahlbeamten ihn seine Schuldlosigkeit beschwören lassen, und verweigert er einen solchen Eid, so soll sein Votum nicht angenommen werden.

Die Legislatur mag von Zeit zu Zeit Gesetze erlassen, welche jede der Bestechung oder der Bestechlichkeit, oder irgend eines schändenden Verbrechens überführte Person von der Ausübung des Wahlrechts ausschließt.

Es soll Niemand dadurch ein wahlberechtigter Bewohner dieses Staates werden, daß er im Dienste der Vereinigten Staaten im Staate anwesend ist, oder während er als Schiffer oder Seemann die Gewässer dieses Staates befährt; noch dadurch, daß er als Student eine Lehranstalt besucht; noch durch seinen Aufenthalt in einem Armenhause oder in irgend einem Asyl; noch dadurch, daß er in einem öffentlichen Gefängniß eingekerkert ist.

Es sollen Gesetze zur Ermittelung der Wahlberechtigung der nach den Bestimmungen dieser Constitution qualificirten Wähler erlassen werden.

Nevada.

Jeder männliche Bürger der Vereinigten Staaten im Alter von 21 Jahren und darüber, welcher 6 Monate lang im Staate und 30 Tage lang im District oder County, unmittelbar vor einer Wahl gewohnt hat, soll sich daran als Wähler betheiligen dürfen.

Von der Wahlberechtigung ausgeschlossen sind: Erstens, alle Personen, welche in irgend einem Staate oder Territorium der Vereinigten Staaten des Hochverraths oder eines gemeinen Verbrechens überführt worden sind; zweitens, alle über 18 Jahre alte Personen, welche freiwillig die Waffen gegen die Vereinigten Staaten geführt, oder die unter der sogenannten „Regierung der conföderirten Staaten" ein bürgerliches oder militärisches Amt bekleidet haben, wenn sie nicht von der Bundesregierung Begnadigung erlangten. Auch soll kein Blödsinniger und kein Wahnsinniger wahlberechtigt sein.

Es soll Niemand dadurch ein wahlberechtigter Bewohner dieses Staates werden, noch soll ein Bewohner dieses Staates dadurch sein Wahlrecht verlieren,, daß er im Staate anwesend oder aus dem Staate abwesend ist im Dienste der Vereinigten Staaten, oder während er als Schiffer oder Seemann die Gewässer der Vereinigten Staaten oder die Meere befährt; noch dadurch, daß er als Student eine Lehranstalt besucht; noch durch seinen Aufenthalt in einem Armenhause oder in irgend einem Asyle; noch dadurch, daß er in einem öffentliches Gefängnisse eingekerkert ist.

Alle wahlberechtigten Personen im Heere oder in der Flotte der VereinigtenStaaten sollen ihr Wahlrecht ausüben dürfen und ihr Votum soll in demjenigen County oder Township mitgezählt werden, dessen Bewohner sie zur Zeit ihres Eintretens in den Bundesdienst waren.

Das Bezahlen einer Wahlsteuer (poll tax), oder eine Registrirung, soll eine Bedingung der Wahlberechtigung sein.

Es sollen Gesetze zur Registrirung aller Wähler, zur Feststellung der Berechtigung derselben, zur Ueberwachung der Wahlen und zur Ausfertigung der Wahlberichte erlassen werden; auch mag die Legislatur bestimmen, auf welche Weise oder durch welchen Eid die Wahlberechtigung ermittelt oder nachgewiesen werden soll.

Die Legislatur soll eine jährliche Wahlsteuer (poll tax), welche nicht unter zwei Dollars und nicht über vier Dollars betragen darf, jedem männlichen zwischen 21 und 30 Jahre alten Bewohner dieses Staates auferlegen — uncivilisirte Indianer ausgenommen; die eine Hälfte des Ertrages soll für Staats-, die andere Hälfte soll für County-Zwecke verwendet werden. Auch mag die Legislatur das Bezahlen dieser „poll tax" zu einer Bedingung für die Wahlberechtigung machen.

Es sollen Gesetze erlassen werden, durch welche die Wahlen zu reguliren sind und die eine angemessene Strafe über Jeden verhängen, der auf irgend eine ungebührliche Weise irgend einen Wähler zu beeinflussen oder zu bestechen sucht, oder der bei Wahlen Ruhestörungen veranlaßt.

Keine Person, welche ein Bürger dieses Staates ist und die seit der Annahme dieser Constitution (1864) in irgend einer Weise sich an einem Duell betheiligte, soll wahlberechtigt sein.

North Carolina.

Jeder Bürger der Vereinigten Staaten, welcher 21 Jahre oder darüber alt ist und der unmittelbar vor einer Wahl 12 Monate lang im Staate und 90 Tage in einem County gewohnt hat, soll sich dort an derselben als Wähler betheiligen können.

Keine Person, welche vom Gericht eines, nach den Gesetzen dieses Staates für schändend erachteten Verbrechens schuldig befunden und die nach dem 1. Januar 1877 deßhalb verurtheilt worden ist, soll wahlberechtigt sein, wenn sie nicht nach der Vorschrift des Gesetzes wieder in ihre Rechte eingesetzt worden ist.

Jeder Wähler muß als solcher registrirt werden und kein Wähler, welcher nicht unter Eid erklärt hat, daß er die Constitution und die Gesetze der Vereinigten Staaten und dieses Staates unterstützen und aufrecht erhalten will, soll das Wahlrecht ausüben dürfen.

Ohio.

Jeder männliche Bürger der Vereinigten Staaten, welcher das 21. Lebensjahr vollendet hat und der im Staate ein Jahr lang unmittelbar vor einer Wahl, in einem County aber 30 Tage und in einem Township, in einem Dorfe (village), oder in einer Ward 20 Tage lang *) unmittelbar vor solcher Wahl gewohnt hat, soll sich dort daran als Wähler betheiligen dürfen.

Die Legislatur soll ermächtigt sein, irgend eine der Bestechung oder Bestechlichkeit, des Meineids oder eines andern schändenden Verbrechens gerichtlich überführte Person von der Ausübung des Wahlrechts und von der Wahlbarkeit auszuschließen.

Keine Person, welche im militärischen Land- oder Seedienste der Vereinigten Staaten im Staate Ohio stationirt ist, soll dadurch zu einem wahlberechtigten Bewohner werden.

Kein Blödsinniger und kein Wahnsinniger soll wahlberechtigt sein. (Nach einer richterlichen Entscheidung dürfen durch das Alter geistesschwach gewordene, und sonst wahlberechtigte Personen nicht von der Ausübung des Wahlrechts ausgeschlossen werden.)

---

*) Die Constitution überläßt der Gesetzgebung die Bestimmung der zur Wahlberechtigung erforderlichen Wohnungsdauer in einem County, einem Township, einem Dorfe oder einer Ward, und wir entnehmen obige Bestimmungen den Statutengesetzen, welche ferner verfügen, daß Familienhäupter, die im Staate ein Jahr lang und in einem County dreißig Tage lang gewohnt haben und die dann bona fide (d. h. nicht zum Schein) aus einem Township oder einer Ward in eine andere Ward ziehen, wahlberechtigt sein sollen, ohne dort 20 Tage lang gewohnt zu haben; in einer Stadt oder einem Dorfe, wo eine Wohnungsdauer von 20 Tagen gefordert wird, dürfen sie sich jedoch nicht an Localwahlen betheiligen.

Oregon.

Jeder männliche Bürger der Vereinigten Staaten, welches das 21. Lebensjahr vollendet oder überschritten hat und der in diesem Staate 6 Monate lang unmittelbar vor einer Wahl gewohnt hat, und jeder männliche Eingewanderte, welcher das 21. Lebensjahr vollendet oder überschritten hat und der in den Vereinigten Staaten ein Jahr lang, in diesem Staate aber 6 Monate lang unmittelbar vor einer Wahl gewohnt und der mindestens ein Jahr vor solcher Wahl seine Absicht, Bürger der Vereinigten Staaten werden zu wollen, in gesetzmäßiger Weise erklärt hat, soll sich an einer solchen Wahl als Wähler betheiligen dürfen.

Blödsinnige und Wahnsinnige, sowie alle Personen, die eines durch das Gesetz mit Zuchthausstrafe belegten Verbrechens vor Gericht überführt worden sind, sollen nicht wahlberechtigt sein.

Es soll Niemand dadurch ein wahlberechtigter Bewohner dieses Staates werden, noch soll ein Bewohner dieses Staates sein Wahlrecht dadurch verlieren, daß er im Staate anwesend oder aus dem Staate abwesend ist im Dienste der Vereinigten Staaten oder dieses Staates, oder während er als Schiffer oder Seeman die Gewässer dieses Staates, oder der Vereinigten Staaten, oder die Meere befährt; noch dadurch, daß er als Student eine Lehranstalt besucht; noch durch seinen Aufenthalt in einem Armenhause oder in irgend einem Asyle; noch dadurch, daß er in einem öffentlichen Gefängniß eingekerkert ist.

Kein Land- oder Seesoldat, oder Seemann, welcher im Dienste der Vereinigten Staaten oder einer verbündeten Macht in diesem Staate stationirt ist, soll darin wahlberechtigt sein.

Alle qualificirten Wähler sollen in demjenigen Wahlprecinct desjenigen County's, worin sie wohnhaft sind, für County-Beamten, in irgend einem County für Staats-Beamte und in irgend einem County eines Congreßbezirks für Congreßrepräsentanten ihr Votum abgeben dürfen.

Pennsylvanien.

Wahlberechtigt soll jeder männliche Bürger sein, welcher die folgenden Bedingungen erfüllt hat:

1) er muß wenigstens seit einem Monat Bürger der Vereinigten Staaten sein;

2) er muß unmittelbar vor der betreffenden Wahl seit einem Jahre im Staate gewohnt haben; ist er jedoch als ein im Staate geborener Bürger oder als ein sonst qualificirter Wähler aus dem Staate fortgezogen und in denselben zurückgekehrt, so braucht er darin dann nur sechs Monate lang unmittelbar vor einer Wahl gewohnt zu haben, um sich als Wähler betheiligen zu können;

3) er muß, wenn er das 22. Lebensjahr vollendet oder überschritten hat, innerhalb von zwei Jahren eine Staats- oder County-Taxe bezahlt haben; jedoch muß eine solche Taxe mindestens zwei Monate vor der betreffenden Wahl ihm auferlegt worden sein, und er muß sie wenigstens einen Monat vor einer solchen Wahl bezahlt haben.

Durch den Präsidenten der Vereinigten Staaten, oder durch die Behörde dieses Staates zu wirklichem Militärdienst beorderte Wähler dürfen bei allen Volkswahlen das Wahlrecht unter den gesetzlichen Bestimmungen völlig unbehindert ausüben.

Alle Gesetze, welche sich auf die Registrirung von Wählern oder auf das Bekleiden von Aemtern beziehen, sollen im ganzen Staate gleichmäßig sein; es darf jedoch keinem Wähler die Ausübung des Wahlrechts verweigert werden, weil seine Name nicht registrirt sein mag.

Wer einen Wähler zur Beeinflussung des Votums in irgend einer Weise zu bestechen sucht, oder wer ihm deßhalb irgend welche Versprechungen macht, sowie jeder Wähler, der sich durch irgend eine Art der Bestechung, oder durch irgend ein Versprechen bezüglich seines Votums beeinflussen läßt, soll während der betreffenden Wahl nicht wahlberechtigt sein. Wenn die Wahlberechtigung irgend einer Person, welche eine Votum abgeben will, aus irgend einer Ursache vor den Wahlbeamten angefochten wird, so soll diese Person zu beschwören haben, daß sie wahlberechtigt ist, ehe ihr Votum angenommen werden soll.

Wer einer absichtlichen Verletzung der Wahlgesetze überführt worden ist, soll zu den gesetzlichen Strafen noch eine gänzliche Entziehung des Wahlrechts für einen Zeitraum von vier Jahren erleiden.

Es soll Niemand dadurch ein wahlberechtigter Bewohner dieses Staates werden, noch soll ein Bewohner dieses Staates sein Wahlrecht dadurch verlieren, daß er im Staate anwesend oder aus dem Staate abwesend ist im Dienste der Vereinigten Staaten, oder dieses Staates, oder während er als Schiffer oder Seemann die Gewässer dieses Staates oder der Vereinigten Staaten, oder die Meere befährt; noch dadurch, daß er als Student eine Lehranstalt besucht; noch durch seinen Aufenthalt in einem Armenhause oder in einem andern auf öffentliche Kosten unterhaltenen Asyle; nach dadurch, daß er in irgend einem öffentlichen Gefängnisse eingekerkert ist.

Diejenige Section, welche verfügt, daß jede Wahl durch das Abgeben von Wahlzetteln (ballots) vollzogen werden soll, bestimmt auch, daß die abgegebenen Wahlzettel von den Wahlbeamten numerirt werden sollen, daß der Wähler seinen Namen auf den von ihm abzugebenden Wahlzettel schreiben darf, und daß die Wahlbeamten eidlich verpflichtet werden sollen, keines Wählers Votum kund zu geben, es sei denn, daß sie als Zeugen in einem Processe dazu aufgefordert werden.

Rhode Island.

Jeder männliche, 21 Jahre alte Bürger der Vereinigten Staaten, welcher unmittelbar vor einer Wahl im Staate ein Jahr und in einer Stadt sechs Monate lang gewohnt, darf sich dort an einer solchen Wahl als Wähler betheiligen, wenn er in der betreffenden Stadt Grundeigenthum im Werthe von 134 Dollars, über alle Verschuldung, besitzt; oder wenn sein dortiges Grundeigenthum ihm über alle Verschuldung mindestens 7 Dollars pro Jahr an Miethzins einbringt; solches Grundeigenthum muß aber wirklich dem Wähler selbst gehören, es darf keine Bedingung an das Besitzrecht geknüpft sein und es muß seit mindestens 90 Tagen vor der betreffenden Wahl, woran er sich als Wähler betheiligen will, auf seinen Namen in die Grundeigenthumsregister eingetragen worden sein. Besitzt ein Wähler solches Grundeigenthum außerhalb der Stadt, in welcher er wohnhaft ist, aber in den Grenzen dieses Staates, so soll er, nachdem er in der betreffenden Stadt unmittelbar vor einer Wahl von allgemeinen (general) Beamten und Mitgliedern der Legislatur 6 Monate lang gewohnt hat, dort daran als Wähler theilnehmen dürfen, falls er von dem Schreiber (clerk) derjenigen Stadt, in welcher sein Grundeigenthum liegt, eine nicht später als 10 Tage vor der betreffenden Wahl auszufertigende Bescheinigung über sein gesetzliches Besitzrecht &c. vorzuweisen vermag.

Jeder männliche eingeborene (native) Bürger der Vereinigten Staaten, welcher des 21. Lebensjahr vollendet und der unmittelbar vor einer Wahl seit 2 Jahren in diesem Staate und seit 6 Monaten in einer Stadt seinen Wohnsitz gehabt hat, soll daran dort als Wähler sich betheiligen dürfen, wenn sein Name mindestens 7 Tage vor dem Wahltage in die Wählerlisten eingetragen worden ist, und wenn er mindestens ein Jahr vor diesem Wahltage für sein eigenes Grundeigenthum Abgaben im Betrage von mindestens einem Dollar bezahlt hat, oder bezahlen wird; oder wenn er mindestens 7 Tage vor der Wahltage dem Schreiber (clerk) oder Schatzmeister derjenigen Stadt, in welcher er wohnhaft ist, freiwillig einen Dollar, oder eine Geldsumme, welche sich zusammen mit seinen übrigen Abgaben auf einen Dollar belaufen mag, zur Unterstützung der öffentlichen Schulen daselbst bezahlt und wenn er darüber einen von dem betreffenden Schreiber oder Schatzmeister ausgestellten Empfangsschein vorzuweisen vermag. Auch soll eine also registrirte Person wahlberechtigt sein, wenn sie irgend einer Miliz-Compagnie des Staates als Mitglied angehört und wenn sie darin, oder in einer durch das Gesetz autorisirten Freiwilligen-Organisation im Laufe des Jahres als ein Mitglied derselben Dienst gethan hat und wenn sie sich darüber durch eine von einem befugten Offiziere ausgefertigte Bescheinigung ausweisen kann. Dieses soll Geltung haben bis zum Ende des ersten Jahres nach der Annahme dieser Constitution, oder bis zum Ende des Jahres 1843.

Von jener Zeit (d. i. vom 1. Januar 1844) an, soll jeder solche Bürger wahlberechtigt sein, welcher die hierin festgestellte Whonungsbedingungen erfüllt hat, wenn er sich als Wähler vor dem letzten December des der betreffenden Wahl vorausgegangenen Jahres hat registriren lassen und wenn er mindestens ein Jahr vor einer solchen Wahl in irgend einer Stadt dieses Staates Taxen im Betrage von wenigstens einem Dollar bezahlt hat, oder wenn er einer Miliz-Compagnie dieses Staates als Mitglied angehört und als solches, nach der Vorschrift des Gesetzes, ausgerüstet worden ist und Dienst gethan hat, und zwar wenigstens einen Tag lang in jedem Jahre. Jedoch soll sich Niemand an der Erwählung des Stadtraths von Providence, oder an einer die Erhebung einer Taxe oder die Verausgabung der öffentlichen Gelder irgend einer Stadt betreffenden Wahl betheiligen können, wenn er nicht innerhalb des jüngst verflossenen Jahres von seinem in der betreffenden Stadt gelegenen, mindestens 134 Dollars werthen Grundeigenthum eine darauf gelegte Taxe bezahlt hat.

Der Assessor einer jeden Stadt soll jährlich von jedem registrirten Wähler eine Taxe im Betrage von einem Dollar erheben, und diese Abgabe soll in den öffentlichen Schulfond fließen; diese Registrirungstaxe darf jedoch nicht gewaltsam eingetrieben werden; auch sind diejenigen Wähler davon befreit, welche in dem betreffenden Jahre nach den vorstehenden Bestimmungen Militärdienst gethan haben; ebenso soll sie jedem Seemanne für die Zeit, während derselbe sich auf See befindet, nachgelassen werden. Wer diese Registrirungstaxe für eines der beiden Jahre, welche einer Wahl vorangingen, nicht bezahlt hat, darf sich an einer solchen Wahl nicht betheiligen, wenn auf ihn nicht eine der oben angeführten Ausnahmen Anwendung findet.

Im Militärdienste der Vereinigten Staaten zu Lande oder zu Wasser, oder in anderweitigem Dienste derselben in diesem Staate stationirte Personen sollen nicht, weil sie in einer Garnison, einer Kaserne, oder in einer Station des Heeres oder der Flotte beschäftigt sind, als wahlberechtigte Bewohner des Staates betrachtet werden können. Ferner sind von der Registrirung und der Ausübung des Wahlrechts ausgeschlossen: alle öffentlichen Armen (paupers), Wahnsinnige, an Geistesstörung leidende Personen, unter Vormundschaft stehende Personen, alle Indianer vom Stamme der „Narragansett,“ sowie der Bestechung oder Bestechlichkeit oder eines nach dem gemeinen Recht als schändend geltenden Verbrechens überführte Personen, wenn nicht die Legislatur durch ein Specialgesetz ihre verscherzten Rechte zurückgegeben hat.

Personen, welche auf einem an die Vereinigten Staaten abgetretenen Grundstück wohnen, sind nicht wahlberechtigt.

Die Legislatur soll ermächtigt sein, Registrirungsgesetze und sonstige, die Leitung und Ueberwachung der Wahlen und die Feststellung des Resultats und alle sonst noch zur Ausführung der Verfügungen der Constitution erforderlichen Gesetze zu erlassen, damit kein Unbefugter das Wahlrecht ausübe und damit kein Mißbrauch getrieben und kein Wahlbetrug verübt werden möge.

Ein Amendment aus dem Jahre 1864 giebt allen im Militärdienste der Vereinigten Staaten abwesenden Wählern das Recht der Ausübung des Wahlrechts nach von der Legislatur zu machenden Vorschriften.

South Carolina.

Jeder männliche Bürger der Vereinigten Staaten, welcher das 21. Lebensjahr vollendet oder überschritten hat und auf welchen nicht die nachbenannten Entrechtungsgründe Anwendung finden, soll wahlberechtigt sein, wenn er unmittelbar vor der betreffenden Wahl seit mindestens einem Jahre im Staate, und in dem County, worin er sein Votum abgeben will, seit mindestens 60 Tagen wohnhaft gewesen ist.

Nicht wahlberechtigt sollen sein: alle nach der Constitution der Vereinigten Staaten entrechteten Personen, deren Entrechtung nicht durch den Congreß aufgehoben worden ist; alle Insassen eines Armenhauses oder Asyls; alle Geisteskranken und alle in einem öffentlichen Gefängniß sitzenden Personen.

Die Legislatur soll von Zeit zur Zeit Verfügungen behufs Registrirung aller Wähler treffen.

Wer im Dienste der Vereinigten Staaten abwesend, wer auf den Gewässern dieses Staates oder der Vereinigten Staaten und wer auf dem Meere beschäftigt ist, oder wer temporär aus dem Staate abwesend ist, soll sein Wahlrecht dadurch nicht verlieren.

Kein innerhalb dieses Staates stationirter Land- oder Seesoldat, oder Seemann im Dienste der Vereinigten Staaten soll durch seinen Aufenthalt wahlberechtigt werden.

Die Legislatur soll niemals ein Gesetz erlassen, welches irgend einem Bürger dieses Staates das Wahlrecht entzieht, außer wegen Hochverraths, Mord, Raub oder Duellirens, nachdem die dessen schuldige Person in gebührender Weise processirt und überführt worden ist.

Keine Person soll wegen irgend eines Verbrechens, welches sie im Zustande der Sklaverei begangen haben mag, entrechtet werden.

Tennessee.

Jeder männliche Bürger der Vereinigten Staaten, welches das 21. Lebensjahr vollendet hat und der im

Staate 12 Monate und in dem County, worin er sein Votum abgeben will, 6 Monate unmittelbar vor einer Wahl wohnhaft gewesen ist, soll sich dort als Wähler daran betheiligen dürfen. Es soll zur Erlangung des Wahlrechts keine andere Bedingung zur erfüllen sein, als daß die betreffende Person den Wahlrichtern nachweist, daß sie die nach den Bestimmungen der Legislatur zu erhebende Wahlsteuer (poll tax) zur verlangten Zeit und an dem festgesetzten Orte bezahlt hat; wer aber keine solche Wahlsteuer bezahlt hat, soll nicht wahlberechtigt sein.

Die Legislatur soll ermächtigt sein, Gesetze zu erlassen, wonach jeder Wähler nur in demjenigen Precinct, in welchem er wohnhaft ist, das Wahlrecht ausüben darf; auch mag sie gesetzliche Verfügungen zur Beschützung der Wahlfreiheit und zur Verhütung von Wahlbetrug treffen. Ferner mag sie verordnen, daß eines schändenden Verbrechens überführte Personen von derWahlberechtigung ausgeschlossen sein sollen.

Wer irgend eine Gabe oder Belohnung an Fleisch, Getränken, Geld oder Anderweitigem für seine Wahlstimme annimmt, soll nach dem Gesetzen bestraft werden.

Die Wahlen sollen frei nnd gleich sein, und das Wahlrecht soll keinem nach obigen Bestimmungen qualificirten Wähler verweigert werden; ausgenommen, wenn ein solcher Wähler von einer Jury eines nach den Gesetzen für schändend erklärten Verbrechens überführt und von einem competenten Gerichtshofe deßhalb verurtheilt worden ist.

Texas.

Alle Personen unter 21 Jahren, alle Blödsinnigen und Wahnsinnigen, alle auf County-Kosten erhaltenen Arme unq alle irgend eines gemeinen Verbrechens überführte Personen, die von der Legislatur etwa zu bezeichnenden Ausnahmsfälle ausgenommen, und alle So'daten und Seeleute im Heere und in der Flotte der Vereinigten Staaten, sollen nicht wahlberechtigt sein.

Jede männliche Person, welche nicht einer der vorgeannten Klassen angehört, soll sich, wenn sie Bürger der Vereinigten Staaten ist und wenn sie in diesem Staate ein Jahr lang und während der letzten sechs Monate desselben (unmittelbar vor einer Wahl) in einem Districto der County gewohnt hat, wo sie ihr Votum abgeben will, an jener Wahl dort als Wähler betheiligen dürfen; deßgleichen soll jeder Eingewanderte, welcher nicht zu einer der oben angeführten disqualificirten Klassen gehört, wahlberechtigt sein nach Erfüllung der eben genannten Bedingungen, wenn er zu irgend einer Zeit in der gesetzlich vorgeschriebenen Weise seine Absicht, Bürger der Vereinigten Staaten werden zu wollen, vor Gericht ausgesprochen hat.

Alle Wähler sollen nur in demjenigen Precinct, in welchem sie wohnen, wahlberechtigt sein; es soll jedoch gestattet sein, daß Wähler, welche in einem nicht-organisirten County wohnen, in irgend einem Wahl-Precinct desjenigen County's, welchem das ihrige für Gerichtszwecke beigefügt sein mag, ihr Votum abgeben.

Ist ein nach obigen Bestimmungen qualificirter Wähler seit 6 Monaten in einer incorporirten Stadt wohnhaft, so mag er sich an der Mayorswahl und an sonstigen Beamtenwahlen daselbst betheilen; liegen aber zur Abstimmung Fragen vor, welche Ausgaben oder Schulden betreffen, so darf er nur in dem Falle, daß er Taxen auf Eigenthum in solcher Stadt bezahlt hat, sich als Wähler daran betheiligen.

Es sollen Gesetze gemacht werden, die jede Person, welche der Bestechung oder Bestechlichkeit, des Meineids, der Fälschung oder anderer schwerer Verbrechen überführt worden ist, von der Wahlberechtigung, von dem Geschorenendienst und von dem Bekleiden öffentlicher Aemter ausschließen. Auch sollen Gesetze zur Regulirung und Ueberwachung der Wahlen und zur Wahrung des freien Wahlrechts erlassen werden, und dieselben sollen angemessene Strafen über Jeden verhängen, welcher durch Gewalt, durch Bestechung, durch Ruhestörung oder auf andere ungebührliche Weise das Resultat einer Wahl zu beeinflussen sucht.

Wer sich in irgend einer Weise an einem Duell betheiligt, verliert sein Wahlrecht.

Abwesenheit in Geschäften dieses Staates, oder der Vereinigten Staaten, soll keinen Verlust des Wahlrechts bewirken.

Vermont.

Jeder männliche Bürger der Vereinigten Staaten, welcher das 21. Lebensjahr vollendet und in diesem Staate ein volles Jahr vor einer Repräsentantenwahl gewohnt, soll, wenn er ein ruhiger und friedlicher Mann ist, wahlberechtigt sein, nachdem er folgenden Eid geleistet hat:

„Ich schwöre feierlich, daß ich, so oft ich mein Votum in irgend einer den Staat Vermont betreffenden Angelegenheit abgeben mag, dieses stets so thun werde, wie es nach meinem Gewissen und nach meinem Dafürhalten zum Wohle des Staates gereichen wird, wie derselben durch diese Constitution begründet wurde, ohne irgend Jemanden zu fürchten oder zu begünstigen."

Jeder Wähler soll ein freier Mann sein und ein mit dem Gedeihen des Staates gemeinsames Interesse haben; ein solcher Wähler soll auch für jedes Amt wählbar sein, natürlich in Uebereinstimmung mit der Constitution.

Virginien.

Die 1870 vom Volke angenommene und 1876 amendirte Constitution verfügt: — Jeder 21 Jahre alte Bürger der Vereinigten Staaten, welcher unmittelbar vor einer Wahl 12 Monate lang im Staate und drei Monate lang in einem County oder in einer Stadt gewohnt hat, soll sich dort als Wähler daran betheiligen dürfen, wenn er vor dem Wahltage die gesetzlich vorgeschriebene Kopfsteuer für das vorhergegangene Jahr bezahlt hat; jedoch soll kein Offizier, kein Land- oder Seesoldat, und kein Matrose im Dienste der Vereinigten Staaten, welcher im Staate stationirt sein mag, durch seinen Aufenthalt in demselben wahlrechtigt werden.

Von der Wahlberechtigung sollen ausgeschlossen sein: 1) alle Blödsinnigen und alle Wahnsinnigen; 2) alle Personen, welche, der Bestechung bei irgend einer Wahl, der Unterschlagung öffentlicher Gelder, des Hochverraths, des kleinen Diebstahls oder eines gemeinen Verbrechens überführt worden sind; 3) alle Personen, welche sich in irgend einer Weise an einem Duell betheiligt haben, gleichviel ob dasselbe stattfand oder nicht. Das Gericht hat entschieden, daß in diesem dritten Punkte keine Ueberführung vor dem Gericht erforderlich ist und daß die Thatsache zur Entrechtung genügt; so daß z. B. Jemand, der eine Herausforderung erläßt, oder der eine solche annimmt oder überbringt, von der Wahlberechtigung ausgeschlossen sein soll.

West Virginien.

Die männlichen Bürger des Staates sollen ihr Votum bei allen Wahlen abgeben dürfen, welche in demjenigen County, worin sie wohnhaft sind, abgehalten werden. Aber keine unter 21 Jahren alte Person (minor), kein Geisteskranker, kein öffentlicher Armer und Niemand, der das Hochverraths, der Bestechung bei einer Wahl, oder eines schweren Verbrechens überführt worden ist, sowie keine Person, die nicht unmittelbar vor der betreffenden Wahl ein Jahr lang im Staate und sechzig Tage lang im County gewohnt hat, soll wahlberechtigt sein, so lange die Ursache ihrer Entrechtung fortdauert; auch soll keine im Militär- oder Seedienst der Vereinigten Staaten in diesem Staate stationirte Person als ein wahlberechtigter Bewohner desselben betrachtet werden können.

Es soll niemals einem wahlberechtigten Bürger die

Ausübung des Wahlrechts verweigert werden dürfen, weil dessen Name nicht in die Wahlerlisten eingetragen sein mag.

Die Legislatur soll Gesetze zur Regulirung und Ueberwachung der Wahlen, zur Wahrung der Wahlfreiheit und zur Verhütung von Wahlbetrug erlassen.

Wisconsin.

Jede männliche Person, welche das 21. Lebensjahr vollendet oder überschritten hat, soll sich, nachdem sie unmittelbar vor einer Wahl ein Jahr lang im Staate gewohnt hat, als Wähler daran betheiligen dürfen, wenn sie einer der nachbenannten Klassen angehört:

1) weiße Bürger der Vereinigten Staaten; 2) weiße Eingewanderte, welche in Uebereinstimmung mit den Naturalisationsgesetzen der Vereinigten Staaten ihre Absicht, Bürger der Vereinigten Staaten werden zu wollen, kund gegeben haben; 3) Personen indianischer Abstammung, welche zu irgend einer Zeit durch eine Congreßakte für Bürger der Vereinigten Staaten erklärt wurden, gleichviel was eine spätere Congreßakte darüber besagen mag; 4) civilisirte Personen indianischer Abstammung, welche nicht Mitglieder eines Stammes sind.

Die Legislatur mag von Zeit zu Zeit das Wahlrecht auf in Obigem nicht bezeichnete Personen ausdehnen, aber kein solches Gesetz soll in Kraft treten ehe das Volk dasselbe in einer allgemeinen Wahl durch eine Majorität aller abgegebenen Wahlstimmen gutgeheißen hat.

Keine unter Vormundschaft stehende, keine an Geistesstörung leidende und keine wahnsinnige Person soll wahlberechtigt sein; auch bleiben alle Diejenigen, welche des Hochverraths oder eines gemeinen Verbrechens überführt worden sind, von der Wahlberechtigung ausgeschlossen, so lange sie nicht wieder in ihre bürgerlichen Rechte eingesetzt worden sind.

Wer in Geschäften dieses Staates oder der Vereinigten Staaten aus diesem Staate abwesend ist, soll dadurch sein Wahlrecht nicht verlieren.

Kein Soldat und kein Seemann, welcher in Dienste der Vereinigten Staaten in diesem Staate stationirt ist, soll dadurch ein wahlberechtigter Bewohner desselben werden.

Die Legislatur mag Gesetze erlassen, welche allen der Bestechung oder der Bestechlichkeit, des Diebstahls oder irgend eines gemeinen Verbrechens überführten Personen das Wahlrecht entzieht; auch sollen Alle die sich an einer Wahlwette betheiligten, von der Wahlberechtigung in der betreffenden Wahl ausgeschlossen sein.

Bemerkungen und Erläuterungen.

Wo immer eine Staatsconstitution die Bestimmung enthält, daß eine Person, um in dem betreffenden Staate wahlberechtigt zu werden, im Staate, im County, und wohl noch in einem Township, in einer Stadt, in einer Ward und in einem Precinct eine gewisse Zeit lang unmittelbar vor der betreffenden Wahl wohnhaft gewesen sein muß, da ist dieses natürlich so zu verstehn, daß die vorgeschriebenen kleineren Zeiträume in dem größeren zusammenfallen. So wird z. B. in Ohio verlangt, daß ein Bürger ein Jahr lang im Staate, dreißig Tage lang im County und zwanzig Tage lang im Township, in dem Dorfe oder in der Ward gewohnt haben muß, um dort wahlberechtigt zu werden, und dieses besagt nicht, daß er zusammengenommen ein Jahr und fünfzig Tage dort wohnhaft gewesen sein muß, sondern es besagt, daß er unmittelbar vor der betreffenden Wahl im Ganzen ein Jahr lang im Staate, und in demselben während der letzten dreißig Tage im County, von diesen aber wieder die letzten zwanzig Tage hindurch in dem Townschip, dem Dorfe oder Ward, wohin er sein Wahlrecht ausüben mag, wohnhaft gewesen sein muß.

Die vorgeschriebene W o h n u n g s d a u e r schließt nach den meisten richterlichen Entscheidungen den Wahltag und nach einigen auch den Tag der Ankunft aus; ebenso wird der Jahrestag der Geburt bei der Altersberechnung ausgeschlossen. Muß also eine männliche Person das 21. Lebensjahr vollendet haben, um wahlberechtigt zu werden, und fiele der Jahrestag ihrer Geburt mit dem Wahltage zusammen, so würde diese Person da, wo genau zu Werke gegangen wird, schwerlich als Wähler zugelassen werden; und wäre wiederum eine Wohnungsdauer von dreißig Tagen für eine sonst wahlberechtigte Person erforderlich, um sie an ihrem neuen Wohnorte wahlberechtigt zu machen, und diese dreißig Tage würden mit dem Wahltag vollzählig, so würde die Wahlberechtigung für jene Wahl nicht zugestanden werden können, weil es stets heißt, so und so lange unmittelbar v o r der Wahl, und weil die in Frage stehende Person nicht 30, sondern nur 29 Tage **vor** der Wahl dort wohnhaft gewesen wäre. Eine gewisse Wohnungsdauer als Bedingung für die Wahlberechtigung wird **u n m i t t e l b a r** vor der betreffenden Wahl gefordert, was so zu verstehen ist, daß nicht Jemand, der z. B. einmal in Missouri wohnhaft und wahlberechtigt gewesen ist, und der nach Illinois übersiedelte, um dort permanent zu wohnen, nun auch für alle Zeit in Missouri wahlberechtigt bleiben soll. Es ist diese Wohnungsdauer jedoch nicht so zu deuten, daß Jemand, der sich irgendwo niederläßt, um dort zu bleiben, und der von Zeit zu Zeit in Geschäften, oder auch zum Vergnügen, in andere Counties, in andere Staaten verreist, deßhalb nach Ablauf der vom Gesetz vorgeschriebenen Zeit **n i c h t** wahlberechtigt werden sollte. Ist ein Wähler verheiratet, so ist er dort wohnhaft, wo seine Familie wohnt; nicht aber da, wo er seinen Geschäften nachgehn, oder auch wo er vielleicht in Kost und Logis (boarding) sein mag. So ist z. B. Covington in Kentucky von Cincinnati in Ohio nur durch den Ohio-Fluß getrennt; wäre nun ein verheirateter Mann in Cincinnati

Tag für Tag beschäftigt, hätte er dort Arbeit, oder besäße er dort ein eigenes Geschäft und seine Familie wohnte in Covington, so könnte dieser Mann nur in Covington wahlberechtigt sein oder werden; und wäre der betreffende Mann auch ledig, und ginge er in Covington nur in Logis und Kost, so müßte er gleichfalls dort sein Votum anbieten. Zieht Jemand vor dem Wahltage zu einer Zeit um, daß er an seinem neuen Wohnorte bis zur nächsten Wahl noch nicht wahlberechtigt werden könnte, so enthält er sich besser des „Stimmens" gänzlich; denn wenn auch in einigen Fällen entschieden worden ist, daß solch ein Wähler so lange an seinem alten Wohnorte wahlberechtigt bleiben soll, bis er es an dem neuen Platze geworden ist, so hat das Gericht in anderen Fällen völlig gegentheilige Entscheidungen abgegeben. Als allgemeiner Rechtsgrundsatz gilt, daß Niemand durch ein temporäres Fortziehen, selbst wenn er ein Jahr lang oder länger fortbleibt, sein Wahlrecht an seinem alten Wohnplatze verliert, sondern daß er desselben erst dann verlustig geht, wenn er den alten Wonhplatz mit der Absicht verläßt, nicht wieder für die Dauer dorthin zurückzukehren, und sich einen andern Wohnort zu wählen. Hat aber Jemand, der seinen Wohnort verließ, an einem andern Orte nach seinem Fortziehen bei einer Wahl sein Votum abgegeben, oder hat er sich nur anderswo als Wähler registriren lassen, so hat er dadurch sein Wahlrecht an dem alten Wohnorte aufgegeben und wollte er später daselbst wieder wahlberechtigt werden, so müßte er dort gleich jedem neuen Ankömmling abermals die vorgeschriebene Zeit wohnen und warten.

Wo es in den vorstehenden Wahlrechtsbedingungen der einzelnen Staaten heißt, Niemand solle wegen Diesem oder Jenem das Wahlrecht an einem Orte gewinnen oder verlieren, da ist damit gemeint, der an besagtem Orte vorher schon wahlberechtigt gewesene Mann solle sein Wahlrecht aus der gegebenen Ursache nicht verlieren, noch solle ein vorher nicht wahlberechtigt gewesener Mann durch die nämliche Ursache nicht wahlberechtigt werden können. So finden wir z. B. in einer Anzahl Staatsconstitutionen eine solche Bestimmung in Bezug auf die Insassen von Armenhäusern und öffentlichen Wohlthätigkeitsanstalten, und dieselbe ist also zu deuten: Jede in einem Armenhause oder in einer öffentlichen Wohlthätigkeitsanstalt als arm und hilfsbedürftig, oder als krank verpflegte Person, welche an dem betreffenden Orte vor ihrer Aufnahme wahlberechtigt war, soll während ihres Verweilens in dem dortigen Armenhause oder Asyle auch wahlberechtigt bleiben; wer jedoch vor seiner Aufnahme das Wahlrecht nicht besaß, der soll es durch seinen Aufenthalt daselbst auch nicht erwerben können.*) Auch alle andern Fälle dieser Art sind so zu deuten; es gilt in vielen Staaten das Nämliche von Personen, welche als Studenten Lehranstalten besuchen, sowie von Andern, welche im Dienste der Vereinigten Staaten stehen, und es ist das auch so zu verstehen, daß weder Jene noch Diese dadurch, daß sie als Studenten oder als Leute im Dienste der Vereinigten Staaten an einem Orte längere Zeit verweilen, dort als wohnhaft und deßhalb als wahlberechtigt betrachtet werden können, und daß sie andererseits ebensowenig von der Ausübung des Wahlrechtes dort ausgeschlossen werden können, wo sie vor ihrem Eintritt in jene Lehranstalt, oder vor ihrem Eintritt in den Dienst der Vereinigten Staaten wahlberechtigt gewesen sein mögen. Besagt die Constitution eines Staates, daß keine im Dienste der Vereinigten Staaten stehende Person wahlberechtigt sein soll, eben weil sie sich in die-

*) In einigen Staaten sind alle öffentlichen Armen (paupers), d. h. auf die öffentliche Wohlthätigkeit angewiesenen Personen, eben weil und so lange sie "paupers" sind, von der Wahlberechtigung ausgeschlossen; das ist also ein von obigem grundverschiedener Fall, denn er stellt die Hülfsbedürftigkeit als eine politische Entrechtungsursache hin.

sem Dienste befindet, so ist das ein ander Ding; eine solche Verweigerung der Wahlberechtigung kann indessen nur so lange dauern, als die hindernde Ursache besteht.

Wohl zu beachten ist, daß Niemand wegen einer **nicht** in der Constitution seines Staates angegebenen Ursache von der Wahlberechtigung ausgeschlossen werden kann; gleichviel ob in **allen** übrigen Staatsconstitutionen jene Ursache als Entrechtungsgrund aufgeführt sein mag. Besagt z. B. eine Staatsconstitution nicht, daß Verbrecher von der Wahlberechtigung ausgeschlossen sein sollen, und ermächtigt sie auch nicht die Legislatur, Gesetze zu erlassen, welche eines Verbrechens überführten Personen die Ausübung des Wahlrechts untersagen mögen, so kann der Verbrecher in dem betreffenden Staate nicht am „Poll" zurückgewiesen werden, wenn er sonst alle Bedingungen zur Erlangung des Wahlrechts erfüllt hat. So ist z. B. in Colorado das Verbrechen keine dauernde Entrechtungsursache; wer eines Verbrechens im Staate Colorado überführt und deßhalb in ein Gefängniß gesandt worden ist, soll nur für die Dauer seiner Gefängnißstrafe nicht wahlberechtigt sein, hat er aber seine Strafzeit abgesessen oder ist er früher begnadigt worden, so soll weder das begangene Verbrechen, noch die dafür erduldete Strafe den Verlust des vorher besessenen Wahlrechts zur Folge haben oder die zukünftige Erwerbung des Wahlrechts ihm unmöglich machen. Nehmen wir nun an, daß eine in Kansas nach der dortigen Verfassung durch das Begehen eines gemeinen Verbrechens von der Ausübung des Wahlrechts ausgeschlossene Person nach Colorado übersiedelte und dort die erforderliche Zeit wohnte, so würde dieser in Kansas immer noch entrechtete Verbrecher in Colorado ein vollberechtigter Wähler sein.

Leider ist die Mehrzahl der Constitutionen und Gesetze in den Vereinigten Staaten in einem so schwerfälligen, oft höchst vieldeutigen **Advokatenstil** abgefaßt, daß man schier meinen sollte, in den Vereinigten Staaten wohnten nur Advokaten und nicht auch andere Leute, die weit lieber klar und einfach und unzweideutig gehaltene Gesetze und Verfassungen haben möchten. Aber der Amerikaner hängt eben mit großer Zähigkeit an schwulstigem Formenkram und der schwulstige, oft recht verworrene Gesetzmacherstil ist ihm zum lieben Zopf geworden, wovon er sich nicht trennen mag. Wir haben uns in den vorstehend mitgetheilten Wahlrechtsbestimmungen der einzelnen Staaten mehr an den Sinn als an den Wortlaut der betreffenden Constitutionen gehalten; nur in denjenigen Fällen gaben wir den Wortlaut möglichst getreu wieder, wo wir es dem Leser selbst überlassen müssen, sich in dem Phrasenwust nach Möglichkeit zurecht zu finden.

Zwölftes Kapitel.

Die Wahlen.

Alle politische Gewalt geht vom Volke aus! — das ist das Grundprinzip unserer Regierungsform. Macht das Volk von seinen unantastbaren politischen Rechten Gebrauch, so regiert es thatsächlich in den Vereinigten Staaten. Selbstverständlich kann das Volk jedoch weder die gesetzgebende, noch die vollziehende, noch die richterliche Gewalt selbst ausüben, weil die Bürger ja doch ihrem Geschäft, ihrem Broderwerb nachgehen müssen; deßhalb werden diese drei Regierungsgewalten vom Volke an Agenten (Beamte) übertragen, die aus Volkswahlen hervorgehen müssen. Das Volk regiert also indirekt, indem es seine Beamten erwählt und controlirt; sowie indem es unfähigen oder ungetreuen Beamten den Amtstermin nicht erneuert, oder sie nöthigenfalls auch zur Rechenschaft zieht und durch einen zuständigen Gerichtshof bestrafen läßt.

Die Feststellung der Qualificationen der Wähler steht, wie wir an anderer Stelle eingehend darthaten, mit Beobachtung der Bestimmungen des 15. Amendments zur Bundesverfassung, lediglich den Staaten zu; dasselbe gilt, und zwar ohne alle Beschränkung, von der Leitung der Wahlen. Von einer Berechtigung irgend eines Theiles der Bundesverwaltung, irgend welche Wahlen zu leiten, zu controliren oder zu überwachen, steht durchaus Nichts in der Constitution; ein Recht, welches die Constitution aber nicht der Bundesregierung verleiht, soll (nach der Constitution!) den einzelnen Staaten, resp. dem Volke vorbehalten bleiben. Allerdings hat das Oberbundesgericht die Ueberwachung der Congreßwahlen für eine „nationale" Angelegenheit und die Wahlsupervisoren-Akte für gültig erklärt; aber wir können trotzdem nicht zu der Ueberzeugung gelangen, daß die Bundesadministration irgend ein Recht hat, sich in Wahlen einzumischen oder dieselben zu controliren, noch daß der Congreß unter der bestehenden Constitution dahin zielende Gesetze erlassen kann, ohne seine verfassungsmäßigen Befugnisse zu überschreiten. So lange indessen ein Gesetz, selbst ein widerrechtliches, nicht für ungültig erklärt worden ist, muß ihm gehorcht werden.

Ohne hier auf die verschiedenen Arten von Beamtenwahlen näher einzugehen, geben wir in Nachstehendem eine Zusammenstellung aller derjenigen Regeln und Gesetze, welche dem Bürger in seiner Eigenschaft als Wähler, oder als Wahlbeamter (Wahlrichter, Clerk 2c.), zu wissen nothwendig sind. Strengste Beobachtung der Gesetze ist gerade in Bezug auf die Wahlen unumgänglich nothwendig; und selbst in dem Falle, wo ein Gesetz für ungerecht oder zwecklos gehalten wird, sollte es pünktlich durchgeführt werden, so lange es nicht aufgehoben worden ist. Schlechte oder unnöthige Gesetze soll man abschaffen, nicht aber sie unerfüllt, oder „zum todten Buchstaben" werden lassen.

Zweck der Wahlen: — Der Zweck der Wahlen kann mehrfacher Art sein: die Erwählung von Beamten, die Abstimmung über eine neue Constitutions- oder Verfassungsvorlage, die Amendirung (Abänderung) der bestehenden Constitution, die Bewilligung von Anleihen ꝛc., und, was jedoch vielfach bestritten wird, auch die Gutheißung oder Annahme eines Gesetzes.

Wir halten zwar dafür, daß das Volk unter der bestehenden Regierungsform keine gesetzgebende Macht selbst ausüben darf, sondern daß Gesetze nur von den mit legislativer Gewalt durch das Volk bekleideten Körperschaften (Congreß und Staatslegislaturen) erlassen werden können; auch bestreiten wir, daß das Volk darüber abzustimmen, oder sonst irgendwie darüber zu entscheiden haben könnte, ob und wo ein erlassenes Gesetz Geltung haben soll. Das Volk hat jede der drei Regierungsgewalten — die gesetzgebende, die vollziehende und die richterliche — den von ihm eingesetzten Beamten übertragen und kann deßhalb keine der Machtbefugnisse derselben für sich selbst beanspruchen. Deßhalb kann auch z. B. kein "Local Option Law" von einem Gerichtshofe für constitutionell erklärt werden, weil das Volk dadurch ja selbst die legislative Gewalt in die Hand nimmt und bestimmt, was hier oder dort Gesetz sein soll. — Ein ander Ding ist es mit einer Abstimmung über eine öffentliche Anleihe, über gewisse öffentliche Bauten und Aehnliches; diese Dinge gehören in den Bereich des Steuerzahlers, und es wird ihm das Recht, über die Genehmigung oder Verwerfung eines solchen Vorschlages selbst, und zwar ganz direkt und endgültig zu entscheiden, von Niemandem bestritten werden. Auch kann dem Volke das Recht, sein Grundgesetz (Constitution) abzuändern, durchaus nicht bestritten werden, denn dieses Grundrecht, die Quelle aller Gesetze, **muß** ganz direkt vom Volke, als von dem Quell aller staatlichen Gewalt, ausgehen; es wäre gar nicht denkbar, daß eine solche Verfassung **nicht** vom Volke ausginge.

Das Ausschreiben der Wahlen: — Die meisten unserer Wahlen werden durch Proklamationen der zuständigen Beamten, oder auch durch eine einfache öffentliche Benachrichtigung der Wähler (durch Zeitungen und Anschlagszettel) anberaumt. Wahlen, deren Zeit und Ort nicht durch das Gesetz bestimmt ist, müssen unter jeder Bedingung rechtzeitig (d. h. früh genug, um allgemein bekannt zu werden und den Wählern die Betheiligung zu ermöglichen) bekannt gemacht werden, und zwar in der üblichen Weise; andernfalls kann das Wahlresultat keine Gültigkeit haben. Versäumt es dagegen ein Beamter, willentlich oder unwillentlich, eine Wahl auszuschreiben, deren Zeit und Ort durch das Gesetz bestimmt wird, oder erläßt er das Ausschreiben kürzere Zeit vor der Wahl, als das Gesetz es ihm vorschreibt, so mögen trotzdem die Wähler eine Wahl zur gesetzlichen Zeit und an dem gesetzlichen Orte abhalten und das Resultat derselben soll volle Geltung haben. Die Pflichtversäumniß eines Beamten macht keine Wahl ungültig. Nur in dem einen Falle, daß durch eine solche Pflichtversäumniß an der Betheiligung bei der Wahl eine Anzahl Wähler verhindert worden wäre, deren Theilnahme das Resultat wesentlich anders gestaltet haben würde, kann eine nicht rechtzeitig, oder gar nicht proklamirte, und dennoch zur gesetzmäßigen Zeit am gesetzmäßigen Orte abgehaltene Wahl mit Erfolg angefochten werden.

Besagt das Gesetz, daß ein gewisses Amt nur zu gewissen Zeiten, also z. B. jedes zweite Jahr, durch Neuwahl besetzt werden soll, so kann, wenn besagtes Amt inzwischen vacant wird, nicht außer der gesetzlich festgestellten Zeit eine Wahl zur Ausfüllung dieser Vacanz ausgeschrieben werden, sondern das Amt muß bis dahin unbesetzt bleiben.

Die Polls: — Die „Polls" oder Wahlplätze müssen sich an den in der Wahlproklamation, oder dem Wahlausschreiben genau zu bestimmenden Orten befinden; deßgleichen müssen sie zu einer bestimmten Zeit geöffnet und geschlossen werden. Jedoch kann auch in dieser Hinsicht eine Aenderung getroffen werden, wenn dadurch nicht ein Theil der Wählerschaft beeinträchtigt, d. h. am „Stimmen" verhindert wird. Wird z. B. der „Poll" nach der Erlassung des Wahlausschreibens aus einem triftigen Grunde verlegt, und wird dafür gesorgt, daß jeder sich an der Wahl betheiligende Bürger von dieser Aenderung zur richtigen Zeit Kunde erhält — oder wird ein „Poll" später geöffnet oder früher geschlossen, als das Gesetz vorschreibt, und wird dadurch nicht die Wählerschaft, oder ein Theil derselben an der Ausübung ihres Wahlrechts verhindert, so wird keine solche Aenderung als ein genügender Grund zum Umstoßen der Wahl erachtet — immer jedoch vorausgesetzt, daß eine dringende Nothwendigkeit die Aenderung veranlaßte. „Necessitas non habet legem — Noth kennt kein Gebot", sagte Oberrichter Thompson und entschied, daß eine auf einen der obigen Ausnahmsfälle hin angestrittene Wahl gesetzkräftig sei.

Die „Polls" dürfen nicht eine beträchtliche Weile früher oder später geöffnet oder geschlossen werden, als das Gesetz es vorschreibt. Auf eine halbe, und selbst auf eine ganze Stunde kommt es jedoch nicht an, sofern es sich um die Gültigkeit der Wahl handelt, wenn nicht so viele Wähler dadurch am „Stimmen" verhindert wurden, daß das Wahlresultat möglicherweise anders ausgefallen sein möchte, wenn die genaue Zeit eingehalten worden wäre. — Ist ein „Poll" einmal geschlossen, so kann er nicht mehr geöffnet werden; es sei denn, daß die Wahl vertagt wurde.

Die Wahlurne oder "Ballot-box": — In einigen Staaten müssen besondere Wahlurnen (ballot-boxes) für Staatswahlen und Congreßwahlen gehalten werden. Ereignet es sich dann, daß Wahlzettel in die falsche Wahlurne gesteckt worden sind, so fragt es sich, ob solche Wahlzettel mitgezählt werden können. Es sind in solchen Fällen sehr verschiedenartige Entscheidungen abgegeben worden, deren Darlegung und Beleuchtung hier nicht zweckdienlich sein könnte, weßhalb wir, uns auf die Autorität namhafter Rechtsgelehrter stützend, als Maßstab den Grundsatz aufstellen, daß die wahlberechtigten Bürger durch jede öffentliche Wahl ihrem Willen frei und unbehindert Ausdruck geben sollen und daß dieses der einzige Zweck einer jeden Wahl sein muß. Ist also ein Versehen seitens eines Wahlbeamten begangen oder gar ein Betrug verübt worden, so soll alles Mögliche gethan werden, um den oder die dadurch beeinträchtigten Wähler und Candidaten schadlos zu halten. Ist also auch die Unantastbarkeit der „Ballot-box" durch das Gesetz vorgeschrieben, so wird es in dem obigen Falle sehr wohl zu rechtfertigen sein, wenn die mit dem offiziellen Zählen des Votums betrauten Beamten jeden durch einen Irrthum in die falsche „box" gerathenen Stimmzettel an seinen richtigen Platz, d. h. in die andere Wahlurne, legen und ihn dort mitzählen, als wenn er von Anfang an darin gelegen hätte. Ist jedoch die Beabsichtigung eines Betruges zu muthmaßen, so ist der Fall sehr genau zu prüfen, und wird das Wahlergebniß angestritten (contested), so darf man mit Gewißheit annehmen, daß die betreffenden „ballots" verworfen werden.

Allerdings sollen die Wahlurnen möglichst genau den gesetzlichen Vorschriften in Bezug auf Art, Form und Material entsprechen; aber es kann auch nicht leicht eine Wahl für ungültig erklärt werden, weil solche Vorschriften nicht genau beobachtet wurden, wenn anders der öffentlichen Meinung nach Alles ehrlich zugegangen ist. Dasselbe gilt von dem Aufbewahrungsorte der „Ballot-box". Sicherer ist es natürlich, sich in jeder Beziehung dem Gesetz anzubequemen und dessen Bestimmungen stets pünktlich zu erfüllen, dann kann eine Wahl ganz gewiß nicht erfolgreich angefochten werden.

Eine Verlängerung der Wahlzeit bis zu drei Tagen ist in Virginien vorgekommen, weil der Andrang der Wähler so groß war, daß sie unmöglich alle an einem Tage hätten ihr Votum abgeben können; deßhalb schrieb der Sheriff (es war eine County-Wahl) eine Verlängerung von Tag zu Tag aus, bis anzunehmen war, daß alle Wähler am „Poll" gewesen seien. Der Gerichtshof, vor welchem die Gültigkeit jener Wahl angestritten wurde, erklärte alle während der ersten drei Tage abgegebenen „Ballots" für legal, verwarf aber die am vierten Tage angenommenen Wahlzettel.

Die Wahlbeamten: — Jede Wahl muß geleitet, d. h. Betheiligung von nicht wahlberechtigten Personen muß nach Möglichkeit verhindert, das Votum entgegengenommen, in die Wahlurne gelegt und nach Schluß der Wahl gezählt werden; auch ist ein Bericht über das Wahlresultat zu erstatten und mit den versiegelten Wahlurnen an die zuständige Behörde abzuliefern. Das sind im Großen und Ganzen die Pflichten der Wahlbeamten, welche aus einigen Wahlrichtern und mehreren Schreibern (Clerks) zu bestehen pflegen. Die Wahlbeamten müssen einen Dienstеid leisten, wodurch sie gewissenhafte Pflichterfüllung geloben.

Ist einer, oder sind selbst mehrere der Wahlbeamten zur Bekleidung des Postens nicht gesetzlich qualifizirt, so ist das kein Grund zum Umstoßen der Wahl. Ebensowenig muß eine Wahl für ungültig erklärt werden, wenn die Beamten ihre Pflicht nicht erfüllen, oder wenn sie Fehler machen. Ist jedoch durch eine Pflichtversäumniß oder durch einen von den Wahlbeamten gemachten Fehler das Wahlergebniß beeinflußt worden, würde also das Resultat wesentlich anders lauten, wenn jene Pflichtversäumniß oder jener Fehler nicht vorgekommen wäre, so mag auf Grund dessen die Wahl für ungültig erklärt werden. Ist eine Pflichtversäumniß oder ein Fehler wissentlich begangen worden, so kann man daraus auf einen beabsichtigten Betrug schließen und deßhalb die Wahl umstoßen.

Der Ausdruck „Wahlrichter" ist, streng genommen, unrichtig; denn keiner der Wahlbeamten soll eine richterliche Gewalt haben. Ihre Befugnisse sind in den Statutengesetzen des betreffenden Staates meistens recht bestimmt ausgesprochen. Weist ein Wahlrichter das Votum einer Person zurück, so mag dieselbe verlangen, daß sie unter Eid ihre Wahlberechtigung erkläre; wird das Votum dennoch zurückgewiesen, was indessen höchst selten vorkommt, so müssen die Wahlrichter beweisen, daß der von dem betreffenden Wähler geleistete Schwur ein Meineid war, und vermögen sie dieses nicht, dann können sie zur Verantwortung gezogen werden. Verweigert eine Person, deren Wahlberechtigung in Zweifel gezogen wird, die Eidesleistung, so soll ihr Votum zurückgewiesen werden.

In mehreren Staaten haben die Gerichte entschieden, daß den Wahlrichtern nicht nur das Recht zustehe, ein Votum zurückzuweisen, wenn der Betreffende, welcher es anbietet, ihrer Ansicht nach selbst einen Meineid leisten würde, um wahlberechtigt zu erscheinen, sondern daß die Verwerfung eines solchen Votums sogar ihre Pflicht sei.

Haben die Wahlrichter ein Votum angenommen und in die Wahlurne gelegt, so muß dasselbe mitgezählt werden, und kein Beamter hat das Recht, solch einen Wahlzettel nachträglich zu verwerfen. Dieser Grundsatz gilt in der ganzen Union, mit Ausnahme der Staaten Texas, Louisiana und Florida, deren Gesetze den Wahlbeamten die Befugniß ertheilen, beim Zählen des Votums irgend welche Wahlzettel, die sie beanstanden mögen, zu verwerfen. Wie gefährlich diese Befugniß ist, hat die schamlose Handlungsweise der „Returning Boards“ vorzüglich nach der Präsidentenwahl von 1876 sattsam gezeigt.

Ein Wahlbeamter kann von einem zurückgewiesenen Wähler persönlich auf Schadenersatz verklagt werden. In einigen Staaten muß jedoch dargethan werden, daß der betreffende Beamte in böswilliger oder betrügerischer Absicht die Annahme des betreffenden Votums verweigerte; in anderen Staaten, wie in Massachusetts, genügt der Nachweis, daß der zurückgewiesene Wähler wahlberechtigt war; jedoch wurde auch dort ein Versehen seitens des Wahlbeamten als Entschuldigungsgrund zugelassen. Wo wirklich ein Versehen vorliegt, da sollte billigerweise der betreffende Wahlbeamte nicht zur Rechenschaft gezogen und bestraft werden, weil nicht wohl zu erwarten ist, daß jeder Wahlbeamte, aus der Mitte des Volkes gewählt, mit allen seine Amtspflichten betreffenden Verordnungen und Gesetzen hinreichend vertraut sei, um sich nicht gar leicht eines Versehens schuldig machen zu können. Hat jedoch ein Wähler genügende Beweise für seine Wahlberechtigung erbracht und wird er trotzdem von der Wahlurne zurückgewiesen, so pflegt das Gericht, wenn der Wähler klagbar geworden ist, das Vorherrschen einer „böswilligen Absicht“ ohne weitere Beweisführung anzuerkennen und den oder die Betreffenden in eine Strafe zu nehmen, welche jedoch meistens auf einen nominellen Schadenersatz hinausläuft; es sei denn, daß von dem Kläger ferner noch eine „betrügerische Absicht“ nachgewiesen werden kann, in welchem Falle ein strengeres Straferkenntniß nach Recht und Gesetz erfolgen muß. Leider wird indessen nur zu häufig, in diesen wie auch in andern Fällen, wo Politik in's Spiel kommt, von Richter und Geschworenen mehr der eigene politische Vortheil als das Recht für maßgebend erachtet. Es ist wirklich jämmerlich bestellt um die Rechtspflege in den Vereinigten Staaten.

Ist eine Registrirung der Wähler durch die Staatsgesetze vorgeschrieben, und wird eine wahlberechtigte Person, deren Name in die Wählerlisten eingetragen worden, vom „Poll" zurückgewiesen, so sollen die betreffenden Wahlrichter, falls jener abgewiesene, registrirte Wähler gegen sie klagbar wird, exemplarisch bestraft werden.

Es wird stets angenommen, daß ein Wahlbeamter den vorgeschriebenen Eid geleistet habe, bis das Gegentheil bewiesen worden ist. Würde also Jemand die Berechtigung eines Wahlbeamten bestreiten, weil derselbe den üblichen Eid nicht geleistet habe, so würde nicht der Wahlbeamte seine Eidesleistung nachzuweisen haben, sondern der Andere müßte die Ermangelung derselben über allen Zweifel feststellen.

Wahlzettel (Ballots): — Das Volk gibt seinen souveränen Willen in der Union nur durch Wahlzettel (ballots) kund, nicht aber durch mündliche Abstimmung. Man hat diese Weise hauptsächlich deßhalb gewählt, damit jedes Wählers Votum geheim gehalten werden könne; das Geheimhalten des Votums aber wird als ein wesentliches Schutzmittel gegen Einschüchterung, wie auch gegen etwaige Drangsalirung der Wähler durch Arbeitgeber und Andere betrachtet.

Diese Wahrung des „Wahlgeheimnisses" ist hier von jeher für so wichtig erachtet worden, daß nach dem Gesetz kein Wähler gezwungen werden kann, irgendwelche Aussagen über sein Ballot zu machen; ausgenommen, wenn ihm nachgewiesen worden, daß er nicht wahlberechtigt ist und daß deßhalb sein Ballot nach Recht und Gesetz als null und nichtig aus der Wahlurne entfernt werden muß, in welchem Falle der Gerichtshof ihn zum Angeben des Inhalts seines Wahlzettels zwingen mag. Hat Jemand den Inhalt seines Wahlzettels vorher selbst kund gegeben, so mögen diejenigen Personen, welche diese Aeußerung hörten, als Zeugen vorgeladen und durch ihre Aussagen mag festgestellt werden, wie das betreffende Votum lautete. Was

Einer freiwillig ausplaudert, das ist ja auch kein Geheimniß mehr.

Ist nicht nachgewiesen worden, daß eine Person gesetzwidrig das Wahlrecht ausübte, so kann dieselbe weder bei Wahlklagen (contested election cases) noch sonstwie zur Kundgebung ihres Votums gezwungen werden. Um das Wahlgeheimniß besser zu bewahren, dürfen in vielen Staaten nur weiße, auf keine Weise gezeichnete Wahlzeitel benutzt werden.

Höchst bedeutsam ist die Richtigkeit und Vollständigkeit des Ballots. Deßhalb prüfe jeder Wähler seinen Stimmzettel genau und überzeuge sich, daß die Namen der Candidaten und die Aemter, für welche er sie erwählen möchte, richtig darauf angegeben sind.

Der allgemeinen Annahme nach ist ein Wahlzettel (ballot) unvollkommen, wenn er nicht die Absicht des Wählers vollständig kundgibt. Dieses ist der Fall, wenn auf einem Wahlzettel der Name des Candidaten unrichtig gedruckt, wenn die Anfangsbuchstaben seiner Vornamen darauf unrichtig angegeben, wenn das Amt, wofür man ihn wählen will, nicht bezeichnet ist, und in anderen ähnlichen Fällen. Will Jemand, welcher die Wahl anstreitet (contests), auf der genauen Erfüllung des Gesetzes, dem Buchstaben nach, bestehen, so mag aus einer geringen Nachlässigkeit große Schwierigkeit erwachsen. So ist z. B. der Fall vorgekommen, daß ein gewisser Elliott M. Braxton auf einigen Wahlzetteln als „E. M. Braxton" und auf andern „Elliott Braxton" bezeichnet war, und daß dessen Erwählung zum Mitgliede des Repräsentantenhauses des Congresses auf Grund dieser Verschiedenheiten angefochten wurde. Das Repräsentantenhaus entschied dann allerdings, daß der Betreffende, da er von seiner Partei nominirt worden sei, und da kein Anderer seines Namens in seinem Wahldistrikt existire, als rechtmäßig erwählt anzuerkennen sei; aber dieser Fall zeigt auch, wie leicht jene Wahl hätte umgestoßen werden können, wenn in dem betreffenden Distrikt noch ein anderer Braxton gewohnt hätte. Es ist sogar schon verschiedentlich das Angeben der Anfangsbuchstaben des Vornamens der Candidaten als ungenügend hingestellt worden, so daß also in dem vorgenannten Falle nur ein Ballot mit dem vollen Namen „Elliott M. Braxton", oder gar mit „Elliott Martin Braxton" gültig sein würde; jedoch ist diese engherzige Auffassung meistens nach dem richtigen Grundsatze, daß die klare Darlegung der Absicht des Wählers genügt, umgestoßen worden. Im Allgemeinen — Vorsicht ist jedoch stets anzuempfehlen und Genauigkeit kann nie schaden — genügen die Vornamen des Candidaten, wie er sie zu schreiben gewöhnt ist; also vollständig oder nur mit den Anfangsbuchstaben. — Anderweitig sind auch schon Wahlzettel, auf welchen die Namen der Candidaten nur dem Klang nach richtig angegeben waren, wie z. B. für „Charles Ruemelin" „Charles Reemelin", als gültig anerkannt worden.

Jedes Zeichnen der „Ballots" durch Numeriren u. s. w. ist ungesetzlich, weil dadurch das Wahlgeheimniß gefährdet wird (in einigen Staaten ist das Numeriren der Wahlzettel jedoch gestattet).*) Wir halten dafür, daß in keinem Falle und in keinem Staate ein Numeriren der Wahlzettel von den Wählern geduldet werden sollte, und daß solches Numeriren der Wahlzettel überall als ungesetzlich angefochten werden kann, weil es die Wahrung des Wahlgeheimnisses unmöglich macht.

In sehr vielen Staaten schreibt, wie gesagt, das Gesetz vor, daß zu Wahlzetteln nur weißes Papier verwendet werden darf; auch bestehen in einigen Staaten genaue Vorschriften über die Größe der Zettel, über die

*) Die Legislatur des Staates Indiana erließ ein Gesetz, welches den Wahlbeamten das Numeriren der Ballots auf der Kehrseite und das Eintragen der Nummer auf die Wahlliste mit dem Namen des Wählers zur Pflicht machte. Das Obergericht verwarf jedoch dieses Gesetz als uncônstitutionell, weil es die Wahrung des Wahlgeheimnisses gefährde.

Größe der Schrift und selbst über den Zwischenraum der Zeilen, und vielfach ist jede Verzierung der Wahlzettel durch darauf gedruckte Adler u. s. w. streng verboten. Hierüber möge sich der geneigte Leser an seinem Wohnorte genau erkundigen, und dann möge er auch streng darauf sehen, daß jedes auf die Wahrung des Wahlgeheimnisses abzielende Gesetz seines Staates möglichst genau ausgeführt werde.

Enthält ein Ballot die Namen mehrerer Candidaten für das nämliche Amt, so muß der Wähler alle solche Namen bis auf einen ausstreichen; versäumt er dieses, so darf solch ein Wahlzettel nicht mitgezählt werden und sein Votum geht somit verloren. Es ist schon vorgekommen, daß auf Wahlzetteln der Name eines Candidaten und der Name des Amtes, wofür er gewählt werden sollte, mehrfach gedruckt oder geschrieben stand, und diese „Ballots" wurden von den Wahlrichtern beim Zählen des Votums nicht verworfen; natürlich zählte jeder solcher Zettel nur als ein Ballot.

Der Wähler ist berechtigt, seinen Wahlzettel durch Ausstreichen von Namen und andern Worten nach Belieben abzuändern, und es mag das mit Dinte oder Bleistift geschehen. Das Ueberkleben von Namen oder Worten mit bedruckten oder nicht bedruckten Papierstreifen ist im Allgemeinen nicht statthaft, jedoch sind schon oft olsche überklebte Ballots abgegeben und ohne Beanstandung mitgezählt worden. Ist Dieses oder Jenes auszustreichen, so soll das recht kräftig und sichtbar geschehen, und ist ein Name oder Anderes auf den Wahlzettel zu schreiben, so bemühe man sich, die Schrift recht klar und leserlich zu machen.

Sind mehrere Ballots zusammengefaltet, so dürfen sie nur als ein einziges betrachtet werden, wenn sie gleichlautend sind; im andern Falle sind sie zu verwerfen.

Steht auf einem gedruckten Ballot ein Name geschrieben und ist dafür nicht ein gedruckter Name ausgestrichen, so ist solch ein Wahlzettel zu Gunsten desjenigen Candidaten zu zählen, dessen Name darauf geschrieben steht, weil angenommen werden muß, daß der Wähler das Ausstreichen des gedruckten Namens durch ein Versehen verabsäumt hat.

Ein zusammengefalteter und von dem Wähler so abgegebener Wahlzettel darf vor dem offiziellen Zählen des Votums weder von einem Wahlbeamten, noch von einer andern Person geöffnet werden; Zuwiderhandelnde können von irgend Jemandem zur Anzeige gebracht werden und verfallen dann in schwere Strafe.

Wird nachgewiesen, daß Wahlzettel von nicht wahlberechtigten Personen abgegeben worden sind, und weigern sich dieselben, den Inhalt ihrer Ballots zu enthüllen, oder wollen sie sich derselben nicht mehr entsinnen können, und ist der Inhalt auch sonst nicht festzustellen, so pflegt die Zahl dieser ungültigen Wahlzettel von dem gesammten Wahlresultat abgezogen zu werden; läßt sich der Inhalt solcher Ballots jedoch ermitteln, so müssen dieselben natürlich den betreffenden Candidaten in Abzug gebracht werden. Wird über allen Zweifel festgestellt, daß eine bedeutende Anzahl Ballots in ungesetzmäßiger Weise abgegeben wurden, deren Inhalt nicht zu ermitteln ist, so mag die Wahl für ungültig erklärt und eine neue angeordnet werden; dabei wäre jedoch stets wohl in Erwägung zu ziehen, ob der öffentliche Dienst und also auch das Gemeinwohl nicht ernstlich geschädigt wird, indem man das Wahlresultat umstößt und vielleicht dieses oder jenes wichtige Amt eine Zeit lang unbesetzt läßt. Am richtigsten und allen Parteien gegenüber am gerechtesten ist jedenfalls die gänzliche Verwerfung eines solchen Votums und die Abhaltung einer Neuwahl. — In einigen Fällen sind die ungesetzmäßiger Weise abgegebenen und ihrem Inhalte nach nicht ermittelten ungesetzlichen Ballots von der Wahlstimmenzahl des in der Majorität gebliebenen Candidaten abgezogen worden, was jedoch auf eine Ungerechtigkeit hinausläuft.

Zufälliger Verlust der abgegebenen Wahlzettel in einem Wahlprecinct ist kein unbedingter Grund zur Verwerfung des betreffenden Wahlberichts. Selbst wenn die Ballots und die Wahlberichte durch eine Feuersbrunst oder anderweitig zerstört worden wären, so würde eine Erklärung der Wähler, wie sie „gestimmt" haben, die Feststellung des Resultates ermöglichen. In einem solchen Falle müßte jedoch jeder Wähler sein Ballot eidlich erhärten.

Unter keiner Bedingung kann ein abgegebenes Ballot in irgend einer Weise abgeändert oder ergänzt werden; auch könnte das nicht geschehen, wenn der Wähler sein Votum nachträglich zu ändern, oder wenn er einen Fehler auf seinem Ballot zu verbessern wünschen sollte.

Die Wähler: — Welche Bedingungen erfüllt werden müssen, um die Wahlberechtigung zu erlangen, haben wir zur Genüge in früheren Kapiteln dargethan. Wir wollen hier noch einiges über das Benehmen und die Rechte der Wähler am Wahltage folgen lassen.

Kein Wähler sollte es versäumen, von seiner Berechtigung Gebrauch zu machen, so oft ihm dazu Gelegenheit gegeben werden mag, und Niemand sollte ein Amt für so gering halten, daß dessen Besetzung ihm als Mitglied eines Volksstaates gleichgültig sein dürfte.

Es sollte sich Jeder bestreben, weder persönliche Feindschaft noch Freundschaft auf sein Votum einwirken zu lassen, und nur Tüchtigkeit und Rechtschaffenheit sollten dem Wähler maßgebend sein.

Keine Gesetzgebung darf das Wahlrecht entziehen oder beschränken, außer in derjenigen Weise, welche die Staatsconstitution gestatten mag; denn die Wahlberechtigung ist ausschließlich ein constitutionelles Recht.

Sind bei einer Wahl verschiedene Wahlzettel abzugeben, so muß dieses zu ein und derselben Zeit von jedem Wähler geschehen; so daß z. B. Jemand nicht am Morgen für Staatsbeamte und am Nachmittage für ein Congreßmitglied sein Votum abgeben kann, sondern daß er dieses zu der nämlichen Zeit thun muß. Wer einmal am „Poll" ein Ballot abgegeben hat, kann nicht bei derselben Wahl noch ein Votum dort nachträglich anbieten.

Wer sich unbefugter Weise die Wahlberechtigung anmaßt, macht sich dadurch eines schweren politischen Verbrechens schuldig, worauf in fast allen Staaten Zuchthausstrafe steht.

In sehr wenigen Staaten kann der naturalisirte Wähler am „Poll" zur Vorzeigung seines Bürgerscheines gezwungen werden; sein Eid, daß er naturalisirt worden ist, muß den Wahlrichtern in den meisten Fällen genügen. Jedoch mögen die Wahlbeamten sich erkundigen, wann und wo und von wem der betreffende Naturalisationsschein ausgefertigt worden, und kann der Wähler hierüber nicht genügenden Aufschluß geben, oder ergeben seine Antworten, daß er nie einen gültigen Naturalisationsschein besessen hat, so soll er nicht zum Eide zugelassen, sondern gänzlich abgewiesen werden.

Glaubt ein wahlberechtigter Bürger, daß eine gewisse Person, welche am „Poll" ihr Votum anbietet, nicht wahlberechtigt sei, so mag er gegen die Annahme des Ballots Einsprache erheben, worauf die Wahlbeamten den Fall sofort zu untersuchen und den also als Wähler beanstandeten Mann zum Beschwören seiner Wahlberechtigung aufzufordern haben.

Ein von befugter Seite ausgestellter Naturalisationsschein kann unter keiner Bedingung von den Wahlrichtern bei Seite gesetzt, sondern muß von ihnen als gültig anerkannt werden; sie haben sich nicht darum zu kümmern, auf welche Weise ein Naturalisations-Certificat erlangt worden ist. Wegnehmen oder zurückbehalten darf kein Beamter einen ihm zur Einsicht eingehändigten Naturalisationsschein. Hierauf machen wir ganz besonders aufmerksam und fügen noch hinzu, daß ein solches Wegnehmen oder Zurückbehalten als Betrug, resp. als Raub angesehen und bestraft wird. Wird einem naturalisirten Bürger sein Bürgerschein von irgend einem Beamten weggenommen oder auch nur zurückbehalten, so mag der Bürger diesen Fall als einen Diebstahl zur Anzeige bringen und den betreffenden Beamten verhaften lassen, worauf gegen denselben ein Criminalprozeß angestrengt werden muß, der dem Bürger nichts kostet.

Ist eine wahlberechtigte Person am „Poll" abgewiesen worden, so mag sie jeden der Wahlrichter, welche diese Abweisung durch Worte oder auch stillschweigend guthießen, auf Schadenersatz verklagen.

Jede Art der Einschüchterung von Wählern ist streng verboten. Als Einschüchterung wird auch Androhung der Entziehung von Arbeit oder Erwerb, oder irgend einer andern Benachtheiligung betrachtet. Würde z. B. ein Fabrikherr seinen Arbeitern direkt oder indirekt sagen, wenn sie nicht ein „gewisses Ticket stimmten", würde er sie entlassen, oder sie auf schlechteren Lohn stellen, so könnten diese Arbeiter gegen ihn klagbar werden und ihn träfe dann schwere Strafe.

Keine Person ist berechtigt, einen auf eine Wahl bezüglichen Contrakt irgendwelcher Art einzugehen, und vor dem Gesetz ist jeder derartige Contrakt, wie auch jede Wahlwette ungültig. So ist z. B. ein Uebereinkommen, daß zwei oder mehrere Personen, die verschiedenen Parteien angehören, sich an einer Wahl nicht betheiligen wollen, für keine derselben bindend, und übt Jemand, der ein solches Abkommen mit einem Andern getroffen hat, dennoch sein Wahlrecht aus, so kann er deßhalb in keiner Weise zur Rechenschaft gezogen, noch kann deßhalb das Wahlresultat angestritten werden. In mehreren Staaten hat das Eingehen von Wahlwetten sogar den Verlust der Wahlberechtigung zur Folge. Ebensowenig ist ein zur Beeinflussung einer Wahl gegebenes Versprechen bindend.

Das Wahlresultat: — Das Ergebniß einer Wahl wird durch die Beamten derselben nach dem Zählen des Votums festgestellt.

Wenn nicht das Gesetz ausdrücklich anders bestimmt, ist eine einfache Mehrheit der bei einer Wahl abgegebenen Ballots zur Feststellung des Resultats nöthig. Es kann deßhalb vorkommen, daß in einer Wahl, woran sich nur wenige Personen betheiligen, eine kleine Minderheit der gesammten Wählerschaft einen Sieg erringen mag und daß sich die überwiegende Majorität, dank ihrer Nichtbetheiligung, dem ihr wohl unwillkommenen Wahlergebniß fügen muß.

Kein Kandidat für ein Amt kann für erwählt erachtet werden, falls er nicht eine unbestrittene, wenngleich noch so kleine Stimmenmehrheit erhalten hat. Wenn deßhalb ein Kandidat, der nicht zur Bekleidung des Amtes, wofür er gewählt worden, d. h. wofür er eine Mehrheit der abgegebenen Wahlstimmen erhalten hat, qualifizirt ist, so kann nicht ein anderer für das nämliche Amt aufgestellter Kandidat, welcher die zweithöchste Anzahl Wahlstimmen erhielt, an Stelle des Erwählten, der sein Amt nicht antreten darf, gesetzt werden.*)

Gleichwie die erwiesene Thatsache, daß bei einer Wahl unbefugte Personen Ballots abgegeben haben, die Verwerfung des Wahlresultats eigentlich nur in dem Falle zur Folge haben sollte, daß durch jene von unbefugten Personen abgegebenen Ballots die Entscheidung herbeigeführt wurde, so sollte auch kein Wahlresultat umgestoßen werden können, weil durch einen Irrthum der Beamten einige Wähler ausgeschlossen worden sind, wenn nicht dadurch gleichfalls das Resultat wesentlich beeinflußt

*) Nach englischem Recht kann dem zweitbesten Kandidaten an Stelle des für die Bekleidung des betreffenden Amtes nicht qualifizirten, aber durch eine Majorität erwählten Gegenkandidaten der Wahlsieg zugesprochen werden, wenn es allgemein bekannt war, daß diese Disqualifikation existirte.

worden ist. In allen Fällen sollte man zur Umstoßung eines Wahlresultats nur dann schreiten, wenn dringendste Nothwendigkeit eine solche extreme Maßnahme erheischt. Sind wirklich Betrügereien vorgekommen, so sorge man für bessere Ueberwachung und kräftigere Handhabung der Gesetze, dann werden die Wahlschwindler sicherlich nicht wieder triumphiren können, und beharrt das Volk bei einer strengen Ueberwachung der Wahlen, so sind Zehn gegen Eins zu wetten, daß das auf Wahlbetrug ausgehende Gesindel dort recht bald ein Haar in der Suppe findet und das Weite sucht.

Läßt sich das Resultat nicht feststellen, so muß die Wahl für ungültig erklärt werden. So erhielt z. B. einer von zwei Kandidaten für das Amt eines Gerichtsschreibers eine Majorität von drei Wahlstimmen und sein Gegner wies nach, daß durch das zu späte Oeffnen des „Polls“ an die zwanzig Wähler an der Ausübung ihrer Wahlberechtigung verhindert worden waren; das Resultat ließ sich somit nicht über allen Zweifel feststellen und deßhalb wurde die Wahl für ungültig erklärt.

Schreibt das Gesetz vor, daß eine Majorität der Wähler eines County's zur Entscheidung einer Wahl erforderlich sein soll, so ist darunter nur die Mehrheit derjenigen Wähler zu verstehen, welche sich an der Wahl betheiligten; natürlich vorausgesetzt, daß nicht eine namhafte Anzahl widerrechtlich an dem Abgeben ihrer Ballots verhindert worden ist.

Eine Wahl kann nicht umgestoßen werden, weil etwa einige Polizeiregulationen der Wahlgesetze unconstitutionell sein mögen, wenn nicht viele Wähler dadurch widerrechtlich entrechtet wurden.

Ficht ein in der Minorität gebliebener Kandidat den siegreichen Gegner an, so mag er darthun, daß dessen Erwählung durch gesetzwidrige Mittel, auf unlautere Weise erzielt worden sei und deßhalb für ungültig erklärt werden müsse; aber es wird ihm dieses persönlich keinen

Nutzen bringen, wenn er nicht gleichzeitig nachweisen kann, daß das für ihn abgegebene Votum durch Wahlbetrug oder Irrthum verkürzt worden sei, und daß er im andern Falle eine Mehrheit der abgegebenen Wahlstimmen erhalten hätte und somit erwählt worden wäre. Hat z. B. A. für das Amt eines Sheriffs eine Majorität von 100 Wahlstimmen erhalten und der Gegenkandidat B., welcher um 50 Stimmen hinter einer Mehrheit zurückblieb, weist nach, daß A. über 100 ungesetzliche Wahlstimmen erhalten, oder daß seine Erwählung durch korrupte Mittel erzielt worden ist, so wird A. nicht Sheriff sein können. B. aber hat sich verrechnet, wenn er meinte, an A.'s Stelle Sheriff werden zu können, ohne nachzuweisen, daß wirklich mindestens die ihm zu einer Majorität fehlenden 50 Stimmen mehr für ihn abgegeben wurden, als der Bericht besagt; gelingt es B. nicht, eine Majorität der gesetzmäßig abgegebenen Ballots für sich selbst nachzuweisen, so mag er A. die Freude verdorben haben, aber ihm bringt es keinen persönlichen Nutzen, denn er wird nun und nimmer für erwählt erklärt, sondern die Wahl muß umgestoßen und eine Neuwahl angeordnet werden.

Wird ein Wahlbericht angefochten, so muß allemal die klagende Partei darthun, daß das Resultat nicht auf gesetzmäßige Weise erzielt, daß also die Wahl gesetzwidrig geleitet worden ist, oder daß die Beamten sich folgenschwerer Nachlässigkeit schuldig machten ꝛc. Kann dieser Beweis nicht erbracht werden, so ist an dem Wahlresultat nicht zu rütteln. Wie schon gesagt, genügt es nicht, daß die klagende Partei Fehler und Mißgriffe und Irrthümer den Wahlbeamten nachweise, wenn sie nicht auch zu beweisen vermag, daß durch jene Fehler, Mißgriffe oder Irrthümer ein anderes als das von den Wählern beabsichtigte Wahlresultat erlangt worden ist. Ist den Wahlbeamten Betrug oder Fälschung, ist massenhafte Entrechtung von Wählern, ist eine das Resultat beeinflussende

Einschüchterung oder eine solche Bestechung, oder irgend eine andere korrupte Praxis nachzuweisen, so muß die Wahl umgestoßen werden. Ob in solchem Falle eine neue Wahl abgehalten werden kann, hängt von Umständen ab. Wo ein bestimmter Tag durch das Gesetz zur Abhaltung einer gewissen Wahl festgesetzt worden, da kann dieselbe zu keiner andern Zeit gesetzlich stattfinden.

Wird ein Wahlresultat angefochten (contested), so mag es sich ereignen, daß die Entscheidung erst nach Wochen, Monaten, selbst nach Jahren erfolgt, und dann bliebe also das betreffende Amt lange Zeit unbesetzt, wenn keine der streitenden Parteien den angestrittenen Posten wenigstens temporär, d. h. bis zu erfolgter Entscheidung, ausfüllen würde; deßhalb ist es allgemein Brauch geworden, daß derjenige Kandidat, dessen Erwählung angestritten wird, in das betreffende Amt eingesetzt wird und daß er dasselbe nur dann vor Ablauf der üblichen Dienstzeit aufzugeben hat, wenn in dem gegen ihn angestrengten Prozesse wider ihn entschieden worden ist.

Das Wahlcertifikat — certificate of election —, welches die Erwählung einer gewissen Person für ein gewisses Amt bestätigt, braucht nicht nothwendigerweise in einer bestimmten Form abgefaßt zu sein; wohl aber muß es von der nöthigen Autorität ausgehen und so klar und bestimmt abgefaßt sein, daß kein Zweifel über die erwählte Person oder das ihr zu verleihende Amt obwalten kann.

Weigert sich der mit der Ausfertigung eines Wahlcertifikates betraute Beamte, dasselbe auszustellen, so hat der betreffende erwählte Kandidat nicht darunter zu leiden. So verweigerte zu Anfang der Sechziger Jahre der Gouverneur von Tennessee den erwählten Kongreßrepräsentanten die Mandate (Wahlcertifikate), weil sein Staat aus der Union ausgeschieden sei. Der Kongreß wies deßhalb jene Leute nicht zurück, sondern ließ von denselben andere Beweise ihrer rechtmäßigen Erwählung beschaffen und gab ihnen dann ohne Weiteres die ihnen zustehenden Sitze im Repräsentantenhause.

Wird in einem Wahlcertifikat zu viel bescheinigt, d. h. ist darin mehr gesagt, als daß eine gewisse Person dann und wann zu einem bestimmten Amte für die und die Zeit gewählt worden, so kann solch ein Certificat für null und nichtig, weil *unoffiziell*, erklärt werden.

Selbstverständlich können wir in unserem Büchlein nur das Nöthigste über die Wahlen mittheilen, denn dieses Thema ist selbst in dickleibigen Bänden nicht erschöpft worden.

Dreizehntes Kapitel.

Delegatenwahlen und Conventionen.

Nun kommen wir zu der Betheiligung am öffentlichen Leben in den Versammlungen und Conventionen, und das ist eigentlich die Hauptsache; ja, es ist die Betheiligung an den Versammlungen und Conventionen mindestes ebenso wichtig, als die Betheiligung an der Wahl. In den Versammlungen und Conventionen werden die Nominationen der Kandidaten vorbereitet und gemacht; am Wahltage wird darüber abgestimmt.

In den Versammlungen und Conventionen haben die Bürger eine ganz unbeschränkte Auswahl unter allen wählbaren Männern; am Wahltage aber ist ihnen praktisch nur die Wahl gelassen unter den Kandidaten der wenigen Parteien, also von drei oder vier Männern — wenn es hoch kommt? — die ihnen so zu sagen vorgeschrieben worden sind, Einem ihre Wahlstimme zu geben. Ist der Kandidat ihrer eigenen Partei ein ihnen als tüchtig und vertrauenswerth bekannter Mann, was leider sehr oft nicht der Fall ist, so können sie sich glücklich schätzen, und die Wahl wird ihnen nicht schwer werden; im andern Falle müßten sie erwägen, ob sie zu dem Kandidaten der Gegenpartei stehen sollen und ob sie dieses thun können, ohne ihren Grundsätzen zuwider zu handeln und die Zukunft des ganzen Landes oder des Staates ernstlich zu gefährden, indem sie auf solche Weise eine Partei unterstützen, welche ihren Grundsätzen und Ansichten widerstrebende Prinzipien vertritt. Das Fallenlassen des Kandidaten der eigenen Partei ist unter jeder Bedingung eine mißliche Sache und es sollte vorher stets reiflich erwogen werden, ob man nicht besser thue, in den sauern Apfel zu beißen und dem eigenen, mißliebigen Kandidaten sein Votum zu geben, als dem für besser erachteten Kandidaten einer Gegenpartei die Wahlstimme zukommen zu lassen und dabei natürlich auch jener Partei, deren Prinzipien man als falsch, wohl gar als schädlich und gefährlich erkannt hat, durch eine solche Unterstützung Vorschub zu leisten und sie wohl gar für längere Dauer an's Ruder zu bringen. Sehr häufig muß sich der Wähler aber am Wahltage eingestehen, daß ihm von sämmtlichen Kandidaten für dieses oder jenes Amt kein einziger gefällt — was dann?! Nun, dann schimpft der Eine und gibt sein Votum für irgend einen Kandidaten ab; ein Anderer geht gar nicht an den „Poll" (die Wahlurne), weil „sie ja doch lauter Lumpe aufgestellt haben," wie er zornig knurrt, und wieder ein Anderer wirft wohl seine Wahlstimme an einen nicht nominirten Mann weg, um doch „für einen braven Kerl zu stimmen", wobei es ihm wohl kaum ordentlich klar wird, daß seine Wahlstimme auf keinen Fall Demjenigen, für welchen er sie abgab, sondern auf jeden Fall einem der „Lumpe", für welche zu stimmen er sich nicht entschließen konnte, zu gute kommen muß.

Sieh, lieber Leser, in solche schwierige und unangenehme Lagen würde aber die Wählerschaft nicht gerathen können, wenn jeder einzelne Wähler sich rege und eifrig an den Versammlungen, und zwar vor allen Dingen an den Vor- oder Ward-Versammlungen, oder an den an einigen Orten die Stelle derselben vertretenden Primärwahlen betheiligen wollte. In den Vor- oder Wardversammlungen, oder in den vielleicht deren Stelle vertretenden Primärwahlen, hat die gesammte Wählerschaft einzig und allein Gelegenheit, kräftig auf die Gestaltung der politischen Zukunft einzuwirken; die darauf folgenden Conventionen bestehen nicht mehr aus der Wählerschaft, sondern aus deren Delegaten oder Vertretern, die dort allein Sitz und Stimme haben. Diese Delegaten werden aber in den sogenannten Vor- oder Wardversammlungen, oder auch durch Primärwahlen erkoren, und sie, die Delegaten, haben die Kandidaten für die zu besetzenden Aemter aufzustellen; der Wählerschaft bleibt dann nur noch das Abgeben oder das Verweigern ihres Votums übrig, an den Nominationen kann sie nicht rütteln, und sind schlechte Delegaten in die Conventionen gewählt und durch diese wiederum schlechte Kandidaten auf das „Ticket" (Wahlzettel) gesetzt worden, so haben sich die nachlässig gewesenen Wähler die Schuld selbst zuzuschreiben.

Wer sich nicht am öffentlichen Leben betheiligt, soweit seine Stellung und sein Wissen ihm dieses möglich macht, der begibt sich dadurch nicht nur eines hohen Rechtes, sondern er handelt auch gegen sein eigenes Interesse. Wenn nämlich die guten Bürger — oder besser gesagt, wenn die ehrlich denkenden, rechtschaffenen Bürger — sich nur lau oder gar nicht an der Gestaltung der politischen Zukunft des Landes betheiligen: wenn sie also aus den Volksversammlungen fern bleiben, oder dieselben besuchen, ohne den Mund anders als zum Ja sagen aufzuthun, und wenn sie nicht ihr Wahlrecht nach reiflicher Erwägung und bester, eigener Ueberzeugung ausüben, dann geben sie den überall sehr zahlreichen und schlauen Beutejägern und Volksbedrückern durch solche Versäumniß selbstverständlich freies Spiel, und wird das Land darauf durch schlechte Beamte und deren habgierigen Anhang miserabel verwaltet, wird dem Volke eine neue Last nach der andern unnöthigerweise aufgebürdet, wird ihm ein Recht nach dem andern beschränkt oder genommen, wird ihm seine Freiheit immer mehr beschnitten, so darf solch ein Säumiger noch nicht einmal murren, wenn er sich nicht selbst der groben Pflichtversäumniß anklagen will. Denn hätte er sich, wie es ihm oblag, um das öffentliche Leben ernst und gewissenhaft gekümmert, so würde Manches anders gekommen sein, so würden die Aemter wohl von ehrlicheren und besseren Männern verwaltet, und es säßen wohl in den Gesetzgebungshallen und im Kongreß rechtschaffene, wirkliche Volksvertreter, welche das Gemeinwohl im Auge hätten und sparsam umgingen mit dem öffentlichen Schatze, der doch lediglich durch direkte und indirekte Abgaben aus den Taschen des Volkes gefüllt und immer wieder gefüllt wird.

Unser Volksstaat ist thatsächlich auf das Cooperativ-System, d. i. ein System gegenseitiger Mitwirkung, begründet, oder er sollte es zum Mindesten sein, und wenn er es nicht ist, so trägt nichts Anderes die Schuld daran, als die Pflichtversäumniß der Bürger. Denke dir einmal, lieber Leser, du wärest ein Mitglied eines großen Haushalts, der aus einer gemeinschaftlichen Kasse, worin ein jedes Mitglied seinen Antheil einbezahlen müßte, geführt würde. Und dann stelle dir ferner vor, daß du eines Tages die Entdeckung machtest, daß große Summen aus euerer Wirthschaftskasse vergeudet oder gar entwendet würden, daß du schlechtere Kost und ein schlechteres Lager, schlechtere Wäsche und auch alles Andere in geringerer Qualität bekämest, als es dir rechtmäßig zustände, und dann solltest du noch obendrein die Entdeckung machen, daß Andere, die nicht mehr Recht in jenem Haushalte hätten, als du beanspruchen kannst, viel besser versorgt und bedient würden, daß man dich übervortheilte und hintansetzte. Was würdest du dann wohl thun? Würdest du in dich hineinbrummen und raisoniren, eine Faust im Sacke machen und doch keine wirksamen Schritte thun, damit dir dein Recht würde? Das thätest du schwerlich, das thätest du sogar ganz gewiß nicht. Du würdest vielmehr energisch Einsprache erheben, dein gutes Recht geltend machen, auf die Absetzung und, wenn möglich, auch auf die Bestrafung der schlechten und ungetreuen Verwalter dringen und nicht ruhen noch rasten, bis tüchtigeren und ehrlicheren Männern die Führung eures Haushaltes übergeben wäre. — Siehst du, genau so viel, wie jener Haushalt, geht dich aber unser öffentliches Leben an; denn unser Staatswesen ist, bis zur Bundesverwaltung hinauf, nichts Anderes als ein großer Haushalt, zu dessen Führung und Erhaltung ein jedes Mitglied, d. i. jeder Bewohner des Landes seinen Antheil beisteuern muß. Und wie in jenem beispielshalber angeführten Haushalt, so bist du auch im Staate ein voll- und gleichberechtigtes Mitglied — vorausgesetzt, daß du dich am öffentlichen Leben rege betheiligst und als Bürger dein Recht wahrst, indem du als Wähler deine Pflicht thust.

Der Caucus. — Caucus nennt man eine fast immer im Geheimen abgehaltene Conferenz hervorragender Politiker, oder Anderer, die sich mit oder ohne Berechtigung dafür halten. Ein Caucus ist eigentlich eine politische Vorberathung und es kann somit jede nicht öffentliche Versammlung, worin über politische Fragen berathen wird und wo beschlossen wird, was die Betheiligten in dieser oder jener Sache thun wollen, mit dem Namen „Caucus" belegt werden. Es ist somit thunlich, daß irgend ein Bürger eine Anzahl seiner politischen Gesinnungsgenossen zu einem Caucus zusammenberuft, und es wäre höchst wünschenswerth, daß dieses auch von Solchen geschähe, welche sich nicht als „prominent" in der Politik erachten, sondern die vielmehr sich damit begnügen, still und ruhig nach Pflicht und bestem Wissen im öffentlichen Leben ihre Schuldigkeit zu thun. So lange nur die „prominenten" Politiker — d. h. die Drahtzieher, die Maschinenmeister und die „Heizer" — Caucusse abhalten, so lange wird es schwerlich besser werden in unserem öffentlichen Leben; denn so lange werden die Drahtzieher und Consorten die Einzigen sein, die vorbereitet in die Versammlungen kommen und die deßhalb auch einheitlich handeln und dadurch, häufig selbst in einer Minderheit, ihre Pläne zur Ausführung bringen können, weil ihre Gegner eben unvorbereitet sind und einen planlosen und deßhalb vergebenen Widerstand leisten.

Man hört häufig, der Caucus sei ein gefährlich Ding und müsse abgeschafft werden. Das ist aber viel leichter gesagt als gethan. Zu den Grundrechten des Volkes der Vereinigten Staaten gehört das „Versammlungsrecht", gleichviel ob dasselbe auf offenem Markte oder in einem verschlossenen Zimmer ausgeübt wird; das Versammlungsrecht gewährleistet also auch irgend welchen Bewohnern der Vereinigten Staaten die Berechtigung, einen Caucus, wann und wo sie wollen, und dazu noch zu irgend einem Zwecke, abzuhalten. Zwangsweise läßt sich also der Caucus nicht beseitigen, und mit dem gutwilligen Abschaffen hat es bei den Maschinenpolitikern gute Weile, denn ohne Caucus könnte ja nicht die „Maschine" in der Politik existiren und in Anwendung gebracht werden. Somit thun die Wähler also wohl am gescheitesten, wenn sie sich selber den Caucus zu nutze machen; d. h. wenn sie einen oder mehrere Tage vor einer öffentlichen Versammlung wenigstens die Tüchtigsten und Zuverlässigsten unter sich zur Abhaltung eines Caucus, also einer Vorberathung, veranlassen, damit die Wählerschaft doch nicht planlos und ohne Führer dasteht, wenn die Maschinen- oder Handwerkspolitiker mit einem wohlvorbereiteten Plänchen in der Versammlung auftreten. Man bekämpfe also den Caucus durch den Caucus!

Der Caucus spielt eine sehr große Rolle im Kongreß und in den Staatslegislaturen, und dort ist er häufig thatsächlich ein Gemeinschaden; denn dort dient er häufig dazu, das Gemeinwohl den Parteiinteressen unterzuordnen. Es wird nämlich Jeder, der sich an einem Caucus betheiligt, für verpflichtet gehalten, sich den im Caucus gefaßten Beschlüssen zu fügen und dieselben auch in dem Falle, daß sie seinen Ansichten zuwider sind, kräftig zu unterstützen. So pflegen die Mitglieder der verschiedenen Parteien im Kongreß oder in den Staatslegislaturen einen Caucus abzuhalten, so oft eine das Parteiinteresse berührende Frage vorliegt, und dann wird erwartet, daß jeder Theilnehmer sich den Beschlüssen des Caucus unbedingt füge, gleichviel ob er sie gutheißt oder nicht. Das muß aber in gar manchem Falle auf eine Beschränkung der persönlichen Freiheit hinauslaufen, die sich durchaus nicht rechtfertigen läßt. Wir meinen, ein wirklich freier Mann, dem die Förderung des Gemeinwohles ernstlich am Herzen liegt und der nicht gegen seine eigene bessere Ueberzeugung handeln will, solle sich nicht bedingungslos dem „Diktat des Caucus" unterwerfen, sondern in der entscheidenden öffentlichen Sitzung seine Unabhängigkeit in sofern wahren, als er Nichts gutheißt, was sich nicht mit seiner Ueberzeugung vereinbaren läßt. Eine solche Unabhängigkeit kann sich auch Jeder wahren, und wirksam mag er seine Ansichten in öffentlicher Versammlung oder Sitzung zur Geltung bringen, wenn er nur weiß, wie er dieses anzustellen hat, und damit der Leser sich über dieses „Wie" unterrichte, lassen wir im nächsten Kapitel die allgemeinen „parlamentarischen Regeln" folgen, nach welchen unsere öffentlichen Versammlungen geleitet zu werden pflegen.

Vor- oder Wardversammlungen und Primärwahlen. — In den Vor- oder Wardversammlungen — außerhalb der Städte sind es sehr oft Versammlungen der Wähler eines Townships oder eines Schuldistrikts — ist jeder wahlberechtigte Mann allen übrigen Theilnehmern gleichberechtigt. Hier wählt das wahlberechtigte Volk sich seine Vertreter oder Delegaten für die nächste Convention und hier kann es auch, wenn es dieses für nöthig erachtet, diesen Delegaten gewisse Instruktionen ertheilen, wonach dieselben dann in der Convention zu handeln haben. Es kann z. B. den Delegaten die Pflicht auferlegen, für oder gegen die Nominirung dieses oder jenes Mannes zu agitiren und zu stimmen, sowie dieses oder jenes Prinzip in der von der Convention aufzustellenden Prinzipienerklärung oder „Platform" zur Geltung zu bringen oder darnach zu trachten, daß ein anderes Prinzip daraus fern gehalten werde.

In der Vorversammlung seiner Partei soll jeder Wähler ohne Scheu den Mund aufthun, wenn er irgend Etwas vorzubringen hat, das von allgemeinem Interesse sein mag; denn nur bei dieser einen, vor keiner Wahl zum zweiten Male gebotenen Gelegenheit kann der Wähler direkt auf die Gestaltung der politischen Zukunft des Landes einwirken. Hat er die Delegaten gewählt, so sind diese hinfür seine Vertreter, und entsprechen dieselben seinen Wünschen nicht, so kann er daran kaum noch etwas ändern. Es ist also vor allen Dingen darauf zu sehen, daß die Delegaten rechtschaffene, prinzipientreue Männer sind, die wirklich das Gemeinwohl im Auge haben und von denen erwartet werden darf, daß sie nicht feig und verrätherisch das Gemeinwohl irgend einem Sonderinteresse unterordnen, noch daß sie sich bestechen oder einschüchtern, oder daß sie sich von Demagogen beschwätzen lassen.

Nur zu häufig werden unzuverlässige oder unfähige Personen zu Delegaten erwählt, weil man ihnen aus diesem oder jenem Grunde eine „Ehre anthun", oder vielmehr ihrer Eitelkeit schmeicheln will. Auf solche Weise gelangt gar Mancher als Delegat in eine Convention, ohne daß derselbe sich auch nur oberflächlich seiner Pflicht bewußt wäre und ohne daß er im Stande ist, an den Debatten theilzunehmen. Da hört man sehr häufig: „Der Charley (irgend ein Grocer, Bierwirth oder sonst ein „Prominenter") ist ein guter Kerl und will gern gewählt werden, deßhalb stimme ich auch für ihn." Wirft dann Jemand die Frage auf, ob jener „Charley" auch seine Pflichten als Delegat kenne und ob er dieselben gewissenhaft erfüllen werde, so lautet die Antwort gewöhnlich so: „Es werden wohl noch Dümmere in der Convention sitzen; er will nun 'mal gern gewählt werden und deßhalb wollen wir ihm auch den Spaß machen." — Ein Anderer, der ebenfalls weit mehr auf einer Schulbank als auf einem Delegatensitz in einer Convention am richtigen Platze wäre, wird gewählt, weil er gehörig traktirt hat, und wieder ein Anderer erhält ein Certifikat als Delegat, weil bei ihm viele der „Wähler auf der Kreide stehen" und weil diese gewärtig sein müssen, daß ihnen der Kredit gekündigt wird und daß sie obendrein wohl noch nachdrücklich gemahnt werden, wenn sie ihm ihre Wahlstimme verweigern.

Das sind leider nur zu häufig zu findende jämmerliche Zustände, die wahrlich nicht zeigen, daß das Volk zur Selbstherrschaft reif ist. Delegaten sind bevollmächtigte Vertreter der Wählerschaft, und es sollte Niemand zum Delegaten aus einem anderen Grunde, als erprobter Rechtschaffenheit und Fähigkeit halber gewählt werden. Deßhalb ist auch die Betheiligung an den Vorversammlungen so hochwichtig.

Hie und da sind Primärwahlen theils an die

Stelle der Vorversammlungen, theils auch an die Stelle von Stadt- und vielleicht auch von County-Conventionen getreten. Es werden dazu Wahlrichter und Wahlschreiber ernannt wie zu anderen Wahlen, von denen sich die Primärwahlen, außer in ihren Zwecken, auch darin unterscheiden, daß sie nicht durch ein Gesetz angeordnet werden und daß überhaupt die Obrigkeit nichts damit zu thun hat, weil sie lediglich Parteisache sind und von dem Executiv-Ausschuß der Partei ausgeschrieben und überwacht werden. Die Primärwahlen unterscheiden sich von den regulären, durch das Gesetz vorgeschriebenen Wahlen auch in ihrem Zweck; denn während aus den regulären Wahlen neugewählte Beamte hervorgehen, können durch die Primärwahlen nur Kandidaten nominirt oder Delegaten zu einer Convention erwählt werden; Letzteres ist jedoch seltener der Fall. Die Primärwahlen sind somit als die Vorläufer der regulären Wahlen zu bezeichnen. Wie bei den wirklichen Wahlen werden bei den Primärwahlen auch „Ballots" (Wahlzettel) benutzt, und man läßt nur Wähler **einer** Partei dabei zu; auch haben in den Primärwahlen die Wahlrichter ausschließlich darüber zu entscheiden, ob ein angebotenes Votum anzunehmen oder zurückzuweisen sei, und die Behörden dürfen sich, außer zur Aufrechterhaltung der Ordnung, nicht einmischen. Wird eines Mannes Votum in einer Primärwahl zurückgewiesen, so kann derselbe deßhalb nicht vor einem Gericht klagbar werden, sondern er vermag nur bei dem Executivausschuß seiner Partei Beschwerde zu führen, und dringt er damit nicht durch, so hat es dabei sein Bewenden; glaubt er sich in seinem Recht gekränkt, so bleibt ihm nur das Ausscheiden aus der Partei übrig, welche sein Votum zurückwies. So könnte z. B. irgend Jemand wegen irgend eines Grundes, wie wegen seiner Rasse oder Hautfarbe, oder weil er früher ein Sclave war, von einer Primärwahl ausgeschlossen werden, ohne daß dadurch das 14. und 15. Amendment zur Bundeskonstitution verletzt

(10*)

würde. Da es nun aber im Interesse einer jeden Partei liegt, ein möglichst starkes Votum herauszubringen, so findet eine Zurückweisung nur dann statt, wenn die Wahlrichter wissen, daß der Betreffende einer Gegenpartei angehört, und wenn sie vermuthen können, daß er sich an der Primärwahl im Interesse einer solchen Gegenpartei zu betheiligen wünscht, um die Nominirung eines guten und populären Kandidaten oder die Erwählung eines tüchtigen und energischen Delegaten zu verhindern und dafür die Nominirung oder Erwählung eines weniger tüchtigen und zuverlässigen Mannes bewerkstelligen zu helfen. An vielen Orten hat man die Primärwahlen als nicht zweckdienlich wieder fallen gelassen und dafür die Vorversammlungen wieder eingesetzt.

Die „Kandidaten" für Primärwahlen werden entweder durch einen Caucus aufgestellt, oder eine Anzahl Bürger fordert Diesen oder Jenen öffentlich auf, als Kandidat aufzutreten, oder aber die Kandidaten treten aus eigenem Antriebe vor das Volk und unterwerfen sich der durch die Primärwahl zu fällenden Entscheidung, ob die Partei sie als Kandidaten für die reguläre Wahl anerkennen will oder nicht. Eine andere Sorte Kandidaten sind die „unabhängigen", welche auf eigene Faust „laufen", und die also keine Parteiunterstützung für sich beanspruchen, sondern die Campagne auf ihre eigene Popularität hin riskiren.

Conventionen. — Im Wesentlichen unterscheiden sich die Conventionen von den Volksversammlungen dadurch, daß in den ersteren nur Delegaten, deren jeder eine gewisse Anzahl Wähler (Constituenten) vertritt, Sitz und Stimme haben, während an den letzteren sich jeder Bürger (auch Nichtbürger schließt man in den meisten Fällen nicht aus) als gleichberechtigtes Individuum betheiligen kann; während also die Mitglieder einer Convention außer ihrer eigenen Wahlstimme noch die Wahlstimmen der gesammten durch sie vertretenen Wähler repräsentiren, repräsentirt jeder Theilnehmer an einer Versammlung nur sich selbst.

Der Zweck der politischen Conventionen, sofern dieselben anläßlich einer bevorstehenden Wahl abgehalten werden, ist entweder die Ernennung (Nominirung) von Kandidaten für die durch die nächste Wahl neu zu besetzenden Aemter, oder die Wahl von Delegaten zu einer größeren Convention.

Folglich unterscheidet man Stadt-Conventionen, County-Conventionen, Distrikts-Conventionen (zur Nominirung von Repräsentanten für die Legislatur oder den Kongreß), Staats-Conventionen und National-Conventionen, welche resp. Kandidaten für städtische Aemter, für County-Aemter, für Staatsämter, oder für die Präsidentschaft und die Vicepräsidentschaft der Vereinigten Staaten zu nominiren haben. Sind Staatswahlen abzuhalten, so erwählen die Delegaten der einzelnen County-Conventionen wiederum Delegaten (sie brauchen dieselben nicht aus ihrer eigenen Mitte zu nehmen) zu einer Staats-Convention, welche dann die Nomination der Kandidaten für die neu zu besetzenden Staatsämter vornimmt. Steht eine Präsidentenwahl bevor, so erwählen die einzelnen County-Conventionen Delegaten zu ihrer gemeinsamen Staatsconvention, die verschiedenen Staatsconventionen erwählen Delegaten zur Nationalconvention, und diese endlich nominirt einen Präsidentschafts- und einen Vicepräsidentschafts-Kandidaten. Stadt-Conventionen pflegen aus den in Wardversammlungen gewählten oder (seltener) aus Primärwahlen hervorgegangenen Delegaten zu bestehen, denen dann die Nominirung von Kandidaten für Munizipal (städtische)- Aemter obliegt. „Massen-Conventionen" sind in Wirklichkeit nur Massen-Versammlungen.

Platformen sind Prinzipienerklärungen, oder sollten es wenigstens sein. Sie bestehen aus einzelnen Abtheilungen, deren jede eine in sich abgeschlossene Erklärung enthält, und die man „Planken" nennt. Es wird gegenwärtig weit weniger Gewicht auf die Parteiplatformen gelegt, als dieses in früherer Zeit geschah; jedoch sind die Platformen noch lange nicht so bedeutungslos geworden, als eine gewisse Klasse von politischen Schwätzern und auch ein Theil der Presse behauptet. Es ist indessen traurig genug, daß die Parteiplatformen überhaupt an Bedeutung verlieren konnte; denn ihr Sinken in der öffentlichen Meinung ist lediglich der leidigen Thatsache zuzuschreiben, daß die Parteien schon seit geraumer Zeit ihre Platformen nicht mehr als ein dem Volke gemachtes Gelöbniß, Dieses anstreben und Jenes bekämpfen zu wollen, betrachten, sondern daß die Platformen schon sehr oft als durchaus nicht biudend oder verpflichtend gröblich mißachtet worden sind.

Die Wichtigkeit der Erwählung eines Vorsitzers, der als ein fähiger, energischer, umsichtiger und gerechter Mann bekannt ist, wird selten gebührend beherzigt, und so kommt es, daß die geriebenen Politiker gewöhnlich ohne Opposition eine ihnen ergebene Creatur oder aber eiteln Schwachkopf, der sich von ihnen willenlos lenken und leiten läßt, znm Vorsitzer zu machen pflegen. Ist eine Versammlung zum Anhören ron Reden berufen worden, so ist es allerdings von keinem Belang, wer als Vorsitzer fungirt, da derselbe ja keinerlei Macht ausüben und ebensowenig eine folgenschwere Dummheit begehen kann. Anders aber verhält es sich, wenn in einer Versammlung berathen und beschlossen, wenn darin nominirt oder erwählt werden soll. Dann soll jeder Bürger darauf sehen, daß einem umsichtigen Biedermanne der Vorsitz übertragen wird; denn dem Vorsitzer ist in solchen Versammlungen (natürlich auch in Conventionen) eine große Macht gegeben. So kann er z. B. eine ihm mißliebige Person, welche um das Wort bittet, mit Willen übersehen und überhören, um das Wort einem Günstlinge oder einem Mitgliede einer gewissen Fraktion oder Clique zu verleihen; ferner kann er durch seine Entscheidungen, durch die Ernennung von Committees und durch seine ganze Art der Leitung das Resultat in hohem Grade beeinflussen.

Wird von den politischen Drahtziehern Derartiges versucht, so soll jeder einzelne Bürger wohl auf der Hut sein und ungescheut einen bessern Mann für den Vorsitz in Vorschlag bringen, sowie auch natürlich für denselben stimmen und demselben unter den Mitgliedern Stimmen zu gewinnen suchen.

Ueberhaupt soll der Bürger, und wäre er gleich ein ganz schlichter Farmer oder Arbeiter, thätigen Antheil an den Verhandlungen und Debatten nehmen und sich nicht mit „Ja" und „Nein" bei der Abstimmung begnügen. Es braucht Einer nicht Rednergabe zu besitzen und er braucht auch nicht einmal sprachgewandt zu sein, um in einer Versammlung kräftig und wirksam drein reden zu können. Es soll nur ein Jeder, natürlich stets mit Beobachtung der Schicklichkeit, frank und frei reden, wie ihm der Schnabel gewachsen ist, und wenn er dann einen guten Vorschlag oder einen guten Gedanken auch nicht gerade in schöner, glatter Form zu Tage fördert, so darf er doch eines schönen Erfolges gewiß sein. Es macht häufig sogar einen ganz besonders nachhaltigen und wirksamen Eindruck, wenn ein ganz schlichter Arbeiter oder Farmer sich erhebt und in seiner Weise ohne alle Ziererei seine Meinung sagt oder einen Antrag stellt. Wer den Mund nicht aufthun will, der darf sich auch nicht beschweren, wenn die Drahtzieher und Handwerkspolitiker das Regiment führen in diesem freien Volksstaate.

Vierzehntes Kapitel.

Allgemeine parlamentarische Regeln.*)

In jeder Versammlung muß nothwendigerweise Ordnung herrschen, und je zahlreicher eine Versammlung besucht ist, je wichtiger die darin zu erledigenden Geschäfte sind, desto nothwendiger wird die Aufrechterhaltung der Ordnung; denn in einer ordnungslosen Versammlung kann nichts bezweckt werden. Es sind zu diesem Zwecke sogenannte parlamentarische Regeln aufgestellt worden, nach welchen eine jede Versammlung oder Convention geleitet werden muß, und denen sich jedes Mitglied zu fügen hat. Diese Regeln betreffen die Organisation, die Leitung und die zu stellenden Anträge.

Eine Versammlung kann von irgend Jemandem berufen werden; denn das Versammlungsrecht wird allen Bewohnern der Vereinigten Staaten durch die Constitution als ein unantastbares Grundrecht gewährleistet, und in keine Versammlung darf sich irgend ein öffentlicher Beamter oder eine öffentliche Behörde einmischen — die

---

*) Wir müssen uns hier auf die ganz allgemeinen und hauptsächlichsten parlamentarischen Regeln beschränken, welche in gewöhnlichen Volksversammlungen und in den Conventionen zur Anwendung kommen, und können uns nicht auf eine Mittheilung und Erklärung der weiteren parlamentarischen Gebräuche einlassen, die in Sitzungen organisirter Clubs, in Vereinen, in den Legislaturen und im Congreß Geltung haben.

Betheiligung ist natürlich jedem Beamten bedingungslos gestattet — so lange nicht ernstliche Ruhestörungen darin vorkommen, welche ein Einschreiten seitens der mit der Aufrechterhaltung der öffentlichen Ordnung und Sicherheit betraute Beamten oder Behörden rechtfertigen würden.

Unsere politischen Versammlungen pflegen zeitweilig von einigen Bürgern berufen zu werden; meistens geschieht dieses jedoch durch einen Ausschuß (Committee), wie z. B. durch einen Exekutiv- oder durch einen Centralausschuß.

Ist eine Versammlung von einzelnen Bürgern berufen worden, so pflegt einer derselben sie zu eröffnen, indem er die Versammelten zur Ordnung ruft und einen Vorsitzer erwählen läßt; ist aber eine Versammlung durch einen Parteiausschuß (Committee) berufen worden, so wird sie von dem Vorsitzer desselben oder von dessen Stellvertreter eröffnet.

Man ruft eine Versammlung zur Ordnung, indem man entblößten Hauptes an den für die späteren Beamten bestimmten Tisch tritt, durch Klopfen auf denselben die Aufmerksamkeit der Anwesenden erregt und dann sagt: „Ich rufe diese Versammlung zur Ordnung!" — oder: „Die Versammlung möge zur Ordnung kommen!" — „The meeting will please come to order!"

Haben die Anwesenden dieser Aufforderung Folge geleistet und herrscht Ruhe, so fährt man fort: „Ich schlage Herrn N. N. als Vorsitzer dieser Versammlung vor — I move that Mr. N. act as chairman of this meeting." — Darauf sagt ein Anderer: „Ich unterstütze den Antrag" — oder einfach: „Unterstützt!" — „I second the motion!"

Höchstselten wird eine zweite Person für das Amt eines Vorsitzers in Vorschlag gebracht; geschieht dieses aber, so muß bei der nachherigen Abstimmung auch dieser Antrag, falls er Unterstützung findet, berücksichtigt werden. Sind mehrere Vorsitzer vorgeschlagen worden und hat es den Anschein, als ob die Vorschläge zu zahlreich werden sollen — was gelegentlich von Störenfrieden praktizirt zu werden pflegt — so erhebt sich ein Mitglied und sagt: „Ich trage auf Schluß der Nominationen an — I move that the nominations be closed." Findet dieser Antrag Unterstützung — eine Debatte über denselben ist unzulässig — so bringt man ihn direkt zur Abstimmung, indem man sagt: „Es ist der Antrag gestellt und unterstützt worden, daß die Nominationen geschlossen werden; Alle, welche dafür sind, wollen Ja sagen — It has been moved and seconded that the nominations be closed; those in favor of the motion will say aye!" — Darnach: „Alle, welche dagegen sind, wollen Nein sagen — those opposed will say no!" — Hat die Mehrzahl mit „Nein" geantwortet, so können weitere Nominationen gemacht werden, bis ein abermaliger Antrag auf Schluß der Nominationen eine Stimmenmehrheit erhalten hat, oder „durchgegangen" ist; hat aber die Mehrheit mit „Ja" geantwortet, so sagt man: „Der Antrag ist angenommen — the motion is carried" — und schreitet dann zur Abstimmung über den oder die in Vorschlag gebrachten Personen. Es kann dieses durch Stimmzettel (Ballots) geschehen, worauf jeder Theilnehmer an der Versammlung den Namen der von ihm bevorzugten vorgeschlagenen Person schreibt und die dann einzeln gezählt werden müssen; dann ist das Resultat zu verkünden und der in der Majorität Gebliebene als Vorsitzer anzukündigen, mit den Worten: „Herr A. erhielt so viele Stimmen, Herr B. so viele", u. s. w. und schließlich: „Herr A. (oder B., oder wer es sonst sein möge) erhielt eine Majorität der Stimmen und ist deßhalb erwählt; Herr A. (oder B. 2c.) wolle seinen Sitz einnehmen — Mr. A. received .... votes, Mr. B. received .... votes etc. — Mr. A. has been elected and will take the chair." Meistens wird jedoch nach der ersten Nomination keine weitere gemacht und dieselbe wird auch gewöhnlich ohne nennenswerthe Opposition angenommen; in diesem Falle bringt man den selbstgestellten Antrag also zur Abstimmung: „Es ist beantragt und unterstützt worden, daß Herr N. N. in dieser Versammlung den Vorsitz führe; Alle, welche dafür sind, wollen Ja sagen!" — Darauf: „Alle, welche dagegen sind, wollen Nein sagen!" — „It has been moved and seconded that Mr. N. act as chairman of this meeting; those in favor of the motion will say aye!" — „those opposed will say no!" — Ist der Antrag durchgegangen (eine Verwerfung des Antrages kommt höchst selten vor, wenn nur eine Person nominirt worden ist), so sagt man: „Der Antrag ist angenommen; Herr N. N. wolle den Platz des Vorsitzers einnehmen." — „the motion is carried; Mr. N. will take the chair." — Sollte jedoch der Antrag niedergestimmt worden sein, so theilt man der Versammlung dieses mit und ersucht um weitere Nominationen.

Derjenige, welcher die Versammlung zur Ordnung gerufen hat, mag die Nominirung eines Vorsitzers auch der Versammlung überlassen; dann sagt er: „Die Versammlung möge zur Ordnung kommen; will Jemand einen Vorsitzer nominiren? — The meeting will please come to order; will some one nominate a chairman?" Nachher fährt er wie oben fort. — Bisweilen wird der Vorsitzer durch Akklamation, d. h. allgemeine Beistimmung ohne eigentliche Abstimmung gewählt. In größeren Versammlungen pflegt der gewählte Vorsitzer durch Denjenigen, welcher sie eröffnete, oder, auf Antrag eines Mitgliedes, durch ein Committee auf seinen Platz geführt zu werden. Es ist stets in Ordnung, daß der gewählte Vorsitzer eine kurze Ansprache hält.

Die Erwählung eines oder gar mehrerer Vice-Präsidenten ist in gewöhnlichen Versammlungen unnöthig; in Massenversammlungen pflegt deren eine große Anzahl nicht erwählt, sondern abgelesen zu werden, um den

Betreffenden eine Ehre zu erweisen, und wohl auch, um darzuthun, daß diese Prominenten regen Antheil am Erfolg der Partei nehmen.

Ist eine Versammlung durch einen stehenden Parteiausschuß, wie durch ein Exekutiv-Committee, berufen worden, so wird sehr oft gar nicht über den Vorsitzer von der Versammlung abgestimmt, sondern der Vorsitzer des betreffenden Ausschusses erklärt einfach: „Herr N. N. wird in dieser Versammlung den Vorsitz führen; Herr N. N. wird gebeten, seinen Sitz einzunehmen.“ Dieses Verfahren pflegt in Versammlungen eingeschlagen zu werden, welche zum Anhören von Reden berufen worden sind und in denen keine Verhandlungen gepflogen werden sollen.

Außer dem Vorsitzer ist ein Sekretär zu erwählen. Dieses geschieht jedoch erst, nachdem der erwählte Vorsitzer die Leitung der Versammlung übernommen hat. Er erhebt sich zu diesem Zweck, wie er überhaupt stets stehend zu der Versammlung reden soll, und sagt: „Zunächst ist ein Sekretär zu erwählen — The first business in order is the election of a secretary.“ Darauf beantragt Jemand in der schon angegebenen Weise, daß Dieser oder Jener als Sekretär der Versammlung fungire, oder er sagt einfach: „Ich nominire Herrn N. N. — I nominate Mr. N. N.“ — worauf der Vorsitzer die Nomination, wie oben, zur Abstimmung bringt und das Resultat verkündet. Werden mehrere Personen in Vorschlag gebracht, so wiederholt der Vorsitzer jede Nomination, gleich nachdem sie gemacht worden: „Herr A. ist nominirt — Herr B. ist nominirt“, u. s. w. — Sobald keine Nominationen mehr gemacht werden, schreitet der Vorsitzer zur Abstimmung, indem er sagt: „Alle, welche dafür sind, daß Herr A. als Sekretär dieser Versammlung fungire, wollen „Ja“ sagen—Alle, welche dagegen sind, wollen „Nein“ sagen — all who are in favor of Mr. A. acting as secretary of this meeting will say aye — those opposed will say no.“ Wird der Antrag verworfen, so läßt der Vorsitzer über die nächste in Vorschlag gebrachte Person abstimmen und so fort, bis ein Sekretär erwählt worden ist.

Der Sekretär nimmt seinen Sitz neben dem Präsidenten, um die Verhandlungen (minutes) aufzuzeichnen. In gewöhnlichen politischen Volksversammlungen wird selten ein Protokoll vom Sekretär geführt; jedoch sollte derselbe stets die gestellten und angenommenen Anträge aufzeichnen, weil es vorkommt, daß im weiteren Verlauf der Versammlung auf einen solchen Beschluß Bezug genommen wird und daß derselbe nochmals verlesen werden muß. Dieses Lesen fällt auch dem Sekretär zu; es mag auch wünschenswerth sein, eine vollständigere Aufzeichnung der Verhandlungen zur Veröffentlichung in einer Zeitung zu machen. In Conventionen müssen oft mehrere Gehilfs-Sekretäre (assistant secretaries) erwählt oder ernannt werden, weil ein genaues Protokoll der dort gepflogenen Verhandlungen geführt werden muß; vorzüglich ist dieses der Fall, wenn eine Convention mehrere Tage lang in Sitzung ist. Beschlüsse sind im Protokoll also zu beginnen: „Auf Antrag des Herrn N. N. wurde beschlossen, daß u. s. w. — On motion of Mr. N. N. was resolved that etc." Der Sekretär sollte niemals in das Protokoll eine lobende oder tadelnde Bemerkung, oder eine anderweitige nicht zur Sache gehörende Bemerkung einfließen lassen.

Die Pflichten eines Vorsitzers in einer gewöhnlichen Volksversammlung sind folgende: Er theilt den Zweck der Versammlung mit und gibt an, in welcher Reihenfolge die vorliegenden Geschäfte erledigt werden sollen; er bringt die unterstützten Anträge zur Abstimmung und verkündet das Resultat; er hat zu entscheiden, ob ein Antrag statthaft ist, ob darüber debattirt werden kann ꝛc.; er hat etwaige Ordnungsfragen zu entscheiden; er hat auf die Aufrechterhaltung guter Sitte in den Debatten zu sehen; er hat durch Klopfen auf den Tisch und durch den Ruf „Die Versammlung möge zur Ordnung kommen! — please come to order!" Ruhestörungen zu unterdrücken, er hat den Mitgliedern welche zu sprechen wünschen das Wort zu ertheilen indem er den Namen des Betreffenden laut nennt oder demselben auch nur zunickt; er soll, wo immer dieses nöthig ist, die gefaßten Beschlüsse und das Protokoll (minutes) unterzeichnen, und er soll stets selbst ruhig und leidenschaftslos auftreten, denn nur dadurch vermag er eine Versammlung zu kontroliren. Sind Redner vorzustellen, so hat der Vorsitzer dieses mit wenigen Worten zu thun, wie z. B.: „Ich stelle hiermit der Versammlung Herrn N. N. vor, der über die Tagesfragen sprechen wird."

An einer Abstimmung soll der Vorsitzer sich eigentlich nur bei einer Stimmengleichheit betheiligen, oder wenn sein Votum bei einer nöthigen Zweidrittelmajorität zur Entscheidung einer Frage nothwendig ist; jedoch wird ihm die Betheiligung auch vielfach zugestanden, so oft durch Ballots (Zettel) abgestimmt wird.

An den Debatten soll der Vorsitzer sich der Regel nach nicht anders als leitend und hie und da mäßigend und entscheidend betheiligen. Es geschieht jedoch auch wohl, daß der Vorsitzer ein Mitglied der Versammlung auf seinen Sitz beruft und dann sich vom Flur aus, d. h. unter den Versammelten, an der Debatte betheiligt, aber es ist dieses in den seltensten Fällen rathsam und wird auch häufig nicht geduldet.

So oft der Vorsitzer von sich selber reden muß, soll er, wenn Englisch gesprochen wird, stets von sich als „the chair" sprechen; also: „The chair decides" — nicht aber: „I decide" etc. — Wird Deutsch gesprochen, so vermeidet man als Vorsitzer das persönliche Fürwort in solchem Falle so viel als möglich, und sagt z. B. also nicht: „Ich entscheide, daß dieser Antrag außer Ordnung ist", sondern: „Dieser Antrag ist außer Ordnung." Im Deutschen spricht man nicht von sich als „der Vorsitzer".

Der Vorsitzer soll es nicht gestatten, daß Derjenige, dem das Wort ertheilt worden ist, unterbrochen werde; noch weniger aber soll er ihn selbst unterbrechen. So darf, während Jemand das Wort hat nicht über den in Frage stehenden Gegenstand abgestimmt werden. Jedoch ist eine solche Unterbrechung statthaft durch einen der nachbenannten Anträge: — daß ein Antrag zur Wiedererwägung (motion to reconsider) in's Protokoll (minutes) eingetragen werde; — daß die Versammlung zur Tagesordnung (a call for the orders of the day) übergehen solle; durch einen Ordnungsruf (call to order); durch eine die Rechte der Versammlung betreffende „privilegirte Frage", welche sofort erledigt werden muß; oder durch Einsprache gegen Erwägung der Frage (objection to the consideration of the question).

Im Allgemeinen soll sich der Vorsitzer, so oft er in Zweifel darüber sein mag, ob er diese oder jene parlamentarische Regel in Anwendung bringen solle, an den Grundsatz halten:

Der Hauptzweck aller parlamentarischen Regeln und Gebräuche kann nur die Erleichterung und Regelung der Verhandlungen, nicht aber eine Hemmung derselben sein.

Außer einem Vorsitzer und einem Sekretär braucht in einer gewöhnlichen Volksversammlung kein Beamter erwählt zu werden. Hat der Sekretär seinen Sitz angenommen, so wendet sich der Vorsitzer an die Versammlung mit der Frage: „Was wird die Versammlung weiter beschließen? — What is the further pleasure of the meeting?"

Meistens werden nun schon bereit gehaltene **Beschlüsse** (Resolutions) verlesen, zur Abstimmung gebracht und angenommen. Das pflegt etwa also zu geschehen. Auf die obige Frage des Vorsitzers erhebt sich Derjenige, welcher die ausgearbeiteten Beschlüsse in der Tasche hat, zieht dieselben hervor und erregt des Vorsitzers Aufmerksamkeit durch den Ruf: „Herr Vorsitzer (oder Präsident)!" worauf dieser antwortet: „Herr N. N.!" Nun hat dieser N. N. das Wort und fährt fort: „Ich beantrage die Annahme nachfolgender Resolutionen — I move the adoption of the following resolutions"; darauf liest er seine Beschlüsse laut und deutlich vor, und dann sagt Jemand: „Ich unterstütze den Antrag — I second the motion." Darauf der Vorsitzer: „Es ist die Annahme der eben vorgelesenen Resolutionen beantragt und unterstützt worden; ist die Versammlung zur Abstimmung bereit? — The question is on the adoption of the motion just read; are you ready for the question?" Dann pflegt der Ruf „Abstimmung! „Question!" zu erschallen und der Vorsitzer läßt dieselbe sofort vornehmen; der Vorsitzer mag auch in dem Falle, daß er keine Antwort auf seine Frage erhält, abstimmen lassen.

Oft wird auch di Ernennung eines Committees für Resolutionen beantragt; etwa in dieser Form: „Ich beantrage, daß der Vorsitzer ein Committee von Dreien (oder Mehreren, jedoch stets eine ungerade Zahl) zur Entwerfung von Resolutionen ernennen möge — I move that a committee of three be appointed by the Chair to draft resolutions expressive of the sense of this meeting." Es mag auch die Erwählung eines solchen Committees von der Versammlung vorgenommen werden; in solchem Falle ist wie bei der Erwählung der Beamten zu verfahren.

Committees oder Ausschüsse sind in gewöhnlichen Volksversammlungen nicht häufig zu ernennen; ist aber ein Committee zu ernennen, so pflegt diese Pflicht dem Vorsitzer übertragen zu werden, und es ist ein allgemeiner Brauch, daß derselbe diejenige Person, welche die Ernennung des Committees beantragte, als das erste Mitglied desselben ernennt.

Ein Committee für Beschlüsse (gewöhnlich der einzige

Ausschuß in Volksversammlungen) sollte sich sofort nach seiner Ernennung oder Erwählung zurückziehen und an die Arbeit gehen. Während seiner Abwesenheit werden meistens unbedeutendere Geschäfte vorgenommen, am häufigsten aber werden inzwischen Ansprachen an die Versammlung gehalten. Sobald der Vorsitzer das Committee zurückkehren sieht, soll er, wenn nicht gerade Jemand spricht, an dasselbe die Frage richten: „Ist das Committee für Beschlüsse bereit zu berichten? — Is the committee on resolutions ready to report? Dann tritt das zuerst ernannte Committeemitglied vor und sagt: „Ihr Committee ist bereit zu berichten — Your committee is ready to report", und darauf verliest er die Resolutionen, über deren Annahme oder Verwerfung dann abgestimmt wird, nachdem Jemand dieses (adoption of the report) beantragt hat. Indessen kann auch über Resolutionen debattirt werden und die Versammlung mag sie ganz oder theilweise verwerfen oder abändern. Hat der Vorsitzer der Versammlung die Rückkehr des Committees nicht wahrgenommen, so ergreift der Vorsitzer desselben die nächste Gelegenheit, das Wort zu erhalten und meldet dann, daß das Committee zurückgekehrt und zu berichten bereit sei. Ist der Bericht des Committees angenommen worden, so soll Jemand, nachdem er das Wort erhalten hat, sagen: „Ich stelle den Antrag, daß dieses Committee entlassen werde — I move that our committee be discharged." Wie jeder andere Antrag muß auch dieser, nachdem er unterstützt worden, zur Abstimmung gebracht werden und darauf dankt der Vorsitzer dem Committee mit ein paar Worten im Namen der Versammlung und erklärt es für aufgelöst (discharged).

Wer das Wort erhalten hat, soll stets nur zum Vorsitzer sprechen, nicht aber darf er ein Mitglied der Versammlung direkt anreden; er mag dann den Namen des Mitgliedes nennen oder seinen Wohnort angeben, z. B. „Herr N. N. — oder: der Herr aus der zweiten Ward —

scheint mich mißverstanden zu haben, sonst würde er schwerlich seinen Antrag gestellt haben; ich will ihm meine Worte wiederholen." — Nicht aber direkt zu dem Herrn N. N. gewendet: „Sie scheinen mich mißverstanden zu haben, sonst würden Sie schwerlich Ihren Antrag gestellt haben; ich will Ihnen meine Worte wiederholen." Letztere Weise ist höchst unstatthaft, weil sie leicht zu einem persönlichen Wortwechsel führen kann, der vermieden wird, wenn man stets den Vorsitzer anredet und von einem zu erwähnenden Mitgliede der Versammlung in der dritten Person spricht: „Der Herr — oder Herr N. N. — sagte Dieses oder Jenes."

Hat Jemand einen Antrag oder einen Beschluß nicht verstanden, so mag er um's Wort bitten und den Vorsitzer um Aufschluß, oder den Sekretär zum Vorlesen des betr. Antrages oder Beschlusses ersuchen.

Weiß Jemand nicht, ob Etwas statthaft oder nicht statthaft ist, so wendet er sich an den Vorsitzer um Auskunft.

Schweift Jemand, dem das Wort ertheilt worden ist, von der Sache zu weit ab, spricht er nicht zur Sache Gehörendes oder überschreitet er die Grenzen des Anstandes, so soll ein Mitglied der Versammlung ihn ohne Weiteres unterbrechen, indem es sagt: „Ich rufe den Herrn zur Ordnung — I call the gentleman to order!" Oder auch: „Herr Vorsitzer, ich stelle eine Ordnungsfrage — Mr. Chairman, I rise to a point of order!" Ist der Ordnungsruf in der erstgegebenen Form gemacht worden, so hat der Vorsitzer einfach zu erklären, ob der Ordnungsruf gerechtfertigt ist oder nicht, und dieser Entscheidung muß sich der Redende, oder, wenn der Ordnungsruf zurückgewiesen worden ist, der Andere fügen. Ist dagegen der Ordnungsruf in der zweiten Form (I rise to a point of order) gemacht worden, so ersucht der Vorsitzer den dadurch unterbrochenen Redner, sich zu setzen, und sagt zu dem Andern: „Der Herr möge der Versammlung mittheilen, was er für außer Ordnung hält — The gentleman will please state his point of order" — worauf dieser seine Beschwerde oder Rüge vorbringt; ist dieses geschehen, so entscheidet der Vorsitzende, ob dieselbe stichhaltig ist oder nicht. Hat irgend ein Mitglied die Grenzen der Schicklichkeit überschritten, so soll der Vorsitzer ihm das Wort entziehen, indem er sagt: „Der Herr hat die Ordnung verletzt, er möge sich setzen — The gentleman is out of order, he will take his seat" — und dann darf der also Zurechtgewiesene nicht weiter sprechen, wenn ihm nicht die Versammlung durch einen Beschluß dazu die Erlaubniß gibt.

Glaubt Jemand, daß irgend eine Entscheidung des Vorsitzers ungerecht sei, oder daß sie gegen die parlamentarischen Regeln verstoße, so kann derselbe an die Versammlung appelliren, indem er sagt: „Ich appellire an die Versammlung — I appeal from the decision"; findet er dann Unterstützung, so muß der Vorsitzer die Streitfrage zur Abstimmung bringen, indem er sagt: „Soll die Entscheidung des Vorsitzenden von der Versammlung aufrecht erhalten werden? — Shall the decision of the Chair stand as the judgement of the meeting (assembly, convention)?" Wird die Frage von der Majorität mit Ja beantwortet, so gilt die Entscheidung des Vorsitzers, im andern Falle ist sie umgestoßen und also null und nichtig.

Wer einen Antrag gestellt hat, kann denselben zurückziehen, so lange noch nicht eine Abstimmung beantragt worden ist, indem er um's Wort bittet und sagt: „Ich ziehe meinen Antrag zurück — I withdraw my motion."

Ist ein Antrag gestellt worden, so kann irgend Jemand dazu ein Amendment (Abänderung) beantragen, indem er das Ausstreichen oder das Hinzufügen gewisser Worte, oder auch einen Zusatz beantragt. Es ist auch statthaft, einen anderen Antrag zu stellen, der an die Stelle des ersteren treten soll; man nennt solch einen

Antrag „Substitut“ (substitute). Erklärt sich Derjenige, welcher den ersten Antrag gestellt hat, bereit, das dazu vorgeschlagene Amendment oder das beantragte Substitut anzunehmen, so wird das erstere als ein Theil seines ursprünglichen Antrages betrachtet, resp. wird das Substitut an dessen Stelle gesetzt, und der also abgeänderte Antrag wird, mit oder ohne weitere Debatte, zur Abstimmung gebracht, ohne daß über das Amendment oder das Substitut besonders abzustimmen ist. Hat der erste Antragsteller dagegen die Annahme des betreffenden Amendments verweigert, so muß zuerst über Letzteres einzeln abgestimmt werden. Ist ein Substitut beantragt worden, und will der erste Antragsteller dasselbe nicht an die Stelle seines Antrages gestellt wissen, so kommt zuerst das Substitut, und darauf, wenn dasselbe verworfen worden ist, der erste Antrag zur Abstimmung. Gewisse Anträge, wie z. B. ein Antrag auf Vertagung, können nicht amendirt werden.

Wird eine Frage angeregt, welche Jemand für unpassend hält, oder die er nicht zur Debatte und Abstimmung gelangen lassen will, so kann er gegen die Erwägung derselben Einsprache erheben, indem er sagt: „Ich erhebe Einsprache gegen die Erörterung dieser Resolution (oder dieser Frage) — I object to the consideration of the question.“ Ein solcher Antrag bedarf keiner Unterstützung und es kann darüber auch nicht debattirt werden, sondern der Vorsitzer muß ihn sofort der Versammlung vorlegen, indem er sagt: „Will die Versammlung über diese Frage berathen — will the assembly consider this question?“ Zur Verneinung ist eine Zweidrittel-Majorität erforderlich, und haben zwei Drittel der sich an der Abstimmung Betheiligenden mit „Nein“ geantwortet, so muß die Frage fallen gelassen werden und Niemand darf sie in dieser Versammlung nochmals vorbringen; sind die Verneinenden nicht in einer Zweidrittel-Majorität, so wird die Frage in Erwägung gezogen.

Diese Einsprache muß jedoch sofort, nachdem eine Frage angeregt oder eine Resolution beantragt worden ist, erhoben werden; nicht aber darf gegen eine Erwägung protestirt werden, wenn die Debatte über die betreffende Frage bereits im Gange ist.

Will man eine Frage aus dem Wege räumen, so kann man auch den Antrag stellen, dieselbe auf unbeschränkte Zeit hinauszuschieben (postpone indefinitely).

Ist keine Aussicht vorhanden, einen Antrag in einer Versammlung durchzusetzen, so kann man beantragen, daß derselbe „auf den Tisch gelegt werde" (that the question lie on the table), worauf derselbe nicht wieder aufgenommen werden darf, wenn nicht der Antrag, „ihn vom Tische aufzunehmen" (to take it from the table) von der Majorität angenommen worden ist. Ueber beide Anträge kann nicht debattirt werden.

Ein Antrag zur Wiedererwägung eines niedergestimmten Antrages (motion to reconsider) kann nur von Jemandem gestellt werden, der gegen die Annahme stimmte. Wird der Antrag von der Versammlung angenommen, so liegt die dadurch wieder aufgefrischte Frage zur Debatte vor und es wird nochmals darüber, wie über eine neue Frage, debattirt und abgestimmt.

Zieht sich eine Debatte zu sehr in die Länge, so trägt Jemand auf Schluß der Debatte an (motion to close debate). Dieser Antrag läßt keine Debatte zu und seine Annahme erfordert eine Zweidrittel-Majorität. Der Vorsitzer kann keine Debatte schließen, ohne daß die Versammlung durch eine Abstimmung es angeordnet hat.

Ein vielfach mißverstandener Antrag ist die sogenannte „previous question", welche so gestellt wird: „I move the previous question." Es ist praktisch dasselbe, als wenn Jemand sagt: „Ich trage auf Schluß der Debatte und auf Abstimmung an." Die „previous question" erfordert zur Annahme eine Zweidrittel-

Majorität, kann nicht debattirt werden und es muß immer sofort darüber abgestimmt werden.

Der Antrag auf Vertagung (motion to adjourn) geht allen übrigen Anträgen vor und kann nicht debattirt werden. Der Vorsitzer muß darüber sofort abstimmen lassen. Zu seiner Annahme ist nur eine einfache Majorität erforderlich und das Resultat der Abstimmung kann nicht in Wiedererwägung gezogen werden. —

Wir konnten vorstehend nur die am häufigsten zur Anwendung kommenden parlamentarischen Regeln, und diese auch nur kurz gefaßt, mittheilen; jedoch reichen die gegebenen für gewöhnliche Volksversammlungen und im Wesentlichen auch für kleinere Conventionen wohl aus.

Anhang.

Die Artikel der Conföderation.*)

Allen, welchen dieses Schriftstück zugehen mag, entbieten wir, die unterzeichneten Delegaten der Staaten, unseren Gruß 2c.

Die Artikel der Conföderation und dauernden Vereinigung zwischen den Staaten New Hampshire, Massachusetts, Rhode Island und Providence Plantations, Connecticut, New York, New Jersey, Pennsylvania, Delaware, Maryland, Virginia, North-Carolina, South-Carolina und Georgia:

Artikel 1. Der Name dieser Conföderation soll sein „die Vereinigten Staaten von Amerika".

Artikel 2. Jeder Staat behält seine Souveränität, Freiheit und Unabhängigkeit, sowie jede Gewalt, richterliche Befugniß und Gerechtsame, welche nicht den Vereinigten Staaten, im Congreß versammelt, durch diese Conföderation ausdrücklich übertragen worden ist.

Artikel 3. Die genannten Staaten schließen hiermit unter einander ein festes Freundschaftsbündniß, behufs gemeinsamer Vertheidigung, sowie zur Wahrung ihrer Freiheiten und zur Sicherung einer gegenseitigen und allgemeinen Wohlfahrt, indem sie sich zu gegenseitigem Beistand verpflichten gegen alle angedrohte Vergewaltigung, sowie gegen Angriffe, welche auf sie, oder auf einen von ihnen, wegen Religion, Souveränität, Handel oder aus irgend einem andern Grunde gemacht werden mögen.

Artikel 4. Zur Sicherung und Bewahrung gegenseitiger Freundschaft und eines Verkehrs unter den Bewohnern der verschiedenen Staaten dieser Union, sollen die freien Bewohner jedes dieser Staaten, öffentliche Arme (paupers), Vagabunden und entwichene Verbrecher ausgenommen, zu allen Privilegien und Freiheiten der freien Bürger in den verschiedenen Staaten berechtigt sein. Auch soll dem Volke eines jeden Staates freier

*) Der volle Titel lautet: "Articles of Confederation of the United States of America". Das vom Congreß ernannte Committee, um einen Entwurf der Artikel der Conföderation zu entwerfen, reichte seinen Bericht ein am 12. Juli 1776. Ueber diese Artikel wurde fast zwei Jahre lang debattirt, bis sie am 9. Juli 1778 von 10 Staaten angenommen wurden. New Jersey nahm sie an am 26. November desselben Jahres, und Delaware am 23. Februar des folgenden. Maryland aber trat diesen Artikeln erst bei am 1. März 1781, womit alle 13 Staaten diese Artikel angenommen hatten.

Ein- und Ausgang in und aus jedem Staate gewährt sein und es soll mit den respectiven Bewohnern derselben gleicher Verkehrs- und Handelsprivilegien theilhaftig werden, sowie dieselben Abgaben tragen und den nämlichen Beschränkungen sich unterwerfen müssen, vorausgesetzt, solche Beschränkungen gehen nicht so weit, daß sie die Fortschaffung von eingeführtem Eigenthum aus irgend einem in irgend einen andern Staat, dessen Bewohner der Besitzer sein mag, verbieten; und weiter vorausgesetzt, daß keine Abgaben, sowie keine Restriktionen von irgend einem Staate dem Eigenthum der Vereinigten Staaten, oder irgend eines derselben, auferlegt werden dürfen.

Wenn eine des Hochverraths, eines gemeinen Verbrechens oder irgend einer andern schweren Missethat angeklagte oder überführte Person dem Arm der Gerechtigkeit entflohen ist, und wenn sie in irgend einem der Vereinigten Staaten aufgefunden wird, so soll sie auf Verlangen des Gouverneurs oder der Executive desjenigen Staates, aus welchem sie entfloh, nach demjenigen Staate ausgeliefert werden, wo in dem Falle Recht gesprochen werden kann.

In jedem dieser Staaten sollen dem Protokoll und den Akten der Gerichtshöfe und Magistrate jedes andern Staates voller Glaube und volles Zutrauen geschenkt werden.

Artikel 5. Zur bequemeren Verwaltung der allgemeinen Interessen der Vereinigten Staaten sollen alljährlich in einer von der Legislatur jedes Staates vorzuschreibenden Weise Delegaten ernannt (appointed) werden, welche an jedem ersten Montag des November zu einem Congreß zusammentreten sollen; jedem Staate bleibt es vorbehalten, seine Delegaten, oder einzelne derselben, zu irgend einer Zeit zurückrufen und andere an ihrer Stelle für den Rest des Jahres senden zu dürfen.

Kein Staat soll im Congreß durch weniger als zwei, noch durch mehr als sieben Mitglieder vertreten sein, und keine Person soll in einem Zeitraum von sechs Jahren für mehr als drei Jahre ein Delegat (Congreßmitglied) sein dürfen; auch soll kein Delegat irgend ein Amt der Vereinigten Staaten bekleiden können, für welches er, oder ein Anderer zu seinem Nutzen, irgend ein Gehalt, oder Sporteln, oder irgend welche sonstige Vergütung erhält.

Jeder Staat soll für den Unterhalt seiner eigenen Delegaten in einer Versammlung der Staaten, und während sie als Mitglieder des Committees der Staaten fungiren, Sorge tragen.*)

---

*) D. h. jeder Staat muß seine Congreßmitglieder selbst bezahlen; auch während dieselben einem der stehenden Verwaltungs-Ausschüsse zugetheilt sein mögen; die Vereinigten Staaten hatten in jener Zeit keine eigene Administration, sondern sie wurden durch den Congreß regiert und verwaltet.

Sind in den Vereinigten Staaten, im Congreß versammelt, Fragen zu entscheiden, so soll jeder Staat ein Votum haben.

Die Freiheit der Rede und der Debatte im Congreß soll von keinem Gerichtshof und an keinem Orte außerhalb des Congresses angestritten, noch sollen darüber Fragen gestellt werden dürfen; und die Mitglieder des Congresses sollen nicht verhaftet oder eingekerkert werden dürfen, während sie in die Sitzungen gehen oder aus denselben kommen, noch während sie einer Sitzung beiwohnen; ausgenommen wegen Hochverraths, wegen eines schweren Verbrechens (felony), oder wegen Friedensbruchs.

Artikel 6. Ohne Einwilligung der im Congreß versammelten Vereinigten Staaten darf kein Staat zu irgend einem Könige oder Fürsten, oder nach irgend einem Staat eine Gesandtschaft senden, noch soll er damit in irgend eine Art der Unterhandlung treten, noch ein Uebereinkommen treffen, oder ein Bündniß oder einen Vertrag abschließen dürfen. Auch soll kein öffentlicher Beamter der Vereinigten Staaten, oder irgend eines derselben, von einem Könige, Fürsten oder fremden Staate irgend ein Geschenk, eine Vergütung, ein Amt oder einen Titel annehmen; noch sollen die Vereinigten Staaten, im Congreß versammelt, oder irgend einer der Staaten, einen Adelstitel verleihen.

Weder zwei noch mehrere der Staaten dürfen unter einander irgend welchen Vertrag abschließen, oder eine Conföderation bilden, oder ein Bündniß schließen, ohne Bewilligung der im Congreß versammelten Vereinigten Staaten, welchen genau die Zwecke und die Dauer anzugeben wären.

Kein Staat darf Abgaben oder Zölle auferlegen, welche irgend welchen Bestimmungen eines Vertrags zuwiderlaufen mögen, den die Vereinigten Staaten im Congreß mit irgend einem Könige, Fürsten oder Staat abgeschlossen haben.

Kein Kriegsschiff darf in Friedenszeiten von irgend einem der Staaten gehalten werden, außer einer solchen Anzahl (von Kriegsschiffen), die von den Vereinigten Staaten, im Congreß versammelt, zum Schutze eines solchen Staates oder seines Handels nothwendig erachtet werden; deßgleichen soll kein Staat in Friedenszeiten mehr Truppen halten dürfen, als nach dem Dafürhalten der im Congreß versammelten Vereinigten Staaten zur Besetzung der für die Vertheidigung des betreffenden Staates erforderlichen Forts für nöthig erachtet werden. Wohl soll jedoch jeder Staat eine wohlgeordnete und disciplinirte, genügend bewaffnete und ausgerüstete Miliz erhalten, und ferner soll er in öffentlichen Zeughäusern, zu sofortigem Gebrauch bereit, stets eine Anzahl Feldgeschütze, Zelte, sowie eine genügende Quantität Waffen, Munition und Lagergeräth halten.

Kein Staat soll sich, ohne Zustimmung der im Congreß versammelten Vereinigten Staaten, in irgend einen Krieg einlassen; es sei denn, daß Feinde einen Einfall in denselben machten, oder daß dem betreffenden Staate die gewisse Nachricht von einem beabsichtigten Indianer-Einfall zugegangen und daß die Gefahr zu dringend wäre, um einen Verzug zu gestatten, bis die Vereinigten Staaten sich im Congreß versammeln und um Rath angegangen werden könnten. Deßgleichen soll kein Staat irgend welchen Kriegsfahrzeugen Commissionen geben, oder Kaperbriefe ausstellen dürfen, außer nach erfolgter Kriegserklärung durch die Vereinigten Staaten, im Congreß versammelt, und dann auch nur gegen dasjenige Königreich oder gegen denjenigen Staat, oder gegen die Unterthanen desselben, welchem der Krieg in solcher Weise erklärt worden sein mag, und es darf dieses ferner nur unter solchen Regulationen geschehen, welche die Vereinigten Staaten, im Congreß versammelt, aufgestellt haben; es sei denn, daß ein solcher Staat durch Piraten bedrängt würde, in welchem Falle dagegen Schiffe in Dienst gestellt werden mögen, und zwar für die Dauer der Gefahr oder bis die im Congreß versammelten Vereinigten Staaten anders beschließen.

Artikel 7. Werden von irgend einem Staate zu gemeinsamer Vertheidigung Landtruppen aufgeboten, so sollen alle Offiziere, unter dem Range eines Oberst, von der Legislatur des betreffenden Staates ernannt werden, oder es soll dieses in anderer Weise nach den Bestimmungen des in Rede stehenden Staates geschehen, und alle Vacanzen sind von demjenigen Staate auszufüllen, welcher die ersten Ernennungen machte.

Artikel 8. Alle Kriegsunkosten, sowie alle sonstigen Unkosten, welche aus der gemeinsamen Vertheidigung oder aus der Förderung der allgemeinen Wohlfahrt erwachsen mögen und die von den im Congreß versammelten Vereinigten Staaten gutgeheißen worden sind, sollen aus einem gemeinsamen Schatze bestritten werden, wozu die verschiedenen Staaten beisteuern müssen nach Maßgabe des Werthes aller in ihren Grenzen gelegenen Ländereien, welche irgend einer Person gegeben, oder die für irgend eine Person vermessen worden sein mögen; und solche Ländereien, nebst den darauf angebrachten Verbesserungen und den darauf stehenden Gebäuden, soll nach einer von Zeit zu Zeit durch die im Congreß versammelten Vereinigten Staaten zu erlassenden Vorschrift abgeschätzt werden.

Die Steuern zur Deckung jenes Antheils (an solchen Unkosten) sind unter der Autorität und Leitung der Legislaturen der verschiedenen Staaten innerhalb eines Zeitraumes aufzuerlegen, welchen die im Congreß versammelten Vereinigten Staaten festzusetzen haben.

Artikel 9. Den Vereinigten Staaten, im Congreß versammelt, soll einzig und allein die Macht gegeben sein: — über Krieg und Frieden zu entscheiden, außer in den im 6. Artikel bezeichneten Fällen; — Gesandte zu entsenden und zu empfangen; — Verträge oder Bündnisse zu schließen, vorausgesetzt, daß kein Handelsvertrag abgeschlossen werden darf, welcher die Legislaturen der betreffenden Staaten verhindern würde, Ausländer gleich ihren eigenen Bewohnern zu besteuern, oder die Ein- wie die Ausfuhr irgend welcher Waaren oder Artikel zu verbieten; — Regeln zur Entscheidung aller Fälle aufzustellen, in welchen das Beutemachen zu Lande wie zu Wasser gesetzlich sein soll, sowie zur Verfügung über Prisen, die von der Land- oder Seemacht der Vereinigten Staaten gemacht worden sind; — Kaper- und Repressalien-Briefe in Friedenszeiten zu verleihen; — Gerichtshöfe einzusetzen, vor welchen des Seeraubes oder auf See begangener schwerer Verbrechen angeklagte Personen zu processiren sind, und die als höchste Instanz in allen Prozeßfällen wegen gemachter Beute und Prisen zu entscheiden haben; jedoch soll kein Mitglied des Congresses zum Richter eines solchen Gerichtshofes ernannt werden dürfen.

Den im Congreß versammelten Vereinigten Staaten soll auch in Berufungs- (Appellations-) Fällen die letzte und endgültige Entscheidung zustehen in allen Streitigkeiten und Differenzen, die zwischen zwei oder mehreren Staaten über Grenzen, Gerichtsbarkeit oder aus anderen Ursachen entstanden sein oder entstehen mögen. Solche Autorität ist stets in folgender Weise auszuüben: Wenn immer die gesetzgebende oder die vollziehende Gewalt eines Staates (Legislatur oder Gouverneur), oder ein gesetzmäßiger Agent desselben, in einer Streitfrage mit einem andern (Staate) dem Congreß in einer Petition den betreffenden Fall vorlegt und um Gehör bittet, so soll der Congreß die gesetzgebende oder vollziehende Autorität des andern betheiligten Staates davon benachrichtigen und beide Parteien, durch ihre gesetzmäßigen Agenten vertreten, auf einen bestimmten Tag vorladen, worauf besagte Agenten durch gemeinsamen Beschluß Commissäre oder Richter zu ernennen haben, welche ein Tribunal bilden sollen, welches den Fall zu untersuchen und darin ein Urtheil zu fällen hat. Können sich besagte Agenten jedoch nicht einigen, so soll der Congreß aus jedem der Vereinigten Staaten drei Personen namhaft machen, und von der Liste dieser Personen soll jede der streitenden Parteien, die petitionirende zuerst, wechselweise einen Namen ausstreichen, bis die Zahl derselben auf dreizehn reduzirt worden ist; von solchen dreizehn Namen sollen dann in Gegenwart des Congresses und nach dessen Vorschrift nicht weniger als sieben und nicht mehr als neun durch das Loos gezogen werden, und die so erkorenen Personen, oder irgendwelche fünf derselben, sollen als Commissäre oder Richter die Streitsache untersuchen und entscheiden, wobei eine Mehrheit der Richter sich über die zu fällende Entscheidung zu einigen hat. Versäumt irgend eine der Parteien, sich zu dem anberaumten Termin zu stellen, ohne eine Ursache anzugeben, welche der Congreß für genügend erachten mag, oder weigert sich irgend eine der Parteien, Namen auszustreichen, so soll der Congreß in jedem der Staaten drei Personen namhaft machen und dann soll der Sekretär des Congresses für die abwesende oder sich weigernde Partei das Streichen der Namen vornehmen. Die Entscheidung und das Urtheil des in vorgenannter Weise eingesetzten richterlichen Tribunals soll endgültig sein. Weigert sich irgend eine Partei, die Autorität eines solchen Tribunals anzuerkennen, will sie nicht vor demselben erscheinen, oder weigert sie sich der Vertheidigung ihrer Sache, so soll besagtes Tribunal nichts destoweniger eine Entscheidung oder ein Urtheil fällen, welches ebenfalls endgültig und bindend sein soll. Die gefällte Entscheidung, oder das gesprochene Urtheil und ein Protokoll der Gerichtsverhandlungen soll zur Sicherstellung der betreffenden Parteien in jedem Falle den Akten des Congresses einverleibt werden. Jeder der Commissäre soll, ehe er in seine richterlichen Funktionen eintritt, vor einem Richter des Obergerichts desjenigen Staates, in welchem der Fall verhandelt werden mag, einen Eid leisten, daß er den vorliegenden Fall „wohl und wahrhaftig anhören und entscheiden will nach seinem besten Dafürhalten, ohne Gunst, Zuneigung oder Hoffnung auf Belohnung." — Keinem Staate soll zu Gunsten der Vereinigten Staaten Gebiet genommen werden dürfen.

Alle Streitfragen in Betreff privater Ansprüche auf Ländereien, welche aus Landschenkungen, die von zwei oder mehreren Staaten gemacht wurden, entstehen mögen, sollen gleichfalls so weit als thunlich in der oben angeführten Weise geschlichtet werden.

Die Vereinigten Staaten, im Congreß versammelt, sollen auch einzig und ausschließlich befugt sein: — den Feingehalt und Werth des unter ihrer Autorität, oder unter der Autorität der verschiedenen Staaten gemünzten Geldes zu reguliren; — die Maß- und Gewichtsverhältnisse für die Vereinigten Staaten festzustellen; den Handel mit Indianern und alle dieselben betreffenden Angelegenheiten zu reguliren, wenn dieselben nicht Mitglieder (members) irgend eines der Staaten sind, und wenn nicht die legislativen Rechte irgend eines der Staaten innerhalb seiner eigenen Grenzen dadurch beschränkt oder verletzt werden; — Postämter zu errichten und Postverbindungen zwischen den Staaten und durch die Vereinigten Staaten herzustellen und zu reguliren und darauf ein Porto festzusetzen, welches zur Deckung der Unkosten hinreicht; — alle Offiziere der Landmacht im Dienste der Vereinigten Staaten zu ernennen, mit Ausnahme der Linien- (regimental) Offiziere; — alle Marineoffiziere zu ernennen und alle Beamten im Dienste der Vereinigten Staaten anzustellen; — Regeln für die Leitung und Disziplinirung besagter Land- und Seemacht aufzustellen und ihre Operationen zu leiten.

Die Vereinigten Staaten, im Congreß versammelt, sollen autorisirt sein: — zur Ernennung eines Committee's, das während der Congreßferien (recess of Congress) in Sitzung sein und „Ein Committee der Staaten" genannt werden soll und wozu jeder Staat einen Delegaten zu stellen hat; — zur Ernennung solcher anderer Committees und Civilbeamten, welche zur Besorgung der allgemeinen Geschäfte der Vereinigten Staaten unter deren Leitung nöthig sein mögen, — zur Ernennung eines Präsidenten aus ihrer Mitte; jedoch soll Niemand aus je drei Jahren länger als ein Jahr das Amt eines Präsidenten bekleiden dürfen; — festzustellen, welche Geldsummen für den Dienst der Vereinigten Staaten erfordert werden, und diese Summen zur Deckung der öffentlichen Ausgaben anzuweisen und zu verwenden; — auf den Credit der Vereinigten Staaten hin Geld zu leihen oder Creditscheine (bills on the credit) auszugeben, wobei den verschiedenen Staaten halbjährlich ein Bericht über die also geliehenen oder ausgegebenen Beträge zu erstatten ist; — eine Flotte zu bauen und auszurüsten; — sich über die Stärke des Landheeres zu verständigen und von jedem Staate nach Maßgabe der Zahl seiner weißen Bewohner sein Contingent (quota) einzufordern; eine solche Einforderung (requisition) soll bindend sein und ihr zufolge soll die Legislatur eines jeden Staates die Regiments-Offiziere ernennen, die Mannschaften ausheben und dieselben auf Kosten der Vereinigten Staaten kleiden, bewaffnen und ausrüsten, wie es Soldaten zukommt; die so gekleideten, bewaffneten und ausgerüsteten Offiziere und Mannschaften sollen innerhalb der von den im Congreß versammelten Vereinigten Staaten festgesetzten Zeit nach dem ihnen bestimmten Platze marschiren; wenn jedoch die im Congreß versammelten Vereinigten Staaten gewissen Umständen zufolge es für passend halten, daß irgend einer der Staaten keine Mannschaften aufbieten, oder daß er weniger als sein Contingent stellen, und daß irgend einer der Staaten eine größere Anzahl als seine Quota stellen sollte, so soll diese Extra-Anzahl in der nämlichen Weise wie die "quota" aufgeboten, mit Offizieren versehen, gekleidet, bewaffnet und ausgerüstet werden, ausgenommen, wenn die Legislatur eines solchen Staates dafür halten sollte, daß solche Extra-Anzahl nicht, ohne die Sicherheit zu gefährden, entbehrt werden könne, in welchem Falle nur ein solcher Ueberschuß über das Contingent gestellt, gekleidet und ausgerüstet werden soll, der mit Sicherheit entbehrt werden kann.

Die Vereinigten Staaten, im Congreß versammelt, sollen keine der ihnen zugestandenen Befugnisse (im englischen Text sind dieselben nochmals alle aufgeführt) ausüben dürfen, wenn nicht eine „Mehrheit der Vereinigten Staaten, im Congreß versammelt," dafür gestimmt hat.

Der Congreß der Vereinigten Staaten soll sich zu irgend einer Zeit im Jahre und nach irgend einem Orte in den Vereinigten Staaten vertagen dürfen, jedoch so, daß die Periode der Vertagung nicht länger als sechs Monate dauern darf, und er soll monatlich das Protokoll seiner Verhandlungen veröffentlichen, mit Auslassung solcher auf Verträge, Bündnisse oder militärische Operationen bezüglicher Theile, welche nach seinem Dafürhalten Geheimhaltung erheischen. Auf den Wunsch irgend eines Delegaten sollen die „Ja" und „Nein" der Delegaten jedes Staates bei irgend einer Abstimmung in das Protokoll eingetragen werden. Auf Verlangen der Delegaten eines Staates, oder irgend eines derselben, soll eine Abschrift des Protokolls, die oben bezeichneten geheim zu haltenden Theile ausgenommen, geliefert werden, damit dieselbe den Legislaturen der verschiedenen Staaten vorgelegt werden mag.

Artikel 10. Das Committee der Staaten, oder je neun Mitglieder desselben, soll ermächtigt sein, während der Vertagung (recess) des Congresses solche der Gewalten des Congresses auszuüben, als die Vereinigten Staaten, im Congreß versammelt, von Zeit zu Zeit mit Zustimmung von neun Staaten gestatten mögen; vorausgesetzt, daß dem genannten

Committee keine Gewalt verliehen werden soll, deren Ausübung nach den Artikeln der Conföderation nur durch die Zustimmung von neun Staaten im Congreß gewährt werden kann.

Artikel 11. Heißt Canada diese Conföderation gut und nimmt es Theil an den Maßregeln der Vereinigten Staaten, so soll es in diese Union aufgenommen werden und aller Vortheile derselben theilhaftig sein; aber keine andere Colonie ist zuzulassen, es sei denn, daß neun Staaten ihren Beitritt gutgeheißen haben.

Artikel 12. Alle durch und unter der Autorität des Congresses vor dem Zusammentreten der Vereinigten Staaten auf Grund der gegenwärtigen Conföderation ausgegebenen Creditbriefe, geborgten Geldsummen und gemachten Schulden sollen als eine Schuld der Vereinigten Staaten erachtet werden, zu deren Bezahlung die Vereinigten Staaten und das öffentliche Vertrauen hiermit feierlich verpfändet werden.

Artikel 13. Jeder Staat soll den Beschlüssen der Vereinigten Staaten, im Congreß versammelt, über alle denselben durch diese Conföderation unterbreiteten Fragen Gehorsam leisten. Die Artikel dieser Conföderation sollen unverletzlich von jedem Staate erfüllt werden und diese Union soll immerwährend (perpetual) sein; auch soll keiner derselben (der Artikel) jemals abgeändert werden können, wenn nicht ein Congreß der Vereinigten Staaten eine solche Abänderung gutheißt und wenn dieselbe nicht nachher durch die Legislaturen aller Staaten bestätigt wird.*)

*) Den unwesentlichen und keine neue Bestimmung enthaltenden Schlußsatz und die Unterschriften der Delegaten ließen wir aus.

Die Constitution der Vereinigten Staaten.*)

Wir, das Volk der Vereinigten Staaten, verordnen und errichten diese Constitution der Vereinigten Staaten von Amerika, um eine vollkommenere Union zu bilden, Gerechtigkeit herzustellen, im Inlande Ruhe zu bewahren, für die gemeinsame Vertheidigung zu sorgen, die öffentliche Wohlfahrt zu fördern und uns und unseren Nachkommen die Segnungen der Freiheit zu sichern.

Artikel 1.

Erster Abschnitt. — Alle hierin bewilligte gesetzgebende Gewalt soll einem Congreß der Vereinigten Staaten übertragen sein, welcher aus einem Senat und einem Hause der Repräsentanten bestehen soll.

Zweiter Abschnitt. — § 1. Das Haus der Repräsentanten soll aus Mitgliedern zusammengesetzt sein, welche alle zwei Jahre von dem Volke der verschiedenen Staaten erwählt werden, und die Wähler in einem jeden Staate sollen diejenigen Eigenschaften haben, welche für Wähler des zahlreichsten Zweiges des Staates erforderlich sind.

§ 2. Niemand soll ein Repräsentant sein, der nicht das Alter von fünfundzwanzig Jahren erreicht hat, und seit sieben Jahren Bürger der Vereinigten Staaten gewesen ist, und der nicht zur Zeit seiner Erwählung ein Einwohner desjenigen Staates ist, in welchem er gewählt wurde.

§ 3. Die Repräsentanten und die direkten Steuern sollen unter die verschiedenen Staaten, welche in diese Union einbegriffen sein mögen,

---

*) Wurde von allen Mitgliedern der Constituante, mit Ausnahme von Gerry von Massachusetts und den Herren Mason und Randolph von Virginien, am 17. September 1787 unterzeichnet und dem Congreß unterbreitet, der diese neue Constitution nach Beschluß vom 28. Sept. 1787 den einzelnen Staatslegislaturen zur Ratificirung vorlegen ließ. Sie trat am 4. März 1789 in Kraft und war bis dahin von den Staaten Delaware, Pennsylvanien, New Jersey, Georgia, Connecticut, Massachusetts, Maryland, South Carolina, New Hampshire, Virginien und New York ratificirt worden.

je nach deren respektiver Volkszahl, vertheilt werden, und diese wird so berechnet, daß der ganzen Anzahl freier Personen, einschließlich derer, so eine festgesetzte Zeit von Jahren zu dienen verbunden sind, und ausschließlich der nicht besteuerten Indianer, drei Fünftheile aller übrigen Personen zugezählt werden.*)

Die wirkliche Volkszählung soll binnen drei Jahren nach der ersten Versammlung des Congresses der Vereinigten Staaten vorgenommen werden und innerhalb eines jeden darauffolgenden Zeitraums von zehn Jahren in der Art, wie derselbe (der Congreß) sie durch das Gesetz bestimmen wird. Die Zahl der Repräsentanten soll nicht Einen für jede dreißigtausend (Einwohner) überschreiten, aber jeder Staat soll wenigstens einen Repräsentanten haben, und bis eine solche Zählung vorgenommen sein mag, soll der Staat New Hampshire drei, Massachusetts acht, Rhode Island mit Providence Plantations einen, Connecticut fünf, New York sechs, New Jersey vier, Pennsylvania acht, Delaware einen, Maryland sechs, Virginia zehn, North Carolina fünf, South Carolina fünf und Georgia drei zu wählen berechtigt sein.

§ 4. Wenn in der Repräsentation irgend eines Staates Vacanzen eintreten, so soll die Executive (Gouverneur) desselben Wahlausschreiben zur Ausfüllung solcher Vacanzen erlassen.

§ 5. Das Haus der Repräsentanten soll seinen Sprecher und andere Beamten wählen und die alleinige Befugniß der Verhängung eines „Impeachments"†) haben.

Dritter Abschnitt. — § 1. Der Senat der Vereinigten Staaten soll aus zwei Senatoren von einem jeden Staat zusammengesetzt sein, welche die Gesetzgebung desselben auf sechs Jahre erwählt hat; und jeder Senator soll eine Stimme haben.

§ 2. Unmittelbar nach ihrer auf die erste Wahl erfolgten Versammlung sollen sie so gleichförmig als möglich in drei Klassen getheilt werden. Die Sitze der Senatoren erster Klasse sollen mit dem Ablauf des zweiten Jahres, die der zweiten Klasse nach Ablauf des vierten Jahres und die der dritten Klasse nach Ablauf des sechsten Jahres erledigt werden, so daß alle zwei Jahre ein Dritttheil erwählt wird; und wenn Stellen erledigt werden durch Amtsniederlegung oder auf andere Weise, während dem die Gesetzgebung irgend eines Staates keine Sitzung hält, so mag die vollziehende Ge-

*) Dieser Paragraph, welcher durch die 2. Section des 14. Amendments abgeändert worden ist, ist so zu verstehen, daß zu den weißen Bewohnern — die ihrer Freiheit durch einen Richterspruch auf eine gewisse Zeit beraubten, weißen Personen eingerechnet, und die nicht besteuerten Indianer ausgeschlossen — drei Fünftel der Negerbevölkerung gerechnet werden sollten, um die im Congreß berechtigte Volkszahl eines Staates festzustellen.

†) „Impeachment" ist eine gegen Bundesbeamte vom Repräsentantenhause des Congresses zu erhebende und vom Senat, als richterlichem Tribunal, zu untersuchende und zu entscheidende Anklage.

walt desselben (Gouverneur, temporäre Ernennungen machen, welche dann solche Vacanzen wieder ausfüllen soll.*)

3. Niemand soll Senator werden, der nicht das Alter von dreißig Jahren erreicht hat und neun Jahre Bürger der Vereinigten Staaten gewesen ist, und der nicht zur Zeit seiner Erwählung ein Bewohner desjenigen Staates war, von welchem er erwählt wurde.

§ 4. Der Vice-Präsident der Vereinigten Staaten soll Präsident des Senats sein, jedoch keine Stimme haben, außer wenn die Stimmen gleich getheilt sind.

§ 5. Der Senat soll seine andern Beamten wählen und ebenso einen Präsidenten pro tempore in Abwesenheit des Vice-Präsidenten, oder wenn dieser das Amt des Präsidenten der Vereinigten Staaten bekleidet.

§ 6. Der Senat soll die alleinige Gewalt haben, alle Impeachments-Fälle zu untersuchen und zu entscheiden. Wenn er zu dem Ende in Sitzung ist, so soll er vorher durch Eidschwur oder feierliche Versicherung an Eides-statt verpflichtet werden. Wird der Präsident der Vereinigten Staaten prozessirt, so soll der Oberbundesrichter den Vorsitz führen und Niemand soll ohne die Zustimmung von zwei Drittel der anwesenden Mitglieder schuldig gesprochen werden.

§ 7. Urtheile in Impeachments-Fällen sollen nicht weiter gehen als bis zur Amtsentsetzung und zur Disqualificirung (Entrechtung) der Bekleidung irgend eines Ehrenamtes, eines Vertrauenspostens oder eines bezahlten Amtes unter den Vereinigten Staaten; aber der Verurtheilte soll demungeachtet noch der Anklage vor dem Geschwornengerichte, dem gerichtlichen Verhör, der Verurtheilung und Bestrafung nach dem Gesetz unterworfen sein.

Vierter Abschnitt. — § 1. Zeit, Ort und Weise der Wahlabhaltung für Senatoren und Repräsentanten soll in jedem Staat von dessen Gesetzgebung vorgeschrieben werden; aber der Congreß darf zu jeder Zeit durch's Gesetz derartige Regulirungen machen oder ändern, ausgenommen solche, welche sich auf den Ort der Senatorenwahl beziehen.

§ 2. Der Congreß soll sich wenigstens ein Mal im Jahre versammeln, und es soll diese Versammlung am ersten Montag des Dezembers stattfinden, wenn nicht durch's Gesetz ein anderer Tag bestimmt wird.

Fünfter Abschnitt. — § 1. Jedem Hause steht das Richteramt über die Wahlen, Wahlberichte und Wahlbefugnisse seiner eigenen Mitglieder zu, und eine Majorität jedes derselben soll ein Quorum (beschlußfähige Anzahl) bilden und Geschäfte erledigen; aber eine kleinere Zahl darf sich von einem Tage zum andern vertagen und ist bevollmächtigt, die Anwesen-

---

*) Es besagt Dieses: Stirbt oder resignirt ein Bundessenator, während die Legislatur seines Staates nicht in Sitzung ist, so mag der Gouverneur desselben vorläufig einen neuen Senator ernennen; sobald aber die Legislatur wieder zusammengetreten ist, soll dieselbe einen Senator erwählen, der dann an die Stelle des vorläufig ernannten tritt.

heit abwesender Mitglieder in einer Weise und unter Strafen zu erzwingen, welche jedes Haus vorschreiben mag.

§ 2. Jedes Haus darf seine Geschäftsordnung selbst bestimmen, seine Mitglieder wegen unordentlichen Benehmens bestrafen und mit Zustimmung von zwei Drittheilen ein Mitglied ausschließen.

§ 3. Jedes Haus soll ein Protokoll seiner Verhandlungen führen und es von Zeit zu Zeit, mit Ausnahme solcher Theile, die es nach seinem Urtheil geheim zu halten für nöthig hält, veröffentlichen. Die „Ja" und „Nein" eines jeden Hauses bei der Abstimmung über irgend eine Frage sollen auf Wunsch eines Fünftels der Anwesenden in das Protokoll eingetragen werden.

§ 4. Kein Haus darf, ohne die Zustimmung des andern, seine Sitzungen während der Dauer des Congresses länger als drei Tage aussetzen, noch sie an irgend einen Ort verlegen als an den, worin beide Häuser ihre Sitzungen halten.

Sechster Abschnitt. — § 1. Die Senatoren und Repräsentanten sollen eine Vergütung für ihre Dienstleistung erhalten, die durch das Gesetz zu bestimmen und aus dem Schatz der Vereinigten Staaten zu bezahlen ist. Sie sollen in allen Fällen, mit Zuchthaus zu bestrafende Verbrechen, Hochverrath (felony) und Friedensbruch ausgenommen, nicht verhaftet werden können, während ihrer Betheiligung an der Sitzung ihres respektiven Hauses, und während sie zu derselben gehen oder aus derselben kommen; und sie sollen wegen keiner in einem der beiden Häuser gehaltenen Reden oder Debatten an irgend einem andern Orte zur Rede gestellt werden können.

§ Kein Senator oder Repräsentant soll während der Zeit, für die er gewählt worden, in irgend einem unter Autorität der Vereinigten Staaten stehenden bürgerlichen Amte, welches während solcher Zeit geschaffen worden, oder dessen Einkünfte in der Zeit vergrößert worden sind, angestellt werden; und Niemand, der irgend ein den Vereinigten Staaten unterstelltes Amt bekleidet, soll während seiner Amtsdauer Mitglied eines der beiden Häuser sein.

Siebenter Abschnitt. — § 1. Alle Gesetzentwürfe zur Erhebung von Einkünften sollen in dem Repräsentantenhause entstehen, aber der Senat mag, wie bei andern Bills, Amendments vorschlagen oder solchen beistimmen.

§ 2. Jede Bill, die in dem Hause der Repräsentanten und des Senats angenommen worden ist, soll, ehe sie zum Gesetz wird, dem Präsidenten der Vereinigten Staaten überreicht werden; ertheilt dieser seine Zustimmung, so soll er sie unterzeichnen, wo nicht, so soll er sie mit seinen Einwendungen an das Haus zurücksenden, aus dem sie hervorgegangen ist, und welches die Einwendungen ausführlich in sein Protokoll aufnehmen und sie (die Bill) in Wiedererwägung ziehen soll. Wenn dann, nach solcher Wiedererwägung, zwei Drittheile jenes Hauses über die Annahme der Bill übereinkommen, so soll sie sammt den Einwendungen dem anderen Hause zugesendet werden, von dem sie gleichfalls nochmals in Erwägung gezogen werden soll. Wird sie dann von zwei Drittheilen jenes Hauses genehmigt, so soll sie Gesetzeskraft erhalten.

In allen solchen Fällen soll das Votum beider Häuser durch Ja und Nein ausgedrückt und die Namen der Personen, welche für oder gegen die Bill stimmten, in das Protokoll eines jeden respektiven Hauses eingetragen werden.

Wenn irgend eine Bill vom Präsidenten nicht innerhalb zehn Tagen (Sonntage ungerechnet), nachdem sie ihm überreicht worden ist, zurückgesandt wird, so soll sie ebenso Gesetzeskraft erhalten, als ob er sie unterzeichnet hätte, es sei denn, der Congreß verhindere ihre Zurücksendung durch Vertagung, in welchem Falle sie nicht Gesetz sein soll.

§ 3. Jede Ordre, jede Beschlußnahme (resolution) und jede Abstimmung, wozu die Beistimmung des Senats und des Hauses nöthig ist (mit Ausnahme der Frage über Vertagung), soll dem Präsidenten der Vereinigten Staaten vorgelegt werden, und ehe sie Gesetzeskraft erhält, von ihm genehmigt sein; wenn er sie aber nicht genehmigt, so sollen zu ihrer Annahme (an der dann kein Veto mehr rütteln kann) zwei Drittel der Mitglieder des Senats und des Repräsentantenhauses nöthig sein, nach den Regeln und Beschränkungen, welche für die Bills vorgeschrieben sind.

Achter Abschnitt. — Der Congreß soll die Macht haben:

§ 1. Steuern, Zölle, Abgaben und Fabriksteuern aufzuerlegen und zu erheben; die Schulden zu bezahlen und für gemeinsame Vertheidigung und allgemeine Wohlfahrt der Vereinigten Staaten Fürsorge zu treffen. Aber alle Steuern, Zölle und Fabriksteuern sollen durch die Vereinigten Staaten gleichförmig sein;

§ 2. auf den Credit der Vereinigten Staaten Geld zu leihen;

§ 3. den Handel mit fremden Nationen zwischen den einzelnen Staaten und mit den Indianerstämmen zu regeln;

§ 4. eine gemeinsame Regel für die Naturalisirung aufzustellen, sowie gleichmäßige Bankerottgesetze für alle Theile der Vereinigten Staaten zu machen;

§ 5. Geld zu münzen und dessen, sowie fremder Münzen Werth zu bestimmen und ein Maß- und Gewichtssystem aufzustellen;

§ 6. Fürsorge zur Bestrafung der Fälscher von Securitäten (Werthpapieren, Obligationen) und Courant zu treffen;

§ 7. Postämter und Poststraßen zu errichten;

§ 8. das Fortschreiten der Wissenschaften und nützlichen Künste dadurch zu befördern, daß er, jedoch nur für beschränkte Zeiten, Autoren und Erfindern das ausschließliche Recht auf ihre respektiven Schriften und Erfindungen sichert;

§ 9. dem obersten Gerichtshof unterworfene Tribunale zu ernennen;

§ 10. über Seeraub und auf hoher See begangene Verbrechen, sowie über Verletzungen der Völkerrechte zu entscheiden und deren Bestrafung zu verhängen;

§ 11. Krieg zu erklären, Kaperbriefe zu verleihen und Verordnungen hinsichtlich der Prisen zu Land und zu Wasser zu machen;

§ 12. Heere aufzubieten und zu unterhalten, jedoch soll kein Geld hierzu für einen längern Zeitraum als zwei Jahre verwilligt werden:

§ 13. eine Seemacht auszurüsten und zu erhalten;

§ 14. Regulationen für Land- und Seemacht aufzustellen;

§ 15. die Miliz zur Vollstreckung der Gesetze der Union, zur Unterdrückung von Aufständen und zur Zurückweisung feindlicher Einfälle aufzubieten;

§ 16. Fürsorge zu treffen für die Organisation, Bewaffnung und Disciplinirung der Miliz und für die Befehligung desjenigen Theiles, der im Dienste der Vereinigten Staaten verwendet werden mag, wobei den resp. Staaten die Ernennung der Offiziere und die Ermächtigung, die Miliz nach den vom Congreß vorgeschriebenen Disziplinargesetzen auszubilden, vorbehalten ist;

§ 17. in allen Fällen ausschließlich gesetzgebende Gewalt über jenen Distrikt auszuüben (der nicht mehr als 100 Quadratmeilen mißt), welcher durch Abtretung einzelner Staaten und nach Annahme des Congresses zum Regierungssitz der Vereinigten Staaten gemacht werden mag, und eine gleiche Autorität auszuüben über alle Plätze, welche unter Beistimmung der Legislatur desjenigen Staates, worin sie sich befinden, zur Errichtung von Forts, Magazinen, Arsenalen, Schiffsbauhäfen und andern nöthigen Gebäuden angekauft werden mögen;

§ 18. alle nöthigen und passenden Gesetze zur Ausführung der vorstehenden und aller übrigen Gewalten zu erlassen, welche durch diese Constitution der Regierung der Vereinigten Staaten oder irgend eines Departements oder Beamten derselben verliehen werden mag.

Neunter Abschnitt. — § 1. Die Einwanderung oder Einführung solcher Personen, die irgend welche der jetzt bestehenden Staaten für zulässig erachten mögen, soll von dem Congreß nicht vor dem Jahre 1808 verboten werden können, jedoch mag eine Taxe oder eine Abgabe auf solche Einwanderer gelegt werden, welche indessen nicht $ 10 für jede Person übersteigen darf.

§ 2. Das Vorrecht der habeas corpus- Akte soll nicht aufgehoben werden dürfen, außer wenn im Falle eines Aufruhrs oder eines feindlichen Einfalles die öffentliche Sicherheit es erheischen mag.

§ 3. Es soll kein Jemanden brandmarkendes, noch ein zurückwirkendes Gesetz (ex post facto law) erlassen werden dürfen.

§ 4. Keine Kopf- oder andere direkte Steuer, welche nicht im Verhältniß zum Census oder der hierin vorher verfügten Volkszählung steht, darf auferlegt werden.

§ 5. Es darf keine Steuer oder Abgabe auf Artikel, welche von irgend einem Staate exportirt werden mögen, gelegt werden.

§ 6. Es soll durch keinerlei Verordnung über Handel oder Revenuen den Häfen eines Staates über die Häfen eines andern ein Vorrecht eingeräumt werden; noch sollen Schiffe, die nach einem Staate bestimmt sind, oder die von einem Staate kommen, verpflichtet sein, sich eintragen zu lassen, zu clariren oder Zölle zu bezahlen in einem andern Staate.

§ 7. Kein Geld soll aus dem Schatzamte gezogen werden können, außer in Folge von gesetzlichen Bewilligungen, und ein regelmäßiger Bericht über die Einnahmen und Ausgaben der öffentlichen Gelder soll von Zeit zu Zeit veröffentlicht werden.

§ 8. Es soll kein Adelstitel durch die Vereinigten Staaten verliehen werden, und keine Person, welche ein Vertrauensamt oder ein bezahltes Amt unter der Regierung der Vereinigten Staaten bekleidet, soll, ohne die Zustimmung des Congresses, irgend ein Geschenk, eine Vergütung, ein Amt oder einen Titel von irgend einem Könige, Fürsten oder fremden Staate annehmen dürfen.

Zehnter Abschnitt. — § 1. Kein Staat soll einem Vertrage, einer Alliance oder einer Conföderation beitreten, noch soll ein Staat Kaper- und Repressalien-Briefe ausgeben dürfen; noch darf er Geldmünzen, Creditbriefe ausgeben, irgend Etwas außer Gold- und Silbermünzen zu einem gesetzlichen Zahlungsmittel für Schulden machen, eine "Bill of Attainder" (ein Jemanden brandmarkendes Gesetz), ein Gesetz mit zurückwirkender Kraft, ein die durch einen Contrakt auferlegten Verpflichtungen beschränkendes Gesetz erlassen oder irgend einen Adelstitel verleihen.

§ 2. Kein Staat soll ohne Zustimmung des Congresses irgend welche Abgaben oder Zölle auf Ein- oder Ausfuhr legen, mit Ausnahme derjenigen Abgaben, welche unbedingt zur Ausführung seiner Inspektionsgesetze nöthig sein mögen und der Reinertrag aller Zölle und Abgaben, welche von irgend einem Staate auf Ein- oder Ausfuhr gelegt werden mögen, soll dem Schatzamte der Vereinigten Staaten zukommen; und alle solchen Gesetze sollen der Revision und Controle des Gesetzes unterstellt sein.

§ 3. Kein Staat soll ohne Zustimmung des Congresses irgend eine Abgabe vom Tonnengehalt (der Schiffe) erheben, noch soll er Truppen oder Kriegsschiffe in Friedenszeiten halten, noch soll er sich in irgend ein Einverständniß oder Bündniß mit irgend einem andern Staate oder einer fremden Macht einlassen, noch soll er sich an einem Kriege betheiligen, wenn er nicht thatsächlich angegriffen worden ist oder wenn er sich nicht in so dringender Gefahr befindet, daß jeder Verzug unzulässig sein würde.

Artikel 2.

Erster Abschnitt. — § 1. Die vollziehende Gewalt soll einem Präsidenten der Vereinigten Staaten von Amerika übertragen sein. Derselbe soll sein Amt für die Dauer von vier Jahren bekleiden und, in Gemeinschaft mit dem Vicepräsidenten, für den obengenannten Termin in folgender Weise erwählt werden:

§ 2. Jeder Staat soll in einer solchen Weise, wie seine Legislatur sie vorschreiben mag, eine Anzahl Elektoren bestimmen (appoint), welche gleich sein sollen der ganzen Zahl von Senatoren und Repräsentanten, zu welchen der Staat im Congreß berechtigt sein mag. Aber kein Senator oder Repräsentant, oder eine Person, welche ein Vertrauensamt oder ein bezahltes Amt unter der Autorität der Vereinigten Staaten bekleidet, soll zu einem Elektoren gemacht werden dürfen.*)

§ 3. Der Congreß mag die Zeit der Erwählung von Elektoren feststellen, sowie den Tag, an welchem dieselben ihr Votum abgeben sollen; dieser Tag soll durch die ganzen Vereinigten Staaten der nämliche sein. Nur eingeborene Bürger, oder solche Personen, welche zur Zeit der Annahme dieser Constitution Bürger der Vereinigten Staaten waren, sollen für das Amt eines Präsidenten wählbar sein. Auch soll keine Person für jenes Amt wählbar sein, welche nicht 35 Jahre alt ist und die nicht seit 14 Jahren ein Bewohner der Vereinigten Staaten war.

§ 4. Im Falle der Absetzung des Präsidenten, oder seines Todes, seiner Resignation, oder falls derselbe unfähig wird, die Gewalten und Pflichten seines Amtes auszuüben und zu erfüllen, so soll dasselbe (das Amt) auf den Vicepräsidenten übergehen und der Congreß mag durch ein Gesetz für den Fall der Absetzung, des Todes, der Resignation oder eintretender Unfähigkeit sowohl des Präsidenten als des Vicepräsidenten, Vorsorge treffen und feststellen, welcher Beamte dann als Präsident fungiren soll. Ein solcher Beamter soll, bis die Unfähigkeit (disability) beseitigt oder bis ein Präsident erwählt sein mag, als solcher fungiren.

§ 5. Der Präsident soll zu festgesetzter Zeit für seine Dienstleistungen eine Vergütung erhalten, welche für die Zeit, für welche er erwählt sein mag, weder vermehrt noch vermindert werden darf; und er soll innerhalb dieses Zeitraumes keine andere Vergütung (emolument) von den Vereinigten Staaten oder von irgend einem derselben empfangen.

§ 6. Ehe er sein Amt antritt, soll er folgenden Eid oder nachstehende Betheuerung leisten: „Ich schwöre (oder betheuere) feierlich, daß ich das Amt eines Präsidenten der Vereinigten Staaten getreulich verwalten will und daß ich nach meiner besten Fähigkeit die Constitution der Vereinigten Staaten aufrecht erhalten, beschützen und vertheidigen will."

Zweiter Abschnitt. — § 1. Der Präsident soll oberster Befehlshaber des Heeres und der Flotte der Vereinigten Staaten und der Miliz der verschiedenen Staaten sein, wenn dieselbe in den wirklichen Dienst der Vereinigten Staaten gerufen wird. Er mag sich schriftlich die Ansicht der

*) Wir lassen hier eine Klausel aus, an deren Stelle das 12. Amendment zur Constitution getreten ist.

obersten Beamten in jedem der Executiv-Departements über irgend einen Gegenstand welcher auf die Pflichten ihrer respektiven Aemter Bezug hat, einholen, und er soll ermächtigt sein, Strafaufschub und Straferlaß (pardon) für gegen die Vereinigten Staaten verübte Vergehen, außer in Impeachment-Fällen, zu gewähren

§ 2. Er soll ermächtigt sein, durch und mit dem Rathe und der Zustimmung des Senates, Verträge abzuschließen, vorausgesetzt, daß zwei Drittheile der anwesenden Senatoren ihre Zustimmung ertheilen; und er soll mit dem Rathe und der Zustimmung des Senates Botschafter, andere öffentliche Gesandte und Konsuln, Richter des Obergerichtes und alle anderen Beamten der Vereinigten Staaten ernennen und bestimmen, deren Ernennungen hier nicht anderweitig festgestellt worden sind und die durch das Gesetz bestimmt werden. Aber der Congreß mag durch ein Gesetz die Ernennung solcher Unterbeamten, je nachdem er es für gut findet, dem Präsidenten, den Gerichtshöfen oder den Beamten der Departements allein überlassen.

§ 3. Der Präsident soll ermächtigt sein, alle Vacanzen, welche während der Ferien des Senates eingetreten sein mögen, auszufüllen, indem er Bestallungen (commissions) verleiht, die zu Ende der nächsten Sitzung erlöschen müssen.

Dritter Abschnitt. — Er soll von Zeit zu Zeit dem Congreß über den Zustand der Union Bericht erstatten und dessen Erwägung solche Maßregeln unterbreiten, welche er für nothwendig und angemessen erachten mag. Bei außerordentlichen Gelegenheiten kann er beide Häuser oder irgend eines derselben einberufen, und im Falle einer Nicht-Einigung derselben bezüglich der Vertagungszeit mag er sie bis zu einer Zeit vertagen, welche er für geeignet hält. Er soll Botschafter und andere öffentliche Gesandte empfangen; er soll für die getreue Erfüllung der Gesetze Sorge tragen und allen Beamten der Vereinigten Staaten deren Bestallung (commission) ausfertigen.

Vierter Abschnitt. — Der Präsident, der Vice-Präsident und alle Civil-Beamten der Vereinigten Staaten sollen aus dem Amte entfernt werden, wenn sie des Hochverraths, der Bestechung und anderer schwerer Verbrechen und Vergehen angeklagt und überführt worden sind.

Artikel 3.

Erster Abschnitt. — Die richterliche Gewalt der Vereinigten Staaten soll in einem Obergerichte und in solchen Untergerichten bestehen, wie der Kongreß sie von Zeit zu Zeit einsetzen mag. Sowohl die Richter des Obergerichtes als auch die untern Gerichtshöfe sollen ihre Aemter während der Dauer ihres guten Betragens innehaben, und sie sollen zu bestimmten Zeiten für ihre Dienstleistungen eine Vergütung erhalten, welche nicht, während sie im Amte sind, vermindert werden darf.

Zweiter Abschnitt — §1. Die richterliche Gewalt soll sich auf alle Fälle von Gesetz und Billigkeit erstrecken, welche unter dieser Constitution, unter den Gesetzen der Vereinigten Staaten, unter den abgeschlossenen oder noch abzuschließenden Verträgen unter ihrer (der Vereinigten Staaten) Autorität sich erstrecken; sowie auf alle Fälle, welche Botschafter oder andere öffentliche Gesandte und Konsuln betreffen; sowie auf alle Fälle der Admiralitäts- und der See-Gerechtsame; sowie auf Streitfragen, worin die Vereinigten Staaten eine Partei sind; sowie auf Streitfragen zwischen zwei oder mehreren Staaten, zwischen einem Staate und den Bürgern eines andern Staates, zwischen Bürgern verschiedener Staaten, zwischen Bürgern des nämlichen Staates, welche Land kraft Schenkung von verschiedenen Staaten beanspruchen, sowie zwischen einem Staate und den Bürgern desselben und zwischen fremden Staaten, Bürgern oder Unterthanen.

§2. In allen Fällen, welche Botschafter, andere öffentliche Gesandte und Konsuln betreffen, und worin ein Staat eine Partei sein mag, soll das Obergericht ursprüngliche Jurisdiktion besitzen. In allen den vorgenannten andern Fällen soll das Obergericht appellative Jurisdiktion besitzen, sowohl über das Gesetz wie über Thatsachen; und mit solchen Ausnahmen nnd unter solchen Regulationen, wie der Congreß sie machen mag. Der Prozeß für alle Verbrechen, ausgenommen in Impeachment-Fällen, soll durch Geschworne entschieden werden; und jeder solche Prozeß soll in dem Staate geführt werden, worin die besagten Verbrechen begangen sein mögen; sind solche Verbrechen nicht in irgend einem der Staaten verübt worden, so soll der Prozeß an einem solchen Platze oder an solchen Plätzen, wie der Congreß gesetzlich bestimmen mag, geführt werden.

Dritter Abschnitt. — §1. Hochverrath gegen die Vereinigten Staaten soll nur im Kriegführen gegen dieselben, oder in der Anhänglichkeit an ihre Feinde, oder in deren Unterstützung bestehen. Keine Person soll des Hochverraths überführt werden, außer auf das Zeugniß zweier Zeugen über dieselbe vorliegende That oder auf ein Geständniß in offener Gerichtssitzung hin.

§2. Der Congreß soll ermächtigt sein, die Strafe für Hochverrath festzusetzen, aber die Schande des Hochverrathes soll sich nicht auf seine Nachkommen vererben, noch soll das Vermögen des Hochverräthers, außer während dessen Lebzeiten, konfiszirt werden können.

Artikel 4.

Erster Abschnitt. — Voller Glaube und Credit soll in jedem Staate den öffentlichen Akten, Archiven und Gerichtsprotokollen jedes andern Staates geschenkt werden. Der Congreß mag durch allgemeine Gesetze die Art und Weise vorschreiben, in welcher solche Akte, Archive oder Protokolle nachzuweisen sind, und welche von Wirkung sein sollen.

Zweiter Abschnitt. — § 1. Die Bürger eines jeden Staates sollen zu allen Vorrechten und Freiheiten der Bürger in den verschiedenen Staaten berechtigt sein.

§ 2. Eine Person, welche in irgend einem Staate des Hochverraths, eines mit Zuchthaus zu bestrafenden (felony), oder eines anderen Verbrechens angeklagt wurde, und welche dem Arm der Gerechtigkeit entflieht und in einem andern Staate aufgefunden wird, soll auf Verlangen der Exekutiv-Gewalt desjenigen Staates, aus welchem sie floh, an den Staat ausgeliefert und dorthin zurückgebracht werden, wo das Verbrechen bestraft werden kann.

§ 3. Keine Person, welche in irgend einem Staate, unter dessen Gesetz in einem Zustande der Dienstbarkeit oder Arbeit gehalten wird, und die in einen andern Staat entkommt, soll wegen irgend eines in dem letzteren bestehenden Gesetzes oder wegen einer Verfugung aus ihrem Zustande der Dienstbarkeit oder Arbeit befreit werden können, sondern sie soll auf Verlangen derjeniger Partei, welcher sie zur Dienstbarkeit oder Arbeit verpflichtet war, ausgeliefert werden müssen.

Dritter Abschnitt — § 1. Neue Staaten mögen durch den Congreß in diese Union zugelassen werden, aber kein neuer Staat soll innerhalb der Gerichtsbarkeit irgend eines anderen Staates gebildet oder errichtet werden, noch soll ein Staat durch Vereinigung zweier oder mehrerer Staaten oder Theilen von Staaten gebildet werden dürfen, ohne die Zustimmung der Legislatur der betreffenden Staaten und des Congresses.

§ 2 Der Congreß soll ermächtigt sein, alle Regeln und Verfügungen über die Ländereien oder anderes Eigenthum der Vereinigten Staaten zu machen und nichts in dieser Constitution soll so gedeutet werden, daß es irgend welche Ansprüche der Vereinigten Staaten oder irgend eines besonderen Staates beeinträchtigen könnte.

Vierter Abschnitt. — Die Vereinigten Staaten sollen jedem Staate dieser Union eine republikanische Regierungsform gewährleisten und jeden derselben gegen feindliche Angriffe schützen; und auf Nachsuchen der Legislatur oder der Exekutiv-Gewalt (wenn die Legislatur nicht zusammengerufen werden kann) gegen Aufruhr im Innern helfend einschreiten.

Artikel 5.

Der Congreß soll, wenn immer zwei Drittel beider Häuser es für nöthig erachten werden, Amendements zu dieser Constitution vorschlagen oder, auf das Ersuchen der Legislatur von zwei Dritteln der verschiedenen Staaten, soll er eine Convention berufen behufs Entwerfung von Amendements, welche in jedem Falle als vollgiltige Theile dieser Constitution in allen ihren Absichten und Zwecken gelten sollen, wenn sie durch die Legislaturen von drei Vierttheilen der verschiedenen Staaten oder durch Conventionen von drei Vierttheilen derselben oder auf die eine oder andere Weise, welche der Congreß vorschlagen mag, ratifizirt worden sind: vorausgesetzt, daß kein Amendement, welches vor dem Jahre 1808 gemacht werden mag, in irgend einer Weise den 1. und 4. Paragraphen der 9. Sektion des 1. Artikels betreffen darf, und daß kein Staat ohne Zustimmung desselben seiner gleichen Stimmberechtigkeit im Senate beraubt werden darf.

Artikel 6.

Erster Abschnitt — §1. Alle vor der Annahme dieser Constitution gemachten Schulden und eingegangenen Verbindlichkeiten sollen unter dieser Constitution gültig sein, wie sie es unter der Conföderation waren.

§2. Diese Constitution und die in Folge derselben erlassenen Gesetze der Vereinigten Staaten, wie alle unter der Autorität der Vereinigten Staaten abgeschlossenen oder noch abzuschließenden Verträge sollen das oberste Gesetz des Landes sein und die Richter in den verschiedenen Staaten sollen denselben unterworfen sein, selbst wenn die Constitution oder das Gesetz irgend eines Staates das Gegentheil bestimmten.

§3. Die vorgenannten Senatoren und Repräsentanten und die Mitglieder der verschiedenen Staatslegislaturen und alle Exekutiv- und richterlichen Beamten der Vereinigten Staaten und der verschiedenen Staaten sollen durch Eid oder Betheurung verpflichtet werden, diese Constitution zu unterstützen, aber kein Nachforschen in religiösen Dingen (religious test) soll jemals als eine Qualifikation für irgend ein Amt oder für öffentliches Vertrauen in den Vereinigten Staaten nothwendig sein.

Artikel 7.

Die Ratifizirung der Conventionen von neun Staaten soll genügend sein für die Begründung dieser Constitution unter denjenigen Staaten, welche dieselbe so ratifizirten. Gegeben in einer Convention durch die einstimmige Gutheißung der gegenwärtig vertretenen Staaten am 17. September im Jahre des Herrn 1787 und im 12. Jahre der Unabhängigkeit der Vereinigten Staaten von Amerika. Zum Zeugniß dessen haben wir unsere Namen hier unterzeichnet.

(Folgen die Unterschriften.)

Amendements zur Konstitution.

Artikel 1.*)

Der Congreß soll kein Gesetz zur Etablirung einer Religion machen oder die freie Ausübung einer solchen verbieten, noch soll er die Preß- oder Redefreiheit verkürzen, noch soll er das Recht des Volkes sich friedlich zu versammeln, und das Recht, an die Regierung Petitionen behufs Abstellung von Mißständen zu richten, beschränken dürfen.

Artikel 2.

Eine wohlregulirte Miliz, wie sie zur Sicherung eines freien Staates nothwendig ist, sowie das Recht des Volkes, Waffen zu halten und zu tragen, soll unangetastet bleiben.

Artikel 3.

Kein Soldat soll in Friedenszeiten ohne die Einwilligung des Besitzers in ein Haus einquartirt werden; auch soll dies nicht in Kriegszeiten geschehen, außer auf eine durch das Gesetz vorgeschriebene Weise.

Artikel 4.

Das Recht des Volkes auf eine Sicherstellung ihrer Personen, Häuser, Schriftstücke und Efekten gegen ungerechtfertige Durchsuchungen und Beschlagnahme soll nicht verletzt werden, und es sollen keine Gerichtsbefehle (warrants) außer auf guten Grund und anf einen Eid oder eine Betheuerung (affirmation) hin ausgestellt werden und es muß der Ort, welcher durchsucht werden soll, sowie die Personen oder Dinge, welche fest zu nehmen sind, genau beschrieben sein.

---

*) Die ersten zehn Amendements zur Constitution der Vereinigten Staaten wurden den Legislaturen der verschiedenen Staaten vom 1. Congreß am 25. September 1789 vorgelegt. Sie wurden von den nachbenannten Staaten ratifizirt: New-Jersey, 20. November 1789; [illegible]land, 19. Dezember 1789; North Carolina, 22. Dezember 1789; [illegible] Carolina, 19. Februar 1790; New-Hampshire, 25. Januar 1790; Del[illegible]ware, 28. Januar 1790; Pennsylvania, 18. März 1790; New-York, 27. Mä[illegible] 1790; Rhode-Island, 15. Juni 1790; Vermont, 3. November 1791; Virgi[illegible] Dezember 1791. In den Protokollen des Congresses ist kein N[illegible]weis darüber zu finden, daß jene ersten zehn Amendements von den Legis[illegible] der Staaten Connektikut, Georgia und Massachussets ratifizirt worden wären.

Artikel 5.

Keine Person soll gehalten werden, um sich wegen eines Kapitalverbrechens oder wegen eines anderweitigen schändlichen Verbrechens zu verantworten außer auf Grund eines Spruches der „Grand Jury;" hiervon ausgenommen sind Fälle welche in der Land- oder Seemacht oder in der Miliz entstehen mögen, wenn dieselbe in Kriegszeiten oder zur Zeit einer öffentlichen Gefahr in wirklichen Dienst berufen worden ist. Auch soll keine Person für dasselbe Verbrechen zweimal in die Gefahr des Verlustes von Leben oder Gliedmaßen gebracht werden, noch soll Jemand in irgend einem Kriminalfalle gezwungen werden, gegen sich selbst Zeugniß zu geben; noch soll Jemand ohne ein gehöriges Prozeßverfahren des Lebens, der Freiheit oder des Eigenthums beraubt werden; noch soll Privateigenthum ohne eine gerechte Vergütung zu öffentlichem Gebrauche genommen werden.

Artikel 6.

In allen kriminellen Prozeßverfahren soll der Angeklagte zu einem schleunigen und öffentlichen Verhör durch eine unpartheiische Jury des Staates und Distriktes, worin das Verbrechen begangen sein mag, berechtigt sein und dieser Distrikt soll vorher durch das Gesetz bestimmt worden sein; der Angeklagte muß von der Wesenheit und der Ursache der gegen ihn erhobenen Beschuldigung unterrichtet werden, es müssen ihm die gegen ihn aussagenden Zeugen vorgestellt werden, er muß zwangsweise Zeugen zu seinen Gunsten vorladen lassen können und es muß ihm ein Rechtsbeistand zu seiner Vertheidigung gegeben werden.

Artikel 7.

Handelt es sich bei Klagen unter dem gemeinen Rechte um mehr als 20 Dollars an Werth, so soll das Recht der Prozessirung durch Geschworne aufrecht gehalten werden, und kein durch eine Jury entschiedener Prozeßfall soll in irgend einem Gerichtshofe der Vereinigten Staaten anders als nach den Regeln des gemeinen Rechtes, nochmals geprüft werden können.

Artikel 8.

Es soll keine übermäßige Bürgschaft gefordert, noch sollen übermäßige Geldbußen auferlegt, noch soll eine grausame und unnatürliche Strafe verhängt werden dürfen.

Artikel 9.

Die Aufführung verschiedener Rechte in der Constitution soll nicht so gedeutet werden, daß andere, welche dem Volke vorbehalten sind, dadurch verweigert oder bei Seite gesetzt würden.

Artikel 10.

Die den Vereinigten Staaten durch diese Constitution nicht verliehenen Machtvollkommenheiten, welche durch sie (die Constitution) den Staaten auch nicht verboten worden sind, bleiben respektive den Staaten oder dem Volke vorbehalten.

Artikel 11.*)

Die richterliche Gewalt der Vereinigten Staaten soll nicht so gedeutet werden können, daß sie sich auf irgend eine Klage bezöge, welche gegen einen der Vereinigten Staaten von Bürgern eines andern Staates oder von Bürgern oder Unterthanen irgend eines fremden Staates angestrengt und geführt wird.

Artikel 12.†)

Die Elektoren sollen in ihren respektiven Staaten zusammentreten und durch Ballots für Präsident und Vicepräsident stimmen, von denen wenigstens Einer nicht ein Bewohner desselben Staates, welchem sie angehören, sein darf. Auf ihren Ballots soll der Name derjenigen Person, für welche sie als Präsident stimmen, angegeben sein und auf besonderen Ballots soll der Name derjenigen Person stehen, für welche sie als Vicepräsident stimmen, und sie sollen getrennte Listen über alle Personen, für welche als Präsident, und von allen Personen, für welche als Vicepräsident gestimmt wurde, machen und die Zahl der Wahlstimmen für jede angeben, welche Listen sie unterzeichnen und beglaubigt und versiegelt nach dem Sitze der Regierung der Vereinigten Staaten, an den Präsidenten des Senats adressirt, senden sollen. Der Präsident des Senats soll, in Gegenwart des Senates und Repräsentanten-Hauses, alle Certifikate öffnen und die Wahlstimmen sollen dann gezählt werden.

Diejenige Person, welche die größte Anzahl Wahlstimmen für Präsident erhalten hat, soll Präsident sein, wenn solche Zahl einer Majorität der ganzen Anzahl der erwählten (appointed) Elektoren ist; und wenn keine Person solch' eine Majorität erhalten hat, dann soll das Repräsentantenhaus sofort

---

*) Das 11. Amendement wurde den verschiedenen Staaten durch den 3. Congreß am 5. September 1794 unterbreitet und am 8. Januar war es von den Legislaturen von drei Viertheilen der Staaten ratifizirt worden und somit gesetzlich anerkannt.

†) Das 12. Amendement wurde den verschiedenen Staaten vom 8. Congreß am 12. Dezember 1803 an Stelle des ursprünglichen 3. Paragraphen der 1. Sektion des 2. Artikels vorgelegt und am 25. September 1804 wurde es durch den Staatssekretär als angenommen verkündet.

von den drei Personen, welche die höchste Anzahl Wahlstimmen für Präsident erhalten, durch Ballot den Präsidenten erwählen. Aber beim Erwählen des Präsidenten soll das Votum nach Staaten gemacht werden, so daß die Repräsentanten eines jeden Staates ein Votum haben; ein Quorum zu diesem Zweck soll bestehen aus einem oder mehreren Mitgliedern von 32 der Staaten, und eine Majorität aller Staaten soll zu einer Wahl nothwendig sein. Wenn das Repräsentantenhaus nicht, wenn immer das Recht der Erwählung ihm zusteht, einen Präsidenten vor dem folgenden 4. März erwählt hat, dann soll der Vicepräsident als Präsident fungiren, wie im Falle des Todes oder einer andern konstitutionellen Verhinderung des Präsidenten. Diejenige Person, welche die größte Anzahl Wahlstimmen für Vicepräsident erhalten hat, soll Vicepräsident sein, wenn solche Zahl eine Majorität der ganzen Zahl der erwählten (appointed, Elektoren ist; und wenn seine Person eine Majorität erhalten hat, dann soll von den zwei Höchsten auf der Liste der Senat die eine als Vicepräsident erwählen; ein Quorum zu diesem Zwecke soll aus zwei Dritttheilen der ganzen Zahl der Senatoren bestehen und eine Majorität der ganzen Zahl soll zu einer Erwählung nothwendig sein Aber keine nach der Constitution für das Amt eines Präsidenten nicht wählbare Person soll als Vicepräsident der Vereinigten Staaten erwählt werden können.

Artikel 13.*)

Erster Abschnitt. — Weder Sklavereien noch unfreiwillige Dienstbarkeit außer als Strafe für ein Verbrechen, dessen die betreffende Person in gebührender Weise überführt worden ist, soll in den Vereinigten Staaten, oder an irgend einem ihrer Gerichtsbarkeit unterstellten Orte, existiren.

Zweiter Abschnitt. — Der Congreß soll ermächtigt sein, diesem Artikel durch geeignete Gesetze Geltung zu verschaffen.

Artikel 14.†)

Erster Abschnitt. — Alle in den Vereinigten Staaten geborne oder naturalisirte Personen, welche deren Gerichtsbarkeit unterstehen, sind

*) Das 13. Amendement wurde den verschiedenen Staaten vom 38. Congreß am 1. Februar 1865 unterbreitet und am 18. Dezember 1865 war es von 27 aus 34 Staaten ratifizirt worden, nämlich: Illinois, Rhode Island, Michigan, Maryland, New-York, West Virginia, Maine, Kansas, Massachusetts, Pennsylvania, Virginia, Ohio, Missouri, Nevada, Indiana, Louisiana, Minnesota, Wisconsin, Vermont, Tennessee, Arkansas, Connektikut, New-Hampshire, South-Carolina, Alabama, North-Carolina und Georgia.

†) Das 14. Amendement wurde den verschiedenen Staaten vom 39. Congreß am 16. Juni 1866 unterbreitet und am 21. Juli 1868 ward es für angenommen erklärt; die Staaten Kentucky, Delaware und Maryland haben dieses Amendement nicht ratifizirt.

Bürger der Vereinigten Staaten und des Staates, worin sie wohnen. Kein Staat soll ein Gesetz erlassen oder forciren, durch welches die Privilegien oder Freiheiten von Bürgern der Vereinigten Staaten verkürzt würden; noch soll irgend ein Staat irgend eine Person des Lebens, der Freiheit oder des Eigenthums ohne ein gebührendes Gerichtsverfahren berauben dürfen; noch soll er irgend einer Person innerhalb des Kreises seiner Gerichtsbarkeit gleichen Schutz durch Gesetze verweigern.

Zweiter Abschnitt. — Repräsentanten sollen unter den verschiedenen Staaten nach Maßgabe der respektiven Bevölkerungszahl vertheilt werden, wobei die ganze Zahl von Personen in einem Staate, nicht besteuerte Indianer ausgenommen, zu zählen ist. Aber wenn das Recht, bei irgend einer Wahl für Präsidentschafts- und Vizepräsidentschaftselektoren, für Congreßrepräsentanten, für Exekutive-Beamte und Richter eines Staates oder für Mitglieder der Legislatur desselben zu stimmen, irgend welchen männlichen Bewohnern eines solchen Staates, welche 21 Jahre alt und Bürger der Vereinigten Staaten sind, verweigert oder auf irgend eine Weise verkürzt worden ist, ausgenommen wegen Betheiligung an einer Rebellion oder wegen eines anderen Verbrechens, so soll die Basis der Repräsentation darin im Verhältniß der Zahl solcher männlicher Bürger zu der Gesammtzahl der männlichen über 21 Jahre alten Bürger in solchen Staaten reduzirt werden.

Dritter Abschnitt. — Keine Person soll ein Senator oder Repräsentant im Congreß, oder ein Elektor für Präsident und Vizepräsident sein oder irgend ein civiles oder militärisches Amt unter den Vereinigten Staaten oder unter irgend einem der Staaten innehaben können, der, nachdem er zuvor einen Eid zur Unterstützung der Constitution der Vereinigten Staaten als Congreßmitglied, als Beamter der Vereinigten Staaten, als Mitglied einer Staatslegislatur, als ein Exekutiv-Beamter oder Richter irgend eines Staates geleistet, sich an einer Empörung oder Rebellion gegen die Vereinigten Staaten betheiligt oder den Feinden derselben Beistand und Hülfe gewährt hat. Jedoch mag der Congreß durch ein zwei Drittel-Votum eines jeden Hauses eine solche Entrechtung wieder aufheben.

Vierter Abschnitt. — Die Giltigkeit der öffentlichen Schulden der Vereinigten Staaten, welche durch das Gesetz autorisirt ist, und welche Schulden einschließt, die zur Bezahlung von Pensionen und Bounties für Dienste bei der Unterdrückung eines Aufstandes oder einer Rebellion gemacht worden sind, soll nicht in Frage gestellt werden können. Aber weder die Vereinigten Staaten noch irgend einer der Staaten soll irgend eine Schuld oder Verpflichtung auf sich nehmen oder bezahlen, wenn dieselbe zur Unterstützung der Insurrektion oder Rebellion gegen die Vereinigten Staaten eingegangen wurde, oder wenn sie irgend welche Ansprüche wegen Verlustes oder Emanzipirnng irgend eines Sklaven einschließt; alle solche Schulden,

Verpflichtungen und Ansprüche sollen vielmehr ungesetzlich und null und nichtig sein.

Fünfter Abschnitt. — Der Congreß soll ermächtigt sein, durch geeignete Gesetze die Bestimmungen dieses Artikels zur Ausführung zu bringen.

Artikel 15.*)

Erster Abschnitt. — Bürgern der Vereinigten Staaten soll das Wahlrecht nicht verweigert werden, weder durch die Vereinigten Staaten noch durch irgend einen Staat auf Grund ihrer Race, Hautfarbe oder wegen eines früheren Zustandes der Dienstbarkeit.

Zweiter Abschnitt: — Der Congreß soll ermächtigt sein, diesen Artikel durch geeignete Gesetze zur Ausführung zu bringen.

---

*) Das 15. Amendement wurde den verschiedenen Staaten vom 40. Congreß am 27. Februar 1869 unterbreitet und am 30. März 1870 für ratifizirt erklärt; mehrere der Staaten verweigerten diesem Amendement ihr Anerkennung.

Die Wahlgesetze des Bundes.

Die Statutengesetze der Vereinigten Staaten enthalten die nachstehenden Bestimmungen über Wahlen, welche wir, mit Angabe der betreffenden Sectionen und nach deren Nummern geordnet, hier im Auszuge folgen lassen:

2002 — Kein Offizier oder Beamter der Ver. Staaten darf Truppen, oder bewaffnete Mannschaften, an irgend einem Wahlplatze halten oder dort hin beordern; ausgenommen, um bewaffnete Feinde der Vereinigten Staaten zurückzuweisen, oder um Ruhe und Ordnung an den "polls" aufrecht zu erhalten.

2003 — Kein Offizier der Land- oder Seemacht der Vereinigten Staaten darf durch einen Befehl, durch eine Proclamation oder anderweitig bestimmen, wer wahlberechtigt sein soll, noch darf er in irgend einer andern Weise sich in irgend einem Staate in die Wahlen einmischen und die Wahlfreiheit beeinträchtigen.

2004 — Alle Bürger der Vereinigten Staaten, welche anderweitig gesetzlich qualifizirt sind, sich als Wähler an irgend einer Volkswahl in irgend einem Staat, Territorium, County 2c. zu betheiligen, sollen für alle solche Volkswahlen, ohne Unterschied der Rasse, Hautfarbe 2c., wahlberechtigt sein; selbst wenn irgend ein Gesetz anders verfügen sollte.

2005—8 — Keinem Bürger der Vereinigten Staaten darf die Wahlberechtigung vorenthalten werden, wenn er die in den Gesetzen seines Staates vorgeschriebenen Bedingungen erfüllt hat; wer dieser Bestimmung zuwider handelt (wie Wahl- oder Registrirungsbeamte) soll dem willentlich und wissentlich zurückgewiesenen, wahlberechtigten Bürger einen Schadenersatz im Betrage von 500 Dollars nebst den Gerichtskosten und den vom Gerichtshof festzusetzenden Advocatengebühren bezahlen.

Ist einem Bürger der Vereinigten Staaten irgend eine Handlung zur Erlangung der Wahlberechtigung durch die Constitution oder die Gesetze irgend eines Staates vorgeschrieben, und der zuständige Beamte verweigert oder verabsäumt willentlich die Vollziehung solcher Handlung, so soll der betreffende Bürger, wenn derselbe durch jene Handlung (wie die Ausfertigung des Naturalisationsscheins, oder eine Eidesleistung) wahlberechtigt geworden wäre, auch so für vollständig wahlberechtigt erachtet werden.

2009 — Kein Wahlbeamter sowie keine durch diese Wahlgesetze mit irgend welcher amtlichen Macht bekleidete Person soll irgendwie störend oder hindernd in eine Wahl eingreifen, oder die Wähler in irgend einer Weise belästigen, einschüchtern, beeinflussen oder verhindern dürfen. Zuwiderhandelnde mögen zu 500 Dollars Schadenersatz, sowie in alle Gerichtskosten und zur Zahlung der Advokatengebühren gerichtlich verurtheilt werden.

2010 — Ist die Erwählung eines Candidaten für irgend ein Amt — ausgenommen das eines Präsidentschafts-Elektors, eines Congreß- oder eines Legislaturmitgliedes — dadurch verhindert worden, daß irgend einem Bürger seiner Rasse oder Hautfarbe halber oder weil er ein Sclave gewesen, die Ausübung des Wahlrechts verweigert worden, so mag der auf solche Weise geschlagene Candidat vor einem Bundesgerichte seines Bezirks klagbar werden und das ihm auf obengenannte Weise vorenthaltene Amt beanspruchen. In jedem solchen Falle soll das betreffende Bundes-Kreisgericht, oder das Bundesdistricts-Gericht, mit Bestimmung der Staatsgerichte, zu entscheiden haben, ob das 15. Amendement zur Bundesconstitution zu Ungunsten des Klägers verletzt worden ist.

2011—15 — Wenn in einer mehr als 20,000 Einwohner zählenden Stadt zwei Bürger derselben, oder wenn in einem County, Parish oder Congreßdistrict zehn Bürger desselben, welche gut beleumundet sein müssen, vor der Registrirung zu einer Congreßwahl, oder, falls keine Registrirung erforderlich ist, vor den Congreßwahlen selbst dem Richter ihres Bundes-Kreisgerichts (U. S. Circuit Court) schriftlich den Wunsch aussprechen, daß die bevorstehende Registrirung oder Wahl, oder Beide, überwacht werden mögen, so soll besagter Richter nicht weniger als zehn Tage vor solcher Wahl einen Gerichtstermin an dem passendsten Orte im betreffenden Gerichtskreis ansetzen. Darauf soll das Gericht für jeden Wahlbezirk in solcher Stadt und in jedem solchen Congreßbezirk von Zeit zu Zeit zwei Bürger, welche in der betreffenden Stadt oder in dem betreffenden Congreßbezirk wohnhaft sein, das Englische lesen und schreiben können und verschiedenen politischen Parteien angehören müssen, zu Wahlsupervisoren (supervisors of election) ernennen; solche Ernennungen mag besagter Gerichtshof von Zeit zu Zeit erneuern, oder widerrufen, und dann mag er andere Ernennungen an Stelle derselben machen.

Der also eröffnete Termin des Vereinigten Staaten-Kreisgerichts soll bis zum Tage nach der Wahl, diesen eingeschlossen, dauern und alle bezüglich der Wahl ihm vorgelegten Fälle erledigen. Ein solcher Extra-Termin mag während der üblichen Dauer der Gerichtssitzungen, wie auch während der Gerichtsferien, anberaumt werden.

Ist der Richter des Vereinigten Staaten-Kreisgericht verhindert, so soll er sich, nach seinem Ermessen, durch den ihm am geeignetsten erscheinenden Districtsrichter in seinem Gerichtskreise vertreten lassen. Ein an der Erfüllung der vorgenannten Pflichten verhinderter Kreisrichter mag auch mehrere Districtsrichter seines Kreises zu solchem Dienst bestimmen.

2016 — Die Wahlsupervisoren sollen jeder Registrirung von Personen, welche sich an einer Congreßwahl betheiligen wollen, beiwohnen und sie mögen die Wahlberechtigung irgend Jemandes, der sich dort registriren lassen will, anfechten; auch sollen sie die angefertigten Wählerlisten sorgsam prüfen und die Namen irgend welcher Wähler darauf anmerken, damit deren Berechtigung nachgewiesen werde. Sie sollen ferner jede Seite der originalen Wählerlisten, sowie jeder Abschrift derselben, mit ihrer Namensunterschrift zum Zeichen, daß dieselbe von ihnen durchgesehen und geprüft worden ist, versehn.

2017 — Die Wahlsupervisoren haben an jedem „Poll", wo Wahlstimmen für Congreßrepräsentanten abgegeben werden, zugegen zu sein und das dort abgegebene Votum zu zählen. Ferner sollen sie jedes angebotene und irgend einem der Supervisoren zweifelhaft erscheinende Ballot beanstanden (challenge); sie sollen den „Poll" nicht verlassen, so lange derselbe offen und bis das gesammte Votum gezählt worden ist; auch haben sie die Wahl zu überwachen, die „Poll"-Bücher, Registrirungslisten und jede Art von zu führenden Wahlprotokoll zu inspiciren und überhaupt während des ganzen Wahltages eine Oberaufsicht über die Art und Weise der Abhaltung der Wahl, über die Wähler und über die Wahlbeamten am „Poll" zu führen.

2018 — Damit jedem Candidaten für das Amt eines Congreßrepräsentanten oder eines Congreßdelegaten jedes für ihn abgegebene Ballot zu gute kommen möge, so soll jeder Supervisor verpflichtet sein, jeden in seinen District oder Precinct abgegebenen Wahlzettel persönlich zu prüfen und zu zählen, gleichviel wie derselbe endossirt sein und in welcher Wahlurne (ballot-box) er gefunden werden mag. Auch sollen die Supervisoren dem Ober-Supervisor des Gerichtsbezirks (judicial district) jeden von demselben verlangten Bericht erstatten.

2019—20 — Die Supervisoren sollen während der Registrirung, wie während der Wahl, einen Platz einnehmen, von wo aus sie alles übersehn und überwachen können. Wird ihnen in ihrem Bereich irgend ein Hinderniß in den Weg gelegt, will man sie an der Erfüllung ihrer Pflichten verhindern, werden sie bedroht oder belästigt, so sollen sie dem Ober-Supervisor ihres Kreises davon Meldung machen, und dieser soll dann Zeugen vorladen, Eide abnehmen und den Fall gründlich untersuchen, worauf er vor der Eröffnung des nächsten Congresses, für welchen Repräsentanten und Delegaten gewählt worden sind, dem Clerk des Repräsentantenhauses einen vollständigen Bericht über den betreffenden Fall zu erstatten hat.

2021 — Wenn in einer Stadt mit 20,000 oder mehr Einwohnern mindestens zwei Bürger den Marshall des Districts, worin die betreffende Stadt gelegen ist, schriftlich darum ersuchen, so soll derselbe Gehilfsmarschälle ernennen, die den Supervisoren, wenn diese es verlangen, sowohl während der Registrirung, wie bei der Prüfung der Wählerlisten und bei der Wahl hilfreich an die Hand gehen müssen.

2022 — Der Marshall und seine Gehilfen (deputies), die speciellen

Gehilfsmarschälle eingeschlossen, soll die Ruhe und Ordnung aufrecht erhalten und die Supervisoren in der Erfüllung ihrer Amtspflichten unterstützen und beschützen, und zwar an den Registrirungs-, wie an den Wahlplätzen (polls); auch sollen sie jede betrügerische Registrirung und jeden Wahlbetrug seitens der Wähler und der Wahlbeamten verhüten. Ferner sind diese Bundesmarschälle ermächtigt, mit oder ohne "process"*) irgend eine Person zu verhaften und in Gewahrsam zu bringen, welche sich irgend einer durch die Gesetze der Vereinigten Staaten verbotenen Handlung schuldig macht, oder die Solches versucht, wenn solche Handlung in Gegenwart eines Bundesmarschalls oder eines seiner Gehilfen, oder eines Wahlsupervisors begangen oder versucht worden ist. In Abwesenheit des Bundesmarschalls und seiner Gehilfen soll jeder Wahlsupervisor behufs Wahrung der Ruhe und Ordnung dieselbe Gewalt haben, wie jene; und wird ein Wahlsupervisor von einem Bundesmarschall oder dessen Gehilfen um Beistand angerufen, so soll er gleichfalls die Befugnisse desselben besitzen. Am Wahltage darf Niemand wegen eines am Tage der Registrirung begangenen Vergehens verhaftet werden.

2023 — Jede unter den Bestimmungen dieses Gesetzes verhaftete Person soll sofort vor einem Commissär, vor einem Richter, oder vor einen Gerichtshof der Vereinigten Staaten geführt und wegen der wider ihn erhobenen Anklage verhört werden; besagter Commissär, Richter oder Gerichtshof soll dann mit dem Angeklagten verfahren, wie das Gesetz es für Verbrechen gegen die Vereinigten Staaten vorschreibt.

2024 — Wird einem Bundesmarschall, oder einem seiner Gehilfen, bei der Erfüllung der ihm durch dieses Gesetz auferlegten Pflichten Widerstand geleistet, oder wird er an der Verhaftung irgend einer Person verhindert, so soll derselbe ermächtigt sein, die Umstehenden zum Beistand aufzufordern, oder eine "Posse comitatus" in seinem District aufzubieten.

2025 — Die Kreisgerichte der Vereinigten Staaten sollen für jeden Gerichtskreis an oder vor dem ersten Mai 1871, und darnach so oft Vacanzen eintreten mögen, einen der Kreisgerichts-Commissäre zum Ober-Supervisor der Wahlen in besagtem Gerichtskreise ernennen, welcher dieses Amt so lange bekleiden soll, als er die Pflichten desselben getreulich erfüllt.

2026 — Der Ober-Supervisor der Wahlen soll alle nöthigen Bücher, Formulare u. s. w. beschaffen und den Wahlsupervisoren Instructionen ertheilen; er soll alle Gesuche um Ernennungen zu Supervisoren entgegen nehmen, dieselben dem Gerichtshofe vorlegen und ihm über die Applikanten Informationen ertheilen. So oft es ihm nothwendig erscheinen mag, soll der Ober-Supervisor sich Registrirungs- oder Wählerlisten von den Supervisoren zustellen lassen und über jeden darauf angegebenen und ihm zweifelhaft erscheinenden Namen Erkundigungen einziehen. Ferner soll er

---

*) Darunter ist hier ein Gerichtsbefehl zu verstehen, also ein "warrant."

den Wahlsupervisoren und den speciellen Hilfsmarschällen den Amtseid abnehmen, sowie deren Berichte empfangen und dieselben nebst allen sonstigen ihm zugehenden Dokumente aufbewahren.

2028 — Keine Person, die nicht ein qualificirter Wähler in dem betreffenden County, Wahlkreise, u. s. w. ist, soll zum Wahlsupervisor oder zum Hilfsmarschall ernannt werden dürfen.

2029 — Die für irgend ein County, ein Parish oder einen Congreßdistrict auf Ersuchen von zehn Bürgern nach den Bestimmungen der 2011 Section der Statutengesetze ernannten Wahlsupervisoren sollen nicht ermächtigt sein, Verhaftungen vorzunehmen, noch sollen sie eine andere Pflicht oder Befugniß haben, als am Wahlplatze in unmittelbarer Gegenwart der Wahlbeamten deren Thun zu beobachten, der Zählung des Votums beizuwohnen und darüber Bericht zu erstatten.

Nach Section 2031 erhält der Ober-Supervisor Gebühren (fees) und die Supervisoren, sowie die speciellen Hilfsmarschälle erhalten 5 Dollars pro Tag; jedoch soll keiner derselben für länger als zehn Tage bezahlt werden dürfen und es sollen auch nur die in Städten von 20,000 oder mehr Einwohnern ernannten Wahlsupervisoren eine Vergütung für ihre Dienstleistung erhalten. Die dem Ober-Supervisor zustehenden Gebühren hat ihm das Schatzamt der Vereinigten Staaten auszubezahlen.

Ueber die Erwählung der Bundessenatoren besagen die Statutengesetze in nachbenannten Sectionen Folgendes:

14 — Läuft der Amtstermin eines Bundessenators ab, so soll die Legislatur seines Staates am zweiten Dienstag nach der Eröffnung und Organisirung ihrer Sitzung einen Nachfolger erwählen.

15 — Eine solche Senatorswahl soll durch mündliche Abstimmung (viva voce) in jedem Zweige der Legislatur vorgenommen werden. Zur Erwählung ist eine einfache Majorität der in jedem Zweige abgegebenen Stimmzahl nothwendig. Am Tage nach einer solchen Wahl haben beide Zweige sich um 12 Uhr Nachmittags zu gemeinsamer Sitzung zu versammeln damit jeder derselben sein Wahlergebniß verkünde; hat dann eine und dieselbe Person eine Stimmenmehrheit im Hause und im Senat erhalten, so soll dieselbe als rechtmäßiger Bundessenator verkündet werden; haben aber verschiedene Personen im Hause, und im Senat — z. B. A im Hause und B im Senat — die Majorität erhalten, so haben beide Zweige der Legislatur in solcher gemeinsamen Sitzung durch mündliche Abstimmung einen Bundessenator zu erwählen, wozu gleichfalls eine einfache Mehrheit der abgegebenen Stimmen erforderlich sein soll. Erhält keine Person eine solche Majorität so soll die Legislatur in gemeinsamer Sitzung um 12 Uhr Mittags an jedem folgenden Tage während ihrer Sitzung mindestens eine Abstimmung vornehmen, bis ein Senator erwählt worden ist.

16 — Ist ein Senatorsitz vacant geworden, während die Legislatur nicht in Sitzung war, so soll dieselbe am zweiten Dienstage nach der Eröffnung

und Organisirung ihrer nächsten Sitzung in der oben vorgeschriebenen Weise die Vacanz durch Erwählung eines neuen Senators ausfüllen.

17 — Tritt ein Vacanz im Bundessenat ein, während die betreffende Staatslegislatur in Sitzung ist, soll dieselbe am zweiten Dienstag nachdem sie sich organisirt hat und nachdem sie von dieser Vacanz benachrichtigt worden ist, in gleicher Weise wie in andern Fällen, eine Neuwahl vornehmen.

18 — Die Executive (Gouverneur) hat jedem Bundessenator ihres Staates seine Erwählung zu bescheinigen und das Siegel des Staates beizudrucken.

19 — Diese Bescheinigung (certificate) hat außer dem Gouverneur auch der Staatssecretär zu unterzeichnen.

Ueber die Erwählung der Mitglieder des Repräsentantenhauses des Congresses besagen die Statutengesetze in nachbenannten Sectionen Folgendes:

22 — Falls irgend ein Staat irgend einem seiner männlichen, über 21 Jahre alten Bewohner, der Bürger der Vereinigten Staaten ist, das Wahlrecht bei irgend einer Wahl, wie das 14. Amendement zur Constitution sie in der 2. Section namhaft macht,*) verweigert oder beschränkt, dann soll die Zahl der (Congreß-) Repräsentanten eines solchen Staates im Verhältniß der also entrechteten Bürger zu der gesammten Einwohnerzahl vermindert werden.

23 — Jeder Staat soll, nach Maßgabe der Zahl seiner Congreßrepräsentanten, in Congreßdistricte getheilt werden, welche aus zusammenhängendem Gebiet bestehen und unter einander an Einwohnerzahl möglichst gleich sein sollen. Jeder solcher District kann zur Zeit nur einen Repräsentanten erwählen.

26 — Wie auf irgend eine Weise entstandene Vacanzen in einem Staat oder Territorium, oder im District Columbia, zu füllen sein sollen, das mag die betreffende Legislatur bestimmen.

27 — Für Congreßrepräsentanten soll nur durch gedruckte oder geschriebene Wahlzettel (ballots) gestimmt werden können; jede andere Art der Abstimmung ist ungültig.

Ueber angestrittene Wahlen — contested elections — besagen die Statutengesetze im Wesentlichen:

106 — Will Jemand die Erwählung eines Congreßrepräsentanten anfechten, so soll er binnen 30 Tagen nach der officiellen Feststellung des Wahlresultats dem betreffenden Candidaten, dessen Erwählung er anzustreiten beabsichtigt, von dieser seiner Abschrift schriftlich Kunde geben und seine

---

*) Wahl eines Präsidenten und Vicepräsidenten, Wahl von Congreßrepräsentanten, von Executiv- und richterlichen Beamten des Staates oder von Legislaturmitgliedern. — Das 14. Amendment enthält die nämliche Bestimmung, welche wir auch in der 22. Section der Statutengesetze finden.

Gründe ausführlich mittheilen. Binnen weiteren 30 Tagen hat besagter Candidat hierauf zu antworten, indem er die Ungültigkeit seines Anspruches zugibt oder indem er die Rechtmäßigkeit seiner Erwählung aufrecht erhält; im letzteren Falle muß er angeben, auf welche Gründe er seine Vertheidigung basirt. Eine Abschrift dieser Antwort muß dem klagenden Theile zugestellt werden. — Zeugen mögen vorgeladen werden auf den Befehl irgend eines Bundesrichters, eines "Chancellor" oder Richters irgend eines Staatsgerichts, welches eine "court of record" ist, eines Mayors, „Recorders" oder "Intendent" irgend einer Stadt, eines Bankerott-Registrars (register in bankruptcy) oder irgend eines öffentlichen Notars, — ist keiner der obenbenannten Beamten in dem betreffenden Congreßdistrict wohnhaft, so mögen auch irgend zwei Friedensrichter in demselben, die Vorladung erlassen. Jeder Zeuge muß mindestens fünf Tage vor dem anberaumten Zeugentermin vorgeladen werden. Niemand kann als Zeuge nach dem Orte außerhalb seines County's beschieden werden; jedoch können von solchen Zeugen beschworene und beglaubigte schriftliche Aussagen gefordert werden, die derselbe an seinem Wohnorte vor irgend einem hierzu befugten Beamten machen mag. Die erlangten Zeugenaussagen sind dem Clerk des Repräsentantenhauses in Washington zuzusenden, welches dann den Fall zu entscheiden hat.

Die Landgesetze der Ver. Staaten.

Alle noch den Vereinigten Staaten gehörenden Ländereien stehen der Besiedelung auf verschiedene Weise und unter verschiedenen Bedingungen offen. Nicht nur die Staaten und Territorien des fernen Westens, sondern auch viele der übrigen, vorzüglich der ehemals Sklaven haltenden Staaten, enthalten noch mehr oder minder bedeutende Strecken Congreßland; solches Congreßland ist noch zu haben in Alabama, Arkansas, Californien, Colorado, Florida, Illinois, Indiana, Iowa, Kansas, Louisiana, Michigan, Minnesota, Mississippi, Missouri, Nebraska, Nevada, Ohio, Oregon, Wisconsin und sämmtlichen Territorien. Mit Ausnahme von Ohio, Indiana und Illinois sind benannte Staaten und Territorien in Landdistrikte getheilt, deren jeder eine gesetzmäßige Land-Office hält, woselbst Ansprüche auf Heimstätten eingetragen und Verkäufe abgeschlossen werden können. In jeder solchen Land-Office liegen Karten von dem noch in dem betreffenden Distrikt befindlichen Congreßlande auf; auch sind dort Erkundigungen über Bodenverhältnisse u. s. w. unentgeltlich einzuziehen.

Wir unterscheiden zwei Arten von Congreßland: — Die eine, welche zu $1.25 pro Acker abgeschätzt ist und dafür an irgend einen Käufer abgelassen wird, und eine andere zu $2.50 pro Acker. Die letztere Klasse besteht aus Theilen von Landstrichen, wovon ein gewisses Areal laut Congreßbeschluß irgend einer Eisenbahn-Compagnie überwiesen worden ist; und zwar haben sich die Vereinigten Staaten jede zweite Landsektion (640 Acker) in dem an eine Eisenbahn-Compagnie abgetretenen Gebiete vorbehalten.

Oeffentliche Ländereien können erlangt werden auf von Zeit zu Zeit veranstalteten Land-Auktionen, durch privaten Ankauf von der Bundesregierung (durch Vermittelung einer Land-Office), sowie durch "preemtion", einen Heimstätte-Anspruch, sowie nach den Bestimmungen der Forst-Cultur-Gesetze u. A.

Oeffentliche Landverkäufe auf Auktionen werden entweder durch eine Proklamation des Präsidenten, oder nach Vorschrift der "General Land Office" angekündigt.

Landkäufe auf dem Wege einer "Private Entry" können nur solche Ländereien betreffen, welche auf öffentlichen Auktionen angeboten, dort nicht verkauft und seither nicht aus dem Markte gezogen worden sind.

(346)

Behufs Abschließung eines solchen Ankaufes muß der Applikant bei dem Registrarch des Distriktes, wo das gewünschte Land liegt, ein Gesuch einreichen, worin er das zu kaufende Stück Land möglichst genau beschreibt; darauf hat der Registrarch nachzusehen, ob besagtes Grundstück noch vakant ist, und dem "receiver" darüber mit Angabe des Preises Bericht zu erstatten. Dann hat der Applikant den Kaufpreis zu erlegen, erhält vom "receiver" eine Quittung in Duplikat und der Registrar hat ihm nun den vorläufigen Kaufbrief auszufertigen. Beim Monatsschluß berichten die Beamten jeder Land-Office an ihre Generaloffice, von wo aus jeder Käufer, nachdem Alles nochmal geprüft und richtig befunden ist, einen vollständigen und endgültigen Kaufbrief ausgefertigt erhält; er hat dafür die Duplikats-Quittung entweder an den Land-Commissär zu Washington oder an den Registrar derjenigen Distrikts-Office, in welcher er den Kauf abschloß, zurückzugeben.

Formulare (blanks), sowie die nöthige Anweisung zur Ausfüllung derselben, sind von jeder Districts-Office unentgeltlich zu beziehen.

Oeffentliche Ländereien mögen auch mittelst "warrants" beschlagnahmt werden; solche warrants sind z. B. von Zeit zu Zeit Soldaten als eine Extra-Vergütung oder als eine Anerkennung ihrer Dienste vom Congreß zugesprochen worden. Solche warrants lauten jedoch nur auf das geringwerthigere Land zu $1.25 pro Acker, und will Jemand Ländereien der höheren Klasse zu $2 50 mittels eines warrant erwerben, so kann er entweder nur die Hälfte der darauf angegebenen Klasse beanspruchen oder er muß $1.25 pro Acker in baarem Gelde darauf bezahlen.

Den Beamten einer Distrikts Land-Office stehen zusammen folgende Vergütung für eine Erwerbung durch einen warrant zu, worin sie sich zu theilen haben:

Für einen 40 Acker-warrant	. . . . .	$1 00
„ 60	„	1 50
„ 80	„	2 00
„ 120	„	3 00
„ 160	„	4 00

Oeffentliche Ländereien können auch erworben werden durch sogenannte "Agricultural College Scrips", für welche jedoch nur Land der geringwerthigen Klasse, und zwar nur je eine sogenannte "quarter section" erlangt werden kann. Die dafür den Beamten zu bezahlenden Gebühren sind der obigen gleich. Auf solche Scrips hin dürfen in keinem Township mehr als drei Sectionen und in keinem Staate mehr als eine Million Acker ausgegeben werden.

Solche "Agricultural College Scrips" können auch zur Bezahlung von "pre emtion claims" verwendet werden; desgleichen werden sie auch als Bezahlung für Heimstätten angenommen.

Präemtion (pre-emtion) ist zulässig auf allen zum Verkauf angebotenen oder auch nicht angebotenen Ländereien sowie selbst auf allen den Vereinigten Staaten gehörenden, noch nicht vermessenen Ländereien, auf welche die Indianer keinen Anspruch mehr haben. Durch Präemtion kann jedoch nicht mehr als eine Viertel-Sektion, 160 Acker, erworben werden. Will Jemand durch Präemtion ein Grundstück erwerben, welches noch nicht vermessen worden ist, so kann er natürlich erst, nachdem eine Vermessung stattgefunden hat, einen vollständigen Besitztitel erlangen.

Das Präemtions-Privilegium steht zu: — allen Familienhäuptern, allen Wittwen und allen über 21 Jahre alten Personen, welche Bürger der Vereinigten Staaten sind, oder welche die Absicht, sich naturalisiren lassen zu wollen, nach der Vorschrift des Gesetzes ausgesprochen haben. Dieses hat keinen Bezug auf Indianer, ausgenommen wenn dieselben sich von ihrem Stamme losgesagt haben und auf Grund eines Congreßgesetzes oder eines Vertrages als Bürger der Vereinigten Staaten betrachtet werden sollen. Der Präemtion steht kein Salz- (salines) oder Mineralien-Land offen. Keine Person, welche schon 320 Acker Land in irgend einem Staate oder Territorium besitzt, kann von dem Präemptions-Rechte Gebrauch machen; Niemand kann das Praemtions-Recht mehr als einmal beanspruchen; auch kann dasselbe nicht in Anspruch genommen werden von Jemanden, der von seinem eigenen Lande fortzieht, um irgend ein Stück der öffentlichen Ländereien in demselben Staate oder Territorium durch Praemtion zu erwerben. Die Präemtion besteht darin, daß Jemand sich auf einem von keiner Privatperson und keiner Korporation beanspruchten, also noch den Vereinigten Staaten gehörenden Grundstück niederläßt, auf demselben ein Wohnhaus erbaut, dort wohnt und das Land in Kultur nimmt. Es ist also dieses Präemtions-Privilegium das Vorrecht der ersten Besitzergreifung. Die nöthigen Schritte auf der Land-Office zur wirklichen Erwerbung sollten stets möglichst bald nach der thatsächlichen Besitzergreifung gethan werden.

Unter das Präemtions-Gesetz fallen auch die dem Congreß noch zur Verfügung stehenden sogenannten „Eisenbahn-Ländereien", d. h jene weiter oben bezeichneten Sektionen, deren Verkaufspreis auf $2.50 pro Acker festgestellt worden ist. Eisenbahncompagnien haben häufig versucht, Ansiedler längs ihren Linien zu vertreiben, oder von denselben Kaufsummen zu erpressen, zu denen jene Compagnien natürlich nicht berechtigt sein können; Sektion 2281 der Statutengesetze verleiht solchen Ansiedlern den Schutz des Bundes

Wird das Präemtions-Recht auf zum Verkauf angebotenes (offered) Land angewendet, so muß der Präemtions-Anspruch binnen 30 Tagen vom Datum der Besiedlung erhoben werden und innerhalb eines Jahres muß der Ansiedler auf seiner Distrikts Land-Office erscheinen und dort den erforderlichen Nachweis liefern dafür, daß er auf dem in Frage stehenden Grundstücke wohnt und dasselbe in Kultur genommen hat; auch hat er binnen Jahresfrist dafür Zahlung zu leisten.

Auf nicht zum Verkauf angebotenen öffentlichen Ländereien hat der das Präemtions-Recht in Anspruch nehmende Ansiedler binnen drei Monaten vom Datum seiner Besitznahme seinen Anspruch auf der Land-Office geltend zu machen, und dreißig Monate später, oder im Ganzen 33 Monate vom Datum seiner Besitznahme an, hat er Zahlung zu leisten.

Wird das Präemtions-Recht auf noch nicht vermessenen Ländereien angewendet, so muß der betreffende Ansiedler binnen drei Monaten, nachdem die Vermessung stattgefunden und der Vermesser seinen beglaubigten Bericht der Land-Office zugesandt hat, Anspruch erheben; Zahlung hat er auch in diesem Falle erst dreißig Monate später zu leisten.

Wenn zwei oder mehrere Ansiedler auf nicht vermessenem Lande sich niedergelassen haben und es stellt sich nach vorgenommener Vermessung heraus, daß mehrere von ihnen irgend eine nach dem Gesetz kleinste Subdivision im Gesetz genommen haben, so mögen sie gemeinsam ein solches Grundstück beanspruchen und auf eine der oben genannten Weisen erwerben und dann die Theilung desselben unter sich vornehmen.

Stirbt ein Ansiedler, ehe er die zur gesetzmäßigen Erwerbung seines Grundstückes vorgeschriebene Zeit hindurch darauf gewohnt hat, so mag sein Testamentsvollstrecker, seine Nachlassenschafts-Verwalter oder einer seiner Erben vollständig in die Rechte des Verstorbenen eintreten und im Namen der Erben die von demselben noch nicht erfüllten Bedingungen erfüllen.

Ist auf einem durch Präemtion ganz oder theilweise erworbenen Grundstück die Ernte durch Heuschrecken stark beschädigt oder ganz vernichtet worden, so mag der betreffende Ansiedler, ohne sein Anspruchsrecht darauf zu verlieren, sich davon entfernen und an einem andern Orte wohnen; jedoch darf dies nur in Uebereinstimmung mit den von der General-Land-Office darüber erlassenen Verfügungen geschehen. In keinem Falle aber darf eine solche Abwesenheit länger als ein ganzes Jahr ohne Unterbrechung dauern.

Ein solcher durch Heuschrecken geschädigter Ansiedler erhält auch auf sein Ersuchen, jedoch nur, wenn der Commissär der General-Land-Office dieses verfügt, die Frist zur Erfüllung seiner Verbindlichkeiten um ein Jahr verlängert. Daß ein Ansiedler durch Heuschrecken Schaden erlitten hat, mag er durch seine beschworene Aussage, welche von zwei oder mehr Zeugen unterzeichnet werden muß, nachweisen; er hat einen solchen Nachweis an seine Distrikts Land-Office zu senden. Will ein solcher Ansiedler sein Grundstück verlassen, so soll er den Beamten seiner Distrikts-Office beim Verlassen des von ihm beanspruchten Grundstückes hiervon Mittheilung machen und diese Notiz soll in die Bücher des Bureaus eingetragen werden, damit der betreffende Ansiedler in seinen Ansprüchen auf das in Frage stehende Stück Land geschützt werden möge, falls Andere es beanspruchen sollten. Auch soll denjenigen Ansiedlern — gleichviel ob sie sich auf Heimstätten oder auf "pre-emtion claims" niedergelassen haben, — falls sie durch eine Dürre schwer geschädigt werden sollten, eine Verlängerung der gesetzlichen Frist zur vollständigen Erwerbung des von ihnen beschlagnahmten Grundstückes gewährt werden. Das hierauf bezügliche Statutengesetz wurde eigentlich zu Gunsten der Präemptions-Ansiedler auf den Indianer-Reservationen in den Staaten Kansas und Nebraska (westlich vom 6. Meridian) erlassen, wo in den Jahren 1879 und 1880 die Ernten schwer geschädigt oder vollständig zerstört worden waren.

Verläßt ein Ansiedler auf einem pre-emption claim, ohne dazu gesetzlich berechtigt zu sein, sein Land (d. h. zieht er davon fort), so geht ihm sein Anspruch darauf verloren.

Wird ein Präemptions-Ansiedler wahnsinnig, ehe er die zur vollständigen Erwerbung seines Landes erforderlichen Bedingungen erfüllt haben mag, so kann nach denselben Bestimmungen, welche für Todesfälle getroffen worden sind, eine andere Person an die Stelle treten und die noch nöthigen Bedingungen erfüllen. In solchem Falle ist jedoch nachzuweisen, daß der betreffende Ansiedler nicht vor seiner Besitzergreifung (pre-emption) an Geistesstörung litt, und ferner muß derselbe bis zum Ausbruche seiner Geisteskrankheit alle ihm auferlegten Bedingungen gültig erfüllt haben.

Die Ausfertigung eines Präemptions-Patentes (Besitztitel) von einem "assignee" soll, nach einer bundesrichterlichen Entscheidung nicht zulässig sein.

Das Heimstätte-Gesetz.

Heimstätten — homesteads — mögen erworben werden von jedem Familienoberhaupte, sowie von jeder Person, welche das 21. Lebensjahr vollendet hat, und die ein Bürger der Vereinigten Staaten ist, oder die vor Gericht ihre Absicht ausgesprochen hat, sich naturalisiren lassen zu wollen. Als Heimstätte können erworben werden je 160 Acker (¼ Section) zum Congreß-Preis von $1.25 pro Acker oder 80 Acker zu je $2.50. Das Land muß in jedem Falle zusammenhängen, und darf nicht aus von einander getrennten Stücken bestehen.

Es kann Jemand unter dem Heimstätte-Gesetz verfügbares Land, welches an sein Eigenthum grenzen mag, erwerben; jedoch darf dieses neu erworbene Areal mit dem von ihm schon besessenen zusammengenommen nicht mehr als 160 Acker betragen.

Heimstätten mögen auch in den den Vereinigten Staaten noch gehörenden sog. Eisenbahn-Ländereien genommen werden, in welchem Falle der Anspruchmacher nur zu 80 Acker berechtigt ist.

Durch jenen Congreßbeschluß vom 1. Juli 1879 mögen Heimstätten in einer Ausdehnung von je 160 Acker in den durch gerade Zahlen bezeichneten Sektionen von Eisenbahn-Ländereien erworben werden; in den Sektionen mit ungeraden Zahlen können nach wie vor nur 80 Acker beansprucht werden und in den Staaten Missouri, Arkansas, Alabama und Mississippi findet laut Congreßbeschluß besagte Akte keine Anwendung; in Alabama und Mississippi sind jedoch die sonst zu doppelten Congreßpreisen veranschlagten öffentlichen Eisenbahnländereien neuerdings auf $1.25 pro Acker herabgesetzt worden.

Die Erlangung einer Heimstätte (homestead) ist auf folgende Weise zu bewerkstelligen: Die betreffende Person macht eine Applikation, wofür eine bestimmte Form vorgeschrieben ist, die jede Land-Office dem darum Nachsuchenden zustellt, und macht außerdem vor dem zuständigen Beamten der betreffenden Distrikts Land-Office ein "affidavit" (beschworne Aussage), worin er bestätigt, daß er über 21 Jahre alt oder das Haupt einer Familie ist, sowie daß er Bürger der Vereinigten Staaten ist oder seine Absicht, das Bürgerrecht der Vereinigten Staaten erlangen zu wollen, in der vom Gesetze vorgeschriebenen Weise kundgegeben hat. Ferner hat er in diesem "affidavit" zu bezeugen, daß das von ihm als Heimstätte beanspruchte Grundstück ausschließlich zu seinem Nutzen erworben werden soll und daß er sich wirklich darauf niederlassen und dasselbe in Cultur nehmen will. Darauf hat er die gesetzlichen Sporteln (fees) und sonstige Gebühren zu bezahlen, welche sich in Michigan, Wisconsin, Jowa, Missouri, Minnesota, Kansas, Nebraska, Dakota, Alabama, Mississippi, Louisiana, Arkansas und Florida auf nachstehende Beträge beziffern: Je 40 Acker hochwerthigen Landes (solches, das zu $2.50 angesetzt ist), $2.00 Commissionsgebühren und $5.00 Sporteln (fees) wenn der "claim" eingetragen wird, und weitere $2.00 Commissionsgebühren, sobald der Heimstättenschein (certificate) ihm ausgestellt worden ist; im Ganzen also für 40 Acker solchen Landes $9.00. Für 80 Acker desselben Landes betragen die Unkosten zusammen $13.00 und für 160 Acker belaufen sie sich auf $26.00. — Für geringwerthiges zu $1.25 veranschlagtes Land sind die Commissionsgebühren pro 40 Acker $1.00 und die Sporteln (fees) $5.00 beim Eintragen des "claim", sowie ein weiterer Dollar für das ihm ausgefertigte Certificat; sodaß ein Heimstätte-Anspruch auf 40 Acker solchen geringwerthigen Landes den Ansiedler in der Land-Office auf zusammengenommen $7.00 zu stehen kommt. Für einen Heimstätte-Anspruch von 80 Acker desselben Landes sind im Ganzen auf der Land-Office $9.00 zu entrichten und für 160 Acker belaufen sich die gesammten Unkosten auf $18.00.

Dieselben Unkosten sind für Heimstätten außer in den obengenannten Staaten und Territorien auch in Ohio, Indiana, und Illinois, wenn dort noch Heimstätte-Land zu finden ist, was indessen daselbst schon recht knapp geworden.

Die Unkosten für die Erwerbung von Heimstätten in Californien,

Nevada, Oregon, Colorado, Neu Mexiko, Washington Territorium, Arizona, Idaho, Utah, Wyoming und Montana belaufen sich für Land zu $2.50 pro Acker im Ganzen: für 40 Acker $11.00, für 80 Acker $17.00, für 160 Acker $34.00. — für Land zu $1.25 pro Acker für einen Anspruch auf 40 Acker auf $8.00, 80 Acker auf $11.00 und 160 Acker auf $22.00.

Oeffentliche Ländereien in Staaten, wo sich keine Districts-Land-Offices befinden, können durch die General Land-Office zu Washington beansprucht werden; es beziehen sich diese gegenwärtig hauptsächlich auf Ohio, Indiana und Illinois, da die Landbureaus zu Chillicothe (Ohio), Springfield (Illinois) und Indianopolis (Indiana) durch den Co--reßbeschluß vom 21. Juni 1876 aufgehoben worden sind.

Wie wir schon bemerkten, kann Jedermann sich auf irgend einer Districts-Land-Office alle ihm nöthige Auskunft über die Erwerbung einer Heimstätte holen und sollte ihm dieselbe dort verweigert werden, so erlangt er sie sicherlich, wenn er sich an die General-Office zu Washington wendet. Mit Maklern oder Zwischenhändlern soll sich Niemand einlassen; denn dieselben sind in 98 aus 100 Malen Schwindler; das Gesetz läßt auch keinen Zwischenhändler zu.

Die Hebung der Forstcultur ist zuerst durch eine „Congreß-Akte" vom 3. März 1873 angeregt worden und im Laufe der Zeit hat der Congreß noch weitere Waldschutz- und Waldculturgesetze erlassen, da die Nothwendigkeit, der gänzlichen Ausrottung unserer Wälder vorzubeugen, mit jedem Jahre dringender geworden ist. Unter dieser Akte zur Förderung der Forstcultur (laws to promote timber-culture) kann Jeder, der zur Bewerbung um eine Heimstätte berechtigt ist, ein Mal 160 Acker in irgend einer noch vacanten Section Congreßland erwerben, wenn er sich verpflichtet, während des ersten Jahres von 160 Acker 5 Acker zu bepflügen, worauf er zwei Jahre lang irgend welche Feldfrüchte ziehen darf, um jedoch im dritten Jahre dieses Areal mit Waldbäumen zu bepflanzen oder Saamen, welchem Waldbäume entsprießen, darauf zu säen. Weitere 5 Acker hat er im zweiten Jahre aufzupflügen und mag dieselben während des dritten Jahres sich auf irgend eine Weise nutzbar machen, um darauf im vierten Jahre auch Waldbäume zu cultiviren. Bei Heimstätten die nur 40 Acker messen, und welche unter dem obengenannten Gesetz erworben werden sollen, ist ein Sechszehntel des gesammten Areals in der oben angegebenen Weise der Forstcultur zu widmen. Es sind bestimmte Gesetze erlassen worden, welche den Ansiedlern Erleichterung gewähren, falls die von ihnen angelegten Baumpflanzen durch Heuschrecken oder durch eine ungewöhnliche Dürre stark geschädigt oder ganz zerstört sein sollten.

Wenn nach acht Jahren vom Datum des Anspruches oder zu irgend einer Zeit binnen fünf Jahren danach der Ansiedler, oder im Falle seines Todes seine Erben, durch zwei glaubwürdige Zeugen nachweisen können, daß er auf dem genannten Grundstück nicht weniger als acht Jahre lang in Uebereinstimmung mit dem Gesetze vom 14. Juni 1878 sich einer Forstcultur befleißigt hat, so wird solchem Ansiedler oder seinem Erben ein vollständiger Besitztitel über das betreffende Grundstück ausgefertigt.

Wenn ein Ansiedler, welcher unter dem Forstculturgesetze öffentliche Ländereien beansprucht hat, den ihm durch das Gesetz vorgeschriebenen Anforderungen nicht binnen Jahresfrist nachkommt, so kann sein Anrecht auf besagtes Grundstück angefochten werden, und wird ihm nachgewiesen, daß er die ihm auferlegten Pflichten gröblich vernachlässigte, so geht sein Anspruch auf besagtes Land verloren.

Keine unter den Bestimmungen des Forstculturgesetzes erlangten Ländereien können wegen irgend welcher Schulden, welche vor der Ausfertigung des endgültigen Besitztitels gemacht sein mögen, gerichtlich beschlagnahmt werden.

Die Unkosten für die Erwerbung von Ländereien unter besagter Akte vom 14. Juni 1876 belaufen sich an Sporteln für das Eintragen des Anspruches bei mehr als 80 Acker auf $5.00; außerdem sind den Beamten der Land-Office Commissionsgebühren im Gesammtbetrage von $4.00 an dem Tage, wo der Anspruch eingetragen wird, zu bezahlen und eine gleiche Summe ist ihnen zu entrichten, sobald die Berechtigung auf einen vollständigen Besitztitel nachgewiesen werden mag; solche Commissionsgebühren müssen für jedes unter obiger Akte beanspruchte Grundstück entrichtet werden, gleichviel ob dasselbe mehr oder weniger als 80 Acker enthält. Die Sporteln und Commissionsgebühren bleiben sich gleich für Land zu $2.50 pro Acker und für anderes Land zu $1.25 pro Acker.

Die ins Einzelne gehenden Bestimmungen des Forstculturgesetzes können wir hier nicht wohl vollständig mittheilen: sie sind jedoch, wie alle übrige auf die Landgesetze bezügliche Auskunft in jeder Land-Office unentgeltlich zu erhalten. Aber es ist nothwendig, daß Jemand, der unter dem Forstculturgesetz öffentliche Ländereien erwerben will, sich genau erkundigt, welche Arten von Bäumen er cultiviren darf; denn nicht jede Baumart wird zu dem vom Gesetz verlangten "timber" gezählt.

"Desert lands" bilden eine besondere Abtheilung der öffentlichen Ländereien. Man versteht darunter Land, welches nicht ohne künstliche Bewässerung fruchttragend gemacht werden kann und das, ohne künstlich bewässert zu werden, auch nicht Gras erzeugen würde, das sich zu Heu verarbeiten ließe.

Der Congreß hat unterm 3. März 1877 ein Gesetz zur Erwerbung solchen wüsten Landes erlassen, welches sich auf die Staaten Californien, Oregon und Nevada und auf die Territorien Washington, Idaho, Montana, Utah, Wyoming, Arizona, New Mexiko und Dakota bezieht.

Jeder Bürger der Vereinigten Staaten oder jeder Eingewanderte, welcher seine Absicht, sich naturalisiren lassen zu wollen, vor Gericht erklärt hat, kann solches "desert land" beanspruchen. Es kann davon eine ganze Sektion (640 Acker) erworben werden, wenn der betreffende Ansiedler 25 Cents pro Acker bezahlt und sich auf der betreffenden Distrikts Land-Office eidlich verpflichtet, in einem Zeitraum von drei Jahren Wasser darauf zu leiten; er darf jedoch durch solche Bewässerung nicht irgend ein bestehendes Recht verletzen oder einen See, Fluß oder Bach dadurch ganz trocken legen. Nach Verlauf von drei Jahren hat der Betreffende nachzuweisen, daß er den Bestimmungen des Gesetzes Genüge geleistet, und wenn er dann noch $1.00 pro Acker bezahlt, so wird ihm ein vollständiger Besitztitel für das ganze beschlagnahmte Areal, das jedoch unter keiner Bedingung mehr als 640 Acker enthalten darf, ausgefertigt. Die ins Einzelne gehenden Bestimmungen lassen wir auch hier fort, und bemerken nur noch, daß der Anspruchmacher durch zwei nicht dabei interessirte und glaubwürdige Zeugen darzuthun hat, daß das von ihm gewünschte Areal wirklich "desert land" ist.

Salzhaltige Landstriche — saline-lands — können nach den Bestimmungen einer Congreßakte vom 12. Januar 1877 von irgend Jemanden auf einer öffentlichen Land-Auction erstanden werden, jedoch soll solches Land nicht ür weniger als $1.25 pro Acker losgeschlagen werden. Es ist diese Akte nicht auf die Territoren noch auf die Staaten Mississippi, Louisiana, Florida, Californien und Nevada anzuwenden.

(Aus dem Census von 1880.)

Ein Census ist die Zählung der Bewohner eines Landes. In den Vereinigten Staaten wird durch den Census die Zahl der Repräsentanten festgesetzt, zu denen jeder Staat berechtigt ist. Deshalb bestimmt unsere Constitution, daß alle 10 Jahre eine Zählung des Volkes vorgenommen werde. Die erste Volkszählung fand statt im Jahre 1790, die zweite im Jahre 1800, und so fort alle 10 Jahre. Beim ersten Census im Jahre 1790 hatten die Vereinigten Staaten eine Bevölkerung von 3,929,827 Seelen, welche bis zum letzten Census im Jahre 1880 auf 50,152,866 gestiegen ist. Wir lassen einige Tabellen folgen, welche dem Census entnommen sind und einen Ueberblick geben über die Zunahme und den Stand der Bevölkerung in den einzelnen Staaten und im ganzen Lande.

(355)

Bevölkerung der Vereinigten

Staaten.	1790.	1800.	1810.	1820.
Alabama	. . .	. . .	. . .	127,901
Arkansas	. . .	. . .	. . .	14,255
Californien	. . .	. . .	. . .	. . .
Colorado	. . .	. . .	. . .	. . .
Connecticut	238,141	251,202	262,042	275,102
Delaware	59,096	64,273	72,674	72,749
Florida	. . .	. . .	. . .	. . .
Georgia	82,548	162,101	252,433	340,983
Illinois	. . .	. . .	12,282	55,102
Indiana	. . .	4,875	24,520	147,178
Iowa	. . .	. . .	. . .	. . .
Kansas	. . .	. . .	. . .	. . .
Kentucky	73,077	220,955	406,511	564,135
Louisiana	. . .	. . .	76,556	152,923
Maine	96,540	151,719	228,705	98,269
Maryland	319,628	311,584	380,546	407,350
Massachusetts	378,718	423,245	472,040	523,149
Michigan	. . .	. . .	4,762	8,765
Minnesota	. . .	. . .	. . .	. . .
Mississippi	. . .	8,850	40,352	75,448
Missouri	. . .	. . .	20,845	66,577
Nebraska	. . .	. . .	. . .	. . .
Nevada	. . .	. . .	. . .	. . .
New Hampshire	141,899	183,762	214,360	244,022
New Jersey	184,139	211,949	245,555	277,426
New York	340,120	586,756	959,049	1,372,111
Nord-Carolina	393,751	478,103	555,500	638,829
Ohio	. . .	45,365	230,760	581,295
Oregon	. . .	. . .	. . .	. . .
Pennsylvanien	434,373	602,361	810,091	1,047,507
Rhode Island	69,110	69,122	77,031	83,015
Süd-Carolina	249,073	245,591	415,115	402,741
Tennessee	85,791	105,602	261,727	22,761
Texas	. . .	. . .	. . .	. . .
Vermont	25,416	154,465	217,713	235,749
Virginien	748,308	880,200	974,622	1,065,129
West-Virginien	. . .	. . .	. . .	. . .
Wisconsin	. . .	. . .	. . .	. . .
Territorien.				
Arizona	. . .	. . .	. . .	. . .
Dakota	. . .	. . .	. . .	. . .
Idaho	. . .	. . .	. . .	. . .
Montana	. . .	. . .	. . .	. . .
Neu-Mexico	. . .	. . .	. . .	. . .
Utah	. . .	. . .	. . .	. . .
Washington	. . .	. . .	. . .	. . .
Wyoming	. . .	. . .	. . .	. . .
Dist. Columbia	. . .	14,093	24,023	33,039
Gesammt-Bevölkerung.	3,929,827	5,305,937	7,239,814	9,638,191

Staaten von 1790 bis 1880.

1830.	1840.	1850.	1860.	1870.	1880.
309,527	590,756	771,623	964,201	996,988	1,262,794
30,388	97,574	209,897	435,450	483,179	802,564
. . .	. . .	92,597	379,994	560,285	864,686
. . .	. . .	. . .	36,588	39,706	194,649
297,675	309,978	370,792	460,147	537,418	622,683
76,748	78,085	91,532	112,216	125,015	145,654
34,730	54,477	87,445	140,425	187,756	267,351
516,823	691,392	906,185	1,057,286	1,200,609	1,539,048
157,445	476,183	851,470	1,711,951	2,539,638	3,078,769
343,031	685,866	988,416	1,350,428	1,678,046	1,978,362
. . .	43,112	192,214	674,913	1,191,802	1,624,620
. . .	. . .	. . .	107,206	362,872	995,966
687,917	779,828	982,405	1,155,684	1,321,001	1,648,708
215,739	352,411	517,762	708,002	732,731	960,103
399,455	501,793	583,169	628,279	626,463	648,945
447,040	470,019	583,034	687,049	780,806	934,632
610,408	737,699	994,514	1,231,066	1,457,351	1,783,012
31,639	212,267	397,654	749,113	1,184,296	1,636,331
. . .	. . .	6,077	172,173	435,511	780,806
136,621	375,651	606,526	791,305	834,170	1,131,592
140,455	383,702	682,044	1,182,012	1,715,000	2,168,804
. . .	. . .	. . .	28,841	123,000	452,433
. . .	. . .	. . .	6,857	42,491	62,265
269,328	284,574	317,976	326,078	318,300	346,984
320,823	373,306	489,555	672,035	905,794	1,130,983
1,918,608	2,428,921	3,097,394	3,880,735	4,364,411	5,083,810
737,987	753,419	869,039	992,622	1,069,614	1,400,047
937,903	1,519,467	1,980,329	2,339,511	2,662,214	3,198,239
. . .	. . .	43,294	52,465	90,922	174,767
1,348,233	1,724,033	2,311,786	2,906,115	3,515,993	4,282,786
97,199	108,830	147,545	174,620	217,356	276,528
581,185	594,398	668,507	703,708	728,000	995,622
681,904	829,210	1,002,717	1,109,801	1,257,983	1,542,463
. . .	. . .	212,592	604,215	797,500	1,592,574
280,652	291,948	314,120	315,098	330,552	332,286
1,211,405	1,239,797	1,421,661	1,246,690	1,224,830	1,512,806
. . .	. . .	. . .	349,628	445,616	618,443
. . .	30,945	305,391	775,881	1,055,167	1,315,480
. . .	. . .	. . .	. . .	9,658	40,441
. . .	. . .	. . .	2,576	14,181	135,180
. . .	. . .	. . .	. . .	14,998	32,611
. . .	. . .	. . .	. . .	20,594	39,157
. . .	. . .	61,547	83,009	91,852	118,430
. . .	. . .	11,380	40,699	86,786	143,906
. . .	. . .	. . .	11,168	23,901	75,120
. . .	. . .	. . .	. . .	9,118	20,783
39,834	43,712	51,687	75,080	131,706	177,368
12,862,020	17,069,453	23,191,876	31,747,514	38,538,180	50,152,866

Rang der Staaten nach ihrer Bevölkerung im Jahre 1880.

Zahl.	Staaten.	Bevölkerung.	Männlichen Geschlechts.	Weiblichen Geschlechts.	Im Lande Geborene.	Eingewanderte.	Weiße.	Farbige.
1	New York	5,083,810	2,506,283	2,577,527	3,872,372	1,211,438	5,017,116	66,694
2	Pennsylvanien	4,282,786	2,136,635	2,146,151	3,695,253	587,533	4,197,106	85,680
3	Ohio	3,198,239	1,614,165	1,584,074	2,803,469	394,743	3,118,344	79,895
4	Illinois	3,078,769	1,587,433	1,491,336	2,495,177	583,592	3,032,174	46,595
5	Missouri	2,168,804	1,127,424	1,041,380	1,957,564	211,240	2,023,568	145,236
6	Indiana	1,978,362	1,010,676	967,686	1,834,597	143,765	1,939,094	39,268
7	Massachusetts	1,783,012	858,475	924,537	1,339,919	443,093	1,764,004	19,008
8	Kentucky	1,648,708	832,676	816,032	1,589,237	59,471	1,377,187	271,521
9	Michigan	1,636,331	862,276	774,055	1,247,985	388,346	1,614,078	22,253
10	Iowa	1,624,620	848,234	776,386	1,363,132	261,488	1,614,666	9,954
11	Texas	1,592,574	838,719	753,855	1,478,058	114,516	1,197,499	395,075
12	Tennessee	1,542,463	769,374	773,089	1,525,881	16,582	1,139,120	403,343
13	Georgia	1,539,048	761,184	777,864	1,528,733	10,315	814,251	724,797
14	Virginien	1,512,806	745,839	766,967	1,498,139	14,667	880,981	631,825
15	Nord-Carolina	1,400,047	688,203	711,844	1,396,368	3,679	867,478	532,569
16	Wisconsin	1,315,480	680,106	635,374	910,063	405,417	1,309,622	5,858
17	Alabama	1,262,794	622,890	639,904	1,253,121	9,673	662,328	600,466
18	Mississippi	1,131,592	567,137	564,455	1,122,429	9,168	479,371	652,221
19	New Jersey	1,130,983	559,823	571,160	909,398	221,585	1,091,947	39,036
20	Kansas	995,966	536,725	459,241	886,261	109,705	952,056	43,910
21	Süd-Carolina	995,622	490,469	505,153	987,981	7,641	391,224	604,398
22	Louisiana	940,103	468,833	471,270	885,964	54,139	455,007	485,096
23	Maryland	934,632	462,004	472,628	851,984	82,648	724,718	209,914
24	Californien	864,686	518,271	346,415	572,006	292,680	767,266	97,420
25	Arkansas	802,564	416,383	386,181	792,269	10,295	591,611	210,953
26	Minnesota	780,806	419,262	361,544	513,107	267,699	776,940	3,866
27	Maine	648,945	324,084	324,861	590,076	58,869	646,903	2,042
28	Connecticut	622,683	305,886	316,797	492,879	129,804	610,884	11,799
29	West-Virginien	618,443	314,479	303,964	600,214	18,229	592,606	25,837

30	Nebraska . .	452,433	249,275	203,158	355,043	97,390	449,806	2,627
31	NewHampshire .	346,984	170,575	176,409	300,961	46,023	346,264	720
32	Vermont . .	332,286	166,888	165,398	291,340	40,946	331,243	1,043
33	Rhode Island . .	276,528	133,033	143,495	202,598	73,930	269,931	6,597
34	Florida . .	267,351	135,393	131,958	257,631	9,720	141,832	125,519
35	Colorado . . .	194,649	129,471	65,178	154,869	39,780	191,452	3,197
36	Dist. Columbia .	177,638	83,594	94,044	160,523	17,115	118,236	59,402
37	Oregon . . .	174,767	103,888	71,379	143,327	30,440	163,087	11,680
38	Delaware . .	146.654	74,153	72,501	137,182	9,472	120,198	26,456
39	Utah	143,906	74,470	69,436	99,974	43,932	142,380	1,526
40	Dakota . . .	135,180	82,302	52,818	83,387	51,793	133,177	2,003
41	Neu-Mexico . .	118,430	63,751	54,679	108,498	9,932	108,127	10,303
42	Washington . .	75,120	45,977	29,143	59,259	15,861	67,349	7,771
43	Nevada . . .	62,265	42,013	20,252	36,623	25,642	53,574	8,691
44	Arizona . . .	40,441	28,202	12,239	24,419	16,022	35,178	5,263
45	Montana . . .	39,157	28,180	10,977	27,640	11,515	35,446	3,711
46	Idaho	32,611	21,818	10,793	22,629	9,982	[illegible]	3,600
47	Wyoming . . .	20,788	14,151	6,637	14,943	5,845	19,436	1,352
	Zusammen . .	50,152,866	25,520,582	24,632,284	43,475,506	6,677,360	43,404,876	6,747,990

Rangordnung nach Flächeninhalt der Staaten

Zahl.	Name des Staates oder Territoriums.	Gesammtfläche in Quadratmeilen.	Gesammtfläche in Ackern.	Acker Farmland.
1	Alaska	577,390	369,529,600	. . . .
2	Texas	274,356	175,587,840	18,396,523
3	Californien	188,981	120,947,840	11,427,105
4	Dakota	150,932	96,596,488	302,376
5	Montana	143,776	92,016,640	139,537
6	Neu-Mexico	121,201	77,568,640	833,549
7	Arizona	113,916	72,906,240	21,807
8	Colorado	104,500	66,880,000	320,346
9	Nevada	104,125	66,640,000	208,510
10	Wyoming	97,883	62,645,120	4,341
11	Oregon	95,274	60,975,360	2,389,252
12	Idaho	86,294	55,228,160	77,139
13	Utah	84,476	54,064,640	148,361
14	Minnesota	83,531	53,459,840	6,483,828
15	Kansas	81,318	52,043,520	5,656,879
16	Nebraska	75,995	48,636,800	2,073,781
17	Washington Territorium	69,994	44,796,160	649,139
18	Indian "	68,991	44,154,240	. . . .
19	Missouri	65,350	41,824,000	21,707,220
20	Florida	59,268	37,931,520	2,373,541
21	Georgia	58,000	37,120,000	23,747,941
22	Michigan	56,451	36,128,640	10,019,142
23	Illinois	55,410	35,462,400	25,882,861
24	Iowa	55,045	35,228,800	15,541,793
25	Wisconsin	53,924	34,511,360	11,715,321
26	Arkansas	52,198	33,406,720	7,597,296
27	Alabama	50,722	32,462,080	14,961,178
28	Nord-Carolina	50,704	32,450,560	19,835,410
29	Mississippi	47,156	30,179,840	13,121,113
30	New York	47,000	30,080,000	22,190,810
31	Pennsylvanien	46,000	29,440,000	17,994,200
32	Tennessee	45,600	29,184,000	19,581,214
33	Louisiana	41,346	26,461,440	7,025,817
34	Ohio	39,964	25,576,960	21,712,420
35	Virginien	38,348	24,542,720	18,145,911
36	Kentucky	37,680	24,115,200	18,660,106
37	Maine	35,000	22,400,000	5,838,058
38	Süd-Carolina	34,000	21,760,000	12,105,280
39	Indiana	33,809	21,637,760	17,319,648
40	West-Virginien	23,000	14,720,000	8,628,394
41	Maryland	11,124	7,119,360	4,512,579
42	Vermont	10,212	6,535,680	4,528,804
43	New Hampshire	9,280	5,939,200	3,605,994
44	New Jersey	8,320	5,324,800	2,989,511
45	Massachusetts	7,800	4,992,000	2,730,283
46	Connecticut	4,750	3,040,000	2,364,416
47	Delaware	2,120	1,356,800	1,052,322
48	Rhode Island	1,306	835,840	502,308
49	Dist. Columbia	60	38,400	11,677
	Zusammen	3,604,380	2,233,576,968	407,145,041

und Territorien nach dem Census von 1880.

Gesammtbevölkerung.	Oeffentliche Schulen.	Schülerzahl.	Quadratmeilen Wasserfläche*	Länge der Eisenbahnen.	Zahl.
30,146	. . . .	. . . .	. . . .	. . . .	1
1,592,574	1,842	280,000	3,490	2,591	2
864,686	1,868	141,610	2,380	2,209	3
135,180	100	7,500	1,400	400	4
39,157	90	3,517	770	10	5
118,430	164	23,000	120	118	6
194,649	. . . .	1,660	100	183	7
40,441	180	14,417	280	1,208	8
62,265	52	5,675	960	720	9
20,788	8	1,100	315	472	10
174,767	642	38,670	1,470	295	11
32,611	51	3,213	510	220	12
143,906	246	27,178	2,780	593	13
780,806	2,625	196,075	4,160	3,008	14
995,966	4,004	184,957	380	3,103	15
452,433	1,863	63,108	670	1,634	16
75,120	196	9,949	2,300	212	17
. . . .	285	10,923	600	275	18
2,168,804	6,879	673,493	680	3,740	19
267,351	500	74,828	4,440	519	20
1,539,048	1,735	313,635	495	2,460	21
1,636,331	5,521	421,322	1,485	3,673	22
3,078,769	11,620	909,828	650	7,578	23
1,624,620	8,816	491,314	550	4,779	24
1,315,480	5,840	436,001	1,590	2,889	25
802,564	2,537	194,314	805	808	26
1,262,794	2,650	403,735	710	1,832	27
1,400,047	3,311	348,603	3,670	1,446	28
1,131,592	4,650	317,264	470	1,140	29
5,083,810	11,995	1,560,820	1,550	6,008	30
4,282,786	16,305	1,200,000	230	6,068	31
1,542,463	3,949	427,443	300	1,701	32
940,103	864	280,384	3,300	544	33
3,198,239	14,543	991,708	300	5,521	34
1,512,806	7,696	424,107	2,328	1,672	35
1,648,708	5,521	427,523	400	1,595	36
648,945	4,283	225,179	3,145	1,009	37
995,622	2,081	230,102	400	1,424	38
1,978,362	9,100	631,549	440	4,336	39
618,443	2,857	171,793	135	694	40
934,632	1,742	276,120	2,350	**966	41
332,286	2,503	84,946	430	873	42
346,984	2,490	73,554	300	1,019	43
1,130,983	1,480	286,444	360	1,663	44
1,783,012	5,305	287,090	275	1,870	45
622,683	1,638	131,748	145	922	46
146,654	349	47,825	90	280	47
276,528	719	42,000	165	210	48
177,638	. . . .	31,671	10	. . . **	49
50,184,812	163,695	13,458,315	54,892	86,485	

Bemerkungen zu der vorstehenden Tabelle.

Da eine Quadrat-Meile 8 mal 80 gleich 640 Acker begreift, so kann der Leser die Zahl der Acker jedes Staates und Gebietes ganz leicht selbst berechnen, indem er die Zahl der Meilen mit 640 multiplizirt. — Der Distrikt Columbia ist mit 296½ Einwohner auf die Quadratmeile der relativ bevölkertste und Alaska, das größte und zugleich das am wenigsten bevölkertste Gebiet der Ver. Staaten.

*) Der Flächeninhalt des Wassers ist nicht erschöpfend, da die 5 großen Seen im Censusbericht von 1880 nicht berücksichtigt wurden (ob der Lorenzostrom mitgerechnet ist, können wir nicht sagen); der Flächeninhalt der Grenzflüsse ist den Staaten beider Ufer zugetheilt mit Ausnahme des Ohio, dessen Fläche zu den südlichen, beziehungsweise linken Uferstaaten gerechnet wird.

**) Die Bahnen des Distrikts Columbia sind Maryland zugezählt. Im Jahre 1881 waren bereits 93,647 Meilen (also über 15,000 geographische Meilen) fahrbar.

Inhalts-Verzeichniß.

[13]

Druck:
Customized Business Services GmbH
im Auftrag der KNV-Gruppe
Ferdinand-Jühlke-Str. 7
99095 Erfurt